EDWARD KELSEY MOORE

Das Wunder am Ende der Straße

Edward Kelsey Moore

Das Wunder am Ende der Straße

Roman

Deutsch von
Babette Schröder

LIMES

Die Originalausgabe erschien 2017 unter dem Titel »The Supremes Sing the Happy Heartache Blues« bei Henry Holt and Company, an Imprint of Macmillan Publishing Group, LLC, New York.

FSC www.fsc.org
MIX
Papier aus verantwortungsvollen Quellen
FSC® C014889

Verlagsgruppe Random House FSC® N001967

1. Auflage

Redaktion: Friedel Wahren
Umschlaggestaltung und -motiv: www.buerosued.de
LH · Herstellung: sam
Satz: Vornehm Mediengestaltung GmbH, München
Druck und Bindung: Friedrich Pustet, Regensburg
Printed in Germany
ISBN 978-3-8090-2688-4

www.limes-verlag.de

Für meinen Vater,
Reverend Edward K. Moore Sr.

1

Es war ein Liebeslied. Zumindest fing es so an. Der Liedtext erzählte von der Romanze zwischen einem Mann und der Frau seines Herzens. Da es ein Blues war, handelte es auch davon, wie die Frau dem Mann immer wieder das Herz brach und ihm seine Nachsichtigkeit damit vergalt, dass sie unendliches Leid in sein Leben brachte. Die wunderschöne Melodie schwoll an und ebbte ab, jede Strophe verkündete überschwängliches Glück und herzzerreißende Qual. Nirgends hätte dieses Musikstück seinem natürlichen Umfeld ferner sein können als in dieser Kirche. Doch die angenehme Traurigkeit der Melodie hallte von der Rückwand bis zum Taufstein und vom Marmorfußboden bis zum Deckengewölbe und ließ sich darin nieder, als gehörte der verzweifelte Klageruf schon immer hierher.

Während das Lied weiterging und mit jeder Zeile noch trauriger wurde, dachte ich an meine Eltern, Dora und Wilbur Jackson. Der Blues war Mamas und Papas Musik. In meiner Kindheit hörten sie sich fast jedes Wochenende abends im Wohnzimmer auf der Stereoanlage verkratzte Aufnahmen alter Blues-Songs an. Darunter hätte sich gut ein so schmerzerfüllter Trauergesang finden können, wie er nun durch die Kirche schallte. Ich konnte mich allerdings nicht erinnern, jemals etwas auch nur annähernd so Herzzerreißendes gehört zu haben.

Meine Mutter mochte ihren Blues lieber fröhlicher und

ein bisschen verrucht – scheußliche Melodien, vollgepackt mit geschmacklosen Witzen über Hot Dogs, Biskuitrollen und pinke Cadillacs. Mein Vater bevorzugte düstere Balladen wie diese. Ich habe ihn nie glücklicher gesehen, als wenn er zusammengekuschelt mit meiner Mutter auf dem Sofa lag und eine Ode an den Schmerz mitsummte. Dann wippte er mit dem Kopf zum Takt der Musik, so, als würde der verzweifelte Sänger, der heiser sein Unglück hinausschrie, direkt neben ihm sitzen, und er wolle ihn aufmuntern.

Bevor sie mich ins Bett schickten, erlaubten mir meine Eltern manchmal, mich zwischen sie zu quetschen. Beide sind nun schon etliche Jahre tot, aber ihr schräger Gesang klingt noch immer in meinem Gedächtnis nach. Und da ich ihre unmelodischen Stimmen geerbt habe, erinnere ich mich immer dann an meine Eltern, wenn ich ein unglückliches Lied schmettere. Wann immer ich einen melancholischen Blues höre, spüre ich die rauen, von jahrelanger Arbeit als Zimmermann schwieligen Fingerspitzen meines Vaters über meinen Arm gleiten, als spielte er auf imaginären Saiten zwischen Ellbogen und Handgelenk einen gefühlvollen Riff.

Ich wurde immer dann zu Bett geschickt, wenn Mama der Trostlosigkeit überdrüssig wurde und sich eine Platte mit Rock 'n' Roll und Liebe anhören wollte, was für meine jungen Ohren viel zu erwachsen war.

Obwohl das Lied, das jetzt im Altarraum ertönte, für Mamas Geschmack ein bisschen zu düster gewesen wäre, hätte sie die klagende Stimme des Sängers und das Auf und Ab der Melodie geliebt. Und sie hätte dieses Lied nicht unkommentiert gelassen. Wäre sie mit mir in der Kirche gewesen, hätte sie sich mir zugewandt und erklärt: »Odette, dieser Song hätte deinem Vater gefallen. Jedes einzelne Wort weckt Todessehnsucht. Das muss ich in mein Buch schreiben.«

Das »Buch« meiner Mutter war ein Kalender von Stewarts Bestattungsinstitut, den sie in ihrer Handtasche aufbewahrte. Das Deckblatt des Kalenders zeigte ein grau-weiß geschecktes Hengstfohlen und einen kleinen Jungen in einer blauen Latzhose auf einer Wiese. Beide sprangen in die Luft und sahen aus, als wären sie außer sich vor Glück. Über dem Bild stand das Wort »Freudensprünge« und darunter »Positive Gedanken für Sie und Ihre Lieben von Stewarts Bestattungsinstitut«. Wann immer Mama auf etwas stieß, das ihr bemerkenswert genug für eine kleine Würdigung erschien, notierte sie es an dem entsprechenden Datum im Kalender, damit sie es nie mehr vergaß.

Mamas Buch tauchte zum ersten Mal an einem Sonntagnachmittag auf, ungefähr zehn Jahre vor ihrem Tod. Wir waren gerade aus unserer Kirche, der Holy Family Baptist, gekommen, Reverend Brown stand am Fuß der Treppenstufen und verabschiedete sich von seiner Gemeinde. Mama schritt auf ihn zu und sagte: »Reverend, Sie sind der beste Prediger, den ich je gehört habe. Über Ihre Osterpredigt habe ich das ganze Frühjahr nachgedacht. Sie war wahrlich ein Wunder, sie hat mir regelrecht die Augen geöffnet. Sie sollen wissen, dass Sie diese Seele hier als hundertprozentig gerettet betrachten können.«

Reverend Brown, der über einen Kopf größer als Mama war, beugte sich zu ihr hinunter und nahm ihre Hand. »Wie nett von Ihnen, Dora«, sagte er. »Für das Reich Gottes tue ich, was ich kann.«

»Es ist mein Ernst«, erwiderte Mama. »Sie haben diesen

Kampf für Gott gewonnen. Und ich wollte Ihnen unbedingt danken, weil ich nicht mehr kommen werde.«

Reverend Brown hielt weiterhin Mamas Hand und wartete auf die Pointe dessen, was er für einen ihrer seltsamen Scherze hielt; für die war sie bekannt. Aber Mama machte keinen Spaß. Sie fuhr mit ihrer Erklärung fort: »Erinnern Sie sich, wie Sie gepredigt haben, wenn wir Gott nah sein wollten, sollten wir die Welt um uns herum betrachten und ihm schriftlich für all die Dinge danken, die er uns gegeben hat? Nun, ich habe mir Ihre Worte zu Herzen genommen und seither danach gehandelt.«

Mama öffnete ihre Handtasche und zog einen zusammengerollten Wandkalender heraus. Sie blätterte drei Seiten zurück bis Ostern, wo sie »Beste Predigt aller Zeiten« in dem Datumskästchen vermerkt hatte. Dann zeigte sie dem Pastor, dass sie seitdem jeden Tag eine kurze Notiz in den Kalender geschrieben hatte.

»Reverend, Sie haben heute morgen wirklich alles gegeben. Aber wie Sie sagten, ist es nichts im Vergleich zu dem, was ich empfinde, wenn ich alleine bin und Gott direkt danke. Also nehme ich Ihren Ratschlag an und übergehe ab jetzt den Mittelsmann.« Sie wedelte mit ihrem Kalender durch die Luft. »Von jetzt an wende ich mich direkt an den Empfänger.«

Sie zog einen Stift aus ihrer Handtasche und machte an dem betreffenden Tag folgende Eintragung: »Zweitbeste Predigt aller Zeiten.« Dann tätschelte sie Reverend Brown die Wange und verließ die Holy Family Baptist für immer.

Stewarts Bestattungsinstitut brachte jedes Jahr einen neuen Kalender heraus. Da Herr Stewart jedoch ein notorischer Geizhals war, verwendete er immer wieder dasselbe Deckblatt. Jeden Januar erhielt Mama ein neues »Freudensprünge«-Buch.

Ihre Angewohnheit, den Kalender aus der Tasche zu zerren, etwas hineinzuschreiben und ihre Beobachtungen allen Umstehenden kundzutun, war nur eine der vielen Eigenheiten meiner Mutter. Mir bereiteten die Blicke und Tuscheleien Unbehagen, die ihre neueste Überspanntheit nach sich zog, aber Mama war immun gegen Peinlichkeiten. Sie sagte: »Sollen die Leute ruhig über mich lachen, so viel sie wollen. Wenn mich der Trübsinn überkommt, winke ich ihm mit meinem kleinen Buch und sage ihm, er soll verschwinden, denn ich weiß, wie man vor Freude in die Luft springt.«

Bis zu ihrem letzten Morgen auf dieser Welt schrieb sie in ihr Buch.

Als die dritte Strophe des erstaunlichen Klageliedes im Altarraum widerhallte, stellte ich mir Mama neben mir in der Kirchenbank vor, wie sie »Traurigster Blues der ganzen Schöpfung« schrieb. Mit meinen Gedanken bei Mama lehnte ich mich an meinen Ehemann James und teilte ihm mit, was ich von der Musik hielt, die die Calvary Baptist-Kirche erfüllte: »Das ist das traurigste Lied, das ich je gehört habe.«

James sagte: »Deinem alten Herrn hätte es gefallen.«

Der Sänger, der in einer dunklen Ecke über seiner Gitarre kauerte und von Vergebung und der Liebe zu seiner herzlosen Frau sang, mochte ungefähr siebzig Jahre alt sein. Er war groß und mager und trug einen weißen Bart, der sein Gesicht von der Nase bis zum Hals bedeckte. James hatte recht. Papa hätte es sehr gefallen, wie der Blues-Sänger die Tonhöhen auf so düstere Weise variierte, dass einem klar war, die Liebe hatte ihm nur Kummer beschert, und die Zukunft sah auch nicht rosiger aus.

»Der Blues ist das, was aus einem Liebeslied wird, nachdem man dem Sänger die Zähne ausgeschlagen hat«, sagte Papa einmal. Was hatte das Leben diesem bärtigen Mann angetan, der auf den Fußboden starrte und den Raum mit wundervollem Kummer füllte? Was hatte dazu geführt, dass er sich hier um seine Gitarre wand und sein herzzerreißendes Leid herausschrie, damit die ganze Welt es hörte? Jede Zeile dieses Liedes erinnerte mich an Papas Definition von Blues. Unmöglich, dass dieser Mann auch nur einen einzigen intakten Zahn im Mund hatte.

Der Anlass ließ das Lied voller Liebe, Verlust, Leidenschaft und Bitterkeit noch ergreifender klingen. Es begleitete eine strahlende Braut auf ihrem würdevollen Gang durch das Mittelschiff zu ihrem Bräutigam. Angesichts der Musik und der Tatsache, dass sie vor Kurzem ihren zweiundachtzigsten Geburtstag gefeiert hatte, bewegte sie sich mit einer beeindruckenden Leichtigkeit und Anmut auf den Altar zu.

Die Braut, Beatrice Jordan, war die Mutter meiner besten Freundin Clarice. Miss Beatrice war ein führendes Mitglied der Calvary Baptist, der puritanischsten Kirche in Plainview, Indiana. Sie war eine gute Christin, deren größter Stolz daher rührte, christlicher als alle anderen zu sein.

Ich mochte Miss Beatrice, aber sie war Gott auf eine so überspannte und irritierende Weise ergeben und derart darauf erpicht, alle anderen ebenfalls zu missionieren, dass sich mein Entschluss, die Zehn Gebote zu befolgen, in nichts auflöste, wenn ich mich zu lange in ihrer Nähe aufhielt. Ich möchte lieber nicht daran denken, wie oft sie mich im Laufe der Jahre dazu trieb, den Namen des Herrn zu missbrauchen. Und ich kannte niemanden, den Miss Beatrice nicht dazu gebracht hatte, mindestens ein Mal über Mord nachzudenken.

Der Bräutigam war Forrest Payne, der Besitzer des Herrenclubs *Zum Pinken Pantoffel*, dem einzigen legal geführten Unternehmen in Plainview, das jemals die Bezeichnung »skandalös« verdient hatte. Es war allgemein bekannt, dass im Club Glücksspiel und Prostitution betrieben und eklatant gegen das Alkoholgesetz verstoßen worden war. Es hatte Zeiten gegeben, da setzte man als angesehener Mann schon seinen Ruf oder seine Ehe aufs Spiel, wenn man nur in Türnähe des *Pinken Pantoffel* gesichtet wurde.

Der schlechte Ruf des Clubs schreckte viele potenzielle Kunden ab, zog jedoch genauso viele an.

Meine Tante Marjorie schwor, dass der *Pinke Pantoffel* der einzige Ort in der Stadt war, an dem anständiger Blues gespielt wurde und an dem der Whiskey so stark war, dass er es mit dem Killer-Gesöff aufnehmen konnte, das sie zu Hause zusammenbraute. Bis zu ihrem Todestag war sie Stammkundin im *Pinken Pantoffel* gewesen.

Und wenn ich sage »bis zu ihrem Todestag«, dann meine ich das genau so. Tante Marjorie erlitt einen tödlichen Herzanfall, als sie einen Mann entwaffnete, der sie bei einem Kampf im Club mit einem Messer bedroht hatte. Bei der Beerdigung tröstete Forrest Payne Mama damit, dass ihre Schwester mit dem Messer des Angreifers in der Faust und einem genüsslichen Grinsen auf dem Gesicht gestorben war.

Schlägereien, offene Prostitution und Glücksspiel waren nun Geschichte, zumindest hatte man mir das so erzählt. Heutzutage genoss der Club eher einen Namen als angesehener Musikladen denn als berüchtigte Kaschemme. Forrest war rehabilitiert und sein Geschäft zusammen mit ihm reingewaschen worden. Der wesentliche Grund für seinen Aufstieg vom gesellschaftlichen Paria zum Elder Statesman und Philanthropen schritt in diesem Moment gelassen mit einem Strauß aus hellen, pfirsichfarbenen Rosen und silberweißen Chrysanthemen den Mittelgang hinunter.

Diese Liebesheirat hatte alle überrascht. Im Lauf der Jahre war Miss Beatrice in der Stadt als verrückte, alte Frau bekannt geworden, die mit einem Megafon auf einem Hügel am Rande des Parkplatzes vor dem *Pinken Pantoffel* stand und den Kunden Warnungen ewiger Verdammnis entgegenschleuderte. Sie beschuldigte Forrest, ihren ersten Ehemann, den Vater meiner Freundin Clarice, die wiederholten Seitensprünge ermöglicht zu haben. Und sie hatte es sich zur Lebensaufgabe gemacht, andere Männer davon abzuhalten, demselben sündigen Pfad zu folgen. Obwohl sie nun sanftere Gefühle für Forrest Payne hegte, beschimpfte sie auch heute noch an jenen Abenden die Kunden auf dem Parkplatz, an denen Striptänzerinnen auftraten. Dafür verließ sie sogar die Junggesellinnenparty, die Clarice am Abend vor ihrer Hochzeit für sie organisiert hatte. Aber da die Liebe ihr Herz erwärmte, schrie sie den wegfahrenden Kunden nicht wie früher »Du wirst in der Hölle landen, du Sünder« hinterher, sondern »Gott schütze dich, du Hurenbock! Fahr vorsichtig!«

Während der Zeremonie sah ich mich mehrmals suchend nach Mama um. Dass ich sie vielleicht entdecken würde, entsprang nicht nur meinem Wunschdenken. Abgesehen von meinem breiten Mund, dem rundlichen Körperbau und der Neigung, zu viel zu reden, habe ich von meiner Mutter die Fähigkeit geerbt, Tote zu sehen. Meine Mutter war die

Erste der Verstorbenen, die meine Gesellschaft suchte. Sie überraschte mich einige Jahre nach ihrem Tod mitten in der Nacht und besucht mich seither regelmäßig. Sogar als Tote kann Mama noch genauso schwierig sein wie zu ihren Lebzeiten. Aber sie ist besser auszuhalten als eine Menge anderer Geister, mit denen ich fertigwerden muss.

Von unerklärlichen Ereignissen fühlt sich meine Mutter angezogen wie von einem Magnet, und deshalb fand ich es schwer vorstellbar, dass sie der Verbindung von Beatrice Jordan und Forrest Payne fernblieb. Mamas Geist war allerdings nirgendwo zu sehen. Daher passte ich gut auf und prägte mir jedes Detail um mich herum ein. Es ist nicht leicht, einen Geist in Erstaunen zu versetzen, aber bei ihrem nächsten Besuch wollte ich Mama mit der Beschreibung der Festlichkeiten vom Hocker hauen.

Perfekt zurechtgemacht wie immer saß meine Freundin Barbara Jean Carlson links von mir in der Kirchenbank; sie richtete ihre Perlenkette und glättete nicht vorhandene Falten in ihrem Rock. In den 1960er-Jahren hatten unsere Schulkameraden angefangen, Barbara Jean, Clarice und mich »The Supremes« zu nennen, nach der Musikgruppe. Ruhm, Verbitterung und Tod hatten die weitaus bekannteren Supremes getrennt. Aber mehr als vierzig Jahre nach der Gründung unseres Trios hielten die Plainview Supremes immer noch zusammen.

Barbara Jean kuschelte sich an ihren Ehemann Ray. Unsere Blicke waren jedoch auf Clarice gerichtet, die rechts neben dem Prediger darauf wartete, dass ihre Mutter ihren Weg den Gang hinunter beendete. An diesem Tag war es unsere Aufgabe, Clarice daran zu erinnern, dass sie das Lächeln nicht vergaß. Sie war noch immer fassungslos über den Sinneswandel ihrer Mutter gegenüber Forrest Payne. Darum grinsten wir jedes Mal, wenn Clarice in unsere Richtung schaute, und zeigten auf unsere Gesichter, als würden wir Kandidaten einer Fernseh-Show nagelneue Kühlschränke präsentieren.

Arme Clarice. Immer wenn sie zu lächeln vergaß, zeigte sie wieder diese erstaunte Miene, die sich vor einigen Monaten zum ersten Mal auf ihr Gesicht gelegt hatte, als sie von der Liebesbeziehung ihrer frommen Mutter mit dem Besitzer des Herrenclubs *Zum Pinken Pantoffel* erfuhr.

Miss Beatrice erzählte ihrer Tochter, dass ihre Liebesbeziehung mit Forrest begonnen habe, als eines Abends während ihres Megafon-Protests ein plötzlicher Schneesturm aufkam und sie in seinem Club gestrandet war. Er bestand darauf, dass sie den Sturm in seinem Büro abwartete, und so unterhielten sie sich stundenlang und tranken Tee. Von da an waren sie unzertrennlich.

Claire sagte mir Folgendes: »Mutter behauptet, Mr. Paynes Seele zu retten, sei wie eine spirituelle Besteigung des Mount Everest. Sie könne der Herausforderung nicht widerstehen.« Miss Beatrice berichtete Clarice auch, dass Forrest Payne ihr Earl Grey-Blatttee in einem Teeservice aus feinem Porzellan serviert habe. Ihre Mutter war zum *Pinken Pantoffel* gegangen, um ihren Anteil zu Gottes Wirken beizusteuern, doch am Ende siegte das Teeservice. »Glaub mir, Odette«, hatte Clarice gesagt, »feines Porzellan ist für diese Frau wie Opium. In dem Moment, als die Wedgwood-Tasse ihre Lippen berührte, war Mutter geliefert.«

Vielleicht werden wir nie erfahren, ob die Bibel oder das Porzellan Miss Beatrice und Forrest Payne zusammengebracht hat. Aber als seine Braut auf ihn zuschritt, sah

Mr. Payne so glücklich aus wie ein Kind an Heiligabend. Und Miss Beatrice schien selig zu sein, den Mann zu heiraten, den sie jahrzehntelang als Diener des Teufels angeprangert hatte.

Laut dem in Silber geprägten Hochzeitsprogramm trug der traurigste aller Hochzeitsmärsche den Titel »The Happy Heartache Blues«. Als das Lied zu Ende war, zog der bärtige Blues-Spieler das Gitarrenkabel aus dem Verstärker und entfernte sich derart schwerfällig und humpelnd vom Altar, dass er womöglich doch älter war, als ich vermutet hatte.

Calvary Baptist gehörte nicht zu den Kirchen, in denen die Leute der Musik applaudierten, sei sie religiös oder weltlich. Eine solche Zurschaustellung galt bestenfalls als geschmacklos, schlimmstenfalls als verdammenswert. Doch als der Sänger fertig war, klatschten alle auf der Bräutigam-Seite des Altarraums und viele auf der Seite der Braut. Der Blues-Musiker schlurfte davon, ohne sich darum zu scheren.

Anschließend hob der Pastor zu einer lauten und strengen Predigt an, voller Vorwürfe und düsterer Prophezeiungen. Das passte zum Ruf der Calvary Baptist als Kirche, die ihren Mitgliedern höchstwahrscheinlich erzählte, nur die wöchentliche Anwesenheit in der Messe könne sie davor bewahren, geradewegs in der Hölle zu landen. Diese Predigt war ganz nach Miss Beatrices Geschmack. Jedes Mal, wenn das Wort Verdammnis fiel, drehte sie sich zu den Hochzeitsgästen um und nickte zustimmend mit dem Kopf, um dem Eindruck entgegenzuwirken, sie ließe sich von dem freudigen Ereignis davon abhalten, unsere unwürdigen Seelen zu retten.

Trotz der schwermütigen Musik und der schwer schwefelhaltigen Predigt war die Hochzeit wunderschön. Clarice und ihre Mutter hatten sie perfekt geplant. Miss Beatrice trug ein ausnehmend hübsch besticktes elfenbeinfarbiges Kostüm mit einem knöchellangen Rock. Der Bräutigam steckte in einem umwerfenden, maßgeschneiderten schwarzen Anzug, was für alle Anwesenden einen Schock bedeutete. Nur wenige in Plainview konnten sich erinnern, Forrest Payne jemals in etwas anderem als in seinem unverwechselbaren kanariengelben Smoking gesehen zu haben. Laut Clarice hatten sich ihre Mutter und ihr zukünftiger Stiefvater auf einen Kompromiss geeinigt, der Mr. Payne das Recht verlieh, den Hochzeitsmarsch auszusuchen und Miss Beatrice, den gelben Smoking für einen Nachmittag zu verbannen.

Die Calvary Baptist Kirche ist das schönste Gotteshaus in Plainview. Vermutlich würden die meisten Leute es nicht als freundlichen oder einladenden Ort bezeichnen, aber der Altar besteht aus kunstvoll geschnitzter Eiche, dessen Herzstück, ein prachtvoller Pastorenstuhl, hervorragend in ein mittelalterliches Schloss passen würde. Die hoch aufragenden Buntglasfenster tauchen alle Oberflächen des Altarraums in Farbe und geben einem das Gefühl, sich in der Mitte eines Regenbogens zu befinden. In der Calvary Baptist kommt man nicht umhin, über das Göttliche nachzusinnen.

Hinter dem Taufbecken befindet sich ein Wandbild der Kreuzigung, das einen das wütende Geschrei des vor ihm stehenden Pastors vergessen lässt. Die Darstellung des barbrüstigen, muskulösen Jesus in dem Gemälde ist so sexy, dass es schwerfällt, den Blick von ihm zu lösen. Sonntagsgottesdienste in der Calvary dauern für gewöhnlich ewig. Ab der zweiten Stunde nehmen sich die Mehrheit der weiblichen

Kirchenmitglieder und eine recht große Anzahl der Männer eine mentale Auszeit von der wöchentlichen Tyrannei und blicken zu dem kräftig gebauten Jesus und Erlöser hinauf. Der Zauber des Heilands ist so stark, dass sich die meisten Gemeindemitglieder schon bei der Segnung nicht mehr an das Thema der Predigt erinnern können.

Vor dieser Kulisse verkündeten zwei ungleiche Menschen vor einer staunenden Menge ihre ewig währende Liebe.

Mit einigen Ermahnungen von Barbara Jean und mir schaffte es Clarice, sogar weiterzulächeln, als sie während der Segnung der Ringe Klavier spielte. Clarice ist eine außergewöhnliche Musikerin. Als wir uns als Fünfjährige kennenlernten, heimste sie bereits Schleifen und Lob für ihr Klavierspiel ein. Und nach einem Comeback im mittleren Alter war sie nicht mehr länger der Geheimtipp von Plainview, Indiana. Sie nahm Platten auf, reiste durchs Land und spielte von Jahr zu Jahr vor größerem Publikum.

Clarices gutaussehender Ehemann, Richmond Baker, fungierte als Forrest Paynes Trauzeuge. Wie immer versprühte Richmond Charme und Wohlwollen. Aber man konnte schwerlich sagen, ob er wirklich froh war, bei der Veranstaltung eine Funktion innezuhaben, oder ob er seiner Frau zuliebe gute Miene zum bösen Spiel machte.

Im fünften Trennungsjahr funktionierte die Ehe von Clarice und Richmond endlich reibungslos. Jedenfalls für Clarice. Das Leben als Halb-Single passte besser zu ihr als eine Ehe. Sie war froh, in ihrem eigenen Haus zu leben und Richmond nur einzuladen, wenn es ihr in den Kram passte. In beinahe all den Jahren, die sie zusammen verbracht hatten, war Richmond ein ebenso tüchtiger Ehebrecher wie ihr Vater gewesen. Dennoch versuchte Richmond immer noch zu verstehen, warum Clarice zu dem Schluss gekommen war, das Zusammenleben mit ihm nicht mehr ertragen zu können.

Im Laufe der Jahrzehnte, in denen ich beobachtet hatte, wie er Clarice das Herz brach, fantasierte ich abwechselnd, ihm mit einem Hammer den Kopf einzuschlagen oder seine Weichteile mit einem Hackebeil zu bearbeiten. Aber selbst ich musste bewundern, wie viel Mühe er sich gab, Clarice zu demonstrieren, wie sehr er sich seit der Trennung verändert hatte.

Am Tag von Miss Beatrices Hochzeit fiel es Richmond besonders schwer, von seinen alten Verhaltensweisen Abstand zu nehmen. Auf der Seite des Bräutigams war die Kirche voll von Frauen, die Richmond noch aus der Zeit vor seiner Erleuchtung kannten. Fünf Jahre, nachdem er sein nicht-promiskuitives Leben begonnen hatte, erinnerten sie sich immer noch gerne an ihn zurück. Die Kirche war – von vorne bis hinten – mit vollbusigen Tänzerinnen aus dem Herrenclub *Zum Pinken Pantoffel* und mit anderen extravagant zurechtgemachten Frauen gefüllt, die Richmond mit den Fingern zuwinkten, imaginäre Telefone an ihre Ohren hielten und mit den Lippen die Worte »Ruf mich an« formten. Obwohl er sich alle Mühe gab, sie zu ignorieren, war ich mir sicher, dass Richmonds bereits übergroßes Ego mit jeder Sekunde, die er neben Mr. Payne am Altar stand, weiterwuchs.

Nachdem Clarice mit dem Klavierspiel fertig war – laut Hochzeitsprogramm handelte es sich bei dem Stück um »Clair de Lune« von Debussy –, setzte sie sich wieder neben ihre Mutter. Miss Beatrice gab ihrer Tochter einen Kuss auf die Wange, und der Pastor ermahnte die versammelten

Gäste noch einmal, ihre Sünden zu bereuen, bevor er mit der Trauung fortfuhr.

Auch wenn Richmond dem Verhalten und Aussehen der Leute auf der Seite des Bräutigams keine Beachtung schenkte, die regelmäßigen Besucher der Calvary Baptist auf der Seite der Braut taten es auf jeden Fall. Familie und Freunde von Miss Beatrice reagierten auf die zur Schau gestellten Dekolletés, den protzigen Schmuck, die Body-Piercings und die allgemeine Unkultiviertheit der *Pinken Pantoffel*-Gemeinde mit fassungslosem Glotzen oder schnalzten laut und missbilligend mit der Zunge. Miss Beatrices Enkelkinder schienen sich als Einzige aus der Familie wirklich zu amüsieren. Clarices Tochter und ihre drei Söhne, die alle von außerhalb angereist waren, um der überraschenden Heirat ihrer Großmutter beizuwohnen, konnten ihre Belustigung kaum verbergen. Alle waren schon über dreißig, aber der Anlass ließ sie wieder zu Schulkindern werden, die miteinander kicherten und tuschelten. Sie hörten erst damit auf, als Clarice ihnen vom Altar aus einen bösen Blick zuwarf.

Nachdem Miss Beatrice und Forrest Payne zu Mann und Frau erklärt worden waren, traten ihre Gäste hinaus ins strahlende Sonnenlicht. In schätzungsweise einer Woche würde das Wetter heiß und feucht sein, aber heute war der Himmel wolkenfrei, und es ging gerade so viel Wind, dass die Männer sich in ihren Anzügen und Krawatten wohl fühlten. In der Luft hing der schwache Geruch von frisch gemähtem Gras und dem Rauch von Holzkohlefeuern aus den umliegenden Gärten.

Mama hätte einfach alles an diesem Tag gefallen. Sie wäre Zeugin geworden, wie der berüchtigte Betreiber eines anrüchigen Gewerbes und eine Frau, die sich dem Kampf gegen die Sündhaftigkeit verschrieben hatte, einander ewige Liebe schworen. Sie hätte gesehen, wie es die aufrechten Mitglieder der Calvary Baptist beinahe um den Verstand brachte, einen Haufen Leute in ihrer Kirche zu empfangen, die sie viel lieber auf dem Scheiterhaufen verbrannt hätten. Und Mama hätte sich köstlich amüsiert, wenn sie mit ihrer brüchigen Stimme »The Happy Heartache Blues« mitgesummt hätte.

Während die Gäste Reis auf das frisch verheiratete Paar warfen, sprang das Blumenmädchen, die siebenjährige Enkelin von Clarice, aufgeregt und glücklich in ihrem lila Taftkleid in die Luft, um den herrlich blauen Himmel zu berühren. Dabei übertraf sie locker ihren Cousin, der für die Ringe verantwortlich war. Mama, die für überschwängliche Ausgelassenheit stets zu haben war, hätte vermutlich ihre Freude daran gehabt, zusammen mit dem Blumenmädchen in die Luft zu springen und danach einen Eintrag in ihr Buch zu kritzeln.

Wochen nach der Hochzeit würde ich zurückblicken und mich fragen, ob sich die Dinge anders entwickelt hätten, wenn Mama an diesem Nachmittag den Blues-Sänger gesehen oder gehört hätte. Vielleicht hätten ein paar Worte von ihr den Verlauf der Ereignisse verändert oder James und mir zumindest die Chance gegeben, uns auf das vorzubereiten, was uns bevorstand. Aber so läuft das mit dieser Reise. Wir können uns nicht auf das kommende Unheil vorbereiten, weil wir die Bedrohung immer erst erkennen, wenn sie schon direkt über uns schwebt. Stets sind wir zu sehr damit beschäftigt, unsere seligen Liebeslieder zu singen und Freudensprünge zu vollführen, um zu erkennen, dass uns gleich die Zähne ausgeschlagen werden.

2

El Walker sagte sich, dass er über die neueste Wende in seinem Leben lachen würde, sobald er wieder zu Hause wäre, obwohl er nicht mehr genau wusste, wo das eigentlich war. Er würde seinen Scheck einlösen, eine Flasche Whiskey kaufen und sich köstlich darüber amüsieren, dass er zwei Wochen in Plainview, Indiana, verbracht hatte, der Stadt, die er sich geschworen hatte, nie wieder zu besuchen. Im Moment rührte sein Lachen jedoch einzig und allein von der Slapstick-Nummer, die die Gäste vollführten, als sie an ihm vorbeiliefen. Einer nach dem anderen stolperten sie über eine tiefe Senke im Fußboden, ein bisschen mehr als eine Armlänge von Els Barhocker entfernt. Als er am frühen Vormittag in den Herrenclub *Zum Pinken Pantoffel* gekommen war, hatte er sich selbst überrascht, als er der Vertiefung im Dielenboden geschmeidig ausgewichen war, so als wäre es erst ein paar Tage und nicht Jahrzehnte her, seit er diesen Laden zum letzten Mal betreten hatte.

Damals, im Jahr 1949, hatte er Forrest davor gewarnt, Leroy den Boden verlegen zu lassen. Leroy war ein unglaublicher Bassspieler, zu dem Zeitpunkt aber schon dem Heroin verfallen. Er war der Erste der Band, der süchtig wurde, und man konnte ihm nichts anderes mehr zutrauen, als die Bassstimme zu spielen. Doch Leroys Vater war ein ortsansässiger Handwerker mit gutem Ruf, und Leroy hatte wie ein Naturtalent gewirkt, als er den Hammer schwang. Darum ließ Forrest ihn dummerweise auf die Dielenbretter seines neuen Imperiums los, wo Leroy genau die Art von Arbeit ausführte, die man von einem Junkie erwarten konnte. Der Fußboden, den er verlegte, hob und senkte sich alle paar Meter dramatisch. Seither verdankten drei Generationen von Stammgästen dieser zugedröhnten Bass-Schlampe verstauchte Knöchel und verschüttete Getränke.

El hatte zusammen mit Leroy und dem Rest seiner Bandkollegen 1949 geholfen, den Club zu bauen. Nach der Hälfte der Bauzeit ging Forrest das Geld aus, darum versprach er El und seiner Band, sie könnten regelmäßig am Wochenende dort auftreten, wenn sie mithalfen, den Laden fertigzustellen. Sie waren damals noch Kinder, die meisten von ihnen zu jung, um den Club überhaupt rechtmäßig betreten zu dürfen. Und sie hatten keine Ahnung, was sie taten. Aber zusammen hatten sie jedes Stück Holz und jeden Nagel ergattert, erbettelt oder gestohlen und etwas zustande gebracht, was noch immer stand.

Die Spelunke, die sie als Teenager zusammengeschustert hatten, war des Öfteren umgebaut worden und bildete den Grundstein von Forrests vier Hektar großem, spektakulär lukrativen Unternehmen. Eine neue Generation hatte die klapprige Bretterbude jetzt zum angesagten Laden erklärt. Seit er wieder seiner ursprünglichen Bestimmung als Zufluchtsort für Blues-Liebhaber und betrunkene Narren zugeführt worden war, erfreute er sich größerer Beliebtheit als je zuvor.

El bedankte sich beim Barmann für seinen zweiten Whiskey. So viele Jahre reiste er nun schon umher und spielte in kleinen oder großen Clubs – nun gut, meist in kleinen –, aber die Freigetränke waren immer noch das Beste daran.

Alkohol beruhigte seine Nerven. Obwohl er beinahe seit sieben Jahrzehnten auftrat, spürte El immer noch ein ängstliches Kribbeln, bevor er auf die Bühne ging. Das hätte der Junge, der damals geholfen hatte, diesen Laden zu bauen, niemals geglaubt.

Der Sprit linderte auch den Schmerz in seinem Fuß. Bevor El ein Jahr zuvor infolge seiner Diabetes zwei Zehen verlor, hatte er dort unter Taubheit gelitten. Jetzt war das Gefühl mit Macht zurückgekehrt. Die Beschwerden hatten sich während der letzten zwei Monate verstärkt und über den Knöchel hinweg ausgebreitet. Er drehte sich auf dem Hocker herum und wandte sich der Bühne auf der gegenüberliegenden Seite des Raums zu. Den Rücken gegen die Bar gedrückt, schwang er sein rechtes Bein mehrere Male vor und zurück und hoffte, dass der Blutkreislauf den heilsamen Alkohol so schneller zu seinem schmerzenden Fuß transportieren würde.

Seit er gestern auf Forrests Hochzeit aufgetreten war, hatte der Schmerz ein bisschen nachgelassen. Und während der Whiskey seinen Fuß betäubte, hob er auch seine Stimmung. Mit jedem Schluck dankte El im Stillen Jim Beam für seine unendliche Gnade.

Die Band auf der Bühne bestand aus fünf Personen, so wie Els in früheren Zeiten. Saxophon, Keyboard, Kontrabass, Gitarre und Schlagzeug. Für einen Haufen College-Kids klangen sie gar nicht übel. Die meisten von ihnen waren klassische Musiker von der staatlichen Universität im Osten von Plainview. Wie viele junge Leute, denen El begegnete, fühlten sie sich vom Blues angezogen, weil sie Fedoras tragen und wie Jazzmusiker aus einem 1950er-Jahre-Film reden wollten. Die Kids beherrschten allerdings ihre Instrumente.

Sie hatten es wirklich drauf. Es war nicht ihre Schuld, dass das nicht genügte. Und natürlich hatten sie keine Lily. Niemand sang oder schlug so auf die Klaviertasten ein wie Lily.

El beobachtete verblüfft, wie der Saxophonspieler aus einer Wasserflasche trank. Wasser! Wer hat einen Blues-Spieler jemals Wasser trinken sehen? Blues-Spieler tranken Whiskey und, gelegentlich, Kaffee oder Coca-Cola, um sich von dem Sprit zu erholen, den sie sich die Nacht zuvor einverleibt hatten. Aber niemals Wasser. Nach der Show würden sich die Kids um ihn scharen, wie sie es heutzutage immer taten, ihn um Rat fragen und ihm Fragen zu jedem Stück auf seinem Album stellen – Raubkopien, von denen sie anscheinend alle einige besaßen. El würde ihnen dann erzählen, dass der erste Schritt auf dem Weg zum Blues-Musiker darin bestand, jedes Getränk auszuspucken, das keinen Braunton hatte.

Bubba, den Saxophonisten, mit dem El sich vor einem halben Jahrhundert die Bühne auf der anderen Seite des Raumes geteilt hatte, hätte man nie beim Wassertrinken erwischt. Anfangs war Bubba mit seinen dreißig Jahren der einzig richtige Erwachsene in der Band gewesen. Er behauptete, seit seinem zwölften Lebensjahr mit demselben Rohrblatt zu spielen, ein Kunststück, das nur dadurch möglich war, dass sowohl er als auch das dünne Bambusblättchen durch wiederholtes Einweichen in billigem Alkohol konserviert worden waren. El wusste, dass Bubba übertrieben hatte. Aber sein Saxophon klang großartig, und mit dreißig sah Bubba aus wie ein Schuljunge. Also, vielleicht war ja etwas dran.

Bubba hatte ein längliches Gesicht, das El an das große und außerordentlich störrische Pferd erinnerte, das seine

Stiefmutter besessen hatte. Und Bubba war auch beinahe genauso kräftig und widerstandsfähig wie dieses Pferd. El hatte erlebt, wie Bubba an einem einzigen Abend eineinhalb Liter Old Crow wegputzte und immer noch genug Koordinationsvermögen und Selbstvertrauen besaß, um die tollste Frau im Laden um einen Tanz zu bitten. Am Ende des Abends war es normalerweise Bubbas Aufgabe, die weniger erfahrenen Trinker einzusammeln, wo auch immer sie zusammengebrochen waren. Das Bild, wie Bubba sich zwei willenlose Betrunkene gleichzeitig über die breiten Schultern warf und durch die Club-Tür schleppte, würde El nie vergessen.

Bubba gab es schon lange nicht mehr. Er war seiner unstillbaren Leidenschaft für jähzornige und gut bewaffnete Frauen zum Opfer gefallen. Unglücklicherweise hatten sie seine Leidenschaft erwidert. Er starb 1972 in einem Krankenhausbett, wo er sich von einer Schusswunde erholte, die ihm seine letzte, schlecht gewählte Freundin zugefügt hatte. Es war nur eine harmlose Verletzung gewesen, und eigentlich sollte er am Tag seines Todes entlassen werden. Doch dann geriet er in einen Schusswechsel zwischen seiner Freundin, die gekommen war, um sich für den Schuss auf ihn zu entschuldigen, und seiner Frau, die an seinem Bett gewacht hatte. Bei seinem Gedenkgottesdienst musste die Polizei gerufen werden, um die Prügelei zwischen einem Dutzend von Bubbas Frauen aufzulösen. El kannte mindestens sechs Blues-Songs, die über Bubbas Beerdigung komponiert worden waren. Er selbst hatte auch einen geschrieben.

Heute Abend gab es noch eine weitere Darbietung, dann sollte El wieder spielen. Der Conférencier, ein kleiner, runder Mann in einem kastanienbraunen Anzug aus Hai-Leder, trottete zum Mikrofon und bat das Publikum, der Band zu applaudieren. Dann kündigte er den nächsten Künstler an. »Leute, nach langer Abwesenheit ist unser Mann El Walker zurück im *Pinken Pantoffel*. Und wird in einer Minute auf der Bühne stehen. Aber zunächst gibt es noch ein bisschen Tanz, und die süße Charmina verkündet uns die Frohe Botschaft. Faltet die Hände für unsere Lieblingsdienerin des Herrn. Und greift tief in eure Taschen, um die kleine Lady beim Kauf einer neuen Orgel für die Chorempore zu unterstützen. Hier ist sie, Miss Charmina, unsere Pole-Tänzerin, die im *Pinken Pantoffel* eigens für Christus auftritt.«

Eine attraktive junge Frau schritt auf die Bühne. Charmina hatte ein hübsches Gesicht – volle Lippen, große braune Augen und runde Wangen. Ihr schwarzes Haar fiel in glänzenden Locken auf ihre Schultern und wippte bei jedem Schritt. Ihre Kewpie-Puppen-Grübchen verliehen ihr einen Hauch von Unschuld, selbst als sie über den Laufsteg an der Band vorbei auf die Stange in der Mitte der Bühne zustolzierte.

El gefiel es, dass sie etwas auf den Hüften hatte. Heutzutage waren die Tänzerinnen so dünn – diese nicht. Damals, als er zur ursprünglichen Haus-Band gehörte, waren die Mädchen dicker. Viel dicker. Niemand sprach von strammen Bauchmuskeln oder definierten Armen. Eine Frau, die auf der Bühne stand, ohne mit etwas zu wackeln, konnte nicht erwarten, echtes Geld zu bekommen. Wahrscheinlicher war, dass man ihr ein Schinken-Sandwich gereicht hätte.

Diese Gefahr drohte Charmina nicht. Sie steckte in einem Bodysuit, der die üppigen Kurven betonte und perfekt zu ihrer Hautfarbe passte, sodass es von Weitem aussah, als sei sie fast nackt. Über dem Bodysuit trug sie einen Bikini aus Dutzenden grüner Filz-Feigenblätter. In einer Hand führte sie einen großen weißen Weidenkorb mit sich.

Mit der freien Hand warf Charmina einen Vorhang zur Seite, der eine Staffelei bedeckte. Ihre überaus theatralische Geste enthüllte ein Schild mit der Aufschrift »Evas Vertreibung aus dem Paradies«. Als sie eine Hüfte in Richtung Band schwang, fing diese an, *What a Friend We Have in Jesus* zu spielen.

Charmina hatte schon mehrere Jahre für Forrest gearbeitet, als sie eines Nachts nach dem Verlassen des Clubs betrunken in eine Erweckungs-Veranstaltung hineintorkelte. Nach ihrer Errettung stellte sie umgehend die meisten Dienstleistungen ein, durch die sie im *Pinken Pantoffel* zur beliebtesten Tänzerin avanciert war. Stattdessen verteilte sie Bibelverse und bot beim Pole-Dancing die Interpretation biblischer Szenen dar. Zunächst kam ihre Vorstellung bei den Stammgästen des Clubs nicht gut an, und Forrest war drauf und dran, sie zu feuern. Doch ihre Aufrichtigkeit und ihre freundlichen Mahnungen, dass Forrest als älterer Mann mit Gott ins Reine kommen sollte, solange er noch die Gelegenheit dazu hatte, blieben nicht ohne Wirkung. Schließlich erlaubte er ihr, sonntags, dem ruhigsten Abend der Woche, zur Ehre Gottes zu tanzen.

Zu Forrests Überraschung begannen die Gläubigen, in Scharen hereinzuströmen, um Charmina zu sehen. Ihr Sunday Gospel Dance erfreute sich schon bald ebenso großer Beliebtheit wie der Samstagabend. Und Charminas Spendenaktionen erwiesen sich als so erfolgreich, dass die Frau des Pastors, die einst zu ihren lautesten Kritikerinnen gehört hatte, jetzt ihre größte Unterstützerin war. Die First Lady der Calvary Baptist-Kirche wurde in dem Moment von der Erzfeindin zum Fan, als die Höhe von Charminas Spendeneinnahmen aus dem ersten Monat im *Pinken Pantoffel* bekannt gegeben wurde. Normalerweise notierte die Pastorengattin beim Treffen des Finanz-Komitees unterschiedliche Vorschläge zur Geldbeschaffung auf Post-its, um sie dann an ihren Ehemann weiterzugeben. Als sie den Betrag vernahm, den Charminas theologisches Pole-Dancing eingebracht hatte, bestand ihre einzige Notiz an den Pastor aus den Worten »Besorg mehr Huren«.

Der auf der Heiligen Schrift basierende Striptease zahlte sich in einer Weise aus, die sich Forrest nicht hatte vorstellen können. Charmina musste ihre Botschaft verbreiten. Forrest baute einen neuen Kundenstamm auf und rückte dem Himmel langsam näher. Die Calvary Baptist-Kirche leistete sich ein neues Dach, eine neue Pfeifenorgel stand in Aussicht. Und als Forrests Beziehung zu Beatrice eine dramatische Wendung nahm, konnte er Charminas Auftritte als Beweis dafür anführen, dass er errettet werden konnte. So hatten alle etwas davon.

Jetzt trat Charmina vollends ins Rampenlicht und setzte den Korb ab. Sie fasste hinein und holte eine Schlange heraus. El schätzte sie auf etwa zwei Meter Länge. Eine blassgelbe, elfenbeinfarbene Albino-Python. Charmina drapierte sie über Schultern und Arme und begann zu tanzen. Später sollte El erfahren, dass die Schlange Percy hieß.

El konnte Schlangen nicht ausstehen. Er führte das auf die Jahre zurück, die er mit einer völlig durchgedrehten und von Schlangen besessenen Stiefmutter verbracht hatte. Wenn sie auf ihn oder eines der anderen Kinder böse war, zwang sie alle, sich in der Küche zu versammeln. Sie baute sich am Tischende auf, öffnete ihre Bibel und erzählte ihnen genau, was mit unfolgsamen Kindern passierte, wenn sie in der Hölle ihre Strafe bekamen.

»Zuerst werdet ihr in eine Grube geworfen«, sagte sie. »Dann holen euch die Schlangen. Große Schlangen. Und ihr könnt schreien, so viel ihr wollt. Dann kommen nur noch mehr Schlangen, die würgen und beißen euch, dass alles andere ein Witz dagegen ist. Dann kennt ihr den Preis für eure Sünden.« Nachdem sie ihren Standpunkt deutlich gemacht hatte, versetzte sie demjenigen, auf den sie an diesem Tag am wütendsten war, mit ihrer Bibel einen Klaps auf den Hintern. Anschließend ließ sie sie in der Küche zurück, damit sie Buße tun konnten.

El war das Lieblingskind seiner Stiefmutter gewesen, daher hatte er nicht so oft wie die anderen Kinder die geballte Faust, den Rohrstock oder das Verlängerungskabel zu spüren bekommen. Dennoch verprügelte sie ihn regelmäßig mit ihrer Bibel, bis er vierzehn war und so groß, dass sie Angst hatte, er könnte zurückschlagen. Ab diesem Zeitpunkt deutete sie nur noch mit dem Zeigefinger auf ihren Augenwinkel, um ihm zu bedeuten, dass sie ihn beobachtete. »Schlangen, du kleiner Mistkerl«, sagte sie dann immer »Schlangen«.

El trank noch einen Schluck Whiskey, um die Gedanken an diese garstige Frau zu verscheuchen, aber Charmina machte es ihm nicht leicht. Sie und die Schlange schlängelten sich durch die Menge auf ihn zu. Während die Band spielte, schlenderte Charmina von Tisch zu Tisch. Wann immer sie ein Trinkgeld erhielt, tauschte sie den Geldschein gegen eines ihrer Feigenblätter aus, sodass der Filzblätter-Bikini während des Spendensammelns nach und nach verschwand. Als sie sich bis zu El durchgearbeitet hatte, war das Oberteil ihres Bodysuits schon unbedeckt. Da er Percy nicht näher als unbedingt nötig kommen wollte, schleuderte er ihr seine zwei Dollarnoten geradezu entgegen, damit sie weiterging. Als er das Feigenblatt betrachtete, das sie ihm dagelassen hatte, sah er, dass es beschrieben war. Er hielt es ins Licht. Als El die Worte auf dem Blatt las – »Seine Vergebung wartet auf dich« –, schüttelte er den Kopf und murmelte vor sich hin: »Da sag einer, Gott hätte keinen Humor.«

Els Aufmerksamkeit wurde wieder auf die Musik gelenkt. Der Junge, der den Kontrabass spielte, hatte sich auf ein kokettes Geplänkel mit Charmina eingelassen, die mit Fäusten voller Banknoten auf dem Rückweg zur Band war. Sie kletterte auf die Bühne und schwang die Hüften im Rhythmus zu seinem mitreißenden Beat. Die Band spielte *Jesus on the Mainline.* Unter dem tosenden Beifall des Publikums steckte Charmina dem Bassisten spielerisch das letzte Feigenblatt in die Hemdtasche. Dann kehrten sie und Percy zur Stange zurück, um ihren Tanz zu beenden.

Der Bassist war ein gesund aussehender, rothaariger Jugendlicher. Während EL das süße, junge Gesicht betrachtete, das permanent gerötet war, stellte er sich vor, dass seine vernarrte Großmutter den Jungen direkt vor dem Auftritt in die Wangen gekniffen hatte. Der arme, verkorkste Leroy war ungefähr genauso alt wie dieser Junge gewesen, als er 1949 den Fußboden der Bar ruinierte, und beide waren gute Musiker. Aber Leroy, der so ängstlich und zugedröhnt wie dieser Rotschopf engelsgleich war, wechselte seine Süchte zu jeder Jahreszeit, und man hätte ihm nie vorwerfen können, gesund auszusehen. Als Leroy auf Kokain war, peitschte er das Tempo derart aggressiv durch, dass sie bei ihrem Auftritt noch ein Extra-Stück anhängen mussten, um die verbleibende Zeit zu füllen. Als er auf Heroin war, zog er alles dermaßen in die Länge, dass Bubba vor Sauerstoffmangel ganz grau wurde, wenn er versuchte, mit seinem Saxophon die stets länger werdenden Noten zu halten.

Leroy überlebte Bubba – allerdings nicht lange. Die Band war in Memphis, um ihr einziges Album aufzunehmen, das Album, das sie alle reich und berühmt machen sollte, als Leroy verkündete, er sei fertig. Fertig mit Drogen. Fertig mit Alkohol. Fertig mit leichten Mädchen. Fertig mit der Band. Er sagte, Bubbas Tod hätte ihn auf seine Fehler hingewiesen. Als er seinen Bass zusammenpackte, erklärte Leroy seinen Bandkollegen, dass sie Heiden seien und ihm im Weg stünden. Dann zeigte er ihnen den Mittelfinger und trottete davon, um Gott zu suchen. Sie sahen ihn nie wieder.

El erfuhr nie, ob Leroy Gott gefunden hatte. Aber Gott hatte ganz sicher Leroy gefunden. Nur eine Woche nach dem Verlassen der Band wurde er in Memphis von einem tödlichen Blitz getroffen, als er eine belebte Geschäftsstraße hinunterging. Das Portemonnaie in der Hand befand er sich gerade auf halbem Weg zwischen einem christlichen Buchladen und einem Massagesalon, als der Blitz ihn traf. Ob er als rechtschaffener Mann oder als Sünder starb, hing davon ab, wer die Geschichte erzählte.

»Es ist ein ganz wunderbarer Tag, um am Leben zu sein, nicht wahr, El?«, sagte jemand.

Die Mischung aus Krächzen, Zischen und Singsang war unverwechselbar. Eines der bemerkenswerten Dinge an Forrest Payne war, dass das, was man von ihm hörte, überhaupt nicht zu dem passte, was man von ihm sah, nicht einmal ein kleines bisschen. Er besaß die krumme Nase und die schwerfällige Statur eines Boxers, obwohl er nie im Ring gestanden hatte. Seine Hände waren von verblassten Knast-

Tattoos übersät. Wenn er sprach, hörte er sich jedoch wie ein zwölfjähriger Rüpel an, der auf gemeine Weise ein lispelndes junges Mädchen imitierte.

Wie El war Forrest ein großer Mann. Beide waren einmal einen Meter und neunzig gewesen. Keiner von ihnen ragte mehr aus der Menge heraus so wie früher. Aber war jetzt, da sie alte Männer waren, nicht alles kleiner? Die Musik, die Leute, die ganze Welt? El würde in einigen Monaten seinen achtzigsten Geburtstag begehen. Und Forrest … El war sich nicht sicher, wie alt Forrest war, aber er wusste, dass Forrest dem Tod genauso nah war wie er selbst.

Forrest trug einen kanariengelben Smoking mit einem weißen Seidenhemd. Aus den Jackenärmeln lugten spitzenbesetzte Rüschen hervor. Diese Kluft trug er seit der Eröffnung des *Pinken Pantoffel* im Jahr 1949. El war dabei gewesen, als Forrest seinen ersten gelben Smoking in einem Laden in Evansville gekauft hatte, bevor der Club eröffnete. Fünf Minuten, nachdem sie in den Laden gegangen waren, hatte ein raffinierter Verkäufer die beiden Landeier davon überzeugt, dass der gelbe Smoking praktisch ein Muss für einen jungen Geschäftsmann sei. »Dieser Anzug verkündet ›Ich bin dynamisch, aber auch elegant‹«, sagte er. Und sie waren naiv genug gewesen, ihm zu glauben.

Als Forrest erkannte, dass er hereingelegt worden war, gefiel er sich schon in Gelb. Sechs Jahrzehnte später besaß er zwanzig grell-gelbe Smokings. Nur wenige Leute hatten ihn je in anderer Kleidung gesehen.

Forrest legte eine manikürte Hand auf Els Schulter. »Es ist ein ganz wunderbarer Tag, um am Leben zu sein«, wiederholte er.

»Ich habe nicht erwartet, dich heute hier zu sehen«, sagte

El. Er beobachtete, wie ein junges, leicht angetrunkenes Paar zusammenstieß, als es den Krater im Boden passierte. Dann fragte er: »Ist deine Frau auch hier?«

»Bea betritt keinen Ort, an dem Alkohol verkauft wird.« Während er die Tugendhaftigkeit seiner ehrbaren Braut rühmte, straffte Forrest den Rücken und schob die Brust heraus. »Vielleicht taucht sie später noch auf dem Parkplatz auf, um ein bisschen zu protestieren. Sie ist entschlossen, mich auf den rechten Weg zu bringen. Gott sei ihr gnädig.«

»Da hat sie ja genug zu tun«, bemerkte El. Er fasste in seine Brusttasche, bevor ihm wieder einfiel, dass er nach einer Lungenentzündung vor ein paar Jahren das Rauchen aufgegeben hatte. Außerdem wurde heutzutage im *Pinken Pantoffel* von Rechts wegen nicht mehr geraucht. Reine Luft und Blues-Musiker, die in der Öffentlichkeit Wasser tranken. Was war aus der Welt geworden?

»Fahrt ihr in die Flitterwochen?«

»Oh, wir fahren demnächst irgendwann weg. Aber ich wollte doch meinen Freund El nicht verpassen.«

Die Band setzte zu einer lebhaften Hymne an, und die Menge klatschte den Takt mit. El drehte und beugte seinen schmerzenden Fuß im Rhythmus der Musik. »Die sind gut«, bemerkte Forrest. »Aber ihr hattet diesen Hunger.«

»Wir hatten Hunger, das stimmt.« El grinste und kippte den Rest seines Drinks hinunter. »Wir waren kurz vorm Verhungern. Weißt du noch, wie Lily beim zweiten Auftritt in Ohnmacht fiel, weil sie nichts im Magen hatte?«

»Ja.« Forrest summte einige Zeilen des Stückes mit, das die Band grölte. Dann sagte er: »Apropos Lily, letzte Woche kam ein früherer Gast vorbei und erzählte, dass er Lily in Chicago über den Weg gelaufen ist.«

»Davon weiß ich nichts«, knurrte El. Er bedauerte es, ihren Namen erwähnt zu haben. Hier zu sein war schon schlimm genug.

Forrest zeigte auf Els leeres Glas, und der Barmann eilte herbei, um ihm nachzuschenken. »James war auf der Hochzeit«, sagte Forrest. »Hast du ihn gesehen?«

El schwenkte den Whiskey wie Riechsalz unter seiner Nase. Als er das Glas auf die Bar zurückstellte, drückte er mit dem Zeigefinger einen Eiswürfel auf den Boden. Er führte den Finger zum Mund und ließ einen Tropfen Whiskey über seine Zunge rollen – deutlich besserer Stoff, als er ihn sich heutzutage leisten konnte. »Nein, hab ihn nicht gesehen.«

»Ich will mich nicht in deine Angelegenheiten einmischen, aber vielleicht willst du ja mit James sprechen. Dein Sohn ist ein guter Mann, und ich wette, er wäre glücklich, dich zu sehen.«

Vorsichtig, um seinen schmerzenden Fuß nicht zu belasten, drehte sich El so weit auf dem Barhocker herum, bis er mit dem Gesicht zur Band saß. »Ich denk drüber nach«, murmelte er.

Da er merkte, dass es Zeit für einen Themenwechsel war, sagte Forrest: »Und, singst du heute Abend mein Lied?«

»Ich dachte, du hättest wahrscheinlich genug davon.«

»Von diesem Lied werde ich nie genug haben. Ich möchte, dass du es jeden Abend spielst, solange du hier bist. Und nimm es auf. Wir haben die neueste Technik.«

»Was immer du willst. Es ist dein Club.«

Nach monatelanger Suche hatte Forrest El in Missouri aufgestöbert. Der Job, den El gerade für eine Woche in einem Rattenloch in St. Louis hatte, brachte nicht viel ein. Es war jedoch der beste Auftritt, den er an Land gezogen hatte, seitdem Hurrikan Katrina ihn aus New Orleans vertrieben und ihn, zum ersten Mal seit Jahren, auf die Straße befördert hatte.

El blieben noch zwei Nächte in St. Louis, als der Anruf kam. Der Manager des Clubs, der hinter den Kulissen stand, winkte ihn zwischen den Sets zu sich. »Da ist ein Typ für dich am Telefon. Er probiert es schon den ganzen Tag.«

Der Manager, der es gewöhnt war, dass die Polizei hinter seinen Angestellten her war, lehnte sich zu El hinüber und flüsterte: »Pass auf, wenn da was im Anzug ist, sieh zu, dass es nicht hier passiert. Alles klar?«

Es gab eine Zeit, da wäre El durch den Hintereingang verschwunden, wenn ihn ein Club-Manager über einen mysteriösen Anruf informiert hätte. Aber diese Tage waren vorbei. Allen, denen er Geld schuldete, waren entweder tot oder hatten schon lange den Versuch aufgegeben, es zurückzubekommen. Fortgeschrittenes Alter, Energiemangel und eine launische Prostata bedeuteten, dass es in seinem Leben seit Jahren keine ernsthaften Probleme mit Frauen mehr gab. Alle Gesetzeshüter, die auf der Suche nach ihm waren, hatten ihn schon vor Jahrzehnten als tot abgeschrieben.

Der Anrufer war kein Gesetzeshüter, kein Gerichtsvollzieher und kein zorniger Ehemann. Als El im Büro des Managers den Hörer abnahm, hörte er eine melodische, zischende Stimme, die er sofort erkannte. Forrest Payne sagte: »Hey, El. Du musst nach Plainview kommen und auf meiner Hochzeit spielen.«

El war seit den 1970er-Jahren nicht mehr in Indiana gewesen. Er war dort geboren und aufgewachsen. Doch das leugnete er inzwischen. Wenn ihn jemand fragte, behauptete er, New Orleans sei seine Heimat. Und dann tauchte

Forrest Payne wieder auf, der Mann, der ihm vor mehr als sechzig Jahren seinen ersten bezahlten Job verschafft hatte und ihn nun bat, an den Ort seiner vielen frühen Erfolge – und Verbrechen – zurückzukehren.

»Ich war fünf Mal verheiratet«, fuhr Forrest fort, »aber nur die beiden ersten Ehen waren auch nur einen Pfifferling wert. Ich hab versucht herauszufinden, was mit den letzten drei schiefgelaufen ist, bevor ich wieder heirate. Und weißt du, was der Unterschied war?«

El nahm das Klicken eines Feuerzeugs wahr und hörte, wie Forrest zwei Mal krächzend den Rauch einsog. Als ihm klar wurde, dass Forrest eine Antwort erwartete, sagte El: »Ich weiß nicht. Was war der Unterschied?«

»Du, Mann. Du warst der Unterschied. Auf den ersten beiden Hochzeiten hast du gespielt, und du hast mir Glück gebracht. Dieses Glück muss ich wiederhaben.«

»Du brauchst kein Glück von mir«, entgegnete El. »Kein reicher Mann muss sich von jemandem Glück borgen, der so pleite ist wie ich. In deinem Alter noch einmal zu heiraten ist doch Glück genug. Im Ernst, ich bin fast achtzig. Dann musst du doch an die neunzig sein?«

»Mach dir keine Gedanken über mein Alter«, antwortete Forrest. »Ich bin älter als einundzwanzig und jünger als uralt. Du musst nur wissen, dass ich dich hier so dringend brauche, dass ich dich aufgestöbert habe.«

»Ich weiß das Angebot zu schätzen.« El wandte dem Club-Manager, der auf der anderen Seite des Raumes an seinem Tisch saß und vorgab, nicht zu lauschen, den Rücken zu. Leiser sagte er: »Ich hatte Schwierigkeiten in Plainview, und die möchte ich lieber nicht wieder aufwärmen.«

»Ich bin die einzige Person auf der Erde, die sich noch

an dich oder an deine Schwierigkeiten erinnert, und ich brauche dich nächstes Wochenende. Hör zu, ich weiß, dass du der Beste bist, und ich bin bereit, dich auch dementsprechend zu behandeln. Wenn du an meiner Hochzeit ein Lied singst, zahle ich dir dafür, was dir der Saftladen in einer Woche bezahlt. Du weißt, welches ich hören möchte. Darüber hinaus biete ich dir an, dass du eine Woche hier im Club auftrittst, auch zwei, wenn du Zeit hast. Ich habe eine gute Nachwuchs-Band, die dich unterstützt. Pass auf, arbeite zwei Wochen, und ich bezahle dich für drei.«

Ein Engagement für zwei Wochen war verlockend, vor allem wenn drei Wochen bezahlt wurden. Aber verdammt, er hatte sich einmal geschworen, nie wieder nach Plainview zurückzukehren. Und er war stolz darauf gewesen, dass er dieses eine Versprechen gehalten hatte. An seinem Leben in Plainview waren auch einige Dinge gut gewesen, vier, um genau zu sein. Und das Einzige, was davon noch übrig war, war seine Gitarre. Die anderen drei hatte er durch jugendliche Selbstsucht, Rücksichtslosigkeit und Gewalt zerstört. Die Vorstellung, einen Tag in dieser Stadt zu verbringen, fühlte sich an, als würde ihm eine Hand die Luft abschnüren.

»Hör mal«, sagte er, »ich danke dir für das Angebot, aber Plainview ist kein Ort für mich. Außerdem, was soll ich zwei Wochen lang in einer Oben-Ohne-Bar?«

»Erstens, alter Freund, ist das die traurigste Frage, die ich je von einem erwachsenen Mann gehört habe«, erwiderte Forrest in gespielt mitfühlendem Ton. »Zweitens ist der *Pinke Pantoffel* anständig geworden. Es ist jetzt ein Musik-Club wie in alten Tagen. Verdammt, während wir uns gerade unterhalten, sitzt der Bürgermeister in der ersten Reihe und lauscht der Band. Mit seiner Frau.« Forrest ließ ein raues

Lachen ertönen, so laut, dass El am liebsten den Hörer vom Ohr weggehalten hätte.

»Ich biete dir gutes Geld. Komm in die Stadt und bring mir Glück«, bat Forrest. Dann nannte er einen Dollarbetrag, der die schlechten Zeiten, die El in Plainview durchlebt hatte, ein bisschen weniger schrecklich erscheinen ließ. Els positiveres Gefühl gegenüber Indiana hielt an, bis er Forrests Angebot angenommen und den Hörer aufgelegt hatte. Danach ergriff ihn Angst. Er war sicher, soeben einen furchtbaren Fehler begangen zu haben.

Die Schlangentänzerin machte ihre letzten Verbeugungen. Sie verließ die Bühne mit dem Weidenkorb, der erst Percy beherbergt hatte, jetzt aber von Bargeld überquoll. Der Conférencier forderte das Publikum auf, sich auf großartigen Old-Time-Blues einzustimmen. El nahm seine Gitarre aus dem Koffer, der auf zwei Barhockern neben ihm lag. Es war dasselbe im Leoparden-Look gemusterte Instrument, auf dem er seit 1949 spielte. Die Leute mochten Els Namen vergessen haben, aber sie erinnerten sich immer an Ruthie – seine gold-schwarz-weiße Schönheit, seine Gitarre.

El humpelte zu seinem Platz vor der Band, dankte dem Publikum, grüßte die jungen Männer hinter sich und setzte sich auf den Hocker.

Der Auftritt würde lange dauern und zwischen Solo-Nummern von ihm und Songs von der Band wechseln. Während der ersten beiden Stücke bemühte sich El zu vergessen, wo er war, und Bilder von Lily und seinem früheren Leben auszublenden. Alle anderen alten Leute, die er kannte, lebten in der Angst, dass ihre Erinnerungen sie im Stich ließen, doch El war mit einem lückenlosen Gedächtnis geschlagen.

Während des dritten Liedes glitt er endlich in diesen wundervollen Zustand hinüber. Die Gitarre wurde ein Teil von ihm, die Musik strömte aus seinem Körper. Er begann, ausgefallener zu improvisieren, hielt den Ton und schickte den Bassspieler auf eine Jagd, bei der der junge Mann kaum mithalten konnte. Allerdings waren die Jungs auf der Bühne begeistert von der Herausforderung. Bald gingen sie total aus sich heraus.

Kurz vor Ende des Auftritts übertraf El sich selbst. Heute war für die Jungs, und auch für ihn, ein besonderer Abend. Dann erwachte sein tauber Fuß wieder zum Leben, der Schmerz war stechender als jemals zuvor. Vom Knie bis zum Fußgewölbe brannte sein Bein wie Feuer. Der Schmerz übermannte ihn mitten im Gesang. Er war auf dem Höhepunkt einer Phrase, Ruthie und seine Stimme schwebten mit einem hohen Ton über der Bassstimme, als der Schmerz ihn zwang, schnell Luft zu holen und er ein schrilles Keuchen von sich gab. El machte weiter. Einige Sekunden später war er wieder im Einklang mit der Musik. Aber das Pochen in seinem Bein hielt an.

Er schaffte noch zwölf weitere Takte. Dann gab er der Band ein Zeichen, dass sie eine Runde Solos spielen sollten. Die College-Jungs zeigten sich der Situation gewachsen, und als das Lied zu Ende war, ging es El ein bisschen besser. Er wehrte das Gefühl der sich immer tiefer in seinen Fuß bohrenden Nägel ab, indem er lauter sang und spielte. Als er zum letzten Song gelangte, glaubte jeder der Band, dass dieser Auftritt die beste Erfahrung seines Lebens war, und das Publikum geriet in Ekstase.

El beendete den Auftritt mit dem Lied, um das Forrest ihn gebeten hatte – *The Happy Heartache Blues.* Bei der letzten Strophe waren mehr als nur ein paar Zuhörer, darunter Els alter Freund, in Tränen aufgelöst. Das Publikum belohnte ihn mit stehenden Ovationen.

Als El versuchte, sich von dem Hocker zu erheben, drehte sich alles um ihn herum, als würde der ganze Raum in dem Loch verschwinden, das Leroy im Boden hinterlassen hatte. Er stürzte und drehte sich währenddessen zur Seite, damit er nicht auf Ruthie landete. Hatte es ein Erdbeben gegeben? *Erst dieser blöde Orkan, jetzt ein Erdbeben. Ich bin ein verfluchter Hurensohn.* Doch noch während er das dachte, merkte er, dass sich niemand sonst bewegt hatte und das Beben nur in ihm selbst stattfand.

Der Applaus des Publikums endete in einem allgemeinen nach Luft Schnappen. Und mit dem Geräusch eines alten Mannes, der zu Boden stürzte.

Die Bandmitglieder scharten sich als Erste um El. Der rothaarige Bassspieler war angehender Medizinstudent und untersuchte ihn auf Verletzungen. El sagte, dass es ihm gut gehe. Der Junge bestand darauf, dass El nicht versuchte aufzustehen. Der Conférencier kam auf die Bühne. Er nahm das Mikrofon und beruhigte die Menge, indem er sagte: »Wir haben alles unter Kontrolle, Leute. In wenigen Minuten geht die Vorstellung weiter.« Anschließend ließ er noch ein paar lahme Witze vom Stapel. Und immer mehr Leute drängten sich um El.

Forrest Payne, dessen gelber Smoking grell im Scheinwerferlicht glänzte, tauchte neben ihm auf, als El sich gerade aufrichtete. Charmina fiel rechts neben ihm auf die Knie und begann zu beten.

»Mir geht es gut«, beteuerte El. »Helft mir einfach aufzustehen.«

Charmina und die Musiker hievten ihn hoch. Sie schafften es, ihn auf die Füße zu stellen, doch nach einem Schritt war klar, dass er sein Bein überhaupt nicht belasten konnte. Er fror, war schweißnass und begann zu zittern.

»Mach dir keine Sorgen«, beruhigte Forrest ihn. »Der Krankenwagen ist unterwegs.«

El wollte gerade widersprechen, dass er nur ein bisschen Hilfe brauche, um zu seinem Barhocker und seinem therapeutischen Whiskey zurückzukommen, als ihn das Gefühl, niedergedrückt zu werden, zurück auf den Boden zwang. Erneut kniete Charmina neben ihm. Als El begriff, dass bei dem Versuch, ihn aufzurichten, die massige Pythonschlange von Charminas Schultern auf seine geglitten war, verstand er, warum er eine schwere Last auf sich spürte. Kurzzeitig fühlte er sich erleichtert. Dann drückte sich die Schlange an Els Brust.

»Percy mag dich sehr«, stellte Charmina fest.

El saß im gleißenden Licht der Scheinwerfer und wurde von Forrests Smoking geblendet, während sich die Python von der Taille bis zum Hals um ihn wickelte. Draußen kamen die Sirenen näher.

Was für eine Schnapsidee, nach Plainview zurückzukommen. Diesen Ort zu verlassen und fort zu bleiben war das einzig Kluge, was er jemals getan hatte. Jetzt würde El bestraft werden, weil er den Schwur gebrochen hatte, nie wieder zurückzukehren. Und als ob all die schlechten Erinnerungen nicht schon genügten, stellte sich auch noch heraus, dass seine Stiefmutter vor all den Jahren recht gehabt hatte. Ihm stand der Tag des Jüngsten Gerichts bevor, und er kam mit einer großen Schlange.

3

In dem Moment, als El Walker im Herrenclub *Zum Pinken Pantoffel* in Plainview auf dem Boden aufschlug, setzte sich eine Künstlerin, die sich seit Neuestem »Audrey Crawford« nannte, im Chicagoer Simon Theater auf der Bühne ans Klavier. Schon bevor der Begrüßungsapplaus verebbte, wünschte sie, sie hätte sich für diesen Laden anders gekleidet. Ihr Abendkleid war aus Silber-Lamé – altmodisch, mehr als fünfzig Jahre alt. Seine langen, anliegenden Ärmel hatten nicht nur im Spiegel zu Hause großartig ausgesehen, sondern auch hier in der Theatergarderobe. Aber in diesem verdammten Ding war es schrecklich heiß. Unter der blonden Perücke, die sich Audrey am liebsten vom Kopf gerissen hätte, rann der Schweiß an ihrem Haaransatz entlang. Nein, als Mädchen hatte man ihr beigebracht, dass Pferde schwitzen, Männer transpirieren und Frauen glänzen. Sie schwitzte nicht, sie glänzte nach besten Kräften. Sobald sie zu Hause war, würde sie mit einer Schere die Ärmel abschneiden, wenn nicht, um das Kleid für das nächste Tragen herzurichten, dann zumindest, um sich an ihm zu rächen.

Das Abendkleid und die Perücke ließen sie glamourös erscheinen wie einen Filmstar aus alten Zeiten – zumindest aus der Ferne. Sie wusste, wie man sich elegant auf der Bühne bewegte und egal, ob heiß oder nicht, das Silberkleid schmeichelte ihr. Ihr Aussehen und ihr Name – eine Kombination aus Audrey Hepburn und Joan Crawford – passten perfekt in das Simon Theater, ein ehemaliges Kino, das im Stil eines 1950er-Supper Clubs renoviert worden war.

In den 1920er-Jahren war das Simon Theater ein Filmpalast gewesen, dann ein Varieté, ein Schmuddelfilm-Schuppen, eine Spielstätte für ausländische Filme und ein abbruchreifer Schandfleck. Doch es hatte städtischem Verfall und Gentrifizierung getrotzt, um in der jetzigen Form weiterzubestehen. Dabei behielt es die ganze Zeit über den Nachnamen seines ursprünglichen Besitzers, Mr. Arthur Simon. Das Entfernen oder Ersetzen der ansprechenden und solide konstruierten Leuchtreklame hatte sich als teurer erwiesen als eine Reparatur. Und so blieb der Laden mit jeder Wiedergeburt das Simon Theater.

Der Künstlername war Audrey wie ein Geistesblitz in den Kopf geschossen, als sie zum Vorsingen ins Theater gekommen war. Nun ja, es war kein offizielles Vorsingen gewesen. Sie war an einem heißen Tag am Theater vorbeigegangen und hatte bemerkt, dass die Türen des Ladens nur angelehnt waren und eine kühle, klimatisierte Brise auf den Gehweg entweichen ließen. Die Aussicht auf Abkühlung lockte sie. Das Klavier auf der Bühne bemerkte sie erst, als sie schon im Gebäude war und sich vor einer prachtvollen Eichenbar Luft zufächelte. Und was hätte Audrey anderes tun sollen, nachdem sie das schwarze, glänzende Klavier unter den Scheinwerfern entdeckte, als das, was sie immer tat? Sie bahnte sich ihren Weg durch die halbmondförmigen Tische, die mit umfunktionierten Kinositzen bestuhlt waren, trat auf die Bühne und begann zu spielen und zu singen.

Der derzeitige Besitzer des Theaters, der Audrey den Job gegeben hatte, war ein junger Mann mit Sinn für die Musik und Ästhetik der Generation seiner Eltern und Großeltern.

Er war allerdings auch ein ehrgeiziger Immobilienhai, der historische Gebäude im Umkreis von fünf Blocks um das Theater herum dem Erdboden gleichgemacht hatte, um hässliche, überteuerte Eigentumswohnungen zu bauen. Das Simon und seine Leuchtreklame hatte er verschont, um ein paar Dollars zu sparen und sich als Bewahrer zu präsentieren. An dem Tag, an dem Audrey hereinspaziert kam, war er im Theater gewesen, um die letzten Renovierungsarbeiten zu beaufsichtigen und nicht, um Künstler vorsingen zu lassen. Als er aus dem Lagerraum ins Erdgeschoss hochstieg und Audrey entdeckte – die dritte Exzentrikerin aus dem Viertel, die sich an diesem Tag hereingeschlichen hatte –, besaß er nicht mehr die Energie, sie anzuschreien wie die Eindringlinge vor ihr. Er war hinter die Bar gegangen, hatte sich ein Sodawasser eingeschenkt und wollte einfach warten, bis sie fertig war.

Er hörte sich zwei alte Balladen an, gefolgt von einem mitreißenden Blues-Song, dann bot er ihr einen Job an. Als er sie nach ihrem Namen fragte, hatte sie sich zwischen den roten Samtvorhängen, den gepolsterten Theaterstühlen und den Filmplakaten – alles Relikte aus einer kultivierteren Zeit – umgeschaut und sich in Audrey Crawford umbenannt, nach ihren beiden Lieblings-Filmstars.

Sie trat an den meisten Abenden unter der Woche auf und bestritt auch die frühen Vorstellungen am Freitag, Samstag und Sonntag. Für das Wochenendpublikum der Spätvorstellungen war ihr Stil zu zurückhaltend. Was Audrey gut konnte, machte sie jetzt. Sie spielte Klavier, sie sang und redete.

Sie spezialisierte sich auf Themenabende. Sie suchte ein Thema aus und stellte passende Lieder aus ihrem umfangreichen Repertoire zusammen, wobei sie nie genau plante, was sie spielen würde. Oft redete sie einfach und ließ die Melodien zu sich kommen. Sie beendete ihre Auftritte, wenn ihre Stimme nicht mehr mitmachte, oder wenn der Barkeeper ihr das Zeichen zur Pause gab – je nachdem, was zuerst kam.

An jenem Abend, als sie unter dem Scheinwerferlicht in ihrem Silberlamé-Kleid schwitzte, spielte sie ruhig ihre Akkorde, klimperte Melodien auf dem Klavier und sprach zu ungefähr hundert Leuten – eine ganze Menge für einen After-Dinner-Auftritt am Sonntag.

»Ich wurde in einer kleinen Stadt namens Plainview, Indiana geboren«, sagte Audrey.

Ein junger Mann im Publikum rief: »Woo-hoo! State U!« Die Frau, die bei ihm saß, stimmte in sein Woo-Hoo ein.

»Stolze Uni-Absolventen hier heute Abend«, bemerkte Audrey. Sie spielte einen Ausschnitt aus dem Kampflied der Uni, und der junge Mann johlte wieder.

»Auf der Seite mit der Uni kenne ich mich nicht gut aus. Ich bin auf der Seite der Stadt aufgewachsen, wo die Betrunkenen weder jung noch niedlich waren, und es einem eher Prügel als eine schnelle Nummer einbrachte, wenn man mit seiner Intelligenz prahlte.«

Sie sprach an diesem Abend über Plainview, weil ihre Heimatstadt sie gerade beschäftigte. Sie war mit dem Bild von Glühwürmchen am sommerlichen Abendhimmel im Kopf aufgewacht. Plainview lag in einem Tal, und von Juni bis August leuchteten Legionen von Leuchtkäfern in den umliegenden Hügeln auf und verglühten wieder. Es war wie eine nicht abreißende ferne Feuerwerksvorführung. Das Bild war so klar, dass sie sicher war, in der Nacht von zu Hause geträumt zu haben. Beim Frühstück ertappte sie sich bei dem Gedanken, wie die Bäume auf den Hügeln kurz nach Tagesanbruch den Nebel aufzusaugen schienen. Wie durch Zauberei. War der Ort wirklich so schön gewesen? Beinahe hatten die morgendlichen Erinnerungen den Wunsch in ihr geweckt, noch einmal nach Indiana zurückzukehren und sich davon zu überzeugen. Aber nur beinahe.

Um die Mittagszeit erinnerte sich Audrey daran, wie die Luft im südlichen Indiana an den ersten warmen Frühlingsnachmittagen roch – nach Moos, grün und lebendig. Als sie über den Chicagoer Bürgersteig zum Theater lief, dachte sie an den weichen Boden unter ihren nackten Füßen, wenn sie nach einem kurzen Regenschauer in den Wäldern von Indiana herumgestreunt war. Plainview mangelte es an vielem, aber an diesem Tag erinnerte sie sich an die Dinge, die ihre Heimatstadt für kurze Zeiten großartig gemacht hatten.

»Plainview war kein guter Ort für mich. Ihr kennt die Geschichte. Böser Daddy, Mama verstorben, armes, unschuldiges Kind, das der bösen Welt allein trotzen muss.« Audrey spielte das Intro von *Nobody Knows the Trouble I've Seen.* »Aber eines Tages flüsterte mir eine Stimme ins Ohr: ›Kind, wenn du leben willst, tätest du gut daran, deine Hüften zu schwingen und deinen hübschen Hintern von hier wegzubewegen.‹ Also verließ ich Plainview und schuf mir hier ein neues Zuhause. Heute Abend, Leute, werde ich Lieder über die Heimat vortragen.« Das überraschte sie selbst. Sie hatte eigentlich über Freundschaft singen wollen. Doch nun hatte sie ihre Meinung geändert, also sollten es Songs über Heimat sein. »Heimat ist dort, wo der Hass wohnt, stimmt's?«, sagte sie.

»Herz!«, rief der Uni-Absolvent zurück.

Audrey winkte ihm zu. »Wie schon gesagt, College Boy, wir kennen total unterschiedliche Seiten der Stadt.«

Sie spielte eine Folge sich steigernder Akkorde mit der Absicht, zum Anfang von *Green, Green Grass of Home* überzuleiten. Stattdessen überraschte sie sich schon wieder und stimmte die Anfänge der inoffiziellen Staats-Hymne von Indiana an – eine Melodie, die sie nicht mehr gesungen hatte, seit der Musiklehrer in der vierten Klasse sie ihr in den Kopf geprügelt hatte.

Also, das ist ein genauso guter Anfang wie jeder andere.

Sie spitzte die Lippen, um den Schweißtropfen fortzublasen, der an ihrer Nasenspitze hing. Dann summte sie *Back home again, in Indiana …*

4

Clarice und Richmond Baker hatten noch keine zwei Schritte in *Earl's All-You-Can-Eat* getan, als Richmond eine Hand auf Clarices Arm legte, langsam und tief einatmete und keuchte: »Oh, Allmächtiger, das ist Kirschkuchen.«

Clarice atmete ebenfalls ein. »Richtig, das ist Kirschkuchen.«

In letzter Zeit waren im *Earl's,* wo die Supremes und ihre Ehemänner sich seit mehr als vierzig Jahren nach dem Kirchgang zum Essen trafen, Kuchen jeglicher Art Mangelware gewesen. Da sie sich um den Bluthochdruck und den gefährlich hohen Cholesterinwert ihres Mannes, Little Earl, sorgte, hatte sich *Earl's* Mitbesitzerin und Chef-Bäckerin des Diners, Erma Mae McIntyre, dem gesunden Essen verschrieben. Sie änderte die Speisekarte des Restaurants, indem sie das Angebot an vegetarischen Speisen erweiterte und leichtere Desserts zubereitete. Die üppigen Süßspeisen, für die sie überregional bekannt war, seit sie und Little Earl das Restaurant von seinem Gründer, Big Earl McIntyre, übernommen hatten, gab es nur noch selten.

Durch häufige Ausflüge zum *Donut Heaven* weiter unten in der Straße verlor Little Earl, trotz Erma Maes Bemühungen, allerdings kein einziges Gramm seiner stattlichen einhundertfünfzig Kilo. Erma Mae hingegen hatte, ohne die ganzen Kalorien, die sie beim Teignaschen und Verschlingen der übrig gebliebenen Fruchtaufläufe, Kuchen und Puddings zu sich genommen hatte, fünfundzwanzig Kilo abgenommen. Das knappe Angebot an Backwaren löste eine an Hysterie grenzende Nachfrage aus. Sobald bekannt wurde, dass es im *Earl's* Kirschkuchen gab, würde der Laden wahrscheinlich gestürmt werden. Schon jetzt, als die Kirchgänger eintrudelten, hörte Clarice, wie Stammgäste aufgeregt in ihr Telefon flüsterten: »Komm sofort her.«

Von der Kasse aus rief Little Earl Richmond zu: »Was hältst du von den Roten?« Erpicht darauf, über Sport zu sprechen, obwohl er ohnehin über kaum etwas anderes reden würde, sobald James Henry und Ray Carlson kamen, ging Richmond zur Kasse.

Clarice winkte Little Earl und rief Richmond zu: »Ich geh zum Dessert-Tisch.« Sie eilte an den Warmhalteplatten mit Fleisch und Beilagen vorbei, um ihren Platz in der Schlange einzufordern, die sich schon um die Süßspeisen herum bildete. Sie wollte sichergehen, auch Kuchen für Odette und Barbara Jean zu ergattern, falls diese zu spät kamen.

Sobald sie ihre Kuchenstücke erkämpft hatte, schlängelte sie sich durch den Diner und machte unterwegs hier und da Station, um Bekannte zu begrüßen. Clarice beglückwünschte sich dazu, dass sie von den drei Tellern, die sie hielt, keinen Bissen der bröseligen Kruste hatte fallen lassen und setzte sich an ihren üblichen Platz am Ende der Fenstertische. Von diesem Posten aus beobachtete sie, wie sich Richmond durch den vollen Diner bewegte. Wie immer war es ein Vergnügen, ihm dabei zuzusehen, wie er alten Freunden auf den Rücken klopfte und Frauen mit seinem Barry-White-Bass und seinem strahlenden Lächeln betörte.

Clarice wusste, dass sie sich gut gehalten hatte. Sie war immer eine attraktive Frau gewesen, und das Verwenden von Nachtcremes hatte ihr dabei geholfen, die Illusion eines jugendlichen Hauttons aufrechtzuerhalten. Obwohl sie nie schlank genug gewesen war, um ihre Mutter zufriedenzustellen, hatte sie es durch regelmäßige Bewegung und wiederkehrende Hungerkuren geschafft, ihre wohlproportionierte Figur zu behalten. Doch Richmond war etwas Besonderes. Mit zweiundsechzig war er besser in Form als die meisten Dreißigjährigen. Sein ehemals schwarzes Haar hatte sich in eine leuchtende, silberweiße Mähne verwandelt, die zum Streicheln einlud. Er hatte ein markantes Kinn und kräftige Wangenknochen. Heute trug er einen hellbraunen Anzug und ein lilafarbenes Hemd. Mit seiner breiten Brust und der schmalen Taille sah er aus wie eine G. I.-Joe-Actionfigur, die sich als Ken verkleidet hatte.

Es war Richmond, der Clarices unterbrochene Karriere als Pianistin wieder in Gang gesetzt hatte. Sie war ein Wunderkind gewesen, hatte Wettbewerbe gewonnen und war im gesamten Mittleren Westen mit Sinfonie-Orchestern aufgetreten, doch als sie Richmond heiratete, hatte sie sich von alledem verabschiedet. Dann, Jahrzehnte später, nachdem sie seiner Betrügereien derart überdrüssig war, dass sie ihn verließ, überraschte Richmond sie, indem er heimlich Aufnahmen ihres Spiels an den Mann schickte, der ihr in jungen Jahren angeboten hatte, sie zu managen. Zu Clarices weiterer Verwunderung hatte sich jener Manager, Wendell Albertson, an sie erinnert und war immer noch daran interessiert, mit ihr zu arbeiten. Jetzt genoss Clarice die Karriere, von der sie als junge Frau geträumt hatte. Sie reiste und gab im ganzen Land Konzerte. Wenn es nach Wendell Albertson ginge, würde sie bald weltweit auftreten.

Das Musikleben, das Richmond für sie arrangiert hatte,

war nur eins der wunderbaren Dinge an ihm. Sie liebte ihn. Sie hatte ihn immer geliebt und nahm an, dass sie es immer tun würde. Ihren vier Kindern war er ein wunderbarer Vater gewesen, und er war ein noch besserer Großvater. Er war stets charmant und konnte äußerst liebenswürdig sein. Selbstredend hatte Richmond sie in den Jahren, in denen er seine Talente als guter Vater, zuverlässiger Ernährer und unterhaltsamer und gleichbleibend vorzeigbarer Tischgenosse demonstrierte, zugleich wiederholt gedemütigt und ihr das Herz gebrochen.

Jetzt, da seine Frau am anderen Ende der Stadt in einem Haus wohnte, das sie von Odette gemietet hatte, sah es so aus, als wäre Richmond tatsächlich erwachsen geworden. Er war endlich bereit, der Ehemann zu sein, den sich Clarice ihre ganze Ehe hindurch erhofft hatte.

Das Problem war, dass Clarice keinen Ehemann mehr wollte. Sie wollte ein bisschen freundschaftliche Kameradschaft und eine Menge Sex. In beidem war Richmond äußerst versiert. Gespräche mit Richmond waren für gewöhnlich nicht tiefgründig, aber angenehm. Und seine Fähigkeiten als Liebhaber hatte Richmond durch jahrelanges skandalöses Verhalten perfektioniert. Wann immer Clarices neues Leben auf der Bühne übermächtig wurde, war es ein Geschenk des Himmels zu wissen, dass Richmond willens und in der Lage war, ihr Entspannung zu verschaffen.

Clarice verlor sich in ihren Gedanken an Richmond und merkte nicht, dass sich ihre Cousine Veronica heranpirschte. Als sie spürte, dass der Tisch wackelte, weil etwas neben ihren Teller plumpste und sie Veronica kreischen hörte: »Ist er nicht hinreißend?«, erwachte sie aus ihrer Träumerei und schrie vor Schreck auf. Und als sie das Foto entdeckte, das ihre Cousine ihr hingeworfen hatte, schrie sie noch einmal.

»Ganz ehrlich, hast du schon mal ein so schönes Baby gesehen?«, fragte Veronica.

An einem Sonntag wollte Clarice nicht lügen und überlegte deshalb fiebrig, was sie Nettes über Veronicas Enkel Apollo sagen konnte – das hässlichste Baby, das sie je gesehen hatte. Sie drehte ihren Kopf zur Seite, um eine andere Perspektive auf die Segelohren des Kindes zu erhalten, seine fleckige Haut und den seltsam geformten Mund, der so unglaublich weit weg von seiner Schweinchennase zu sein schien. *Keine Sorge, das verwächst sich noch,* klang nicht nach der richtigen Antwort. Clarices verstorbene Tante Glory hatte ihre Tochter Veronica »zickig« genannt, was noch freundlich ausgedrückt war. Wenn Clarice wollte, dass sich ihre Cousine ihr gegenüber bei den nächsten Familientreffen einigermaßen höflich verhielt und sie zugleich möglichst ehrlich sein wollte, musste Clarice ihre Worte mit Bedacht wählen.

Veronicas Neigung, schnell beleidigt zu sein und die Kontrolle über ihre Wut zu verlieren, hatte sich in den siebenunddreißig Jahren, seit ein Mitglied der *Temptations* ihr das Herz gebrochen hatte, stetig verstärkt. 1973 waren Veronica und Clarice zu einem Auftritt der *Temptations* nach Louisville gefahren. Anschließend kehrte Clarice allein nach Plainview zurück und informierte Veronicas Eltern darüber, dass sich ihre Tochter in ein Mitglied der Band verliebt habe und das nächste Jahr als Teil des Teams mitreisen würde.

Nach ungefähr zwei Wochen wurde der Sänger ihrer überdrüssig und rief ihren Vater an, um ihm mitzuteilen, wo er sie abholen konnte.

Monatelang beschuldigte Veronica ihren Vater, sie von ihrer einzig wahren Liebe getrennt zu haben, und weigerte sich, mit ihm zu sprechen. Dann kam der Nachbarssohn Clement Swanson ab und an vorbei. Clement genoss den Ruf, sowohl lüstern als auch dumm zu sein. Aber sogar jene, die seine Moralvorstellungen geringschätzten und über seine Intelligenz spotteten, mussten zugeben, dass er gut aussah. Als Veronicas Vater sah, dass Clement bei ihnen herumlungerte, errichtete er auf der Grenze zwischen seinem Grundstück und dem der Swansons einen knapp zwei Meter hohen Lattenzaun. Er bestimmte, dass jedwede Kommunikation zwischen Veronica und Clement nur durch den Zaun stattzufinden habe.

Clement liebte die Herausforderung und ließ sich von einem Zaun nicht abhalten. Da er wusste, dass Veronica sich immer noch nach ihrem Motown-Typen verzehrte, tauchte er zu einem ihrer Treffen am Lattenzaun in einem lavendelfarbenen dreiteiligen Anzug auf und sang *My Girl* zu einigen Detroit-ähnlichen Tanzbewegungen. Auf der Stelle war Veronicas Widerstand gebrochen.

Ihre erste Tochter wurde auf den Tag genau neun Monate nach Clements Tanzeinlage geboren. Beim Hochzeitsempfang von Veronica und Clement kauerte ihr Vater, der sich nie mit Clement anfreunden konnte, den größten Teil des Abends zusammengesunken in einer Ecke und lamentierte, dass er die Latten nicht nah genug zusammengenagelt habe, um eine Schwangerschaft wirkungsvoll zu verhüten.

Clarice drehte das Bild von Apollo in ihren Händen und hoffte, etwas an ihm zu entdecken, das sie begeistert bewundern könnte. Sie beschloss, etwas über das außergewöhnliche Haar des Babys zu sagen. Es war glänzend und schwarz, und das Kind besaß eine enorme Menge davon. Die Haare sprossen aus seiner breiten Stirn und verschmolzen beinahe mit den dicken Augenbrauen, die seine Schlitzaugen betonten.

Clarice sagte: »Er hat einen beeindruckenden Haarschopf.«

Veronica, die seit der Geburt ihres ersten Enkels die Existenz ihrer drei Enkeltöchter anscheinend vergessen hatte, stieß hervor: »Ganz recht, er ist eine Schönheit. Ich habe hundert neue Fotos von ihm, die ich dir zeigen muss. Aber leider nicht jetzt. Ich muss mich mit Madame Minnie beraten und will sichergehen, dass ich als Erste dran bin, wenn sie kommt.«

Minnie McIntyre, die Witwe von Big Earl, verdingte sich an einem Tisch in der Ecke als Wahrsagerin. Diejenigen, die auf ihr Talent schworen, führten die wenigen Fälle, in denen sich die Botschaften, die sie aus der Geisterwelt erhielt, bewahrheitet hatten, als Beweis für ihre medialen Fähigkeiten an. Ungläubige behaupteten, dass jeder, der im Laufe von fünfzig Jahren täglich Dutzende von Vorhersagen machte, unweigerlich hin und wieder einen Glückstreffer landen musste.

Veronica zählte im Minnie McIntyre-Streit sowohl zu den Befürworterinnen als auch zu den Gegnerinnen. Ihre herzliche Beziehung hatte sich abgekühlt, nachdem Minnies Vorhersage, ein großer, gutaussehender Fremder werde das Herz ihrer Tochter Sharon im Sturm erobern, Veronica dazu veranlasst hatte, Sharon zu einer unvernünftigen Verlobung zu drängen. Die stürmische Romanze endete abrupt, als Polizeibeamte die Hochzeitszeremonie unterbrachen, um den Bräutigam festzunehmen, der sich als flüchtiger Schwerverbrecher entpuppte.

In den Wochen, die auf die Hochzeitskatastrophe folgten, tröstete sich die unglückliche Sharon, indem sie sich durch beinahe ein Drittel der dreihundert Portionen Hochzeitstorte aus der Tiefkühltruhe ihrer Mutter aß. Mit jedem Pfund, das Sharon mit ihrer Tortendiät zulegte, wuchs Veronicas Wut auf Minnie. Doch alles war vergebens, nachdem Sharon versucht hatte, den Kopf und Torso des Marzipan-Bräutigams aus der Kuchen-Deko zu verschlingen, und ein gutaussehender, schlaksiger Sanitäter, der sie mit dem Heimlich-Handgriff vor dem Erstickungstod bewahrte, sie buchstäblich umhaute. Der junge Held erwies sich als Naschkatze, und bei der Aussicht auf all den Kuchen, den er bei Sharon bekam, fing er an, sie regelmäßig zu besuchen. Die jungen Leute heirateten im darauffolgenden Sommer.

Als sie dann feststellte, dass Minnie mit jedem Aspekt ihrer Vorhersage völlig richtig gelegen hatte, außer bei der sachgemäßen Identifizierung des Bräutigams, war Veronicas Glaube an ihre Wahrsagerin wiederhergestellt.

»Ich komme nachher bei euch zu Hause vorbei und bringe euch noch mehr Bilder«, sagte Veronica zu Clarice, schnappte sich das Foto von Apollo und eilte durch den Raum in die Ecke, um auf Minnie zu warten. Nachdem Veronica gegangen war, hörte Clarice vereinzelt jemanden quieken oder die Luft anhalten und wusste, dass ihre Cousine das Foto ihres schweinchenähnlichen Enkels auf dem Weg zur Wahrsagerin herumzeigte. *Was, um Himmels willen, soll ich nur sagen, wenn ich mir einen ganzen Stapel dieser Bilder anschauen muss?,* dachte sie.

Durch das Fenster des Diners sah Clarice Odette und James Henry über die Straße auf das *Earl's* zukommen. Sie waren noch zu weit entfernt, als dass sie ihre Gesichter erkennen konnte, aber ihre Silhouetten waren unverwechselbar. James war schlank und einen Kopf größer als seine rundliche Frau. Clarices Mutter, die kein Blatt vor den Mund nahm, wenn es darum ging, auf ästhetische Schwächen hinzuweisen, war die Ungleichheit in Odettes und James' Körperbau schon vor ihrer Hochzeit aufgefallen. »Ich sage nicht, dass sie nicht zusammensein sollten. Ich sage nur, dass du deiner Freundin vielleicht einen Gefallen tust, wenn du ihr erklärst, dass sie wie eine riesige Zehn aussehen, wenn sie nebeneinander stehen. Ich würde nicht so durchs Leben gehen wollen«, hatte Beatrice bemerkt.

Auf dem Weg zum Eingang des Diners blieben Odette und James auf dem Gehweg stehen und winkten jemandem zu. Kurz darauf kamen Barbara Jean und Ray Carlson ins Blickfeld. Als sie Kinder waren, war Barbara Jean das hübscheste Mädchen in Plainview gewesen. Mit sechzig war sie nun die wohlhabendste Frau der Stadt, und noch immer besaß sie die Art von Schönheit, über die Männer Lieder schrieben und die sie dazu trieb, sich wie Idioten zu benehmen. Heute, für die Kirche gekleidet und zurechtgemacht, war sie ein Ausbund an Eleganz und Perfektion. Auch Ray war ein Hingucker. Hinter seinem Rücken nannten ihn Clarice, Barbara Jean und Odette manchmal »Der König der hübschen weißen Jungs«, ein Spitzname, den Clarice ihm als Teenager gegeben hatte. Obwohl er schon lange kein Junge mehr war, sondern allmählich alt wurde, sah er noch genauso gut aus wie eh und je. Fast ein Jahr nach ihrer stark verspäteten Hochzeit weckten die zwei, die schon als Teenager ein Liebespaar gewesen waren, Bewunderung, Lust und Neid, indem sie einfach nur die Straße hinuntergingen.

Clarice stand auf, um ihre Freunde zu begrüßen und sich

mit ihnen in die Schlange am Buffet zu stellen. Einige Minuten später saßen sie am Fenstertisch, der in Anerkennung von Richmonds Status als Fußballheld, Clarices Ansehen als örtlicher Musik-Berühmtheit und Barbara Jeans atemberaubender Schönheit seit 1967 durchgängig für sie reserviert war. Barbara Jean und Odette saßen links und rechts von Clarice. Ray und James nahmen ihre Plätze auf der gegenüberliegenden Seite des Tisches rechts und links von Richmond ein.

Odette hob den Teller mit dem Stück Kirschkuchen hoch und schwenkte ihn unter ihrer Nase hin und her. »Der riecht unglaublich«, stellte sie fest. »Clarice, du bist ein Engel. Weißt du, dass kein einziges Stück mehr übrig ist? Mädels, ich warne euch, seht lieber weg, wenn ich zu essen anfange. Das ist kein appetitlicher Anblick.«

Clarice lachte und erwiderte: »Nichts anderes habe ich erwartet.«

Als Odette geräuschvoll und hastig ihren Kuchen verschlang, fragte Barbara Jean Clarice, wie weit sie mit den Vorbereitungen für das Konzert sei, das sie in zwei Wochen zugunsten der Kinderabteilung des Universitätskrankenhauses geben würde. In Anerkennung von Barbara Jeans Menschenliebe trug der Kinderflügel den Namen ihres verstorbenen Sohnes Adam. Außer Geld für das Krankenhaus zu sammeln, diente der Auftritt als Probelauf für ein Programm, das Clarice im Juli in Chicago darbieten würde. Sie sollte unter freiem Himmel in einem Park in der Innenstadt spielen, vor dem größten Publikum ihrer Laufbahn.

»Bei einem Stück bin ich mir noch unsicher«, sagte Clarice. »Aber ich muss mich bald entscheiden. Die Organisatoren in Chicago möchten wissen, was ich spiele, damit sie es ankündigen können. Und die Programme für die Krankenhaus-Aufführung müssen auch diese Woche in die Druckerei.«

Nachdem Odette ihren Kuchen gegessen hatte, machte sie sich über andere Speisen her, die sie vom Buffet geholt hatte. Zwischen zwei Bissen fragte sie Clarice: »Bist du nervös?«

Clarice schaute kurz zu Richmond. Er warf einen imaginären Football in die Luft und unterhielt Ray und James mit seinem Lieblingsthema. Kurz nachdem Clarice die Calvary Baptist zu Gunsten der örtlichen Unitarian Congregation verlassen hatte, war es für sie und Richmond zur Gewohnheit geworden, dass er sie jeden Sonntagmorgen abholte und auf seinem Weg zur Calvary, in der er noch Diakon war, bei ihrer neuen Kirche absetzte. Heute war sie jedoch äußerst beunruhigt aufgewacht. Kaum bog Richmond in die Einfahrt ein, hatte sie ihn ins Haus gewinkt und ihn für eine schnelle Nummer in ihr Schlafzimmer gezerrt, was dazu führte, dass beide zu ihrem jeweiligen Gottesdienst zu spät kamen.

»Ich bin ein bisschen gereizt«, antwortete Clarice. Vorsichtig schnitt sie einen schmalen Streifen Fett von einer Scheibe Roastbeef, kaute und schluckte. »Aber ich finde Möglichkeiten, mit der Belastung umzugehen.«

Das Geräusch von raschelndem Stoff und das Läuten einer Glocke kündigten den Auftritt von Minnie McIntyre an. Sie trug ein lockeres, weißes Kleid mit einem goldenen Gürtel. Wie immer, wenn sie arbeitete, hatte sie einen weißen Turban auf dem Kopf, aus dem ein kleines silbernes Glöckchen hervorlugte. Minnie sagte, dass die Glocke läute, wann immer sie eine Botschaft von ihrem Geisterführer erhielte, einem toten Magier namens Carl der Großartige. In ihrer rechten Hand hielt sie einen mit Rheinkieseln verzierten Stock. Den brauchte sie, seit sie sich bei einem Unfall den Knöchel gebrochen hatte. Minnie gab Clarice die Schuld an ihrer Verletzung. Sie behauptete, sich nicht daran erinnern zu können, wie sie Clarice in einem Wutanfall an die Gurgel gegangen war, dabei das Gleichgewicht verloren hatte und gestürzt war, wobei sie sich den Knöchel brach. Sie wusste nur noch, dass Clarice schuld war. Und obwohl Minnie selbst bereit war, Clarice ihre Verfehlungen zu verzeihen, musste sie damit warten, bis Carl ihr sagte, dass es an der Zeit war. Bisher, behauptete sie, seien die Geister nicht versöhnlich gestimmt.

Auf dem Weg zu ihrem Tisch stoppte Minnie am Fenstertisch. Sie neigte den Kopf, sodass das Glöckchen auf ihrem Turban läutete und sagte zu Clarice: »Carl hat über dein großes Konzert in Chicago gesprochen, aber ich möchte dich nicht mit seinen Worten beunruhigen.« Sie tätschelte Clarices Schulter. »Du hast mein Mitgefühl.«

Erma Mae kam gerade rechtzeitig durch die Küchentür, um noch den Rest von dem zu hören, was ihre Schwiegermutter zu Clarice gesagt hatte. Deutlich flinker, als es jemals möglich gewesen wäre, bevor die gesunde Ernährung ihre Figur auf ihr Highschool-Gewicht reduziert hatte, beeilte sich Erma Mae, den Fenstertisch zu erreichen, bevor die Dinge aus dem Ruder liefen. Sie wusste, dass Clarice wahrscheinlich jegliche Provokation ignorieren würde, aber sie wusste, was Odette zu tun und zu sagen imstande war, wenn sie in den Beschützer-Modus wechselte.

Erma Mae legte eine Hand auf den Arm ihrer Schwiegermutter und sagte: »Miss Minnie, Veronica Swanson wartet auf dich.« Als sie die Wahrsagerin zu ihrem Tisch in der Ecke begleitete, drehte sich Erma Mae zu Clarice um und formte mit den Lippen »Entschuldigung«.

Clarice verspürte plötzlich den Drang, nach Hause zu laufen und zu üben. Nachdem sie die Gesellschaft von Veronica und Minnie über sich hatte ergehen lassen müssen, würde es ihr guttun, einen Teil des Frusts auf dem Klavier abzubauen. Obwohl das Krankenhaus-Konzert verglichen mit anderen Auftritten, die sie in letzter Zeit absolviert hatte, nicht wichtig war, wollte sie, dass es ein Erfolg wurde. Es diente einem guten Zweck, und es war ihr letzter Auftritt vor Chicago.

Clarices Puls beschleunigte sich, als sie im Stillen die Tage bis zu ihrer Reise Richtung Norden zählte. Die Unruhe, die sie diesen Morgen mit Richmond vorübergehend verbannt hatte, kehrte zurück, als sie daran dachte, wie nahe das Datum des großen Auftritts schon gerückt war. Ihr Hals verspannte sich, und ihre Schläfen begannen zu pochen.

Sie erwog, an das andere Ende des Tisches zu eilen und Richmond zu ihrer zweiten Entspannungsrunde nach Hause zu schleppen. Warum nicht? Er würde wahrscheinlich nicht Nein sagen. Außerdem hatte sie gerade einen Artikel von einem Arzt gelesen, der behauptete, dass Sex gut gegen Bluthochdruck sei. Nicht nur, dass sie Stress abbauen würde, sie konnte einen Schlaganfall verhindern. Es war, als würde sie ein Rezept befolgen. Sie könnte ihr eigenes Leben retten und das von Richmond gleich mit.

»Clarice, ist alles in Ordnung?«, fragte Odette. »Du siehst ein bisschen erhitzt aus.«

»Mir geht es gut«, antwortete Clarice. Ihre Augen waren auf Richmond gerichtet, der nur aus Grübchen und guter

Laune zu bestehen schien und über eine Bemerkung von Ray sein lautes, tiefes, bellendes Lachen ertönen ließ. »Ich habe ein bisschen Kopfschmerzen. Sobald ich zu Hause bin, nehme ich etwas ein.«

Clarice aß noch einen Bissen Roastbeef und legte Messer und Gabel auf den Teller. »Es tut mir leid, dass ich so früh gehe«, entschuldigte sie sich. »Aber ich muss üben, und es wäre wahrscheinlich das Beste, wenn ich das Medikament nehme, bevor meine Kopfschmerzen noch schlimmer werden.« Sie schob Odette den Teller mit dem Kirschkuchen zu, und als sie von ihrem Stuhl aufstand, rief sie: »Richmond!«

5

Für eine Frau, die Geister sieht, ist ein Krankenhaus ein ziemlich rummeliger Ort. Kaum traten James und ich durch die Türen des Universitätskrankenhauses, traf ich sofort auf eine ganze Reihe Toter. Die erst kürzlich Verstorbenen, die schon seit langem Toten und die beinahe Toten spazierten auf dem Flur herum. Es gab alle möglichen Gemütszustände zwischen Glück und Kummer. Leute, die unendlich begeistert waren, von den Zwängen der Welt befreit zu sein, glitten an jenen vorbei, die die Nase gestrichen voll davon hatten, von ihren Körpern getrennt zu sein. Die meisten von ihnen ignorierten mich. Manche, die sich bewusst waren, dass ich sie sehen konnte, nickten mir zu, als James und ich an ihnen vorbeigingen. Einige winkten und riefen: »Hey, Odette!«

Ich habe nie herausgefunden, an was die Toten erkennen, dass ich sie sehen kann. Es könnte sein, dass meine Mutter ihnen von mir erzählt. Als Mama noch lebte, besaß sie dieselbe Gabe. Im Gegensatz zu mir sah sie keinen Grund, darüber Stillschweigen zu bewahren. Vielmehr machte es ihr einen Heidenspaß, Botschaften von der anderen Seite weiterzugeben. Als Mamas besondere Fähigkeit in Erscheinung trat, tauchten die Toten vor ihrer Haustür auf und baten sie, als Vermittlerin zwischen ihnen und ihren Zurückgebliebenen zu fungieren. Weil sie es als ihre Pflicht empfand, Menschen zu helfen, und weil sie mit Vorliebe ihre Nase in anderer Leute Angelegenheiten steckte, kooperierte sie bereitwillig.

Leider wurde ihre Hilfe selten geschätzt. Wie sich herausgestellt hat, sind Tote genauso wie Lebende – die größten Idioten reden am meisten. Die Toten mit gesundem Menschenverstand sind normalerweise zu sehr mit ihrem Leben nach dem Tod beschäftigt, als dass sie sich die Mühe machten, mit lebenden Freunden und Verwandten zu plauschen. Die toten Blödmänner können einfach nicht die Klappe halten. Mamas Geister-Bekanntschaften wollten ihre einstigen außerehelichen Affären beichten, über Schwachsinn reden, den niemanden, den sie kannten, mehr kümmerte und die Inneneinrichtung ihrer noch lebenden Ehepartner kritisieren. Nur ganz selten übermittelten sie nützliche Informationen. Meines Wissens haben sie nie die Gewinnzahlen im Lotto verraten, ein leckeres Rezept weitergegeben oder jemandem geholfen, die verlorenen Autoschlüssel wiederzufinden. Weil Mama den Lebenden also nichts erzählte, was sie gern hören wollten, erwarb sie sich einen Ruf als Spinnerin und Nervensäge anstatt den eines Mediums.

Zugegeben, schon bevor sie anfing, Geister zu sehen, gab es Anzeichen, die die Vermutung nahelegten, dass Mama nicht ganz richtig im Kopf war – ihre allseits bekannte Leidenschaft, Marihuana zu rauchen, zum Beispiel. Mama stellte die College-Jungs mit den megagläsernen Blicken in den Schatten. Und vor meiner monatelangen Chemotherapie machte ich ihr wegen dieser Angewohnheit das Leben schwer. Obwohl mein Ehemann, der Captain bei der Indiana State Police ist, es lieber ignoriert, gehe ich immer noch regelmäßig mit meinem Dope und meinen Blättchen in den Garten, um mir einen Joint reinzuziehen.

Mama hatte einst auf Anraten einer Hexe ihren schweren, schwangeren Körper hoch in die Äste einer Platane gehievt. Die Hexe erzählte ihr, dass ihr überfälliges Baby käme, wenn sie auf den Baum steige und dort ein Lied singe. Sechzig Jahre danach kommen immer noch Leute auf mich zu und fragen: »Ist es wahr, dass du auf einer Platane geboren wurdest?«

Ja, ich wurde auf einer Platane geboren. Und aufgrund der Umstände meiner Geburt und des alten Aberglaubens, dass ein Kind, das über dem Boden geboren wird, sein ganzes Leben über furchtlos sein wird, begegnet mir immer noch das Gerücht, ich hätte vor nichts Angst. In Wahrheit machen mir viele Dinge Angst. Als ich aufwuchs, glaubten jedoch alle Erwachsenen in meinem Leben, dass mich die Geburt in einem Baum unendlich tapfer gemacht habe. Und wenn die Leute, die man liebt und denen man vertraut, einem als Kind erzählen, dass man vor nichts Angst hat, glaubt man es irgendwann ein bisschen, auch wenn das Leben einen eines Besseren belehrt. Also, obwohl ich nicht frei von Angst bin, bin ich auch kein Angsthase.

Die Aufzugtüren öffneten sich mit einem leisen Quietschen, und James und ich traten in den hell erleuchteten vierten Stock des Universitätskrankenhauses hinaus. Barbara Jean sprach an der Information mit zwei Schwestern. Ihre blassblauen OP-Kittel standen in scharfem Kontrast zu Barbara Jeans magentafarbenem Teekleid. Dazu trug sie passende hochhackige Schuhe, deren bloßer Anblick meine Füße schmerzen ließ. Wäre ich jemals so leichtsinnig, solche Schuhe anzuprobieren, würde ich vielleicht drei Schritte schaffen, ohne mir den Knöchel zu brechen oder die Absätze zu ruinieren.

Fast alle aus der Belegschaft des Krankenhauses kannten Barbara Jean. Ihr erster Ehemann, Lester Maxberry, war ein gutes Stück älter als sie gewesen, und die letzten zwanzig Jahre seines Lebens arbeiteten alle Organe in seinem armen Körper nur noch auf Teilzeitbasis. Sobald die Ärzte ein Organ wieder zum Laufen gebracht hatten, begann ein anderes zu streiken. Als er 2005 starb, war das einzig Schockierende, dass er nicht an einer Krankheit, sondern durch einen Unfall starb. Sein Tod war die Folge schieren Pechs.

Als Lester starb, lag auf seinem Konto ein größerer Haufen Geld, als es irgendjemand in Plainview vermutet hatte, Barbara Jean eingeschlossen. Durch den Verkauf seines Geschäfts wuchs der Geldstapel noch weiter an. Heute verbringt Barbara Jean ihre Zeit damit, dieses Geld zu verteilen. Die Krankenhausangestellten, die erst seit Kurzem dort arbeiten und Barbara Jean nicht bei den vielen Malen begegnet sind, die sie Lester ins Krankenhaus gebracht hat, kennen sie als Stifterin und Ehrenamtliche.

Das Beratungsgespräch, zu dem James und ich unterwegs waren, fand im Lester-Maxberry-Frauengesundheitszentrum der Uniklinik statt. Wenn man nach dem Betreten des Gebäudes nach links abbog, sah man sich der Kinderabteilung und dem Adam-Maxberry-Hörsaal gegenüber, benannt nach Barbara Jeans Sohn, der als kleiner Junge gestorben war. In diesem Hörsaal würde unsere Freundin Clarice in eineinhalb Wochen ihr Klavierkonzert geben. Barbara Jean leitete auch eine Wohltätigkeitsorganisation, die Patienten umsonst Blumensträuße ins Krankenhaus brachte. Wenn man keine Familie hatte oder die Angehörigen arm waren, sorgte die Maxberry-Stiftung dafür, dass einem so viele Blumen ins Zimmer gestellt wurden, wie man es sich wünschte.

An der Information umarmte Barbara Jean uns beide flüchtig. »Was für ein glücklicher Zufall«, sagte sie. »Ich habe nicht damit gerechnet, euch zu sehen.«

Sie behauptete, rein zufällig auf derselben Etage zu sein, auf der sich das Büro meiner Ärztin befindet, um einem Patienten auf einer benachbarten Station eine Vase mit Blumen zu bringen. Aber das kaufte ich ihr nicht ab.

Barbara Jean ist liebenswürdig. Sie hat großes Leid durchlebt und es geschafft, alles zu überstehen, ohne verbittert zu sein. Aber sie ist keine Schauspielerin. Sie war meinetwegen da.

Ich sollte die Ergebnisse der Tests erhalten, die man vor einigen Tagen durchgeführt hatte – fünf Jahre nach der Behandlung meines Non-Hodgkin-Lymphoms. Ich machte kein Geheimnis aus den Tests. Barbara Jean und Clarice hatten mich durch meine gesamte Krankheit hindurch begleitet und kannten die Termine so gut wie ich. Aber ich wollte auch keine große Sache daraus machen. Mein Mann und meine Freunde waren in Gesundheitsangelegenheiten nicht gerade das, was man gelassen nennt, zumindest nicht, wenn es um *meine* Gesundheit ging. Ich dachte, dass es uns allen vielleicht etwas Stress ersparen würde, wenn ich den fünften Jahrestag nicht so hoch hängte.

Ich hätte es besser wissen müssen.

»Ich wollte gerade rüber in die Chirurgie gehen, um diese Blumen loszuwerden«, sagte Barbara Jean und nahm eine milchig-grüne Glasvase vom Tresen der Information. Die Vase enthielt einen Rosenstrauß, der so perfekt mit Barbara Jeans Gesamtbild harmonierte, dass es aussah, als habe sie den Kleiderstoff passend zu den Blumen weben oder die Rosen zum Kleid züchten lassen. Angesichts ihrer Leidenschaft für Mode und ihrer unbegrenzten Ressourcen schien beides möglich.

»Die sind für Mr. Walker, der Mann, der an Miss Beatrices Hochzeit gesungen hat. Er leidet an schwerer Diabetes. Heute früh musste man ihm einen Teil seines Fußes amputieren. Anscheinend hat er keine Familie. Und die Schwestern sagen, er sei deprimiert.«

Der Blues-Sänger schien in schlechter Verfassung zu sein, als er nach seinem Auftritt bei der Hochzeit in die Dunkelheit davongehumpelt war. Einen Moment lang fragte ich mich, ob Barbara Jean vielleicht wirklich im Krankenhaus war, um Blumen bei ihm abzugeben. Doch als ich gerade dachte, ich hätte mir nur eingebildet, dass sie meinetwegen hier war, hörte ich eine andere vertraute Stimme Barbara Jeans Worte wiederholen. »Was für ein schöner Zufall. Ich habe gar nicht damit gerechnet, euch hier zu sehen«, sagte Clarice.

Sie umarmte mich und gab mir einen Kuss auf die Wange. Dasselbe tat sie mit James und Barbara Jean. Anschließend sagte sie: »Ich habe das Klavier für meinen Auftritt getestet.«

Der Hörsaal lag im ersten Stockwerk, wir waren im vierten.

James studierte lieber den Teppich, als Clarice dabei zuzuschauen, wie sie noch schlechter schauspielerte als Barbara Jean. Als ich ihn ansah, war mir klar, dass er sie angerufen hatte, um ihnen zu sagen, wann und wo sie mich finden konnten. Ich kam nicht umhin, mich ein bisschen darüber zu freuen. Gute Freunde, die es in Kauf nehmen, mich zu verärgern, um mir ihre Unterstützung zu zeigen, und einen Ehemann, der meine Wünsche ignoriert, um dafür zu sorgen, dass meine Bedürfnisse erfüllt werden – das ist einfach zu schön, um sich darüber aufzuregen.

»Lasst uns mit dem Unsinn aufhören, Mädels«, sagte ich. »Ich freue mich, euch zu sehen. Hört mit der Lügerei auf und kommt mit uns.«

Barbara Jean drückte eine Hand auf die Brust und gab vor, beleidigt zu sein. »Du wirst sehen, dass ich nicht gelogen habe. Nicht ganz. Der Mann, der auf der Hochzeit gesungen hat, liegt wirklich hier, und die Blumen sind tatsächlich für ihn«, beteuerte Barbara Jean. Und an Clarice gewandt fügte sie hinzu: »Ist es nicht ein Jammer, dass unsere Freundin ein so misstrauisches Wesen ist?« Sie stellte die Vase zurück auf den Tresen. Dann hakte sie sich mit dem einen Arm bei mir, mit dem anderen bei Clarice ein und sagte: »Gehen wir, Supremes?«

Mit James im Schlepptau stiefelten wir Arm in Arm auf das Büro der Ärztin zu, so wie wir vor vierzig Jahren durch die Flure unserer Highschool geschlendert waren.

Meine Ärztin war spät dran, und so unterhielten wir uns im Warteraum vor ihrer Tür. James sagte kaum ein Wort. Mit einer Hand ergriff er meine Finger und drückte sie, bis sie taub wurden. Mit der anderen Hand rieb er sich das Kinn. James hat eine dunkle, wulstige Narbe, die von seinem rechten Ohrläppchen bis zur Spitze seines Kinns verläuft, eine Erinnerung an seinen miesen Vater, den er kaum gekannt hatte. Wenn James besorgt war, massierte er seine Narbe, als ob sie sich entzündet hätte.

Unterdessen schwatzten Clarice und Barbara Jean ununterbrochen. Barbara Jean berichtete uns alle Einzelheiten über das Vogelschutz-Projekt, das ihren Mann Ray die Woche über an die Westküste führte.

Als wir Ray kennenlernten, war er ein bettelarmer und umwerfend hübscher Teenager, der für seinen Lebensunterhalt Hühner züchtete und verkaufte. Er war so oft mit Hühnerfedern übersät, dass wir ihn zusätzlich zu »Der König der hübschen weißen Jungs« »Chick« nannten. Dieser Spitzname nutzte sich ab, aber Rays Besessenheit für Vögel ließ nicht nach. Heute arbeitete er an der Universität und forschte über Habichte. Auch Jahre, nachdem er nicht mehr mit den Hühnern im Stall schlief, sah man ihn nur selten ohne eine verirrte Feder auf der Schulter.

Clarice spulte eine Liste von Unternehmungen herunter, die sie für unsere Familien geplant hatte, wenn ihre und meine Kinder nach dem Konzert in Chicago mit nach Plainview kamen. Unsere zwei Töchter waren beste Freundinnen, die alle paar Tage miteinander sprachen. Das Treffen im Juli war jedoch eine der immer seltener werdenden Gelegenheiten, an denen ihre vier und meine drei Kinder, zusammen mit Ehepartnern und Kindern, in Plainview sein würden. Ich stimmte ihren Plänen, eine Woche lang nur zu essen und die Enkelkinder ohne Ende zu verwöhnen, von ganzem Herzen zu.

Das Gespräch über Enkelkinder ließ Clarice und mich in einen gutmütigen Wettstreit über unsere jeweiligen Enkel treten. So kamen wir auf die Bilder von Veronicas Enkelsohn Apollo zu sprechen, die sie in der ganzen Stadt herumgezeigt hatte. Bei diesem Thema verstummten wir. Auf diese Weise brachten wir zum Ausdruck, dass wir wahrgenommen hatten, wie außergewöhnlich hässlich dieses arme Baby war, was wir aufgrund unserer guten Erziehung jedoch nicht aussprachen.

Die Tür zum Zimmer meiner Onkologin ging auf, und meine Ärztin, Catherine Reese, kam heraus. Ihr fröhlicher Gesichtsausdruck, als sie uns begrüßte, erleichterte alle aus meiner kleinen Gefolgschaft. Guter Dinge folgten James und ich ihr ins Sprechzimmer.

Tatsächlich hatte Dr. Reese nur gute Nachrichten für uns. Kein Krebs. Alle Organe im Gleichgewicht. Alles funktionierte so gut, wie es eine sechzig Jahre alte Frau mit fünfundzwanzig Kilo Übergewicht erwarten konnte. James ließ meine rechte Hand los, die er so stark gedrückt hatte, dass sie schmerzte, um sich mir zuzuwenden und mich zu küssen. Dann tauchte meine Mutter hinter Dr. Reese auf und klatschte vor Glück in die Hände. Sie trug ein orangefarbenes Kleid im Ton eines strahlendneuen Verkehrshütchens. Die Farbe spiegelte sich in allen glänzenden Oberflächen um uns herum, und das ganze Zimmer war von Sonnenlicht erfüllt. Es war nur schwer vorstellbar, dass James und Dr. Reese diese intensive Leuchtkraft nicht sehen konnten. Obwohl sie schon zwölf Jahre tot war, erstrahlte meine Mutter noch immer heller als irgendjemand anders, den ich kannte.

»Wunderbar, wunderbar!«, sang Mama laut. Zur Feier des Tages legte sie neben dem Tisch der Ärztin ein Tänzchen hin. Sie tanzte den Shimmy und schüttelte sich. Ihre breiten Hüften kreisten in die eine Richtung, während sich ihre vollen Brüste in die andere Richtung drehten. Meine Mutter und ich besaßen die gleiche Statur, und ich nahm mir vor, Mamas unvorteilhaften kleinen Tanz niemals in der Öffentlichkeit aufzuführen. Allerdings war ich begeistert, sie zu sehen.

Nach meinem Termin folgte Mama James und mir zurück ins Wartezimmer. Unbemerkt von Barbara Jean und Clarice gesellte sie sich zu uns, als diese mich umringten und fröhlich auf und ab sprangen, nachdem sie von James das Daumen-hoch-Zeichen bekommen hatten.

Ich genoss es, mit meinen Freunden das Glück zu teilen, aber ich hatte Mama monatelang nicht gesehen und war begierig, mit ihr zu sprechen. Sie hatte mich von Anfang an bei meinem Kampf gegen den Krebs begleitet. Sie hatte mir Gesellschaft geleistet, mich beraten und mir in der schlimmsten Zeit beigestanden.

»Ich gehe zur Toilette«, sagte ich. »Solange ich weg bin, könnt ihr euch überlegen, wohin ihr mich zum Mittagessen ausführt.«

Ich hatte nur ein einziges Mal mit meinen Freunden und meiner Familie über das Geistersehen gesprochen, als ich dachte, ich würde sterben und nie wieder mit ihnen reden können. Seitdem hatte ich den Mund gehalten. Der einzige Grund, warum James wusste, dass ich immer noch mit den Toten in Kontakt stand, war, dass mir Mama gerne bei der Hausarbeit Gesellschaft leistete, ich mich dabei schnell vergaß und mich dann laut mit ihr unterhielt. Ansonsten behielt ich meine Unterhaltungen mit Geistern für mich. In der kleinen Toilette am Ende des Flurs sagte ich zu Mama: »Schön, dich zu sehen. Es ist schon eine Weile her.«

»Ist es das?«, fragte sie.

»Drei Monate.«

»Wirklich? Die Tage vergehen wie im Flug. Ich hätte geschworen, dass ich dich gestern noch gesehen habe.«

»Dein Kleid gefällt mir. Ich glaube nicht, dass ich es schon mal gesehen habe«, bemerkte ich. Je nachdem, was Mama über ihr Kleid sagen würde, musste ich womöglich gegen meine Regel verstoßen, nichts von dem weiterzugeben, was die Toten sagten. Falls man nach dem Tod Shoppen gehen konnte, würde Barbara Jean es wissen wollen.

Mama wirbelte herum, sodass der Saum ihres Kleides sich

um sie herum aufblähte und praktisch den engen Raum ausfüllte. Als sie aufhörte, sich zu drehen, sagte sie: »Ich bin froh, dass es dir gefällt. Dein Daddy hat es vor Jahren für mich gekauft. Bevor du auf die Welt kamst. Sogar, bevor dein Bruder geboren wurde. Als heißes, junges Ding trug ich es immer, wenn ich in Nachtclubs ging. Es schien mir das perfekte Kleid zu sein, um erfreuliche Nachrichten zu hören.«

Sie schnippte mit den Fingern. »Das erinnert mich an etwas. Ich muss das aufschreiben.« Sie fasste in ihre Handtasche und zog einen Stift und ihren »Freudensprünge«-Kalender von Stewarts Bestattungsinstitut heraus.

Ich hatte diesen Kalender seit Jahren nicht mehr gesehen. »Du schreibst da immer noch rein?«, fragte ich.

»Natürlich.« Während sie etwas notierte, sagte sie: »Dies ist der fünftglücklichste Tag, den ich je erlebt habe. Das muss in mein Buch.«

»Fünftglücklichster Tag? Ich bin geschmeichelt.«

»Das solltest du auch sein. Bevor ich gestorben bin, standen hier tolle Sachen drin, aber seit damals ist der Wettbewerb immer härter geworden.«

Mama legte ihr Buch weg. »Wie geht es Eleanor?«, erkundigte ich mich.

Die frühere First Lady, Eleanor Roosevelt, fing in den 1970ern an, Mama zu besuchen. Offenbar witterte Mrs. Roosevelt in ihr eine Seelenverwandte. Jetzt genossen sie eine wohlverdiente, schöne Zeit im Jenseits und veranstalteten Zechgelage, die ihnen zu Lebzeiten aufgrund ihrer Verantwortung als Ehefrau und Mutter verwehrt geblieben waren. Zusammen zogen sie eine ganz gute Nummer ab, aber die Dora-Jackson-und-Eleanor-Roosevelt-Show sah man sich am besten aus sicherer Entfernung an.

»Ich bin mir nicht sicher, wo Eleanor ist«, sagte Mama. »Vorhin war sie mit mir zusammen, aber deine Tante Marjorie tauchte auf und lud sie zum Craps-Spielen ein. Ehe ich michs versah, waren sie verschwunden. Diese wilden Weiber können weiß Gott wo sein.«

»Wer im Glashaus sitzt …«, erwiderte ich.

»Vielen Dank.« Mama machte einen Knicks.

Dann erkundigte sie sich nach meinen Kindern, und ich war glücklich, mit ihnen angeben zu können. Ich erzählte ihr von Jimmys neuem Geschäft, zusammen mit seiner Frau machte er irgendetwas mit Computern und Geld, das ich nicht so ganz verstand. Ich schwärmte von Eric, der endlich mit einem Partner glücklich war, der ihn zu schätzen wusste. Und ich berichtete ihr, dass Denise wieder aufs College ging, jetzt, da ihre Kinder den ganzen Tag in der Schule waren. Über meinen Bruder Rudy sprachen wir nicht. Auch wenn er es nicht wusste, sie beobachtete ihn genauso aufmerksam wie mich.

Als ich ihr von der Hochzeit von Forrest Payne und Beatrice Jordan erzählte, stieß Mama einen Schrei aus. »Ach, so ein Mist«, schimpfte sie. »Hoffentlich hat er daran gedacht, in der Hochzeitsnacht Hammer und Meißel mitzubringen. Ich wette, Beatrice hat ›unten rum‹ ganz schön Rost angesetzt.« Dann brach sie über ihren bösartigen Witz in Gelächter aus und bog sich geradezu vor Lachen. Als Mama sich wieder aufrichtete, sagte ich: »Ich sollte gehen, bevor James nach mir sucht.« Dann betätigte ich aus reiner Gewohnheit die Toilettenspülung und wusch mir die Hände.

Mama und ich verließen das Badezimmer und gingen zu den Aufzügen zurück. Wir waren auf halbem Weg, als ich Wayne Robinson sah. Er brummelte vor sich hin und kaute mit den Zähnen auf einer nicht angezündeten Zigarette in seinem Mund, als ob er sie einweichte, um sie später zu essen. Er fuhr sich mit den Fingern durch das spärliche, graue Haar und trottete neben einer jungen Krankenschwester her. Als sich die Schwester umdrehte, in einem Zimmer verschwand und dabei direkt durch ihn hindurchging, verstand ich, dass er nicht mehr unter den Lebenden weilte, zumindest nicht vollständig.

Wayne Robinson kam weiter auf mich zu und redete immer noch mit sich selbst. Als er noch ungefähr einen halben Meter von Mama und mir entfernt war, sagte ich: »Hallo, Mr. Robinson.«

Er schleppte sich an mir vorbei und trat rechts von mir durch eine offene Tür.

Dort setzte er sich neben einem belegten Bett auf einen Stuhl und vergrub das Gesicht in den Händen. Im Bett lag Wayne Robinsons Körper. Der Patient war älter, dünner und kränklicher als der Mann auf dem Stuhl. Er atmete flach, aber beständig. Seine Augen waren geschlossen. Außer dem Beinahe-Geist, der einen halben Meter von seinem Körper entfernt um sich trauerte, waren keine Besucher anwesend.

»Ein Freund von dir?«, fragte Mama.

»Ich kannte seine Frau und seinen Sohn«, erwiderte ich. »Seinen Sohn kennst du auch. Terry Robinson. Ein hübscher Bursche mit einer sanften Stimme, der vor vier oder fünf Jahren immer bei mir zu Hause vorbeikam.«

»Ich erinnere mich«, sagte Mama. »Trauriger, kleiner Junge.«

»Er hat ihn so traurig gemacht. Er hat Terry das Leben schwer gemacht.«

»So wie James' Vater?«, fragte Mama.

»So ähnlich. Es gibt viele Arten, ein Kind zu verletzen.«

Eine Krankenschwester namens Darlene Lloyd tauchte neben mir an der Tür zu Wayne Robinsons Zimmer auf. Darlene war während meiner Zeit auf der Intensivstation vor fünf Jahren eine meiner Lieblingsschwestern gewesen. Da sie eine unerschöpfliche Quelle an Tratsch war, hatte sie mich unterhalten, wenn keine Besucher da waren. Sie begrüßte mich und erkundigte sich nach meiner Gesundheit. Dann fragte sie mich, ob ich Wayne Robinson kenne. Als ich ihr erzählte, dass ich eine Freundin von seinem Sohn sei, konnte sie kaum an sich halten.

»Unter uns gesagt, jetzt kann man nur noch abwarten«, flüsterte Darlene. »Weiß Terry Bescheid? Ich kann mir nicht vorstellen, dass seine Schwester oder sein Bruder ihn informiert haben.«

»Ich wette, das haben sie nicht«, bestätigte ich.

Es war meine Aufgabe, Terry über das hier zu informieren. Ich hatte ihm versprochen anzurufen, falls das passieren würde. In Anbetracht dessen, was diese Benachrichtigung in Gang setzen konnte, war ich nicht erpicht darauf, mein Versprechen zu halten. Damals, als ich Terry gesagt hatte, ich würde ihn über den Tod seines Vaters informieren, war Wayne Robinson ein dynamischer, sportlicher Mann mit breiter Brust gewesen, etliche Jahre jünger als ich. Ich hätte nie gedacht, dass ich dieses Versprechen würde einlösen müssen.

Darlene bemühte sich mit allen Mitteln, nicht zu aufgeregt zu klingen, doch das Leuchten in den Augen konnte sie nicht unterdrücken. »Natürlich tut es mir leid, den Mann in diesem Zustand zu sehen. Aber ich frage mich, was Terry macht, wenn sein Vater stirbt«, sagte sie, hörte sich aber alles andere als betrübt an.

Du und beinahe alle in der Stadt, dachte ich.

In einem benachbarten Zimmer ertönte ein Surren, und Darlene entschuldigte sich.

»Moment«, sagte Mama, »jetzt erinnere ich mich an die ganze Geschichte von diesem Jungen und seinem Vater.« Sie kicherte und warf noch einen letzten Blick in Wayne Robinsons Zimmer. »Das hier könnte wirklich gut werden.«

»Oh, Mama, werde erwachsen. Das ist überhaupt nicht lustig.«

»Du musst aber zugeben, dass es hohes Unterhaltungspotenzial hat«, sagte sie.

Als wir in den Flur einbogen, der zu James und meinen Freundinnen führte, verabschiedete ich mich von Mama. »Ich schaue später in der Woche mal vorbei«, versprach sie.

Dann warfen wir uns gegenseitig Küsse zu, und sie verschwand.

Als Mama weg war, knurrte mein Magen, und ich dachte wieder ans Essen. Meine Freundinnen und ich trafen uns fast jeden Sonntag und oft auch ein oder zwei Mal unter der Woche im *Earl's.* Erst gestern hatte ich noch dort vorbeigeschaut. Doch in meiner Stimmung – eine Mischung aus Glück, Erleichterung und Wehmut – war *Earl's* der Ort, an dem ich sein wollte.

Als ich James und die Supremes erreichte, die beim Fahrstuhl auf mich warteten, verkündete ich: »Schweinekoteletts. Ich möchte mir im *Earl's* gebratene Schweinekoteletts bestellen und meine Gesundheit feiern, indem ich etwas esse, was mich umbringen wird.«

Als wir in den Aufzug stiegen, langte ich um meinen Ehemann herum und kniff ihn in die magere Pobacke. Er legte einen seiner langen Arme um meine Schultern und drückte mich. Irgendwie verspürte ich das Bedürfnis, zur Feier des Tages etwas zu sagen. Vielleicht sollte ich ein Stichwort von Mama aufgreifen und James, Barbara Jean und Clarice sagen, dass ihre Liebenswürdigkeit und Loyalität mich dazu brachten, Freudensprünge zu vollführen. Aber das war nicht mein Stil. Ich drückte James ebenfalls und seufzte: »Schweinekoteletts.«

6

Barbara Jean manövrierte gerade die Schnauze ihres perlgrauen Mercedes in die Auffahrt, als ihr einfiel, dass sie vergessen hatte, den Blumenstrauß bei El im Krankenhaus abzuliefern. Das Gespräch mit Odette, Clarice und James im Wartezimmer, das Feiern von Odettes positivem Testergebnis und das lautstarke dreistündige Mittagessen im *Earl's* hatten den Botengang aus ihrem Gedächtnis verdrängt. Anstatt die Auslieferung einem anderen Ehrenamtlichen zu überlassen oder sie auf einen anderen Tag zu verschieben, fuhr sie ihr Auto lieber wieder auf die Straße und kehrte zum Krankenhaus zurück.

Als Barbara Jean das Zimmer 426 betrat, schlief El. Mit jedem Atemzug ließ er ein tiefes Schnarchen ertönen, das wie ein entfernter Trommelwirbel klang. Sein weißer Bart, buschiger als sie ihn von der Hochzeit in Erinnerung hatte, bebte mit jedem Atemzug. Sein rechtes Bein war hochgelegt, und sein dick bandagierter Fuß zu sehen. Sie schlich auf Zehenspitzen ins Zimmer, platzierte die Blumen auf einem Tisch neben seinem Bett und hoffte, ihn nicht aufzuwecken.

Kaum hatte sie die Vase abgestellt, öffnete er die Augen. Barbara Jean wollte gerade Hallo sagen, als El blinzelte und krächzte: »Loretta Perdue, du bist eine Augenweide. Was machst du hier?«

Es war ein Schock, den Namen ihrer Mutter zu hören. Da sie seit dreiundvierzig Jahren tot war, erinnerten sich nur noch sehr wenige Leute an Loretta. Und der Anständigkeit halber behaupteten jetzt viele von jenen, die sie am besten gekannt hatten, sie nie getroffen zu haben. Sogar Barbara Jean selbst sprach selten von ihr. Erst vor Kurzem hatte sie aufgehört, von den letzten Tagen ihrer Mutter und den schlimmen Dingen zu träumen, die passiert waren, als sie zusammen im schäbigsten Haus im ärmsten Viertel der Stadt gewohnt hatten.

Loretta war in jenem verwahrlosten Haus in Leaning Tree gestorben. Jahrzehnte, bevor sich das Viertel von der armen, schwarzen Gegend Plainviews in eine moderne Siedlung am Stadtrand des nahegelegenen Louisville verwandelte, mit überteuerten Boutiquen und Spezialitätenläden. Loretta wurde ihrer Schönheit, die die Männer scharenweise an ihre Tür gelockt hatte, durch eine Lebererkrankung beraubt. Zum Ende hin besaß sie die eingesunkenen Augen und hängenden Wangen einer Siebzigjährigen, die sich schlecht gehalten hatte. Sie war vierunddreißig.

El rieb sich mit dem Unterarm durchs Gesicht und versuchte, die Benommenheit abzuschütteln, die von den Schmerzmitteln rührte. »Loretta?«, sagte er, fragender dieses Mal.

»Hallo, Mr. Walker. Ich heiße Barbara Jean Carlson. Loretta Perdue war meine Mutter. Leider ist sie vor geraumer Zeit gestorben.«

Er griff nach einer Brille mit silbernem Drahtgestell, die auf dem Nachttisch neben seinem Bett lag. Nachdem er sie aufgesetzt hatte, starrte er sie einige Sekunden lang an. »Sie sind also Lorettas Kind. Sie war eine schöne Frau.«

Die wenigen Gespräche, die Barbara Jean dieser Tage über ihre Mutter führte, folgten einem ähnlichen Muster. Irgendjemand erwähnte, ihre Mutter vor langer Zeit gekannt zu haben. Dann sprach man eine Weile darüber, wie schön sie gewesen war, und plötzlich verstummte der Mann – es war immer ein Mann – schlagartig. Vermutlich fiel ihm ein, dass Loretta in ihren letzten Tagen ihre schwindende Schönheit gegen ausreichend Bargeld eingetauscht hatte, um sich den Alkohol leisten zu können, der das Zittern und die Halluzinationen in Schach hielt.

Barbara Jean bedauerte, überhaupt irgendetwas über Loretta gesagt zu haben. Sie wünschte, sie wäre aus dem Zimmer geschlichen, als er sie mit dem Namen ihrer Mutter angesprochen hatte. Was wäre schon dabei gewesen, ihn glauben zu lassen, er hätte einen außerordentlich lebhaften Traum von einer Nacht mit Loretta in den 1950ern gehabt.

Barbara Jean war drauf und dran, sich zu verabschieden und El eine schnelle Genesung zu wünschen, als er sagte: »Ich habe früher mit Ihrer Mutter zusammengewohnt.«

Dann war dieser alte Mann also eine der zwielichtigen Gestalten, die sich das Loch in Leaning Tree mit ihrer Mutter geteilt hatten. Barbara Jean erinnerte sich an jene, die den meisten Ärger verursacht hatten – die Kriminellen, die ihre Mutter benutzt und geschlagen hatten, und die bösartigen Typen, die auch ihr das Leben zur Hölle machten, indem sie in ihr winziges Zimmer hinter der Küche geschlichen kamen, nachdem Loretta eingeschlafen war. Die Gesichter der Männer, die nur kurze Zeit mit ihnen gelebt hatten, waren jedoch schon seit Langem verblasst. Sie wollte nicht wissen, wie dieser Mann in all das hineinpasste.

Langsam bewegte sie sich auf die Tür zu und nahm sich vor, einen anderen der Ehrenamtlichen zu bitten, den nächsten Strauß in Els Zimmer zu bringen. »Ich gehe jetzt. Ich hoffe, dass es Ihnen bald besser geht«, sagte sie.

Dann überraschte er sie wieder. »Ihre Mutter und ich waren in derselben Pflegefamilie.«

»Was?«

»Ja, wir waren ungefähr vier Jahre zusammen dort.«

Loretta hatte mit Einzelheiten über ihr früheres Leben gegeizt. Sie sagte, sie sei in einem Waisenhaus in Louisville aufgewachsen und als Teenager wegen eines Jobs nach Plainview gekommen. Eine Pflegefamilie kam in der Geschichte, die sie über ihre Vergangenheit erzählt hatte, nicht vor. Falls es Lücken in ihrer Geschichte gab, so hatte Loretta Barbara Jean klargemacht, dass sie kein Interesse hatte, diese zu füllen. Und es war nicht ungefährlich, sie zu bedrängen, wenn sie einmal gesagt hatte, dass sie nicht belästigt werden wollte.

Einerseits hielt Barbara Jean es für klüger zu gehen, aber die Neugierde und die Erinnerung an die wunderbare Musik, die bei Miss Beatrices Hochzeit aus El herausgeströmt war, überzeugten sie zu bleiben. Barbara Jean ging zu dem Stuhl neben seinem Bett. »Sie kannten meine Mutter, als sie ein kleines Mädchen war?«, fragte sie, als sie saß.

El schnaubte und lachte kurz auf. »Ich kannte Loretta, als sie jung war, aber ich denke nicht, dass man sie je als ›kleines Mädchen‹ hätte bezeichnen können. Sie wirkte schon an dem Tag erwachsen, als sie in die Pflegefamilie kam. Sie war äußerst hart und wurde mit jedem Jahr härter. Aber das gilt für die meisten Kinder in diesem Haus. Ein Haufen trauriger, geprügelter Babys, die sich bemühten, den großen Macker zu spielen.«

Barbara Jean erinnerte sich an Lorettas Traurigkeit und an ihren Versuch, sie zu überwinden, indem sie endlos Überlegungen anstellte, wie sie den Traummann erobern könnte, der Liebe und Geld auf sie niederregnen ließe. Doch jede gescheiterte Affäre führte nur zu mehr Schwermut. Jede Abweisung zog mehr Alkohol nach sich.

»Ich wusste gar nicht, dass Loretta in einer Pflegefamilie war. Sie hat nie ein Wort darüber verloren.«

»Das überrascht mich nicht. Niemand ist dort wegen Dingen gelandet, derer man sich rühmen könnte. Als ich dort war, wohnten fünf Kinder dort. Drei entpuppten sich als total verkorkst, und zwei starben früh. Soweit ich mich erinnere, ist Ihre Mutter nicht einmal fünfzig geworden.«

Tatsächlich war Loretta nicht einmal vierzig geworden.

»Ich habe zwei Bilder von damals, falls Sie sie sehen möchten«, sagte El.

»Ja, danke, Mr. Walker. Sehr gern.«

»Nennen Sie mich El. Es tut mir gut, wenn eine schöne Frau meinen Namen ausspricht.«

Er zeigte auf seinen Gitarrenkoffer, der an der Wand unter dem Fernseher lehnte. »Die Bilder sind dort bei Ruthie. Könnten Sie ihn mir bringen?«

Barbara Jean holte den Koffer. Sie legte ihn neben El, der die Laschen öffnete und den Deckel hochhob. »Das ist Ruthie?«, fragte Barbara Jean, als er die glänzende, leopardengefleckte Gitarre aus dem Koffer zog.

»Ja, das ist mein Mädchen.« Er fuhr mit den Fingerspitzen über die Saiten und streichelte das Instrument mit der Zärtlichkeit eines Liebhabers, der seit Kurzem wieder mit seiner Geliebten vereint ist. Als er die Gitarre neben sich auf das Bett legte, bemerkte Barbara die Narben auf den Innenseiten seiner Arme. Einige der Verletzungen waren frisch, so als hätten die Krankenschwestern mehrere Versuche unternehmen müssen, um brauchbare Venen für die Infusionen zu finden. Aber die meisten Narben waren verblasste Spuren amateurhafter Einstichstellen. Sie hatte dieselben Muster auf den Armen, Beinen und sogar auf den Füßen einiger Freunde ihrer Mutter gesehen, und sie wusste, wovon diese finsteren Tattoos zeugten.

El holte eine Einkaufstüte aus Plastik hervor, die neben der Gitarre klemmte, zog einen großen braunen Briefumschlag heraus und öffnete ihn. Ein Stapel Bilder ergoss sich auf das blassblaue Krankenhauslaken. Er nahm zwei Fotos aus dem Stapel und schob eines seiner Besucherin zu.

Der Fotograf hatte Loretta dabei eingefangen, wie sie auf einem Fuß eine Drehung vollführte. Ihr Mund war geöffnet, als würde sie vor Freude schreien. Ihre Zähne funkelten so hell wie das mit Rheinkieseln besetzte Haremskostüm, das sich um ihren wohlgeformten Körper schmiegte. Barbara Jean kannte diese hohe Stirn, die breiten Wangenknochen und die runden Lippen, die immer aussahen, als hätte sie sie zum Küssen gespitzt. Das war das Gesicht, das sie beinahe vergessen hatte. Auf dem Bild war ihre Mutter Anfang zwanzig und so voller Kraft und Energie, dass sie aussah, als würde sie gleich abheben.

»Wow«, bemerkte Barbara Jean. »Sie sieht so glücklich aus.«

»So war Ihre Mutter. Sie war nur glücklich, wenn sie tanzte.«

Im Vordergrund des Bildes standen einige Männer, den Kopf in den Nacken gelegt, die Arme in die Luft gestreckt, die Fäuste voll Dollarnoten, und starrten Loretta an.

»Früher hatte ich unzählige Fotos. Die meisten habe ich durch Hurricane Katrina verloren, zusammen mit meiner

Kamera. Ich habe aber trotzdem noch viel mehr als diese paar hier. Familienfotos bewahre ich zusammen mit Ruthie im Koffer auf.« El schob das zweite Foto näher zu ihr. »Das war bei der Pflegefamilie.«

Fünf Halbwüchsige und eine Frau mittleren Alters posierten auf dem Rasen vor einem zweistöckigen Backsteinhaus. Drei Jungen und zwei Mädchen starrten mit breitem Grinsen und wütendem Blick in die Kamera. Sie sahen aus, als wären sie für die Kirche gekleidet, die Jungs in Anzug und Krawatte, die Mädchen in geblümten Kleidern und frisch gewienerten Mary-Jane-Schuhen. Eines der Kinder erkannte Barbara Jean sofort. Loretta musste ungefähr zwölf oder dreizehn Jahre alt gewesen sein. Noch nie hatte sie ein Bild von ihrer Mutter gesehen, auf dem sie so jung war.

»Da sind sie. Meine Brüder und Schwestern«, sagte El über die weißen und schwarzen Gesichter auf dem Foto.

»Die Pflegefamilie war damals gemischt?«

»Klar.« El drehte sich ihr zu und stieß sich den bandagierten Fuß an. Durch seine gespitzten Lippen entwich ein langes Zischen. Doch als Barbara Jean fragte, ob sie die Krankenschwester rufen und nach mehr Schmerzmitteln verlangen solle, lehnte er ab.

»Lange Zeit war dieses Haus der einzige gemischte Ort in Plainview. Der andere war der *Pinke Pantoffel.* Leute, um die sich niemand auch nur einen Dreck scherte, durften sich immer mischen, wie sie wollten, sie durften nur nicht versuchen, mit anständigen Leuten zu verkehren.« Els Hand zitterte leicht, als er mit dem Zeigefinger unter den Gesichtern der Menschen auf dem Foto entlangfuhr. »Ich bin der da ganz hinten. Das pummelige weiße Kind neben mir ist Harold, der leibliche Sohn der Pflegemutter. Der kleine, hellhäutige Junge ist Bert, der ursprüngliche Drummer der Band. Er starb an seinem achtzehnten Geburtstag bei einem Autounfall. Das winzige blonde Mädchen ist Lily. Meine Güte, konnte die singen. Blue-Eyed-Soul, zwanzig Jahre bevor irgendjemand ihn so nannte.«

Els Finger landete unter dem Gesicht, das Barbara Jean gut kannte. »Das ist natürlich Loretta. Die Pflegemutter, Mrs. Taylor, steht in der Mitte. Sie war wirklich ein Ekelpaket. Ziemlich durchgeknallt und böse.«

»Dieses Bild wurde kurz vor Ostern aufgenommen. Ich glaube, das war das zweite Jahr, in dem Ihre Mutter bei uns war. Mr. Clancy von Clancy's Kaufhaus kam persönlich vorbei, um neue Sonntagskleider zu verteilen. Sie stellten uns im Garten auf und machten ein Bild, auf dem wir unsere Dankbarkeit ausdrücken sollten. Das Bild erschien am Ostersonntag auf der Titelseite der Zeitung. Es gab auch ein Bild von Mr. Clancy und ein Zitat von ihm, das lautete: ›Es tut meinem Herzen gut, diese armen, verzweifelten Kinder zu besuchen und ihnen kleine Geschenke zu machen, die ihnen helfen, die Auferstehung unseres Gottes und Retters zu feiern.‹

Sie konnten dieses Bild von uns nicht am Ostersonntag machen, weil die Kleider zu diesem Zeitpunkt schon wieder zurück im Laden waren oder in der Kirche am Körper irgendwelcher Kinder, deren Mamas und Daddys tatsächlich dafür bezahlen konnten. So lief das bei Mrs. Taylor. Immer an Weihnachten und Ostern bekamen wir, in Anwesenheit von Kameras, Spielzeug und Kleider. Dann, wenn das Fotografieren vorüber war, ging jedes Teil zurück zu Clancy's. Nur Mrs. Taylor durfte ihre Kleider behalten. Ich glaube, noch nicht einmal ihr Sohn war an diesem Geschäft beteiligt.«

»Das ist ja schrecklich«, bemerkte Barbara Jean.

»So war es halt. Ich sag Ihnen was: Wir haben dabei etwas gelernt, das keiner von uns je wieder vergessen hat. In diesem Leben ist nichts gerecht, und niemand wird dir helfen außer du selbst. Aber als Lorettas Kind haben Sie das bestimmt schon einmal gehört.«

Diese Philosophie hatte Barbara Jean tatsächlich von ihrer Mutter gelernt. Beinahe jeden Tag gab es Lektionen darüber, wie man den Realitäten einer harten Welt trotzte. »Es gibt nicht genug auf dieser Welt, und niemand gibt irgendetwas weg, außer es ist zu seinem Nutzen«, hatte Loretta oft erklärt. »Du musst nehmen, was du kriegen kannst, bevor dir jemand anderer zuvorkommt.« Wenn Barbara Jean die Ärmel aufrollen oder ihren Rücken entblößen würde, könnte El die blassen, kreuz und quer verlaufenden Narben von den Gürtelschnallen und Verlängerungskabeln sehen, die Loretta während ihrer Lehrstunden als Lernhilfen einsetzte, wenn sie betrunken war. Barbara Jean hatte die Sichtweise ihrer Mutter als Wahrheit akzeptiert, bis Odette, Clarice und Ray – vor allem Ray – aufgetaucht waren und Lorettas Worte widerlegten.

»Ich erzähle Ihnen was«, sagte El. »Im nächsten Frühjahr brachte Loretta Leben in die Bude. Ihrer Mutter gefiel das Osterkleid jenes Jahres, und sie beschloss, es zu behalten. Ich werde nie den Ausdruck auf Mrs. Taylors Gesicht vergessen, als Loretta am Ostersonntag in diesem Spitzenkleid und den neuen Lacklederschuhen die Treppe herunterstolziert ist. Mrs. Taylor brüllte: ›Wo hast du das her? Wo hast du das her?‹ Und dann kam Lily ebenfalls in dem Kleid herunter, das sie die Woche zuvor ausziehen und in den Laden zurückschicken sollte. Also schrie Mrs. Taylor auch sie an.

Lily fing an zu heulen und schaute zu Loretta. Dann ging Mrs. Taylor zu Ihrer Mutter zurück, packte sie am Arm und sagte: ›Verdammt, wo hast du diese Kleider her?‹

Loretta war erst dreizehn Jahre alt und schon so zäh wie ein alter Lederstiefel. Sie blickte Mrs. Taylor ungerührt ins Gesicht und erwiderte: ›Von Clancy's. Sie haben sich meinen armen, verzweifelten Hintern angeschaut und mich nicht ohne die kleinen Geschenke gehen lassen, die helfen, die Auferstehung unseres Gottes und Retters zu feiern.‹

Mrs. Taylor holte aus und schlug Loretta so heftig, dass sie auf den Boden stürzte. Aber Ihre Mutter stand auf und schlug zurück. Sie war die Erste, die zurückschlug, und es hat uns Kindern eine Heidenangst eingejagt. Und Mrs. Taylor auch. Wir standen alle wie erstarrt und haben zugeschaut. Den ganzen Morgen über ging das so weiter, Loretta und diese Frau haben sich gegenseitig geschlagen, bis keine von ihnen mehr die Arme heben konnte.

Das war erst der Anfang ihrer Streitereien. Sie haben gekämpft und sich gegenseitig verflucht bis zu dem Tag, als Ihre Mutter das Haus verließ, um in den *Pinken Pantoffel* zu kommen und mit Lily und mir zu arbeiten.

Danach hat Loretta jeden Monat ein Kleid gestohlen.« El lachte so heftig, dass er husten musste. Als der Husten nachließ, sagte er: »Loretta war echt 'ne Nummer. Dieses Mädchen hat alles gestohlen, was nicht niet- und nagelfest war.«

Plötzlich verstummte El, so wie die meisten Männer es irgendwann taten, wenn sie mit Barbara Jean über ihre Mutter sprachen. Er hatte den unvermeidlichen Punkt in einer Loretta-Geschichte erreicht, an dem er gerade etwas sagen wollte, das man in Gegenwart der Tochter nicht sagen sollte.

Es klopfte leise an der Tür, und eine Krankenschwester kam ins Zimmer. Sie kündigte an, dass es Zeit für Els Schmerzmittel sei und stellte dann einen kleinen weißen Pappbecher mit zwei Tabletten in die Nähe des Wasserkrugs auf den Tisch neben seinem Bett.

Nachdem die Krankenschwester gegangen war, sagte El: »Tut mir leid, ich wollte Ihre Mutter nicht als Diebin bezeichnen. Wir haben damals alle getan, was wir tun mussten.«

»Sie müssen sich nicht bei mir entschuldigen. Loretta hat mich aufgezogen. Egal, was für üble Geschichten Sie mir über sie erzählen, ich könnte Ihnen eine noch üblere erzählen. Meine Mutter war eine Diebin, eine Trinkerin und eine Hure. Das ist nicht schön, aber die Realität.«

»Es gibt die Realität, und es gibt die Wahrheit«, antwortete El. »In Wahrheit steckte mehr in ihr.«

»Vielleicht«, sagte Barbara Jean.

Sie nahm beide Fotos in die Hand, betrachtete sie abwechselnd und ließ Lorettas Anblick auf sich wirken – zuerst als Kind und dann als Objekt der Begierde. Allmählich wurde El müde, und Barbara Jean wusste, dass sie jetzt gehen sollte, damit er sich ausruhen konnte. Doch sie genoss das Gespräch und wollte nicht, dass es gerade jetzt endete. »Im Schwesternzimmer sagte man mir, dass keine Angehörigen in Ihrer Akte stehen. Sind Sie sicher, dass Sie niemanden darüber informieren sollen, dass Sie hier sind?«

»Meine Frau ist tot. Ich hatte einen Sohn. Aber ich habe ihn verloren.«

»Das tut mir leid. Ich habe meinen Sohn auch verloren«, erwiderte sie. Sie legte El eine Hand auf die Schulter.

»Bemitleiden Sie mich nicht. Die Dinge und Menschen, die ich verloren habe, hatte ich nicht verdient.« El griff nach seiner Gitarre und zog sie auf den Schoß. Anstatt zu spielen, legte er die Handflächen flach auf den Gitarrenkörper und hielt inne, als ob er den nachklingenden Vibrationen eines alten Liedes nachspürte. »Loretta und Bert hatten Glück. Sie sind jung gestorben. So sollte man es machen.« Seine restliche Energie sickerte aus ihm heraus. Er richtete die wässrigen Augen auf seinen bandagierten Fuß und sprach so leise, dass es sich beinahe wie Summen anhörte: »Du verstehst mich, nicht wahr, Loretta? Es ist besser im Grab zu liegen, als so wie ich zu enden: verstümmelt und nur noch auf den Tod wartend.«

Barbara Jean stand auf. Sie nahm die Gitarre von Els Schoß und legte sie zurück in den Koffer. Dann steckte sie die Fotos in die Plastiktüte. Sie platzierte die Tüte neben einigen losen Notenblättern, die an der Seite des gefleckten Instrument klemmten, ließ den Koffer zuschnappen und lehnte ihn an die Wand unter dem Fernseher.

Bevor sie aufbrach, trat sie an Els Bett und flüsterte: »Ich gehe jetzt. Morgen komme ich wieder vorbei. Danke, dass Sie mir diese Fotos gezeigt haben. Das weiß ich wirklich zu schätzen.« Sie legte ihre Hand sacht auf seine Schulter und sagte: »Sie sind ein guter Mensch.«

El murmelte: »Mrs. Taylor wird dir den Hintern versohlen, wenn du weiter so lügst.«

Beim Hinausgehen schaute Barbara Jean noch schnell im Schwesternzimmer vorbei, um den Schwestern mitzuteilen, was El gesagt hatte. Es war nie ein gutes Zeichen, wenn ein Patient meinte, dass er tot besser dran wäre. Dann ging sie hinaus zu ihrem Auto und fuhr nach Hause.

Während der Fahrt dachte Barbara Jean über das Gespräch mit El nach und wie sie beinahe aus dem Zimmer geflohen wäre, als er sie zunächst Loretta genannt hatte. Die Erinnerung an seine Musik hatte sie ruhiger werden lassen. Nachdem ihr das melancholische Hochzeitslied, das alle in der Kirche zum Weinen, zum Küssen oder zu beidem gebracht hatte, wieder in den Sinn gekommen war, ließ der Drang, das Zimmer zu verlassen, nach. Und jetzt hatte Barbara Jean tatsächlich ein Gespräch über Loretta geführt, in dessen Folge sie nicht das Bedürfnis verspürte, schamvoll ihr Gesicht zu verstecken, in Tränen auszubrechen oder sich bis zur Besinnungslosigkeit zu betrinken.

Als Barbara Jean zu Hause in die Küche ging, war sie überrascht, Ray neben dem Esstisch stehen zu sehen. Er sollte eigentlich erst einen Tag später zurückkommen. Aber da war er, ging seine Post durch und lächelte sie an.

»Hey, Liebling«, sagte er. »Hast du mich vermisst?«

Sie waren beide schon über sechzig, aber sie waren immer noch Frischvermählte – Frischvermählte, die als Jugendliche eine heimliche leidenschaftliche Liebesgeschichte, dann einen tragischen Abschied, eine Jahrzehnte währende Trennung und eine freudige Wiedervereinigung durchlebt hatten. Es war die Art von Liebesgeschichte, über die Blues-Songs und sogar ganze Opern geschrieben wurden. Barbara Jean rannte zu ihrem Mann und schlang die Arme um ihn. Sie küsste ihn auf den Mund und legte die Hände auf seine stoppeligen Wangen. Als sie voneinander abließen, strich sie mit den Fingern durch sein widerspenstiges, graumeliertes Haar und sagte: »Deine Haare müssen geschnitten werden.« Aber als sie es sagte, dachte sie: *Nach all diesen Jahren bist du immer noch der König der hübschen weißen Jungs.*

7

Terry Robinson und ich freundeten uns in der Gartenlaube an, die James während meiner Krankheit für mich als Geschenk in unserem Garten gebaut hatte. Meine Laube hat dieselbe Größe und Form wie jene, die mein Vater für meine Mutter hinter unserem Haus in Leaning Tree gezimmert hatte, dem Stadtteil, in dem ich – und alle anderen schwarzen Bewohner Plainviews über vierzig – aufgewachsen waren. In Mamas Laube hatten Clarice, Barbara Jean und ich die tiefsten Geheimnisse unserer Mädchenjahre miteinander geteilt, und James und ich führten als hormongesteuerte Teenager dort anfangs nichts Gutes im Sinn.

Eine der acht Seiten meiner Gartenlaube ist offen und bildet eine bogenförmige Eingangstür, durch die die Morgensonne hereinscheint. Die anderen sieben Seiten bestehen unten aus massivem Zedernholz und oben aus Gittern, die ungefähr in Hüfthöhe beginnen, bis zur Decke reichen und als Kletterhilfe für Geißblatt, Klettertrompete und Clematis dienen. Innen befinden sich ringsum Einbaubänke. James und ich taten so, als habe er die Laube bloß gebaut, damit ich während meiner Genesung draußen entspannen und Erinnerungen an glückliche Zeiten in Mamas Garten aufleben lassen konnte. Doch in Wahrheit baute James die Laube, damit ich einen Ort hatte, an dem ich ungestört Marihuana rauchen konnte, um die Nebenwirkungen meiner Chemotherapie zu lindern.

Als eine Art Nachlass hatte ich einen riesigen Marihuana-Vorrat von Mama geerbt, deren außerordentliches Talent fürs Gärtnern sehr starke und robuste neue Sorten hervorgebracht hatte. Jahrelang baute sie in ihrem eigenen Garten eine Vielfalt an Hanfpflanzen an, die eigentlich nirgends in Plainview hätten überleben dürfen. Wäre Mama zu einer anderen Zeit und an einem anderen Ort geboren worden, hätte sie eine preisgekrönte Gartenbauingenieurin werden können. Sie war genauso eine Pflanzenexpertin wie jeder der Professoren drüben an der Universität.

Aber Mama war nur ein Landmädchen aus dem Süden Indianas, der es gefiel, die Welt durch den Schleier eines süßen Rausches zu sehen. Als ich krank war, führten sie und Mrs. Roosevelt mich in eine Schatzkammer aus einwandfrei konservierter Ware. Jetzt, da ich Marihuana nicht mehr für Heilzwecke benötige, erforsche ich die vorbeugenden Eigenschaften wie meine Mutter vor mir. An einem verschwiegenen Plätzchen in meinem Garten baue ich meine eigenen Pflanzen an und benutze dazu Mamas Samen. Und wie Mama zu sagen pflegte: »Ich stelle mich dem Grünen Star von Anfang an in den Weg.«

James, seit vier Jahrzehnten bei der Indiana Statepolice, tut so, als wüsste er nicht, was in unserem Garten wächst oder konsumiert wird.

An jenem Morgen vor fünf Jahren, als Terry Robinson und ich uns zum ersten Mal unterhielten, war es kalt draußen. Das Gras war nass vom Tau, und die Temperatur so niedrig, dass ich schwach meinen Atem sehen konnte. Bevor ich an jenem Morgen das Haus durch die Hintertür verließ, schlüpfte ich in meine Jacke, zog ein Paar rote Überschuhe an und wickelte einen Handtuch-Turban um meinen von der Chemo kahlen Kopf, um mich vor der Kälte zu schützen. Ich fragte mich, ob ich wieder reingehen sollte, um einen dickeren Mantel anzuziehen, aber ich beschloss, es mindestens ein paar Minuten auszuhalten, um zu sehen, ob ich mich an die frische Luft gewöhnte. Mit meiner Zigarettendrehmaschine und einem metallenen Fernseh-Klapptisch, auf den ich meine Maschine stellen wollte, stapfte ich durch das feuchte Gras. Ich hatte mir angewöhnt, jeden Montag meine Maschine, Zigarettenpapier und Dope in die Gartenlaube zu bringen, um meinen Wochenvorrat an Joints zu drehen. Von Hand konnte ich noch nie gut drehen, obwohl ich tausende Male zugeschaut hatte, wenn Mama es auf ihrem Küchentisch machte. Ich hatte eine kleine, rote Zigarettendrehmaschine erstanden, die man nur auffüllen und drehen musste, dann war die Arbeit getan.

Mama war an jenem Morgen bei mir wie so oft während jener Zeit. Sie kam hinter mir aus der Küchentür und setzte sich neben mich an einen sonnigen Platz gegenüber der offenen Wand der Gartenlaube. Sie schaute zu, als ich die Samen und Stiele aus dem Marihuana klaubte, das sie vor Jahren in ihrem Garten angebaut hatte.

»Man sagt, dass es heute an die einundzwanzig Grad werden, aber heute früh ist es kühl«, merkte ich an und steckte das erste Blättchen in die Zigarettendrehmaschine.

Einige Schritte entfernt von mir sagte jemand, der nicht Mama war: »Ja, es ist irgendwie kalt.« Obwohl ich mich daran gewöhnt hatte, dass Fremde mir etwas zuriefen, überraschte mich diese unerwartete Stimme.

Von meinem Platz in der Sonne konnten meine mittelalten Augen den Jungen kaum erkennen, der in der schattigen Ecke der Laube, so weit wie möglich von mir und Mama entfernt, saß. Seine Füße standen auf der Bank, seine Arme waren um die Schienbeine geschlungen. Hätte er nicht laut und deutlich gesprochen, hätte ich ihn gar nicht bemerkt.

Ich zog ein Taschentuch aus der Tasche, legte es über das Häufchen Marihuana auf dem Klapptisch und sagte: »Guten Morgen.«

»Guten Morgen«, erwiderte er.

Er stellte die Füße auf den Boden, stand auf und kam zögernd ein paar Schritte auf mich zu – ein dünnes Kind von ungefähr fünfzehn Jahren mit einem schmalen Gesicht und tiefliegenden Augen. Er kam mir irgendwie bekannt vor.

Ich war zu der Zeit krankgeschrieben, aber ich habe jahrzehntelang in der Cafeteria der James Whitcomb Riley Grundschule gearbeitet. Es gibt in ganz Plainview nur drei Grundschulen, daher kommt ein Drittel aller Kinder in der Stadt an meinem Arbeitsplatz vorbei. Ich kramte in meiner Erinnerung und versuchte, eine jüngere Version vom Gesicht dieses Jungen unter den Riley-Grundschülern auszumachen. Ohne Erfolg.

»Kenne ich dich nicht?«, fragte ich.

»Ja, Ma'am.« Er besaß eine Mädchenstimme. Sie war nicht besonders hoch, aber dünn und weich. »Meine Mutter bekommt ihre Behandlung im Krankenhaus zur gleichen Zeit wie Sie. Ich bin Terry. Meine Mutter ist Gail Robinson.«

Dann erinnerte ich mich an ihn. Seiner Mutter begegnete ich fast jedes Mal, wenn ich zur Chemotherapie ging. Ich hatte den Eindruck, dass sie eine stärkere Dosis bekam und öfter dort war als ich. Der Junge begleitete sie oft in den Infusionsraum, und ein oder zwei Mal hatte ich ihren Mann, Wayne Robinson, gesehen.

»Es freut mich, dich kennenzulernen, Terry«, sagte ich. »Ich bin Odette.«

»Odette Henry«, erwiderte er. »Mrs. Baker hat uns mal vorgestellt. Sie ist meine Klavierlehrerin. Zumindest war sie das, bevor Mom krank wurde. Ich erinnere mich an Ihre Jacke. Ich war im Krankenhaus, als Mr. Baker sie Ihnen geschenkt hat.«

Ich hatte meine Leopardenjacke übergeworfen, bevor ich aus dem Haus ging. Clarice hatte für sich, Barbara Jean und mich Jacken mit Animalprint gekauft. »Weil sich einer wilden Frau nichts in den Weg stellt«, hatte sie erklärt, als sie sie während einer meiner Chemo-Sitzungen enthüllte. Ihre Jacke war im Zebra-Look, Barbara Jeans hatte Tiger-Streifen. Mein Blazer mit Leopardenmuster war sofort zu meinem Lieblingskleidungsstück geworden. Wir drei hatten mehr Freude daran, uns zusammen in unseren Tierjacken in der Stadt zu zeigen, als es für Frauen unseres Alters angemessen war, aber das kümmerte uns nicht weiter.

»Alle Modemagazine sagen, dass Animalprint ein wichtiger Bestandteil der Garderobe der modernen Frau ist«, informierte mich Terry. Dann hörten Mama und ich zu, wie er diverse Magazine und Modeexperten nannte, von denen er sicher war, dass sie meine Jacke gutheißen würden.

Ich unterbrach seine Liste von Zeitschriften und Trendsettern, indem ich fragte: »Terry, was hat dich hierhergeführt?«

»Ich habe auf dem Weg zur Schule nur kurz eine Pause eingelegt.«

Als er sah, dass ich ihm die Geschichte nicht glaubte, nahm er seinen Rucksack von der Bank hinter sich und erklärte: »Ich glaube, ich gehe jetzt besser.«

Er ging auf die offene Seite der Laube zu. Im Sonnenlicht sah ich deutlicher sein Gesicht. Ich erkannte seine zarte, schöne Mutter in ihm. Ich sah auch seine geröteten Augen und eine Mischung aus Angst und Traurigkeit.

»Warte mal«, sagte ich. Braver Junge, der er war, blieb er stehen und drehte sich zu mir um. »Ist deine Mutter in Ordnung?« Die letzten Male, die ich sie gesehen hatte, war sie schwach gewesen. Ich machte mich darauf gefasst zu hören, dass sie gestorben war.

»Es geht ihr ungefähr gleich«, antwortete Terry. »Ich glaube, sie wird wieder gesund. Aber im Moment geht es ihr gleich.«

»Also, was ist los? Und erzähl mir nicht, du hast beschlossen, hier anzuhalten, um dich auszuruhen. Ich weiß, wo die Schule ist, und ich weiß, dass das hier nicht auf deinem Weg liegt.«

Terry sah aus, als wollte er versuchen, etwas zu erfinden, dann ließ er sich auf die Bank neben Mama fallen. Er kreuzte die Beine und wippte mit dem Fuß in der Luft, als würde er die Bremsen eines schliddernden Wagens betätigen. Nach all den Arbeitsjahren an der Riley Grundschule und der Erziehung meiner eigenen Kinder erkannte ich, wann ein Kind reden wollte, aber hasste, was es zu sagen hatte.

»Da sind diese Jungen, die auf der Grundschule angefangen haben, sich über meinen Namen lustig zu machen.«

»Was ist an Terry komisch?«, fragte ich.

»Mein richtiger Name ist Tercel wie das Auto. Meinem Vater gehört eine Reparaturwerkstatt, und er sagt, er sehe keinen Sinn darin, Kinder zu haben, wenn sie keine Werbung für ihn machten. Mein Bruder heißt Seville und meine Schwester Cherokee.«

Obwohl ich Terrys älterer Schwester nie persönlich vorgestellt worden war, hatte ich eine Menge von ihr gesehen. Ich hatte Cherokee Robinson einmal splitternackt mit dem Verlobten einer anderen Frau in der Gartenlaube hinter Mamas und Daddys Haus ertappt. Nur weil sie zur selben Zeit auch eine Affäre mit Richmond Baker hatte, wusste ich, wer sie war. Clarice und ich hatten uns totgelacht, als wir von den aufeinander abgestimmten Autonamen hörten, die Wayne Robinson seinen Kindern gegeben hatte. Natürlich würde ich nichts davon Terry gegenüber erwähnen.

Was hat es mit der Robinson-Familie und den Gartenlauben auf sich?

»Autowitze machen sie jetzt nicht mehr«, sagte Terry. »Aber wenn sie mich auf dem Weg zur Schule erwischen, schlagen und beschimpfen sie mich, wenn niemand in der Nähe ist.«

Wenn ich mir diesen freundlichen, sanften Jungen mit dem Mädchengesicht und den femininen Bewegungen anschaute, konnte ich mir sehr gut vorstellen, mit welchen Namen die anderen Jungs ihn verspotteten.

Terry fuhr sich mit einer Hand über seinen kurzen Militär-Haarschnitt, der weder zu seinem Gesicht noch zu seiner Persönlichkeit passte. »Seit ein paar Monaten warten sie fast jeden Tag am Ende der Straße auf mich. Ich bin früh aus dem Haus gegangen und habe einen Umweg von ein paar Blocks gemacht, sodass ich ihnen nicht begegne.«

Von den Gesprächen mit Terrys Mutter im Krankenhaus hatte ich eine vage Vorstellung davon, wo die Robinsons wohnten. Terrys morgendlicher Umweg bestand aus mehr als »ein paar Blocks«. Das Schlendern durch meinen Garten kostete ihn mindestens vierzig zusätzliche Minuten.

»Hast du dich hier schon mal versteckt?«, fragte ich.

Er strich mit der Schuhspitze über die Bodendielen und wich meinem Blick aus.

»Hast du dich hier schon mal versteckt?«, wiederholte ich meine Frage.

»Ein paar Mal«, murmelte er.

Mama, die ungewöhnlich ruhig geblieben war, während ich mit Terry sprach, gab endlich ihren Senf dazu. Sie erhob sich von ihrem Platz auf der Bank. Dann drehte sie sich zu Terry und mir und begann, das Evangelium à la Mama zu predigen.

»Er muss lernen, sich zu wehren. Sag ihm, dass er sich wehren muss, sonst denken diese Rüpel, sie könnten ihn nach Lust und Laune verprügeln. Er ist mager, aber auch er kann was tun. Dein Vater war ein kleiner Kerl, die größeren Jungs legten sich gerne mit ihm an, als wir Kinder waren. Er konnte überhaupt nicht kämpfen, aber er hörte mit dem Schlagen und Boxen selbst dann nicht auf, wenn er schon am Boden lag. Schließlich dämmerte diesen bösen Jungs, dass dein Daddy, sollte er je einen von ihnen alleine erwischen, ihn halb totschlagen würde. Also ließen sie von ihm ab. Sie machten sich auf die Suche nach jemandem, der nicht zurückschlug.

Er sollte auch anfangen, ein Messer bei sich zu tragen. Oder ich könnte deine Tante Marjorie vorbeischicken, damit sie ihm zeigt, wie man aus einem geschliffenen Löffel und etwas Klebeband eine Klinge bastelt. Eine gute hausgemachte Klinge ist ein furchteinflößender Scheiß.«

Mama meinte es gut. Aber ihr Rat beinhaltete oft Dinge, die zu Verletzungen oder Gefängnishaft führen konnten. Und Tante Marjorie war sogar noch gefährlicher. Mama hatte allerdings nicht ganz unrecht damit, dass der Junge sich wehren sollte. Als James und ich das erste Mal bemerkten, dass unser Sohn Erik das Wandgemälde mit dem heißen, barbrüstigen Jesus auf dieselbe Weise anstarrte, wie seine Schwester es tat, sorgten wir dafür, dass er sich zur Wehr setzen konnte, wenn sich jemand mit ihm anlegte. Plainview ist nicht New York City. Manche Kinder haben hier eine viel schwerere Zeit als andere.

Ich dachte, dass Terry andere Möglichkeiten ausprobieren sollte, bevor er sich bewaffnete.

»Vielleicht sollten wir mit deinem Vater darüber sprechen«, schlug ich vor.

Terry sprang von der Bank auf. Er ging durch Mama hindurch und schrie: »Nein!«, als ob ich ihm vorgeschlagen hätte, er solle sein Haar anzünden. »Sie dürfen es auf keinen Fall meinem Vater erzählen!«

Ich hob beschwichtigend die Hände und antwortete langsam und in ruhigem Ton: »Ich werde es ihm nicht sagen. Aber so etwas können Väter ganz gut in Ordnung bringen.«

Er ging zurück zur Bank und setzte sich wieder hin. »Ich kann nicht mit ihm reden«, erklärte er. »Wenn mein Vater es erfährt, wird alles noch viel schlimmer.«

»Schlägt er dich?«

»Er schlägt mich nicht. Er hasst mich nur.«

Ich bezweifelte, dass Terrys Vater ihn hasste, aber ich bestritt es nicht. Egal, ob es stimmte, ich konnte in Terrys Augen lesen, dass er es glaubte. In Anbetracht dessen, was später passierte, bin ich froh, dass ich ihm nicht gesagt hatte, er täusche sich, was Wayne Robinson anging.

»Mein Vater hasst mich«, wiederholte Terry. »Aber meine Mutter mag mich. Also ist es in Ordnung.«

»Schatz«, sagte ich, »überhaupt nichts ist in Ordnung.

Egal, ob es wahr ist, oder ob du es nur glaubst. So sollte das nicht laufen.«

Ich merkte, dass ich wieder einmal dabei war, mich in Angelegenheiten einzumischen, die mich überhaupt nichts angingen. Darum wechselte ich das Thema.

»Du hast bei Clarice Klavierunterricht gehabt?«

»Bis letzten Winter«, bestätigte Terry.

»Hoffentlich kannst du damit weitermachen, wenn es deiner Mutter wieder gut geht«, sagte ich, obwohl ich nicht glaubte, dass seine Mutter sich erholen würde. Als Mama mich in das Infusionszimmer im Krankenhaus begleitet hatte, trottete Mrs. Roosevelt hinter ihr her. Die frühere First Lady verspürte immer noch den Drang, die Sterbenden zu trösten, und Gail Robinsons schlechte Verfassung zog immer ihre Aufmerksamkeit auf sich.

Die Sonne war gestiegen, sodass mehr Licht durch die Spaliere an den Wänden im Osten der Laube hereinströmte. Die Schatten wurden weicher, und durch den offenen Bogengang fiel weniger grelles Licht. »Wahrscheinlich suchen sie nicht mehr nach mir«, sagte Terry.

»Ich habe es nicht eilig«, erwiderte ich. »Da du sowieso zu spät dran bist, kannst du genauso gut reinkommen und einen Happen essen. Vielleicht finden wir einen Weg, dein Problem mit diesen Jungs ein wenig zu verbessern.« Terry sah so erleichtert aus, dass ich dachte, er würde gleich seine Arme um mich schlingen.

»Gut«, lobte Mama. Sie stand immer noch vor mir, immer noch in Kampflaune. »Während ihr esst, kannst du dem Jungen ein paar Tipps geben. Wenn du möchtest, kann ich dir zeigen, wie er sich mit einer Fahrradkette und einem Stein um die Jungs kümmern kann.«

Anstatt diesem süßen Jungen zu raten, eine Straftat zu begehen, fing ich heimlich an, die Zutaten meines eigenen Fehlverhaltens wegzuräumen. Das Letzte, was ich brauchen konnte, war ein Teenager, der herumerzählte, dass ich einen Marihuana-Vorrat besaß. So beiläufig wie ich konnte, schob ich das Marihuana zurück in das Gefäß und klemmte mir die Zigarettendrehmaschine unter den Arm.

Als er Mama und mir ins Haus folgte, sagte Terry: »Ich habe gesehen, was Sie gemacht haben.«

Seine Worte versetzten mir einen Schlag, doch ich lief weiter. Ich dachte an meinen Polizisten-Ehemann, der großes Verständnis für meine Lage hatte, aber trotzdem ein Cop war. Krebs hin oder her, wenn sich herumsprach, dass seine Frau Dope rauchte, bekäme er Schwierigkeiten.

Aber Terry Robinson sah mich mit den Augen eines Kindes an, eine Perspektive, die es einer pummeligen, alten Frau wie mir nicht erlaubte, mehr Marihuana zu besitzen als der größte der jungen Kiffer auf seiner Highschool. »Tabak tötet pro Jahr fast eine halbe Million Amerikaner, Mrs. Henry«, erklärte Terry. »Sie sollten die Finger von dem Zeug lassen.«

Mit der Hand auf dem kleinen Marihuana-Glas in meiner Tasche antwortete ich: »Du hast recht, Terry. Und ich schätze deine Besorgnis. Ich verspreche dir feierlich, dass ich keinen Tabak mehr anrühren werde, solange ich lebe.«

Nachdem Terry meine Füße auf den rechtschaffenen, schmalen und tabakfreien Weg geführt hatte, wölbte sich seine Brust wie bei einem stolzen Soldaten, der seine Orden zur Schau stellt.

Es gefiel mir, dass mein Versprechen ihn offenbar glücklich machte. Das nächste Versprechen, das ich Terry gab, sollte sich als schwieriger erweisen.

8

Clarice nahm die Hände von den Tasten, ließ den Klang des letzten Akkords von Beethovens Waldstein-Sonate im Zimmer widerhallen und in ihrem Körper nachklingen. Das war gut gewesen. Mehr als gut. Jede Phrase, jede Note hatte genauso geklungen, wie Clarice es wollte. Sie hatte in dem Gefühl geschwelgt, das sie immer überkam, wenn sie außergewöhnlich gut spielte – dem Gefühl, die Notation während des Spielens eher zu erfinden, als sie zu interpretieren.

Hier in ihrem Wohnzimmer um sieben Uhr morgens flog ihr einfach alles zu. Doch ihre großen Auftritte erreichten in letzter Zeit nicht dieses Niveau. Vor einem Live-Publikum ließ sie die Risikobereitschaft und die Experimentierfreude im Stich, die das Klavierspielen immer zu einem so aufregenden Erlebnis gemacht hatten.

Selbst, wenn sich während des allzu bedächtigen Klavierspiels, das sie den Zuhörern darbot, einige besondere Momente ergaben, nahm sie diese wahrscheinlich gar nicht wahr. Wenn sie sich dieser Tage vor ihr Publikum setzte, um zu spielen, hörte sie fast nichts außer ihrem eigenen Herzschlag.

Im Laufe der Jahre hatte sie sich um ihre Eignung als Mutter, ihre religiöse Hingabe und ihren Wert als Ehefrau gesorgt. Doch keine dieser Ängste hatte sie jemals heimgesucht, wenn sie spielte. Die Außenwelt war verstummt, und alle Zweifel verschwanden, sobald ihre Finger Elfenbein berührten. Bis vor Kurzem. Eine irrationale Angst hatte sich in ihrem Hirn festgesetzt, und kein noch so großes Maß an gesundem Menschenverstand konnte die scharfzüngige Kritik in ihrem Kopf zum Schweigen bringen. Nachdem sie jahrelang von einer Karriere als Musikerin geträumt hatte, war es nun so weit. Und jetzt wollte die Stimme in ihrem Kopf sie zu dem Eingeständnis zwingen, dass sie das nicht verdiente.

Schlimmer noch, Clarice musste sich fragen, ob die Geschichte, die sie sich den Großteil ihres Lebens erzählt hatte – dass sie sich zunächst durch ihre Mutter, dann durch ihren Ehemann all die Jahre eingesperrt und verängstigt gefühlt hatte –, womöglich nicht stimmte. Die ständige Kritik ihrer Mutter und Richmonds anhaltend unerträgliches Verhalten hatten es ihr leicht gemacht, ihnen die Schuld für jeden Anflug von Angst zu geben, der sie überkam. Doch nicht Beatrice oder Richmond quälten sie mit der Frage »Für wen hältst du dich eigentlich?«. Clarice lauschte den vorwurfsvollen Worten in ihrem Kopf mit dem scharfen Gehör einer Musikerin, und sie erkannte ihre eigene Stimme.

Gerade als Clarice klar geworden war, dass Richmond als Bösewicht in ihrem inneren Drama vielleicht eine Fehlbesetzung war, hatte sie schon eine bessere Rolle für ihn gefunden. Seit das Konzert in Chicago näherrückte, war es ihr zur Gewohnheit geworden, Richmond spät abends anzurufen und ihn zu sich einzuladen. Und wenn er vor ihrer Tür eintraf, konnte er kaum Hallo sagen, da stürzte sie sich auch schon auf ihn und bestand darauf, dass er sich an die Arbeit machte. Erst letzte Nacht war es wieder so weit gewesen. Richmond, der die lauteste Sonate verschlafen konnte, lag schlummernd oben in ihrem Bett.

Clarice war klar, dass ihre Methode, mit den Belastungen ihres neuen Lebens zurechtzukommen, womöglich zu Komplikationen führen konnte. Richmond betrachtete jede Nacht, die er mit ihr verbrachte, als einen Schritt zur Wiedervereinigung. Vermutlich würde es Probleme geben, wenn sie ihn weiterhin in diesem Glauben ließ. Doch jedes Mal, wenn die gemeine, kleine Stimme in ihrem Kopf die Gründe aufzählte, warum sie an sich zweifeln sollte, wurde sie von einer lauteren übertönt, die brüllte: »Hol Richmond her, aber sofort!«

Richmond konnte ihre Nerven besser beruhigen, als jede Tablette es vermochte. Daher hatte sie beschlossen, sich über mögliche Nebenwirkungen ihrer Medizin später Gedanken zu machen.

Clarice wandte sich vom Klavier ab und stand auf. Sie überlegte, nach oben zu gehen und sich wieder ins Bett zu legen, doch stattdessen ging sie zum Sofa. Die Entfernung war gering, da ihr Flügel den Raum dominierte – er war das einzige Möbelstück, das sie in Odettes Haus mitgenommen hatte, als sie es mietete. Mit zwei großen Schritten war sie bei dem dick gepolsterten Sofa und dem Couchtisch, die schon dort gestanden hatten, als Clarice Odette in diesem Zimmer als kleines Mädchen besucht hatte.

Als Clarice das Haus mietete, hatte Odette gesagt, sie könne alles so einrichten, wie sie wolle. Doch Clarices Bedürfnisse waren einfach, und ihr gefiel es, die Dinge so zu lassen, wie sie zu Miss Doras und Mr. Jacksons Zeit hier gewesen waren. Vermutlich hatte sie damals auch nicht wirklich geglaubt, dass sie hierbleiben würde. Natürlich erwartete Richmond, dass Clarice wieder nach Hause kommen würde. Es stellte sich jedoch heraus, dass sie es viel erfüllender fand, zum ersten Mal in ihrem Leben alleine zu wohnen, als sie erwartet hatte. Jetzt konnte sie sich nicht mehr vorstellen, wieder auszuziehen.

Odettes Vater hatte das Haus selbst gebaut und dabei viel Spaß gehabt. Das Haus sah aus, als hätte Mr. Jackson seine Bauentscheidungen getroffen, indem er Münzen warf oder würfelte. Die Zimmer waren kreisförmig, dreieckig, trapezförmig und fünfeckig. Einige Türdurchgänge bogen sich sanft, während andere oben spitz zuliefen wie eine Narrenkappe. Clarice vermutete, dass es an den seltsam geformten und scheinbar willkürlich platzierten Fenstern mit ihrem bunten Glas lag, dass das Sonnenlicht jeden Morgen spektakuläre Farbspiele im Haus erzeugte.

Clarice erinnerte sich, wie ihre eigenen Eltern über das Haus gelacht hatten. »Herrgott, der Mann hat da drüben ein Gruselkabinett gebaut«, sagte ihre Mutter einmal.

Zum Teil hatte sie damit recht. Das Haus sollte die Menschen erfreuen. Aber es war auch stabil gebaut. Egal, wie das Wetter war, nie gab es undichte Stellen oder Zugluft. Wenn Beatrice den Regenbogen gesehen hätte, den die Sonne an die Decke über Clarices Kopf malte, würde sie vielleicht verstehen, wie märchenhaft dieses Haus war.

Seit Clarice hier eingezogen war, schien das Haus förmlich nach Musik zu schreien. Zwischen ihren eigenen Übungsstunden und dem Spielen ihrer Schüler wurden die Räume regelmäßig von klassischen Tönen erfüllt. Aber das Haus verlangte die Leidenschaft und die Hingabe des Blues, der Musik, die jedes Mal aus der Stereoanlage oder dem Radio gekommen war, wenn Clarice Odette als Kind besucht hatte. Vielleicht sollte sie genau das tun, um den Beethoven von heute früh zu feiern: eine der Blues-Platten, die sie nach ihrem Einzug gekauft hatte, auf die Stereoanlage legen oder wieder ans Klavier zurückgehen und einen oder zwei Blues-Songs aus ihrem Repertoire spielen.

Bevor sie sich entscheiden konnte, läutete das Telefon. Als sie abnahm, übersprang ihre Cousine Veronica den Austausch jeglicher Begrüßungsformeln und sagte: »Du sprichst mit einer der vier neuen Hilfspastoren der First Baptist Kirche.«

Die brodelnde Gerüchteküche der Baptisten von Plainview hatte Veronicas Überraschung schon verraten, bevor Clarice am Abend zuvor ins Bett gegangen war. Mehrere Mitglieder aus der Kirche ihrer Cousine hatten angerufen und berichtet, wie bei einer schlecht besuchten Versammlung der Diakone Veronica und drei andere Diakone sich selbst auf den feierlichen Posten eines Hilfspastors befördert hatten. Anstatt ihrer empfindlichen Cousine zu sagen, dass sie schon über ihren neuen Titel Bescheid wusste oder dass die Kirchengemeinde auf die Beförderung ihrer neuen Hilfspastoren offenbar mit einer Mischung aus Belustigung und Spott reagiert hatte, sagte Clarice: »Glückwunsch.«

»Wenn dir das nicht beweist, dass Madame Minnie die Gabe besitzt, weiß ich es auch nicht. Sie hat es vorhergesagt«, triumphierte Veronica.

Vor einem Jahr hatte Minnie die Geduld mit Veronica verloren, weil sie sich in ihren Wahrsage-Terminen unablässig darüber beklagte, dass ihre Kirche ihre einzigartigen spirituellen Erkenntnisse nicht zu schätzen wüsste. »Wenn du nicht die Klappe halten kannst, dann besorg dir doch eine eigene verdammte Kirche«, hatte Minnie geschrien.

Da sie Minnies Ausbruch als Prophezeiung interpretierte, der zufolge sie bald ihre eigene Gemeinde leiten würde, hatte sich Veronica umgehend zu einem Online-Kurs in

Theologie angemeldet. Mit dem Abschluss in der Tasche war sie nun bereit, in der First Baptist Seelen zu retten. Dass die Gemeindemitglieder sich so hartnäckig ihren Bemühungen zur Rettung ihrer Seelen verweigerten, deutete sie als klares Anzeichen dafür, wie dringend sie der Erlösung bedurften.

»Ich habe allerlei Ideen für die Kirche. Ich zeige dir meine Liste, wenn ich später vorbeikomme.«

Mit jedem Wort, das Veronica sprach, verblasste Clarices Beethoven-Begeisterung mehr und mehr. »Heute passt es mir nicht so gut«, sagte sie. »Ich muss noch eine Menge für das Krankenhaus-Konzert nächste Woche üben.«

»Ach *bitte,* Clarice, du hast doch keinen richtigen Job. Klavier kannst du immer spielen. Ich bringe dir die Fotos von Apollo, die mir Sharon neulich geschickt hat. Das sind bisher die süßesten. Du wirst begeistert sein.«

Mit der freien Hand schlug Clarice imaginäre Klaviertasten auf ihrem Knie an. *Sie ist meine Cousine, und ich liebe sie. Sie ist meine Cousine, und ich liebe sie.*

»Veronica, heute passt es mir einfach nicht.«

»Ich bringe Tante Beatrice mit, dann können wir die Bilder zusammen anschauen. Das wird lustig. Ich komme so gegen vier vorbei.«

Veronica und Mutter. Veronica legte auf, ehe Clarice noch ein Wort sagen konnte.

Die Anspannung, die Clarice mit Hilfe der Waldstein-Sonate abgeschüttelt hatte, nahm wieder von ihr Besitz. Wieder ans Klavier und noch mehr Beethoven spielen? Oder vielleicht könnte ein Mississippi-Blues aus der Stereoanlage sie entspannen. Sie verwarf beide Optionen, erhob sich vom Sofa und ging die Treppe hinauf zum Schlafzimmer, in dem Richmond lag.

Er schlief auf der Seite. Die Bettdecke bündelte sich um seine Hüfte, seine nackte Brust lag frei. Es war nicht zu übersehen, dass er einmal Sportler gewesen war. Obwohl er schlief, ließ seine Muskulatur vermuten, dass er jede Sekunde mit einer mitreißenden akrobatischen Bewegung aus dem Bett springen könnte.

Das war ihr Richmond. Der einzige Mann, den sie je geliebt hatte, obwohl das nicht immer die klügste Idee gewesen zu sein schien. Sie würde nie erfahren, wie viele Affären er insgesamt gehabt hatte. Verdammt, vielleicht wusste er das selbst nicht. Jahrzehntelang hatte er sich nicht darum geschert, nachts nach Hause zu kommen, erhielt sie unzählige Anrufe von fremden Frauen, drangen Gerüchte an ihre Ohren, bekam sie anonyme Briefe von Absendern, die behaupteten, besorgte Freunde zu sein.

Dennoch war sie bei ihm geblieben. Als sie ihn schließlich verließ, hatte das relativ wenig mit Richmond zu tun. Sie war gegangen, weil sie sich selbst nicht mehr ertragen konnte.

Bis zu jenem Punkt hatte sie jahrelang eiskalten Zorn Richmond gegenüber empfunden. Doch ihre Wut führte mehr zu Erschöpfung als zu Theatralik. Und Wut war nicht der Grund, warum sie sich nach wie vor weigerte, nach Hause zurückzukehren. Sie blieb in ihrem gemieteten Haus in Leaning Tree, weil sie sich nicht mehr in ihrem alten Haus und in ihrem alten Leben sah. Sie hatte ihr Zuhause genauso verlassen wie ihre Kinder – erst Ricky, dann Abe, dann die Zwillinge, Carolyn und Carl. Sie waren erwachsen geworden und in die Welt hinausgezogen, so wie man es von ihnen erwartete. Als Clarice an der Reihe war, war auch sie gegangen.

Als sie auf Richmond hinunterblickte, dessen Gesicht durch eins von Mr. Jacksons Prisma-Fenstern in rotes und orangefarbenes Licht getaucht war, fiel es Clarice schwer, an etwas anderes als an die guten Zeiten zu denken. Sie konnte sich vielmehr gut vorstellen, dass noch weitere vor ihnen lagen. Aber alle Anzeichen deuteten darauf hin, dass Richmond dabei war, alles kaputt zu machen.

Plötzlich wollte er ständig wissen, wie es ihr ging. Und wenn sie »gut« sagte, genügte ihm das nicht. »Nein, wirklich Clarice, ich möchte wissen, was du denkst. Ich möchte wissen, wie du dich *fühlst.*« Es war, als würde sie von einem hartnäckigen, liebeskranken Hippie ins Kreuzverhör genommen.

Dann, nach fast vierzig Jahren, in denen sie die eine Betthälfte jede Nacht für sich alleine gehabt hatte, wollte Richmond plötzlich kuscheln. Sobald sie es sich bequem gemacht hatte, robbte er heran und umfing sie mit einem Ringergriff. Mit seinem heißen Atem auf ihrem Nacken und den kratzenden Bartstoppeln an ihrer Schulter war es eine echte Aufgabe, neben dem neuerdings empfindsamen Richmond zu schlafen.

Obwohl sie ihm versichert hatte, dass das nicht nötig war, schien Richmond wild entschlossen, ihr zu zeigen, dass er fürsorglicher und aufgeklärter geworden war. Vermutlich war das süß. Aber sie war es leid, Richmonds Geplauder und Umarmungen über sich ergehen zu lassen, um das von ihm zu bekommen, was er wirklich gut konnte. Wenn sie geistreiche Konversation oder Umarmungen wollte, konnte sie Barbara Jean oder Odette anrufen.

Nachdem er über ein Jahr Ruhe gegeben hatte, fing er neuerdings wieder an, sie zur Rückkehr zu drängen. Erst letzte Woche hatte er angedeutet, dass sie anlässlich ihres bevorstehenden Hochzeitstages ihr Ehegelübde erneuern sollten. »Es wäre wie ein Neuanfang«, behauptete er.

Während der letzten Monate war Richmond zwei Mal unerwartet vor ihr auf die Knie gefallen und hatte dann zu ihr hochgeschaut, als ob er etwas sagen wollte. Das erste Mal brachte sie ihn mit einem leidenschaftlichen Kuss zum Schweigen, der sich zu einer atemberaubenden Begegnung auf der Klavierbank entwickelte. Das zweite Mal unterbrach sie ihn, um ihre Bewunderung darüber zum Ausdruck zu bringen, wie beweglich er seit seiner Knieoperation von vor einem Jahr wieder geworden war. Sie verweilte so lange bei den schauerlicheren Einzelheiten der Operation, bis die Situation jeglicher Romantik entbehrte.

Der Gedanke an die Ehe ließ Clarice noch unruhiger werden. Sie stieg zu Richmond ins Bett. Obwohl sie ihn nicht immer die ganze Nacht dahaben wollte, war es ganz praktisch, dass er ihr so für die Entspannung bei Sonnenaufgang zur Verfügung stand. Jeder morgendliche Körperkontakt brachte ihn auf Ideen, und diese wollte sie in ihm wecken, bevor er wieder das Bedürfnis verspürte, ihr zu zeigen, wie modern er geworden war, sich nach ihrer Laune erkundigte oder sie in eine platonische Umarmung zog. Sie platzierte die rechte Hand auf Richmonds Hüfte. Ohne die Augen zu öffnen, streckte er sich und gähnte. Dann rollte er sich herum und stöhnte.

Da er jetzt auf dem Rücken lag, legte Clarice ihre Hand auf seinen flachen Bauch. Richmond, ein Morgenmensch, reagierte auf die Einladung, wie sie gehofft hatte. Er schmiegte sich an sie und presste seine Lippen auf ihren Hals. »Guten Morgen, Baby«, raunte er und schob eine Hand unter das

T-Shirt, das sie im Bett getragen hatte. Richmond strahlte sie mit seinen Grübchen und gebleichten Zähnen an und begann, Küsse auf ihrem Schlüsselbein zu verteilen.

Es ist so süß, wenn er denkt, er würde mich verführen.

9

Die zwei Frauen auf dem Foto posierten vor einer Jukebox. Die Körper im Profil, die Gesichter der Kamera zugewandt, bogen sie den Rücken durch und legten die Hände auf die Hüften wie Mannequins. Da es eine Schwarzweiß-Aufnahme war, konnte Barbara Jean die Farbe der engen Kleider, die Loretta und Lily trugen, nicht erkennen. Aber sie sah, dass sich das Blitzlicht in unzähligen kleinen Lichtsternen auf ihnen spiegelte.

»Loretta mochte gern auffällige, glänzende Kleider«, sagte Barbara Jean. »Wenn wir zusammen einkaufen gingen, sah alles, was wir nach Hause brachten, aus wie aus einem Comic-Heft. Sie wollte sichergehen, dass alle Augen auf sie gerichtet waren, und so hat sie auch mich erzogen. Ehrlich gesagt, vermisse ich diese schrillen Kleider irgendwie. Es machte Spaß, sich in Schale zu werfen.«

El, der aufrecht im Bett saß und Barbara Jean ansah, stimmte ihr zu. »Je ärmer das Kind, desto mehr will es glänzen. Egal, ob Junge oder Mädchen. Ein Samstagabend im *Pinken Pantoffel* war damals wirklich sehenswert – all diese völlig abgebrannten Kids in den feinsten Sachen. Es blendete einen schier, wenn man sich im Raum umschaute.«

»Standen Loretta und Lily sich nah?«

»Alle Kinder aus der Pflegefamilie standen sich eine Zeit lang nah. Harold war lange mein wichtigster und bester Kumpel, und Loretta und Lily waren wie Zwillinge. Es war gut, Ihre Mutter als Freundin zu haben. Sie kuschte vor niemandem. Wenn es ernsthafte Schwierigkeiten gab, hatte man gern jemanden wie Loretta auf seiner Seite.«

Barbara Jean lachte. »Wenn es ernsthafte Schwierigkeiten gab, hatte Loretta sie wahrscheinlich verursacht.«

»Da könnten Sie recht haben«, stimmte El ihr zu. »Aber Ihre Mutter war gut zu Lily. Loretta kümmerte sich wie eine große Schwester um sie. Es war schwierig, Lily nicht zu mögen. Sie war niedlich und gutmütig. Sie sah aus wie eine erwachsene Baby-Puppe. Loretta und ich versuchten, auf sie aufzupassen. Aber binnen Kurzem jagte ich mir diesen Scheiß in die Venen und konnte mich um niemanden mehr kümmern.«

»Und Loretta wurde zur Alkoholikerin«, ergänzte Barbara Jean.

»Wie schon gesagt, keiner von uns hat Mrs. Taylors Haus unbeschadet überstanden.«

El stieß einen Seufzer aus, und Barbara Jean bot an, die zwei unberührten Schmerztabletten zu holen, die auf dem Tisch neben seinem Bett lagen. Die Tabletten lehnte er ab, akzeptierte jedoch ein Glas Wasser.

»Lily konnte es nicht aushalten, alleine zu sein, und das hat sie immer wieder in Schwierigkeiten gebracht«, erzählte er. »Hat Ihnen Loretta jemals die Geschichte von ihr und Lily in Louisville erzählt?«

»Sie hat Lily niemals auch nur erwähnt, nicht dass ich mich erinnern könnte.«

»So eng, wie die beiden früher zusammengluckten, ist das schwer zu glauben.«

»Was ist in Louisville passiert?«, fragte Barbara Jean.

El trank noch einen Schluck Wasser und sagte: »Ungefähr ein Jahr, nachdem wir die Pflegefamilie verlassen hatten, lernte Lily im *Pinken Pantoffel* diesen Mann kennen. Er schenkte ihr etwas Schmuck und ging mit ihr einkaufen. Davor hatte noch nie ein Mann wirklich Geld für sie ausgegeben, und so meinte sie, sie sei verliebt. Natürlich machte dieser Typ Ärger. Er hatte sich öfter mit einem anderen Mädchen angelegt, mit dem Ihre Mama sich herumtrieb, und sie so heftig verprügelt, dass sie durch den halben Staat gefahren war, um vor ihm zu fliehen. Alle warnten Lily. Aber sie war stur. Sie sagte uns, wir könnten sie mal und machte sich mit diesem Abschaum nach Louisville davon. Nicht einmal eine Woche später hörten wir, dass dieser Typ sie blutig geschlagen hatte, nachdem sie herausfand, dass er ein Zuhälter war und sie ihn verlassen wollte.

Ich erinnere mich noch, wie Loretta sich aufführte, nachdem sie herausfand, was passiert war. Sie fluchte, schrie und spuckte, als hätte sie den Verstand verloren. Forrest Payne riet ihr, sich zu beruhigen und die Sache der Polizei zu überlassen, aber das konnte Loretta nicht. Sie sagte, sie würde sich selbst darum kümmern. Noch am selben Tag fuhr sie nach Louisville, zusammen mit einer harten Frau, die zur Stammbesetzung im Club gehörte. Bevor der Club an jenem Abend schloss, waren sie mit Lily zurück in Plainview. Lily war lädiert und bandagiert, aber sie stieg auf die Bühne und sang das zweite Set mit uns.

Keine von ihnen wollte darüber reden, was in Kentucky passiert war. Es sprach sich jedoch schnell herum, dass man den Typen, der Lily zusammengeschlagen hatte, in einem Eckbriefkasten gefunden hatte. *Einhundertfünfzig-Kilo-Mann in Briefkasten gestopft.* Er lebte, aber er war ziemlich am Ende. Es hat ein Jahr gedauert, bis er wieder sprechen und noch mal sechs Monate, bis er wieder laufen konnte.

Eines Nachts, als wir alle im Club waren und tranken, fragte ich Ihre Mutter danach. Ich sagte: ›Loretta, ich muss es wissen. Wie, um Himmels willen, hast du diesen fetten Typen in diesen Kasten bekommen? Das widerspricht allen physikalischen Gesetzen.‹

Loretta nahm einen langen Zug von ihrer Zigarette und sagte: ›Ich gestehe nichts, aber ich sage euch, wenn zwei Frauen stinksauer sind, man ihnen zwei Brechstangen gibt und genügend Zeit, sie richtig zu benutzen, kann sie keine Macht der Welt besiegen.‹«

Barbara Jean lachte so heftig, dass ihr Tränen in die Augen traten. »Dass meine Mutter jemandem eine gute Freundin war, ist mir neu. Aber der Teil mit den Brechstangen hört sich ganz nach Loretta an.«

Barbara Jean zog ein Taschentuch aus der Tasche und wischte sich die Wangen. Dann legte sie das Bild von Loretta und Lily auf die Bettdecke und sagte: »Hören Sie, El, Ihr Arzt wollte, dass ich mit Ihnen spreche. Er hat mir gesagt, dass Sie die Operation ablehnen, die er durchführen muss.«

»Ich verstehe. Die haben Sie auf ihre Seite gezogen und zu mir geschickt, um die Drecksarbeit zu erledigen«, erwiderte El.

»Ich bin auf Ihrer Seite, El. Ich finde nur, Sie sollten sich operieren lassen. Er hat gesagt, dass die OP nicht annähernd so umfangreich sein wird wie die erste. Sie müssen nur noch ein bisschen nachbessern.«

»Ja, das behaupten sie. Bei dem Zucker habe ich das schon einmal erlebt. Sie fangen an zu schneiden und hören nicht mehr auf. Ehe man sichs versieht, ist kaum noch etwas von einem übrig. Vor einem Jahr haben sie mir zwei Zehen abgenommen und vor zwei Wochen den halben Fuß.«

»Ihr Arzt sagt, wenn Sie es nicht machen lassen, wird es Ihnen schlechter gehen, vielleicht werden Sie sogar sterben.« Sie drehte ihr mit einem Monogramm besticktes Taschentuch zwischen den Fingern und legte es wieder zurück in ihre Tasche. »Wir kennen uns noch nicht lange, aber ich sehe Sie als Freund. Darum möchte ich, dass Sie gesund werden. Ich bin auch egoistisch. Ich möchte, dass Sie lange genug leben, um mir noch mehr Bilder zu zeigen.«

Wieder nahm sie das Foto von Loretta und Lily in die Hand und drehte es zu El. »Ich bin Alkoholikerin wie meine Mutter. Ich habe seit Jahren nichts mehr getrunken, aber es ist immer noch ein Teil von mir. Wenn ich mit Ihnen zusammen bin und über Loretta rede, habe ich nicht das Bedürfnis zu trinken. Und das ist erstaunlich, weil ich immer trinken möchte. Also möchte ich, dass Sie am Leben bleiben. Weil es mir hilft.« Ein schwaches Lächeln bog ihre Mundwinkel nach oben. »Hören Sie. Ich schlage Ihnen ein Geschäft vor. Loretta hat mir nie von Lily und Louisville erzählt. Aber sie hat mir erzählt, wie man einen dicken Mann in einen kleinen Briefkasten bekommt. Sie lassen sich operieren, und ich weihe Sie in das Geheimnis ein.«

»Das ist das Problem mit euch schönen Frauen. Ihr richtet eure schönen Augen auf einen Mann und macht ihm Versprechungen, und als Nächstes merkt er, dass er nicht mehr klar denken kann.«

»Also lassen Sie sich operieren?«

»Ja, verdammt, warum eigentlich nicht?«

Barbara Jean beugte sich vor, küsste ihn auf die Stirn und

hinterließ einen blutroten Lippenstift-Abdruck. »Sie tun das Richtige«, versicherte sie ihm.

»Und Sie spielen nicht fair«, sagte er. »Genau wie Ihre Mutter.«

Verblüfft hörte Barbara Jean, wie sie »Danke« sagte.

10

Nachdem der junge Chirurg, der ihn operieren würde, sein Zimmer verlassen hatte, lag El mit geschlossenen Augen da. Er dachte an Musik und versuchte, den Rest der Welt auszublenden. Vielleicht fand er in all dem hier ein Lied, sein allerletztes. Wenn *The Happy Heartache Blues* sie zu Tränen gerührt hatte, dann sollten die Leute erst mal das Lied über den lahmen, alten Mann hören.

»Ich bin fast sicher, dass ich einen Großteil des Fußes retten kann«, hatte der Arzt gesagt, wobei er sich schon im Voraus zu seiner ausgezeichneten Arbeit gratulierte. El war klar, dass der Chirurg meinte, ihm einen großen Gefallen zu tun. Aber in Wahrheit war das alles dasselbe – ein halber Fuß, gar kein Fuß, kein Bein.

Während der Club-Auftritte in New Orleans hatte El lange nicht schwer schleppen müssen, was in jüngeren Jahren ein fester Bestandteil seines Lebens gewesen war. Aber der Orkan hatte den Blues-Club und sein kleines Haus hinweggefegt. Er kehrte auf die Straße zurück und schleppte wieder seine Gitarre, die Umhängetasche mit Kleidern, die Arrangements für die anderen Musiker und seinen sperrigen alten Verstärker von Auftritt zu Auftritt.

Er war zu alt für ein Leben als Vagabund. Seine Arme, Beine und sein Rücken hatten ihn das jeden Tag spüren lassen. Selbst, als er all seine Besitztümer in Rollkoffern verstaut oder auf einen leichten Karren geschnallt hatte, brauchte er die Unterstützung von hilfsbereiten Fremden. Zunächst nahm er ihnen die Hilfsangebote übel. *Meinen die etwa, ich wäre alt und klapprig?* Doch in der zweiten Woche, die er unterwegs war, zeigte ihm sein schmerzender Körper die Grenzen auf, und El musste hilflos auf Busbahnhöfen und Bahnsteigen stehen, um auf Hilfe von irgendjemandem zu warten. Und da hatte er noch zwei Füße besessen.

Als Forrest anrief und ihm den Hochzeitsauftritt und zwei Wochen Arbeit anbot, hatte El davon zu träumen gewagt, vorübergehend in eine kleine Nische seines alten Lebens zu schlüpfen und dann wieder zu verschwinden. Als alter Mann würde er dorthin zurückkehren, wo alles angefangen hatte und dann ein neues, ein letztes Kapitel aufschlagen. Mit seinen Taschen voller Geld könnte er sogar nach Europa zurückkehren, wo ein guter Blues-Spieler immer noch Arbeit und Anerkennung fand. Aber Plainview hatte ihm wieder einmal einen Schlag versetzt. Kein Paris. Kein London. Kein Berlin. Stattdessen erhielt er hier in diesem Bett eine unbestimmte Strafe für alte Verbrechen.

El hätte diesem selbstgefälligen Arzt gern erzählt, dass er nicht einfach einen Mann zerstückelte. Er operierte einen dressierten Packesel. Ohne das Lasttier konnte der Mann nicht überleben. Jetzt, wo der Esel humpelte, würde der Rest eingehen wie eine Primel.

Es war Ruthie – seine Frau, nicht die Gitarre –, die ihn als Erste einen Packesel genannt hatte. Damals war El noch mit ihr zusammen, er hatte noch nicht alles in den Sand gesetzt. Er benahm sich noch wie ein anständiger Mann. Die Band war auf ihrer ersten Tournee. Okay, sie hatten es als solche bezeichnet. Es war ein Wochenende in Indianapolis, gefolgt von einer Nacht in Memphis. Mit mehr als fünfzig Kilo beladen war er ins Wohnzimmer gewatschelt, nur mit Dingen, die er für lebenswichtig hielt.

Ruthie musterte ihn – über seinen Schultern hingen Taschen, er hatte beide Hände voll, und die Gitarre war auf seinen Rücken geschnallt. Sie hielt sich mit der Hand den Mund zu, um nicht laut zu lachen und James aufzuwecken, der auf ihrem Schoß schlief, und sagte: »Meine Güte, du siehst aus wie der Packesel meiner Großmutter.« Den Rest ihrer gemeinsamen Zeit verabschiedete sie ihn vor seinen Auftritten immer mit »Hü, alter Junge« und schlug ihm auf die Hüfte.

Die Nacht, in der mit Ruthie alles den Bach runterging, war El auf einem Barhocker im *Pinken Pantoffel* gelandet und sprach mit Marjorie Davis, der inoffiziellen Sicherheitsbediensteten des Clubs. Es war spät, und Marjorie hatte Forrest geholfen, die letzten Stammgäste rauszuwerfen. Forrest war schon eine imposante Erscheinung, aber Marjorie war unheimlicher. Wenn sie einem nervigen Gast mitteilte, dass er die Gastfreundschaft überstrapaziert hatte, tat er gut daran, sofort zu verschwinden. Wenn nicht, sagte sie, sie werde bis fünf zählen, dann müsse derjenige bei der Tür sein. Anschließend begann sie, laut zu zählen.

Niemand hat sie je bis fünf zählen hören. Bei vier packte sie den Unruhestifter am Genick, hob ihn mit einem ihrer muskulösen Arme ein Stück in die Luft und riss ihn ruckartig von einer Seite auf die andere, während die Schuhspitzen über den Fußboden schlitterten. Diese Maßnahme wurde als der »Marjorie-Shake« bekannt.

Meist war sie eine liebenswürdige Frau, die für ihr offenes und aufgeschlossenes Ohr bekannt war. Aber sie besaß dieses altmodische, klare Moralbewusstsein der Baptisten.

Und sie fühlte sich wohl in der Rolle der Beschützerin der Schwachen. Wäre El nicht so betrunken und so high gewesen, hätte er Marjorie nie als Vertraute auserwählt. Aber zwischen einigen Schlucken Whiskey hatte El ihr die Blutflecken auf dem Ärmel seines weißen Baumwollhemdes gezeigt und ihr gestanden, was er James an diesem Abend angetan hatte.

Marjorie spielte mit den Barthaaren an ihrem Kinn und schob einen großen Schluck Whiskey in ihrem Mund hin und her. Fast hatte er damit gerechnet, dass sie ihm an die Gurgel gehen würde, doch das tat sie nicht. Sie schaute ihn an und sagte: »Du hast mir immer leid getan, weil ich weiß, dass ihr Kinder es mit dieser verrückten Taylor-Hexe nicht einfach hattet. Selbst nachdem du angefangen hast, diese Scheiße in deine Arme zu spritzen, habe ich noch geglaubt, dass du wieder in Ordnung kommst. Aber gewisse Dinge werden dir nicht vergeben – nicht von mir. Und ich glaube, du verstehst, dass, egal wie oft du dieses Hemd wäschst, dich nach heute alle, egal ob Mann oder Frau, mit anderen Augen sehen werden.

Im Moment versuche ich daran zu denken, wie sehr ich deine Musik mag, und deshalb werde ich dich nicht umbringen. Aber mein guter Wille währt nicht ewig. Ich werde dir einen Gefallen tun und in den nächsten paar Minuten an deinen sanften Blues-Song denken. Besser, du bist weg, wenn ich mit Denken fertig bin.«

Marjorie schloss die Augen und fing an, mit ihrer knisternden, an Kojotengeheul erinnernden Stimme zu singen: *Come back to me and break it, love. Break my happy heart.* El stand auf und taumelte aus dem *Pinken Pantoffel,* zum letzten Mal, wie er dachte.

11

Audrey Crawford spielte leise *At Seventeen,* während sie zu ihrem Publikum sprach. »Zwei Wochen vor dem Ende meines letzten Schuljahrs wurde ich zu Hause rausgeschmissen. Ich kam von der Schule nach Hause und hörte, wie mein Daddy und meine große Schwester Cherokee – ja, so heißt sie wirklich – sich oben unterhielten. Ich konnte nicht jedes Wort verstehen, aber ich begriff, dass ich das Thema ihrer Unterhaltung war und dass mein Vater wie ein Wahnsinniger fluchte. Als ich hörte, dass Daddy derart ausrastete, bekam ich einen Mordsschrecken, denn das war nicht seine Art. Obwohl mein Vater ein Temperament besaß, vor dem die Leute davonliefen, konnte er Kraftausdrücke nicht leiden. Wenn er eines seiner Kinder dabei erwischte, dass es so etwas wie ›verdammt noch mal‹ flüsterte, gab er uns eine Ohrfeige, die uns schnell verstummen ließ. Doch an jenem Tag hatte ich es satt, Angst vor meinem alten Herrn zu haben. Also ging ich die Treppe hoch und begab mich in den Kampf.«

Audrey hämmerte gerade die Anfangstakte von *The Marines' Hymn,* als eine angeheiterte Frau an einem der hinteren Tische johlte: »From the Halls of Montezuma!«

»Daddy und Cherokee waren in meinem Schlafzimmer. Daddy zog Kleider aus meinem Schrank, während Cherokee vor meiner Frisierkommode auf und ab ging. Sie wedelte mit den Armen durch die Luft und sagte: ›Siehst du, ich habe dir ja gesagt, was du da findest. Deswegen bringe ich es hier zu nichts. So, wie die Leute über ihn reden, kann ich in dieser Stadt kaum mein Gesicht zeigen.‹

Sie sahen mich, als ich ins Zimmer kam, aber keiner von beiden hielt inne. Cherokee klagte weiter darüber, wie peinlich ich sei, und Daddy suchte in meinem Schrank nach Kleidern, die ich auf Moms Nähmaschine genäht hatte.

Als Daddy fertig war, drehte er sich zu mir um, und ich sah, dass er weinte. Er sagte: ›Was habe ich nicht alles für dich getan … was habe ich nicht alles für dich getan, und das ist aus dir geworden‹.«

Audrey fuhr mit einem Glissando über die Tasten und setzte zu *Cry Me a River* an.

Hatte sie zu viel erzählt? Schließlich gab es in der Menge immer ein paar Leute, die nicht wussten, dass Audrey auch Terry war. Sogar ihr Boss, der sie in – was Audrey für ihre männlichen Kleider hielt – kennengelernt hatte, hatte es erst herausgefunden, nachdem sie schon eine Woche im Theater arbeitete.

An jenem Morgen hatte Audrey über eine Stunde mit ihrer alten Freundin Odette Henry telefoniert. Gleich nachdem sie sich begrüßt hatten, sagte Odette: »Terry, dein Vater ist im Krankenhaus.« Nachdem sie einen Nachmittag und einen Abend über ihre Kindheit und jene letzten, hässlichen Tage im Haus der Robinsons nachgedacht hatte, war Audrey nicht in der Lage, sich groß um Bilder und Illusionen zu sorgen. Was hatte Odette ihr vor vielen Jahren während eines ihrer Garten-Gespräche gesagt? »Es ist deine Wahrheit. Sei mutig und sprich sie aus.«

»Daddy nannte mich einen Dreckskerl und bedachte mich noch mit weiteren auserlesenen Namen«, erzählte

Audrey dem Publikum. »Dann machte er zwei schnelle Schritte in meine Richtung und hob die Faust, als wollte er mich schlagen. Es beunruhigte mich allerdings nicht. Meine Freundin Odette hatte mir inzwischen das Kämpfen beigebracht. Und sie hatte ganze Arbeit geleistet. Ich sah vielleicht nicht so aus, aber ich war die mutigste Schwuchtel im südlichen Indiana. Als er meinen Odette-Henry-Blick sah, machte Daddy einen Rückzieher.«

Audrey zog die Brauen zusammen und zog die Oberlippe hoch, um dem Publikum eine Ahnung des grimmigen Blicks zu geben, der ihren Vater an jenem Tag hatte zurückweichen lassen. »Anstatt sich auf mich zu stürzen, ließ mein Vater seine Wut an meiner Kleidung aus. Nacheinander hob er Blusen und Kleider hoch und riss sie in Stücke.«

»Während ich Daddy zusah, wie er meine wunderschönen Kreationen zerriss, fragte ich mich, wie er so überrascht sein konnte. War ich nicht derselbe Junge, der zu seinem sechsten Geburtstag ein Paar weiße, hippe Vinyl-Stiefel haben wollte, um bei der Talent-Show in der Kirche eine Nancy-Sinatra-Parodie zum Besten zu geben? Hatte ich mit acht nicht Holzleim, Aluminiumfolie und Silberglitzer benutzt, um meine Batman-Brotdose in eine perlenbesetzte Unterarmtasche zu verwandeln? Und war ich nicht schuld daran, dass das Klassenfoto der fünften Klasse noch einmal gemacht werden musste, weil ich es schaffte, ein Paar selbstgebastelter Chandelier-Ohrringe mit Rheinkieseln und falschen Perlen anzulegen, kurz bevor der Fotograf abdrückte? Was hofften sie, in meinem Schrank zu finden? Elektrowerkzeug und stapelweise abgegriffene *Playboy*-Hefte?«

Während das Publikum kicherte, spielte Audrey *Macho Man*. »Ich fand es auch lustig. Ich stellte mir vor, wie ich bäuchlings auf dem Bett liege, mit einer Hand eine Radialsäge streichele und mit der anderen in den Bildern von *Miss February* blättere, während ich in einem Anfall jugendlicher, heterosexueller Leidenschaft mein Kissen bumse. Das Bild in meinem Kopf war so absurd, dass ich laut auflachte.

Und das war's dann. Daddy sah mich kichern und sagte: ›Ich dulde keine verdammte Schwuchtel unter meinem Dach. Du bleibst keine weitere Nacht in diesem Haus.‹«

Macho Man ging in *So Long, Farewell* über.

»Mein Vater war einer dieser Menschen, die nie zur Kirche gingen, aber viel darüber redete, wie dicke er mit Gott war. Er sagte immer: ›Was uns Christen allen anderen überlegen macht, ist unser Gott gegebener Auftrag zur Vergebung‹. Ich hegte eine gewisse Hoffnung, dass Daddy etwas von dieser überlegenen, christlichen Versöhnung, mit der er prahlte, demonstrieren würde. Sogar als ich meinen Seesack die Treppe hinunterschleppte, dachte ich, er würde mich vielleicht aufhalten und sagen, dass ich zurückkommen solle. Die ganze Zeit spähte ich über meine Schulter nach hinten, ob er hinter mir herstapfte und herumschrie, dass ich bis zum Highschool-Abschluss Hausarrest bekäme, und die Nähmaschine für mich für immer tabu sei. Aber er hat nie wieder ein Wort mit mir gesprochen.

Meine Schwester sagte auch nichts, noch nicht einmal, als sie mir die Haustür aufhielt. Das wurmte mich beinahe so sehr wie das, was mein Vater getan hatte, denn Cherokee und ich wussten beide, dass es bei der Vorstellung, die sie in meinem Zimmer abgezogen hatte, nicht wirklich um meine Kleider ging oder darum, wie ich war. Das Problem zwischen Cherokee und mir war Mr. Andre Bailey.«

Audrey spielte *Mad About the Boy.*

»Andre Bailey war umwerfend. Ein muskulöser Ein-Meter-fünfundneunzig-Kerl mit einem markanten Dudley-Do-Right-Kinn. Andre hatte Hände so groß wie Virginia-Schinken und goldbraune Augen der Art, dass man sich jedes Mal auf den Boden werfen wollte, wenn er einen anblickte. In seinem wunderschönen Kopf befand sich keine einzige Hirnzelle. Er war perfekt.

Das fand Cherokee auch. Seinen Eltern gehörte eine gut gehende Wäscherei und chemische Reinigung im Zentrum von Plainview, und mit seinem guten Aussehen und der Aussicht auf sein Erbe wollte sie ihn haben. Sie tat alles, um seine Aufmerksamkeit zu erringen, außer nackt vor ihm zu tanzen. Cherokee mühte sich monatelang, ohne dass sie bei ihm weiterkam.

Nun ja, auf seinen Wunsch hin tanzte *ich* für ihn – nicht nackt, aber in einigen der Kleider, die ich auf Moms Maschine genäht hatte. Andre und ich trafen uns fast ein Jahr lang heimlich, bevor Cherokee mich erwischte, wie ich in einem schwarzen Cocktail-Kleid spätnachts aus seinem Auto hüpfte. Einen Tag später war ich obdachlos.

Während ich meine Besitztümer den Gehweg vor unserem Haus hinunterschleppte, führte ich ein Gespräch mit meiner persönlichen Retterin, Miss Joan Crawford. In ihren Filmen gab es immer einen Punkt, an dem Joan verschmäht und verlassen wurde und sie erkannte, dass sie es alleine mit der Welt aufnehmen musste, mit nichts als Mut und ihren außergewöhnlichen Wangenknochen.

Ich bat Joan um Rat, und sie sagte mir, dass der Rausschmiss das Beste war, was mir passieren konnte. Ich solle froh sein, Plainview zu entkommen, bevor die Stadt für immer meine Seele zerstöre. Sie riet mir, zur Cousine meiner

Mutter in Louisville zu gehen, bevor ich die Nerven verlöre und flehend zurück zu meinem Vater ginge.

Wie immer hatte Joan Crawford recht. Aber ich hätte sie nach genaueren Instruktionen fragen sollen, denn ich bin mir sicher, sie hätte mir gesagt, nicht zu tun, was ich als Nächstes tat. Ich ging zu Andre.«

Einige im Publikum seufzten unisono. Audrey spielte *Why Do Fools Fall in Love.*

»Außer Andre befanden sich noch vier andere Leute in der Chemischen Reinigung seines Vaters. Mrs. Carmel Handy, eine magere, alte Dame mit vollem Haar, die immer zu uns nach Hause gekommen war und für meine Mutter gebetet hatte, bevor sie starb. Zwei alberne Mädchen im Teenager-Alter, die kicherten und mit Andre flirten wollten. Und Andres Vater, Mr. Bailey. Andres Dad schnarchte auf einem Stuhl in der Ecke. Er war ständig betrunken, aber da er Geld hatte, sagte jeder höflicherweise, dass ›er nicht ganz auf dem Damm sei‹.

Ich stolzierte an allen vorbei, bis ich Andre direkt gegenüberstand. Dann tat ich, was nur ein verliebter Siebzehnjähriger tut: Ich lehnte mich über den Resopal-Tresen und sagte: ›Andre, ich liebe dich. Komm mit mir nach Louisville. Ich habe ein bisschen Geld gespart und fahre heute Abend.‹ Andre flüsterte, dass ich nicht so laut reden solle. Dann, gerade laut genug, dass es die anderen Leute im Laden hören konnten, sagte er: ›Mr. Robinson, bitte warten Sie, bis ich die anderen Kunden bedient habe‹ und ›Leider sind Ihre Sachen noch nicht fertig, Sir‹.

Er schaute an mir vorbei und sagte: ›Mrs. Handy, wenn Sie Ihre Quittung haben, hole ich Ihnen gerne Ihre Jacke.‹

Da kapierte ich, dass Andre nirgendwo mit mir hingehen

würde, und so schickte ich mich an zu gehen. Zwischen Tresen und Tür zog ich noch einmal meine persönliche Retterin zu Rate. Was würde Joan Crawford tun? Natürlich kannte Joan die richtige Antwort.

Am Eingang zu Baileys Wäscherei und Chemischer Reinigung drehte ich mich um und richtete meinen rechten Zeigefinger auf Andre. (Oh, wie sehr ich mir wünschte, ich hätte Zeit gehabt, mir die Nägel zu lackieren. Dieser Moment schrie nach feuerrotem Nagellack!) Ich sagte: ›Wenn Du meinen Vater siehst, sag ihm, dass ich zurückkomme. Sag diesem Wichser, dass ich zu seiner Beerdigung komme. Sobald er unter der Erde ist, pisse ich auf sein Grab. Sag ihm, dass ich mich dabei hinkauern werde wie eine Frau.‹

Die anderen Leute im Laden starrten mich an, als ob ich eben aus dem Zoo ausgebrochen wäre. Um der dramatischen Wirkung willen zielte ich mit dem Hätte-rot-sein-sollen-Fingernagel – als ob er eine Pistole wäre – auf die Leute in der Reinigung und fügte hinzu: ›Gott steh demjenigen bei, der versucht, mich aufzuhalten.‹ Dann hatte ich meinen großen Abgang.

Bevor ich an jenem Abend die Stadt verließ, hatte die Geschichte über diese Szene schon ihren Weg von einem Ende von Plainview zum anderen gemacht. Angesichts des Wirbels, den ich veranstaltet hatte, war ich so aufgeregt, dass ich in den falschen Bus stieg. Ich wollte nach Louisville, nahm aber aus Versehen einen Bus nach Chicago. Als mir mein Fehler bewusst wurde, war ich schon auf halbem Weg nach Illinois. Aber diese kleine Verwechslung bewahrte mich davor, mit einer anderen Verwandten zu leben, die sich nicht wirklich mit mir herumplagen wollte, und brachte mich zu euch tollen Menschen. So hat sich alles zum Besten gewendet.«

Als Audrey anfing *My Kind of Town* zu singen, fragte sie sich wieder, ob sie nicht zu viel erzählt hatte. Nein, Terry könnte zögern. Aber Audrey mit den feuerroten Fingernägeln würde sich nicht besänftigen lassen.

12

Ich lernte Lily im Wald hinter Mrs. Taylors Haus kennen«, erzählte El. »Ich ging oft dorthin, um Gitarre zu spielen. Im Haus war es jeden Tag laut, rund um die Uhr, und der Wald war der einzige Ort, wo ich ein bisschen Ruhe finden konnte. Solange ich Feuerholz mit nach Hause brachte, war es Mrs. Taylor ziemlich egal, wohin ich ging.«

Barbara Jean saß auf der Kante seines Krankenhausbetts und hielt ein Bild von Els Band in der Hand. Er und Lily standen in der Mitte einer kleinen Bühne. Er umklammerte seine Leoparden-Gitarre. Lily schob ihre Hüfte in Richtung Kamera. Singend, mit weit geöffnetem Mund, neigten sie sich einander zu. Sie sahen aus wie zwei Kinder, die gerne Dummheiten anstellten.

»Ich habe Ihnen doch erzählt, dass ich Mrs. Taylors Lieblingskind war, nicht? Nun, es war meine Gitarre, die mich zu ihrem Liebling machte. Wenn ich eine Melodie für sie spielte, konnte ich damit ziemlich schnell ihre schlechte Laune vertreiben. So habe ich mir mein erstes Geld als Musiker verdient. Wenn eines der anderen Kinder in Schwierigkeiten steckte, kamen sie immer zu mir gelaufen und sagten: ›Komm schnell runter. Du musst etwas für sie spielen.‹ Ich antwortete dann: ›Kein Problem. Das kostet aber einen Nickel.‹ Auf diese Weise verdiente ich mir ein hübsches Sümmchen.«

El griff nach dem Plastikbecher auf dem Tisch neben seinem Bett. Er trank einen großen Schluck Wasser und nachdem Barbara Jean den Becher für ihn wieder aufgefüllt hatte, noch einen.

»Damals konnte ich noch keine Noten lesen. Ich hörte mir die Lieder im Radio an und ging in den Wald, um sie zu lernen. Ich konnte nicht wirklich singen und kann es eigentlich immer noch nicht. Aber ich war laut. Ich setzte mich gerne unter einen Baum und legte einfach los.

Eines Tages hörte ich, wie sich mir Schritte näherten, während ich sang. Ich drehte mich um und sah ein Mädchen auf mich zukommen. Ein weißes Mädchen, ungefähr in meinem Alter, mit einem runden, rosigen Gesicht und dunkelblonden Haaren. Sie blieb zehn Schritte von mir entfernt stehen und starrte mich an. Sie sagte kein Wort, sondern fixierte mich mit ihren großen grauen Augen. Also fing ich wieder an zu singen.

In jenem Jahr war *Blues in the Night* Mrs. Taylors Lieblingslied. Ich übte und übte und versuchte, es richtig hinzukriegen. Ich war damals vierzehn und hielt mich für einen Wahnsinnstypen. Sobald ich meine Akkorde gegriffen hatte, fing ich an, mich vor dem hübschen Mädchen aufzuspielen. Ich saß auf einem Baumstumpf und sang über Liebe und hinterhältige Frauen – als ob ich auch nur irgendeine Ahnung davon gehabt hätte – und dachte, dass ich mich verdammt gut anhörte.

Nach ungefähr der Hälfte stimmte sie in das Lied mit ein. Ich kann Ihnen sagen, das war etwas völlig anderes. Sie war ein Jahr jünger als ich, wie ich später herausfand, und wog wahrscheinlich keine vierzig Kilo. Aber wenn sie den Mund aufmachte, hörte sie sich wie ein kräftiger Blues-Shouter an. Wenn man die Augen schloss, konnte man den Bayou hören und den Mondschein riechen. Es war verrückt.«

El nahm seine Gitarre, spielte ein paar Akkorde und sang: *Take my word, the mockingbird'll sing the saddest kinda song.* Dann legte er die Gitarre auf das Laken neben sich. »Glauben Sie mir, sie hörte sich verdammt viel besser an als das hier.

Ich stimmte das Lied von Neuem an, und sie zeigte mir, was sie konnte. Als wir fertig waren, drehte sie sich um und lief weg. Ich fragte mich, ob ich das alles womöglich nur geträumt hatte. Doch als ich mit meiner Gitarre und dem Feuerholz nach Hause kam, stand sie dort in der Küche.

Mrs. Taylor wandte sich mir zu und sagte: ›Das ist Lily. Sie wohnt jetzt bei uns.‹

Harold Taylor war auch in der Küche. Schon damals starrte er Lily an wie ein Verhungernder eine Platte Steaks. Seine Mutter muss es auch bemerkt haben, denn sie fügte an: ›Und ich möchte nicht, dass irgendeiner von euch Jungs auf dumme Gedanken kommt. Wenn ihr eure Eier behalten wollt, haltet ihr euch besser von ihr fern.‹ Während sie redete, nahm sie ein Küchenmesser vom Tresen und winkte uns damit zu, damit wir sahen, dass sie es ernst meinte.

So fing alles an. Danach folgte mir Lily immer in den Wald, und wir sangen fast jeden Tag zusammen. Harold trottete hinter ihr her und klatschte und pfiff nach jedem Lied, das sie sang. Diese Tage, die ich mit den beiden unter den Bäumen verbrachte, sind die ersten guten Zeiten, an die ich mich erinnern kann.«

Die ersten drei Tage nach seiner zweiten Operation war Barbara Jean ein ständiger Gast in Els Zimmer und verbrachte beinahe jede Minute der Besuchszeit mit ihm. Wie El schon geahnt hatte, wurde bei der zweiten Operation mehr von seinem Fuß entfernt, als der Chirurg erwartet hatte. Der Packesel war jetzt endgültig lahm.

Nachdem er einen Plan für sein bevorstehendes Ende im Kopf hatte, war der Zerfall einfacher zu akzeptieren. Die vorherige Operation hatte ihn kalt erwischt. Dieses Mal musste er nur die Zeit bis zu dem Tag herumkriegen, an dem er diesen Ort verlassen und den wachsamen Augen entkommen konnte. Bis dahin gab es diese schöne Frau, die ihm das Gefühl gab, nützlich zu sein und ihn glauben ließ, ein besserer Mensch zu sein, als er – nach eigenem Dafürhalten – tatsächlich war.

Es war gefährlich, über die alten Zeiten zu reden. Nachdem ihm herausgerutscht war, dass er einmal einen Sohn gehabt hatte, machte er sich Sorgen, dass sie ihm so lange Informationen entlocken könnte, bis er sich wieder verplapperte und vielleicht sogar James' Namen laut aussprach. Das erste Mal seit Jahren. Aber Barbara Jean drängte ihn nie, mehr zu erzählen, als er wollte, selbst wenn es offensichtlich war, dass er Namen ausließ oder bei Daten schummelte, damit er nicht zu viel von seiner Geschichte preisgab. Das mochte er an ihr. Sie war neugierig, aber sie verstand, dass es Geschichten gab, oder Teile von Geschichten, die man besser nicht erzählte. Lorettas Kind musste schon früh gelernt haben, wie wichtig es war, Geheimnisse zu bewahren.

»Wieso landete schließlich ein anderer Frauenname auf Ihrer Gitarre? Sie waren doch in Lily verliebt, oder nicht?«

»Nein, viele Leute dachten, dass wir etwas am Laufen hatten, sogar jene, die es hätten besser wissen müssen. Aber zwischen mir und Lily war das nie der Fall. Klar, sie war sehr schön. Und in meiner Jugend sah ich auch nicht übel aus, aber damals hielt selbst der dümmste schwarze Junge – wenn ihm sein Leben lieb war – Abstand von weißen Mädchen. Außerdem waren wir wie Bruder und Schwester. Da ich Mrs. Taylors Liebling war, mischte ich mich ein, um sie von Lily fernzuhalten. Wenn das nicht funktionierte und wir beide versohlt wurden, schleppten wir unsere wunden Hintern in den Wald und sangen uns die Seelen aus dem Leib. Lily und ich hatten etwas Besseres als eine Romanze miteinander.«

»Also handelte der Song, den Sie auf der Hochzeit gesungen haben, nicht von Lily?«, fragte Barbara Jean.

»Nein, *Happy Heartache* handelt von einer ganz anderen Frau. Die war ein echter Knaller.«

Memorial Day war gerade vorbei. Das Gras draußen war saftig und die Bäume voller Laub. Jeden Nachmittag brachte die Sonne dieses Spätfrühlings-Grün in Els Zimmer. An der Farbe des Lichts auf den Wänden erkannte El, dass bald eine Krankenschwester mit einer Dosis – überaus wichtiger – Schmerztabletten kommen würde. Er genoss Barbara Jeans Gesellschaft, aber die Zuteilung der kleinen, weißen Pillen war der eigentliche Höhepunkt des Tages. Diese Junkie-Gewohnheiten hörten nie ganz auf, egal, wie lange ein Mensch clean war.

»Haben Sie irgendwelche Bilder von Ihren Eltern?«, erkundigte sich Barbara Jean.

»Meine Mutter starb, als ich eine Woche alt war. Daddy ist die einzige Familie, die ich jemals hatte.«

Er sah seine Tasche mit Fotos durch und holte eines heraus. »Das ist er.«

Barbara Jean nahm ihm das Bild ab. Der Mann auf dem Foto war groß und dünn wie El. Er trug eine gestreifte Weste und eine Melone und stand neben etwas, das ein sehr großer Leopard zu sein schien.

»Er hieß Joe. Der Leopard war Raja.«

Barbara Jean hielt das Foto auf Armlänge von sich, um es besser in den Blick nehmen zu können. Nachdem sie es genau angeschaut hatte, sagte sie: »Streichelt er dieses Vieh da?«

»Ja, Daddy und Raja hatten eine enge Verbindung. Mein Vater hat auf einem Flussschiff gearbeitet. Das war vor meiner Geburt, und so kann ich nur das Wenige wiederholen, das ich von seinen Geschichten erinnere und was Mrs. Taylor mir später erzählt hat. Es war ein Glücksspiel-Boot mit Shows und Mädchen. Das Übliche halt. Total billig, außer dass es auf dem Boot einen Zirkus gab. Sie hatten eine Boa Constrictor, einige Schimpansen und einen Leoparden. Der Leopard war so hinterhältig, dass er rund um die Uhr einen Maulkorb tragen musste. Die Gäste mussten sich außer Reichweite des Käfigs aufhalten, sonst wurde Raja unruhig und würde den Dompteur in Stücke reißen, der bei jeder Vorstellung zu ihm in den Käfig ging. Na ja, das sagte zumindest der Typ, der das Spektakel veranstaltete.

Mein Vater hat mir erzählt, wie er und die anderen Jungs, die auf dem Schiff arbeiteten, sich ständig betranken und sich dann gegenseitig anstachelten, in Rajas Käfig zu kriechen. Mehr als den Vorhang wegzuziehen, den der Dompteur nachts über den Käfig warf, haben sie sich nie getraut. War ein Typ mutig genug, diese Decke anzuheben, verlor er die Nerven und rannte davon, sobald der Leopard den Kopf drehte.

Jedenfalls sank das Schiff in einer stürmischen Nacht. Mein alter Herr musste an Land schwimmen. Mein Vater sagte, sobald er festen Boden unter den Füßen spürte, beschloss er, dass die Arbeit auf dem Fluss für ihn ein für alle Mal vorbei war. Während alle anderen vom Schiff im Matsch herumstanden und auf ihre Retter warteten, lief er einfach los. Er hatte gehört, dass es in Plainview Arbeit in einem Steinbruch gab, und so machte er sich auf den Weg hierher.«

»Vom Fluss bis nach Plainview ist es ein langer Weg«, bemerkte Barbara Jean.

»Ja, das stimmt. Und noch schlimmer war, dass er die ganze Zeit auf dem Weg irgendjemanden oder irgendetwas hörte, das in den Bäumen am Straßenrand neben ihm herlief. Eigentlich wollte er in jener Nacht irgendwo im Trockenen sein Nachtlager aufschlagen, aber der Gedanke an was auch immer ihn da verfolgte, trieb ihn weiter.

Irgendwann im Morgengrauen war mein Vater nass und durchgefroren und konnte seine Beine kaum noch bewegen. Und er wusste, dass er immer noch verfolgt wurde. Er war kurz vor Plainview, als er im Gestrüpp rechts von sich ein Rascheln hörte, und er wusste, dass irgendetwas wirklich schnell auf ihn zustürmte. Bevor er die müden Beine in Bewegung setzen konnte, sah er es. Es war der Leopard vom Flussschiff. Eine Sekunde später war der Leopard auf ihm. Er rammte meinen Vater mit dem Kopf und stieß ihn zu Boden. Dann machte er sich schnurstracks über seine Kehle her.«

Reflexartig fasste sich Barbara Jean an die Kehle. »Oh, mein Gott.«

»Er hat ihn jedoch nicht gebissen. Raja packte nur Dads Kragen und fing an zu kauen. Und die ganze Zeit tropften seine Leoparden-Flecken an ihm herunter. Raja, der Leopard, entpuppte sich als riesengroße Ziege, auf die der Zirkusbesitzer Leoparden-Flecken gemalt hatte.«

»Sie wollen mir weismachen, dass die Leute glaubten, eine angemalte Ziege sei ein Leopard?«, fragte Barbara Jean.

»Ich schwöre zu Gott«, erwiderte El und hob die Hand.

»Sobald mein Vater einen Ort gefunden hatte, an dem er bleiben konnte, bemalte er die Ziege wieder im Leoparden-Muster und ging mit seiner eigenen Raubtiervorstellung auf die Walz, und zwar für den Rest seines Lebens.«

Barbara Jean betrachtete wieder das Bild von Els Vater und dem Leoparden. Sie blinzelte und lachte dann. »Nicht zu fassen.«

»Ich bin auch mit Daddy gereist, aber daran kann ich mich kaum noch erinnern«, sagte El. »Er hat mir allerdings das Gitarrespielen beigebracht.«

»Auf dieser Gitarre?«, fragte Barbara Jean und zeigte auf Ruthie.

»Nein, mein Vater besaß eine Akustik-Gitarre. Er hatte sie beim Pokerspiel gewonnen. Er konnte sie nicht spielen, aber er hat mir geholfen, ein paar Melodien zu zupfen, und nach ein paar Monaten spielte ich schon ziemlich gut. Dad und Raja sind beide im nächsten Jahr gestorben. Niemand hat mir je genau erzählt, was ihnen zugestoßen ist. Kurz darauf kam ich in die Pflegefamilie. Von meinem alten Herrn ist mir nur dieses Bild geblieben, eine Gitarre, auf der er nicht spielen konnte, und eine Geschichte über einen Leoparden, der in Wirklichkeit eine Ziege war.«

Barbara Jean schaute auf die Gitarre im Koffer, der offen neben El auf dem Bett lag. »Dann spielen Sie wegen Ihres Vaters auf einer Gitarre mit Leoparden-Muster?«

El tippte sich mit dem Zeigefinger an die Nasenspitze. »Genau. Ich habe diese Gitarre in einem Pfandleihhaus gesehen und wusste, die muss ich haben. Ich war dort, um die Gitarre von meinem Vater zu verkaufen. Ich hatte erfahren, dass ich selbst Vater werden würde und beschlossen, dass es an der Zeit sei, einer richtigen Arbeit nachzugehen. Ich war handwerklich begabt, und einer meiner Kumpel sagte, dass er mir einen Job auf dem Bau besorgen könnte. Aber dann habe ich diese Gitarre gesehen. So eine hatte ich noch nie gesehen. Bis heute nicht.

Wahrscheinlich hat man sie so angemalt, um Schäden im Holz zu überdecken. Aber das war mir egal. Ich sah dieses Leopardenmuster und wusste, dass das eine Nachricht von meinem alten Herrn war, die mich vom falschen Weg abbringen sollte. Schließlich überließ ich der Pfandleihe meine alte Gitarre und gab das letzte Geld, das ich besaß, für dieses Baby aus. Ich dachte, meine Frau würde mich umbringen. Aber sie hat mir verziehen, als ich von dem ersten Geld, das ich mit der Gitarre verdiente, ihren Namen darauf verewigen ließ.«

»Also war Ruthie Ihre Frau?«

»Ja«, bestätigte El. Er linste auf das Bild von sich und Lily, das auf seinem Schoß lag, so als könnte er etwas Neues darauf entdecken. Dann sagte er: »Was Junkies anderen Leuten voraushaben, ist die Erkenntnis, dass die Wirklichkeit ein gemeiner kleiner Spiegel ist. Dieser Spiegel führt einem selbst und allen anderen alles Böse vor Augen, das man jemals getan hat, außer man zerbricht ihn.«

»Sie haben mir mal erzählt, dass es die Wirklichkeit und dass es die Wahrheit gibt. Die Wahrheit ist, dass jeder Fehler macht. Als ich zu den Anonymen Alkoholikern ging, habe ich gelernt, mir selbst zu verzeihen. Ich denke, Sie sollten sich auch verzeihen.«

»Sie haben ein weiches Herz. Ich hoffe, es macht Ihnen nichts aus, dass ich das so sage, aber von Loretta haben Sie das nicht. Sie müssen nach Ihrem Vater kommen.«

Barbara Jean schnaubte kurz. »Das könnte der Fall sein,

aber ich weiß es nicht. Ich habe meinen Vater nie kennengelernt, und Loretta war in Bezug auf ihn nicht gerade das, was man mitteilsam nennt.«

Darlene Lloyd, die diensthabende Schwester an diesem Nachmittag, kam ins Zimmer. Ihre weißen Turnschuhe quietschten auf den Bodenplatten, als sie mit Els nachmittäglicher Ration an Schmerzmitteln zu seinem Krankenbett kam. »Mr. Walker«, sagte sie, »ich muss einen Blick auf Ihren Verband werfen.« Sie drehte sich zu Barbara Jean und fügte hinzu: »Mrs. Carlson, Sie dürfen gerne später wiederkommen.«

»Für mich wird es sowieso Zeit zu gehen«, antwortete sie, und an El gewandt fügte sie hinzu: »Ich sehe Sie morgen beim Konzert meiner Freundin Clarice.«

»Mal sehen. Vielleicht gehe ich hin, wenn ich mich gut fühle.«

»Sie werden hingehen«, sagte Barbara Jean. »Clarice ist unglaublich, und es wird Ihnen gut tun, aus diesem Zimmer herauszukommen. Abgesehen davon ist es nur die Treppe runter.«

»Ich sorge dafür, dass er kommt«, versprach Darlene.

Barbara Jean dankte ihr und winkte zum Abschied.

Als Darlene anfing, den Verband von Els Fuß aufzuwickeln, warf er eine der Pillen in seinen Mund und kaute sie, um die Wirkung zu beschleunigen. Dann zog er die Gitarre auf seinen Schoß.

El suchte nach einer Melodie und spürte, wie das Opiat seine Wirkung tat.

Ach, Herrgott, vielleicht würde er zu dem Konzert gehen.

13

Der Konzertsaal und die Kinderabteilung des Krankenhauses gingen von demselben Lichthof ab. An diesem Nachmittag war der Ort voller gut gekleideter Menschen, die sich unterhielten und sich an Speisen und Getränken gütlich taten, die die Organisatoren der Benefizveranstaltung für die Besucher zur Verfügung gestellt hatten. Barbara Jean und Ray waren von Vorstandsmitgliedern der Klinik umringt, deren Buhlen um die Gunst des gutaussehenden, reichen Paares an den Hofstaat einer Königin und eines Königs auf einem Highschool-Abschlussball erinnerte. Ich überlegte gerade, ob ich zu Barbara Jean oder zu einem Tisch mit Bergen von Shrimps gehen sollte, der ganz in meiner Nähe stand, als Wayne Robinson auf mich zukam.

Er war noch nicht tot, das wusste ich. Sein Tod wäre *die* Neuigkeit in Plainview, die sich mit Sicherheit innerhalb von Minuten bis zu mir herumsprechen würde. Und ich hatte auch die Erfahrung gemacht, dass die Geister der vollständig Toten stofflicher wirkten als er heute. Der Mann vor mir war an den Rändern noch verschwommen.

Es wäre ziemlich übertrieben zu sagen, dass Wayne Robinson glücklich aussah, doch als er vor mir stand und sagte: »Hallo, ich habe gehofft, wir könnten uns unterhalten«, sah ich ihn zum ersten Mal lächeln.

Weil James neben mir stand und einige andere Leute in Hörweite waren, antwortete ich nicht. Doch genau in diesem Augenblick fing James Barbara Jeans Blick auf. Sie winkten sich zu, und mein Ehemann machte sich auf zu ihr und Ray. Ich bedeutete James, dass ich zu den Vorspeisen gehen würde, bahnte mir einen Weg zu dem Tisch und füllte mir so viele Garnelen auf den Teller, wie dieser zu fassen vermochte. Dann suchte ich mir ein ruhiges Eckchen, in dem Wayne Robinson und ich uns unbeobachtet unterhalten konnten.

Er war ein kleiner Mann, kaum größer als ich, mit einem eckigen Gesicht und einem breiten Kiefer. Er versuchte, charmant zu sein, doch das fiel ihm nicht leicht. Sein angestrengtes Grinsen und sein starrer Blick erinnerten mich an ein Krokodil. »Sie waren doch mit meinem Sohn Terry befreundet«, sagte er. »Darum habe ich gehofft, dass Sie vielleicht mit ihm reden könnten. Ich weiß, wie sehr er Ihre Meinung geschätzt hat. Sie wissen wahrscheinlich, dass wir uns gestritten haben, bevor er weggelaufen ist. Wir haben beide Dinge gesagt, die wir nicht so gemeint haben. Ich wäre Ihnen sehr dankbar, wenn Sie ihm vorschlagen könnten, die Vergangenheit ruhen zu lassen, falls er darüber nachdenken sollte, alte Geschichten aufzuwärmen. Es wäre besser so für Terry. Denken Sie nicht auch, Mrs. Henry?«

Ich war überrascht, dass er meinen Namen kannte. Unser einziges bisheriges Gespräch lag beinahe fünf Jahre zurück, damals hatte ich ihn wegen Terry aufgesucht. Sein Sohn hatte mit einem Seesack und einer traurigen Geschichte, die er mit einer aufgesetzt glücklichen Miene zu verschleiern suchte, vor meiner Tür gestanden. Als ich an jenem Tag im Namen seines Sohnes zu Wayne Robinson ging, kam ich nicht weiter als bis zu: »Hi Mr. Robinson, vermutlich erinnern Sie sich nicht an mich, aber ich kannte Ihre Frau, und ich bin eine Freundin Ihres Sohnes Terry.«

Er warf mir durch das Fliegengitter einen bösen Blick zu und sagte: »Ich habe keinen Sohn namens Terry.« Damit war unser Gespräch beendet. Er schrie nicht und schlug mir nicht die Tür vor der Nase zu, sondern leugnete einfach die Existenz seines jüngsten Kindes und ließ mich stehen. Jetzt tat er nett und wollte mit mir über eben diesen Jungen reden.

»Mr. Robinson …«, hob ich an.

»Wayne«, unterbrach er mich und versuchte immer noch, freundlich zu sein.

»Mr. Robinson, ich bedaure, dass Sie gesundheitliche Probleme haben. Ich bin sicher, dass es für Sie oder Ihre Kinder nicht einfach war, besonders da Ihre Frau vor nicht allzu langer Zeit gestorben ist. Aber ich denke nicht, dass es mir zusteht, Terry zu sagen, was er tun soll.« Ich schob mir eine Garnele in den Mund und fragte mich, ob ich genügend Zeit hätte, den Teller vor dem Konzert noch einmal aufzufüllen. Ich sagte: »Ich glaube an die Kraft des Gebetes, und ich verspreche Ihnen, dass ich Gott bitten werde, Sie zu heilen, sodass Sie selbst mit Terry sprechen können.«

Das Lächeln, das er sich aufrechtzuerhalten bemühte, geriet ein bisschen ins Stocken, als er erwiderte: »Das ist das Problem, Mrs. Henry. Für mich wird es keine Heilung geben. Ich habe gehört, was die Ärzte sagen. Sie warten nur, bis meine Tochter zurück in der Stadt ist, um eine endgültige Entscheidung zu treffen.«

»Man kann nie wissen«, entgegnete ich. »Vor fünf Jahren hatte man mich eigentlich schon für tot erklärt, und ich bin immer noch da.«

Allmählich verlor er die Geduld mit mir, seine Stimme wurde lauter. »Ich verstehe nicht, warum Sie nicht einfach mit ihm reden können. Sie haben doch von der scheußlichen Sache gehört, die er vorhat. Sie können doch nicht der Ansicht sein, dass das richtig ist.«

»Falls Sie sich jemanden erhofft haben, der Ihnen hilft, einen Streit auf möglichst friedliche und höfliche Art beizulegen, bin ich leider das falsche Familienmitglied der Henrys«, erklärte ich. »Bei uns zu Hause ist mein Mann die Taube. Schade für Sie, dass James keine Geister sehen kann und Sie mit dem Falken vorliebnehmen müssen. Und ich glaube, Terry hat es verdient, die Angelegenheit so zu regeln, wie er es für richtig hält.«

Dann kamen Ray und James auf mich zu. Ich wandte mich von Wayne Robinson ab, der den Versuch aufgab, mich einzulullen und nun schmollte und fluchte. Ich umarmte Ray und äußerte mit vielen Ahs und Ohs meine Bewunderung darüber, wie gut er in seinem blauen Nadelstreifenanzug aussah. »Ray«, schwärmte ich, »du bist schon in Jeans und T-Shirt eine Augenweide. Aber in einem Anzug bist du wahrhaftig ein Geschenk Gottes.« Wir lachten, als hätte ich einen Scherz gemacht, aber es war mir todernst damit. Wenn ich, wie Mama, einen »Freudensprünge«-Kalender gehabt hätte, um alltägliche Wunder festzuhalten, hätte ich eine Notiz darüber verfasst, wie schön der blauäugige Ray Carlson an diesem Tag aussah.

Wayne Robinson laberte mich weiterhin voll, wie ungerecht ich sei. Ich ignorierte ihn, während ich mit meinem Mann und meinem Freund sprach. Vermutlich hätte ich netter sein können, aber die Tage des Geister-Hätschelns waren vorbei. Außerdem hatte er einen schlechten Start hingelegt, als er mir die Lüge auftischte, Terry sei weggelaufen. Ein besserer Mensch hätte vielleicht mehr Mitgefühl für das

Elend dieses Mannes aufgebracht, aber es ärgerte mich maßlos, dass er von mir überhaupt einen Gefallen erwartete.

Ein Klingeln kündigte an, dass der Konzertsaal nun geöffnet war und sich alle hineinbegeben sollten. Ich sagte James und Ray, dass ich gleich nachkäme und bat sie, mir einen Platz freizuhalten. Sobald ich allein war, wandte ich mich wieder Wayne Robinson zu. Angesichts seiner momentanen Lage wollte ich das Gespräch mit ihm in einem herzlicheren Ton beenden, als ich es grade eben getan hatte.

»Es tut mir wirklich leid, dass ich Ihnen nicht helfen kann. Vielleicht wäre es gut, wenn Sie zurück nach oben gingen und darum kämpften, in Ihrem Körper zu bleiben, damit Sie dann vielleicht mit Ihrem Sohn Frieden schließen können. Oder Sie könnten herausfinden, dass es an der Zeit ist, loszulassen und nach vorn zu schauen. Manchmal ist es gut zu wissen, wann man einem Streit aus dem Weg gehen sollte.«

Wayne Robinson blickte mich finster an mit demselben griesgrämigen, wütenden Gesicht, das ich von unserem kurzen Gespräch an seiner Fliegengittertür erinnerte. »Sie wollen also einfach zulassen, dass er mir Schande macht, wenn ich tot bin. So, wie er es schon zu meinen Lebzeiten getan hat?« Er wurde lauter, und seine Aufregung wuchs. »Ich habe etwas Besseres verdient! Das ist nicht gerecht!«, schrie der Mann, der sein Kind ein paar Kleider wegen auf die Straße gesetzt hatte.

»Es tut mir leid, Mr. Robinson«, sagte ich, verspeiste genüsslich die letzte auf meinem Teller verbliebene Garnele und ging in den Konzertsaal.

14

Clarice spähte hinter einem kastanienbraunen Samtvorhang hervor und beobachtete, wie sich ihr Publikum versammelte. Barbara Jean, Ray und James saßen neben einigen Männern und Frauen vom Krankenhausvorstand auf den reservierten Plätzen in der ersten Reihe. Odette erschien und setzte sich auf den leeren Platz neben James. Beatrice rauschte herein, an einem Arm Richmond, am anderen Forrest Payne. Nach ihnen kamen Veronica und ihr Mann Clement. In ihrem eleganten knielangen, taupefarbenen Abendkleid war Clarices Mutter die bestangezogene Frau im Raum. Veronica folgte gleich an zweiter Stelle. Sie erschien in einem bodenlangen, perlenbesetzten Kleid, das für den Anlass unpassend, aber – Clarice musste es zugeben – sehr schön gearbeitet war. Jedoch nicht einmal Beatrice und Veronica schafften es, die Blicke von Forrest Paynes perfekt sitzendem, gelben Smoking zu lösen. Wie immer war Forrests einzig ernstzunehmende Konkurrenz die Sonne.

Der Rest der Plätze füllte sich schnell mit Ticketinhabern. Ungefähr ein Dutzend Studenten der Musikhochschule standen an der gegenüberliegenden Wand. In der Nähe einer Rampe, die zum Seiteneingang führte, sah Clarice Darlene Lloyd, die El Walker in einem Rollstuhl hereinschob.

Bis eine Stunde vor Auftrittsbeginn hatte sich Clarice entspannter gefühlt als bei ihren letzten Konzerten. Doch dann – als sie sich gerade einspielte – war ihr Manager Wendell Albertson auf die Bühne gekommen. Er behauptete, dass er aus geschäftlichen Gründen von New York hergeflogen sei und beschlossen habe, ihr Konzert zu besuchen. Sie dankte ihm für sein Kommen und tat, als freute sie sich, ihn zu sehen, konnte sich allerdings des Eindrucks nicht erwehren, dass er hier war, um seine Investition zu überprüfen. Die Kritiker zeigten sich von ihren letzten Konzerten deutlich weniger begeistert als von jenen, die unmittelbar auf ihre ersten Aufnahmen gefolgt waren. Ob Wendell es zugab oder nicht, sie war sich sicher, dass er in den Mittleren Westen gereist war, um sich selbst ein Bild von ihrem Spiel zu machen.

Jetzt, nur wenige Minuten vor dem Beginn des Konzerts, fühlte Clarice, wie ihr Puls zu rasen begann, während sie beobachtete, wie Wendell mit ihrer Mutter im Publikum sprach. Kurz erwog sie, Richmond eine Nachricht zu schicken, er solle zu einem kleinen Stelldichein in ihre Garderobe hinter der Bühne kommen. Dann dachte sie, das könnte doch ein bisschen viel sein. Immerhin war Sonntag.

Sie atmete ein paar Mal tief ein und versuchte, sich zu beruhigen. Sie sagte sich, dass sie gut vorbereitet sei und sich über nichts Sorgen machen müsse. Sie versuchte, sich davon zu überzeugen, dass Wendells Anwesenheit eine gute Sache war. Sie konnte ihm zeigen, dass die letzte Rezension, in der der Kritiker sie als »seelenlose Technikerin« bezeichnet hatte, der schlechten Laune eines gereizten Journalisten geschuldet und keine treffende Bewertung ihres aktuellen Spiels war.

Jemand klopfte Clarice auf die Schulter, und als sie sich umdrehte, sah sie den Vorstandsvorsitzenden des Krankenhauses neben sich stehen. »Ich stelle Sie gleich vor«, sagte er. »Brauchen Sie noch etwas, bevor wir anfangen? Wasser vielleicht?«

Am liebsten hätte Clarice gesagt: *Sehen Sie diesen muskulösen Typen zwischen diesen beiden übertrieben aufgedonnerten Frauen? Sagen Sie ihm, dass er hinter die Bühne kommen und auf der Stelle seine Hose herunterlassen soll!* Stattdessen antwortete sie: »Eine Flasche Wasser wäre nicht schlecht.«

Die Einführung des Vorstandsvorsitzenden war ein bisschen langatmig, aber geschmeidig vorgetragen. Er zählte die musikalischen Erfolge ihrer Kindheit auf, und Clarice fand, er ließ sie beeindruckender klingen, als sie es tatsächlich gewesen waren. Dann zitierte er die hervorragenden Besprechungen ihrer Aufnahmen und pickte sich die positiven Kommentare aus den Kritiken ihrer letzten Live-Auftritte heraus. Als sie auf die Bühne trat, war das Publikum bereit für etwas Besonderes.

Sie spielte drei Sonaten von Beethoven, dieselben drei, die sie auch in Chicago spielen würde.

Die Schwierigkeiten ließen nicht lange auf sich warten. Sie schlug die erste Note an. Dann konnte sie sich nicht mehr an die zweite erinnern. Sie hatte dieses Stück – Opus 23, die *Appassionata* – als Teenager gelernt und sie öfter gespielt und gelehrt, als sie zählen konnte. Aber die zweite Note des Stücks war aus ihrem Gedächtnis verschwunden.

Gefühlt wartete sie mehrere Sekunden lang – in Wirklichkeit waren es nur zwei – auf die zweite Note. Sie fiel ihr nicht ein, also ging sie zur dritten über. Wahrscheinlich tuschelten die besserwisserischen Musikstudenten im hintersten Winkel des Konzertsaals jetzt über den kolossalen Fehler, den sie gerade von einer Solistin gehört hatten, die es eigentlich besser können sollte. Obwohl sie Wendell Albertsons Gesicht nicht sehen konnte, wusste sie, dass er es verzog.

Als Clarice die Augen schloss und ihr Gehirn ausschaltete, ging der Rest der Sonate wie im Flug vorbei. Am Ende war sie zwar atemlos und aufgeregt, aber es hatte keine größeren Ausrutscher mehr gegeben. Der Applaus des Publikums war laut und setzte unverzüglich ein – welch ein Segen, Freunde und Familie direkt vor Ort zu haben. Als sie aufstand, um sich zu verbeugen, warf sie einen kurzen Blick auf die Uhr hinter der Bühne und realisierte, dass sie das Tempo derart angezogen hatte, dass sie ihre Auftrittszeit um zwei Minuten verkürzt hatte. Kein Wunder, dass sie beeindruckt waren, dachte sie. Die Panik hatte sie dazu getrieben, einen Geschwindigkeitsrekord aufzustellen.

Die beiden nächsten Stücke, die letzten auf dem Programm, liefen ein wenig besser. Sie war nicht mehr ganz so aufgeregt und gegenwärtig in der Lage, tatsächlich Musik zu machen. Als sie den Schlussakkord der letzten Sonate anschlug, konnte sie sich an ihr Spiel erinnern und glaubte, dabei ein oder zwei schöne Klangbilder erschaffen zu haben. Aber die *Appassionata* war eine Katastrophe gewesen, beeindruckend allein wegen ihrer Geschwindigkeit. Clarice wusste, dass sie die Standing Ovations, die die Menge ihr darboten, nicht verdient hatte. Und an der gerunzelten Stirn und dem verkniffenen Mund ihres Managers erkannte sie, dass er es auch wusste.

Das Publikum verstummte, als sie sich für die Zugabe wieder ans Klavier setzte. Clarice kündigte »Variationen des *The Happy Heartache Blues* von El Walker« an. Dann begann sie zu spielen.

Als Barbara Jean sie gebeten hatte, Els Lied als Zugabe darzubieten, hatte Clarice vorgehabt, nur eine schlichte Transkription zu spielen. Während sie jedoch daran arbeitete, war ihr die Musik unter die Haut gegangen und dort geblieben. Anhand des Notenblatts, das Barbara Jean aus Els Krankenzimmer hatte mitgehen lassen, schuf Clarice eine Reihe von Variationen, die auf der eindringlichen Melodie basierten. Das Arrangement war einfach und gerade knapp vier Minuten lang, die Wirkung jedoch mächtig. Den meisten Applaus des Nachmittags gab es für die Zugabe.

Über den lauten Beifall der Menge hinweg dankte Clarice dem Komponisten. »Mr. El Walker«, rief sie.

Darlene Lloyd schob El im Rollstuhl in den vorderen Teil der Halle. Clarice war erleichtert, als er den Kopf hob, um zu ihr hochzuschauen und mit den Lippen »Danke« formte. Sein Stuhl war der klatschenden Menge zugewandt, dann half ihm Darlene, aus dem Rollstuhl aufzustehen, um dem Publikum zu danken. Unter großer Anstrengung und mit sichtlichem Unbehagen stand El auf einem Fuß und machte eine Bewegung, die entfernt an eine Verbeugung erinnerte.

Angeführt von Barbara Jean und Ray, schnell gefolgt von Odette und James, erhob sich das Publikum noch einmal von den Sitzen, um Clarice und den alten Mann im Krankenhauskittel zu würdigen.

Clarice sah, wie sich Els Miene veränderte, als wäre ein Schalter umgelegt worden. Zunächst strahlte er das dankbare Publikum mit seinen vom Tabak verfärbten Zähnen an, dann kniff er plötzlich die Augen zusammen, als würde ihn ein Schmerz durchzucken. Er ließ sich in den Rollstuhl zurückfallen und grummelte der Schwester hinter sich zu: »Schaffen Sie mich hier raus, verdammt noch mal.«

Nur Clarice und jene in den vorderen Reihen bemerkten die schnelle Veränderung in Els Verhalten, aber sie konnten ihn nicht lange beobachten. Clarice sah, wie die Krankenschwester mit El Richtung Ausgang eilte. Binnen Kurzem waren die beiden verschwunden.

Gesundheitskrisen, große wie kleine, waren hier nichts Besonderes. Nachdem El weggebracht worden war, richtete sich der Fokus wieder auf Clarice, die sich verbeugte und lächelte, während sich ihr Pulsschlag endlich normalisierte.

Bald schon stand sie vor einer langen Reihe Menschen, die ihr alle persönlich gratulieren wollten. Der Vorstandsvorsitzende des Krankenhauses umarmte sie und sagte, dass sie durch Spenden und Kartenverkauf viel mehr Geld für das Krankenhaus eingenommen hatten als erhofft. Alte Freunde küssten sie und schwärmten, wie stolz sie auf sie seien. Fremde, die gekommen waren, um sie zu sehen, nachdem sie die Geschichte des wiederauferstandenen Klavier-Wunderkindes gehört oder gelesen hatten, ergriffen ihre Hand und sagten ihr, dass sie eine Inspiration sei.

Während die Gratulanten vorrückten, um ihre Anerkennung kundzutun, begann Clarice, sich an einzelne Momente des Konzerts zu erinnern, die keine totalen Flops gewesen waren. Der Nachmittag war als Spendenaktion geglückt und daher zumindest auf eine Art erfolgreich. Und sie hatte drei wichtige Stücke ihres Repertoires gespielt. Vielleicht ein etwas gewagtes Programm. Aber dass sie diese drei Mammutstücke überhaupt durchgestanden hatte, war doch schon etwas, oder nicht? In den kommenden Wochen würde sie höheren Standards genügen müssen, aber einen kleinen Teil dieses Tages könnte sie vielleicht als Erfolg verbuchen.

Danach kam eine Gruppe von Musikprofessoren der Hochschule, im Schlepptau einige ihrer Studenten, um ihr die Hand zu schütteln. Jeder der Studenten drückte seine

Bewunderung für ihre Fingerfertigkeit aus. Hörte sie da Sarkasmus heraus? Das war bei den jungen Leuten heutzutage schwer zu sagen. Die *Appassionata* musste – was sie schon vorher befürchtet hatte – das absolute Fiasko gewesen sein.

Wendell Albertson sagte: »Es gab einige wirklich schöne Momente.« Das war kein Kompliment. So beschrieb man Diamanten, die auf einem Misthaufen verstreut waren.

Ihre Mutter stand hinter Wendell Albertson in der Schlange. Beatrice Jordan Payne gratulierte ihrer Tochter. Sie brachte allerdings noch einmal ihre Enttäuschung darüber zum Ausdruck, dass Clarice einen Sonntag für ihren Auftritt gewählt hatte, einen Tag, der dazu bestimmt war, sich der Religion zuzuwenden und sich zu besinnen. Dann umarmte sie Clarice und flüsterte: »Lass uns diese Woche nach Louisville fahren und dir ein schmeichelhafteres Kleid kaufen.«

Ich bin eine furchtbare Musikerin. Meine eigene Mutter sagt, ich sei verdammt. Und ich bin fett.

Nachdem sie die hundertste Hand geschüttelt hatte und ihr Hals vom wiederholten »Danke« sagen trocken war, stand sie im Kreis dankbarer Vorstandsmitglieder des Krankenhauses. Sie kläfften sie an wie aufgeputschte Chihuahuas und freuten sich wegen der Veranstaltung und auf den privaten Empfang, der später im Ballard House stattfinden würde, dem Queen-Anne-Anwesen, das Barbara Jean im Stadtzentrum von Plainview ihr Eigen nannte.

Hinter dem Kreis der gutbetuchten Bewunderer wartete Richmond. Breitschultrig und vor Männlichkeit strotzend ließ er alles um sich herum verblassen, sogar Forrest Paynes gelben Smoking.

Clarice verschränkte die Arme und trommelte mit den Fingerspitzen auf ihre Ellbogen. Als Ehrengast musste sie beim Empfang in Erscheinung treten. Aber sie würde sich früh davonstehlen. Es gab noch viel zu üben. Und, Gott sei es gedankt, gab es Richmond.

15

Nachdem Odette und James Clarice gratuliert hatten, gingen sie zurück in den Konzertsaal, um sich zu der Gruppe von Gästen zu gesellen, die sich anschickten, zum Empfang ins Ballard House zu gehen.

Bevor sie die anderen Teilnehmer des Zuges erreichten, drang eine Durchsage aus der knisternden Lautsprecheranlage des Krankenhauses in den Hörsaal. James hielt ein Ohr in Richtung der offenstehenden Tür und hörte zu. Dann sagte er zu Odette: »Ich sollte das mal überprüfen.«

»Was überprüfen?«, fragte Odette.

»Diese Durchsage. Es ist der Code dafür, dass jemand dringend den Sicherheitsdienst braucht.«

Die Durchsage kam noch einmal über den Äther. »Dr. Strong, Zimmer 426, sofort.«

»Du weißt, dass du heute keinen Dienst hast«, bemerkte Odette.

»Ich weiß. Ich schaue nur, ob ich helfen kann. Danach komme ich sofort wieder«, sagte er und drehte sich schon Richtung Flur.

Vor Zimmer 426 lehnte Darlene Lloyd zusammengesackt am Türrahmen.

Sie verzog das Gesicht, als ein Arzt ihren Arm untersuchte. Beim Näherkommen hörte James Darlene sagen: »Ich weiß nicht, was in ihn gefahren ist. Er ist eigentlich ein liebenswerter alter Mann. Vielleicht reagiert er auf eines der Medikamente.«

James trat ins Zimmer und sah El, der mit geröteten Augen schwitzend vor einer offenen Schranktür stand. Er lehnte auf einer Metallkrücke, während er mit deren Gegenstück zu einem Schlag gegen einen der Sicherheitsbeamten ausholte, der zwischen El und James stand.

»Verdammt, ich gehe! Ihr könnt mich nicht hierbehalten!«, schrie El.

Der Wachmann, der gerade der Krücke ausgewichen war, erwiderte: »Mr. Walker, niemand versucht, Sie hier gefangen zu halten, aber Sie brauchen immer noch Hilfe.«

»Ja, alter Freund, wir versuchen nur, Ihnen zu helfen«, schaltete sich der andere Beamte ein. Als El erneut die Krücke schwang, wich der Wachmann, der am nächsten bei ihm stand, zurück. Dann signalisierte er seinem Kollegen mit einer Geste, dass es Zeit war, einzuschreiten und Els Wutanfall ein Ende zu setzen.

In einem der Wachleute erkannte James einen Polizisten, der hier nebenbei arbeitete. »Kann ich helfen?«, fragte er.

»Ich glaube, wir haben alles im Griff, Captain Henry«, erwiderte der Beamte. »Irgendetwas hat Mr. Walker aufgebracht, er hat eine Schwester gegen die Wand gestoßen. Wir haben ihn gleich unter Kontrolle, sodass der Arzt ihm ein Beruhigungsmittel verabreichen kann.«

El drehte sich um und blickte zu dem Neuling im Zimmer. Dann ließ er die Krücken zu Boden fallen. Sein Widerstand bröckelte, er sank zurück aufs Bett und hielt schützend einen Arm vors Gesicht. Die Wachmänner kamen und legten El Fesseln an, der Arzt trat nach vorne, um ihm eine Spritze zu geben.

El stöhnte: »Diese verdammte Stadt. Ich hätte nie in dieses Scheißloch zurückkommen sollen.«

Jetzt, da der alte Mann unter Kontrolle war, ging James in den Flur hinaus. Direkt vor der Tür grüßte ihn eine kleine Schar vertrauter Gesichter.

Unten im Hörsaal hatte Odette Barbara Jean gegenüber erwähnt, dass James zum Zimmer 426 gerannt war, um Hilfe bei einem Notfall zu leisten. Da sie wusste, dass es Els Zimmernummer war, beschloss Barbara Jean, in den vierten Stock zu gehen, um herauszufinden, was passiert war. Unterwegs bat sie Forrest Payne, sie zu begleiten, weil sie dachte, dass ihn die Anwesenheit von zwei Freunden trösten könnte, egal was gerade mit El los war. Odette schloss sich ihnen an, weil James schon dort war und weil es ihre Art war, sich dort aufzuhalten, wo es Schwierigkeiten gab.

Jetzt versperrten Odette, Barbara Jean und Forrest James den Weg.

»Ist er in Ordnung?«, fragte Barbara Jean.

»Ich glaube, es geht ihm gut«, antwortete James. »Irgendetwas hat ihn aufgebracht, und er hat der Schwester einen Stoß versetzt. Jetzt ist der Arzt bei ihm.«

Forrest legte seine Hand auf James' Arm. »Ich bin so froh, dass du hier bist«, sagte er mit seiner lieblichen, flüsternden Stimme. »Ich habe El gesagt, dass du ein guter Mann bist. Ich habe ihm gesagt, egal, was früher passiert ist, du würdest deinen Daddy sehen wollen.«

James blinzelte und legte den Kopf schief, als er zu verstehen suchte, was Forrest ihm gerade erzählte. »Wie bitte?«, fragte er. Doch dann begriff er und wartete Forrests Antwort gar nicht erst ab.

James kehrte in Zimmer 426 zurück und ging zu Els Bett.

Der Arzt und die Sicherheitsbeamten traten zur Seite, als James näher kam und sich über den Patienten beugte.

Mit einer schnellen, beinahe krampfartigen Bewegung wandte El sich von James ab. Er wehrte sich jedoch nicht, als James eine Hand um sein Kinn legte und den Kopf des alten Mannes drehte, sodass sich ihre Blicke trafen. Mit der Hand, die nicht auf Els Bart lag, griff er plötzlich nach der Metallumrahmung des Krankenhausbettes, woraufhin diese derart laut schepperte, dass alle im Zimmer zusammenzuckten.

Odette betrat das überfüllte Zimmer und stellte sich neben James. Als sie ihre Hand auf seinen Rücken legte, spürte sie, wie sein Herz unter der Anzugjacke raste. James ließ von El ab, umfasste mit einer Geste, die Odette schon tausende Male bei ihm gesehen hatte, sein eigenes Kinn und rieb dort über die lange Narbe.

El stöhnte auf und verfluchte abermals die »verdammte Stadt«, die ihm wieder Unrecht zugefügt hatte.

James beugte sich hinunter und brachte seinen Mund nahe an Els Ohr. Mit angespannter, stockender Stimme, gerade laut genug, dass Odette es hören konnte, knurrte James: »Ich vergebe dir.«

Odette hörte, dass ihr Mann von Vergebung sprach, aber sein wütendes Brummen klang nicht nach Absolution. Als er sich aufrichtete und wütend auf den Mann im Bett hinunterstarrte, legte sie James eine Hand auf den Arm. Sie war sich sicher, dass er El schlagen würde. Aber James drehte sich um und lief steifbeinig in Richtung Tür. Neben Forrest blieb er stehen und sagte: »Danke. Ich bin dir dankbar, dass du es mir gesagt hast.«

Im Flur ging James mit großen Schritten auf den Aufzug zu. Odette lief hinter ihm her und musste drei Schritte machen, wenn er einen tat, um mit ihm mithalten zu können. Im Aufzug ergriff sie seine Hand, während sie in die Eingangshalle hinunterfuhren. Odette beobachtete, wie er den Mund verzog, den Kiefer nach vorne schob und mit den Augen blinzelte. Sie hatte geglaubt, nach zweiundvierzig Jahren, in denen sie beinahe jedes Zucken seiner Lippen und jedes Stirnrunzeln studiert hatte, jede Gefühlsregung auf James' Gesicht zu kennen. Sorge und Freude bei der Erziehung von Jimmy, Eric und Denise. Den unglaublichen Schmerz über den Verlust von Familienmitgliedern und Freunden. Den Stress, sich während der mühseligen Jahre ein eigenes Dach über dem Kopf zu bewahren. Jetzt blickte sie zu ihm hoch und stellte erstaunt und erschrocken zugleich fest, dass das Gesicht, das sie so gut kannte, einen Ausdruck zeigte, den sie noch nie bei ihm gesehen hatte.

16

Eine dicke orangefarbene Tigerkatze sprang auf James' Schoß. In dem vergeblichen Versuch, einen bequemen Ruheplatz auf James' knochigen Schenkeln zu finden, drehte sich das schnurrende Tier langsam im Kreis. Dann gab es frustriert auf und legte sich neben ihn auf das Wohnzimmersofa. James streckte die Hand aus, schob sie unter das Kinn der Katze und hob ihr Gesicht an. War die neu? Er musste Odette nach dem Namen der Katze fragen. Natürlich gab es keine Garantie dafür, dass sie tatsächlich ihnen gehörte. Es tauchten häufig unbekannte Katzen im Haus auf, sodass James oftmals die ständigen Bewohner nicht von den Besuchern unterscheiden konnte.

Es hatte sich unter den Tieren der Gegend herumgesprochen, dass im Haus der Henrys günstige Bedingungen herrschten: ausnahmslos liebevolle Menschen, ein hundesicherer Zaun und ein großzügiger Essensvorrat. Die Katzen strömten regelrecht dorthin, um sich daran gütlich zu tun. Das Tierheim von Plainview schickte regelmäßig Leute zu Odette und James, um Nachforschungen über entlaufene Haustiere anzustellen. Besorgte Fremde auf der Suche nach ihren launischen Katzen fanden ihre Lieben dicker und gepflegter vor, als sie sie zuletzt gesehen hatten. Meist waren die Tiere äußerst ungehalten darüber, wenn man sie aus ihren Ferien riss.

Als Odette ein kleines Mädchen war, schien sie stets von

Katzen begleitet zu sein. In Scharen stolzierten sie hinter ihr her, flitzten zwischen ihren Füßen herum, während sie lief, und wickelten sich um ihre Knöchel, wenn sie stillstand. Geduldig warteten sie vor der Schule darauf, dass Odette endlich herauskam, um sie auf ihrem Nachhauseweg zu begleiten.

Auf James und die anderen Kinder wirkte es wie Magie, dass sich die Katzen jeden Tag versammelten, um sie zu empfangen. Daher schien es ihren Schulkameraden nur logisch, dass Odette Tiere anlocken und mit ihnen kommunizieren konnte. Sie hatte diesen Ruf. Als Odette die erste Klasse besuchte, kannten die meisten ihrer Schulkameraden schon irgendeine Version der Geschichte über ihre Geburt in einer Platane. Auch wenn man ihnen nicht die ganze Geschichte erzählt hatte, wussten die Kinder von dem Aberglauben, der damit verbunden war: dass sie nämlich durch die originellen Umstände ihres Eintritts in die Welt mit dem Fluch der Angstlosigkeit belegt war. Außerdem hatten einige Väter der anderen Kinder bei Zusammenstößen mit Odettes Tante Marjorie in ihrer Eigenschaft als freiwillige Türsteherin des Herrenclubs *Zum Pinken Pantoffel* körperliche und emotionale Schäden davongetragen. Odettes Klassenkameraden waren angewiesen worden, gebührlichen Abstand von ihr zu halten, und zum größten Teil hielten sie sich auch daran.

In Wirklichkeit gab es natürlich eine viel einfachere Erklärung dafür, dass die Katzen sie auserwählt hatten. Dora Jackson war eine so außergewöhnlich schlechte Köchin, dass Odettes Großmutter die Taschen ihrer Enkelin seit Kindergartentagen mit zusätzlichem Essen füllte. Damit wollte sie die wenig verlockenden oder geradezu ungenießbaren Mahlzeiten ersetzen, die Dora für ihre Tochter zubereitete.

Obwohl die Katzen auch eine Verbindung zu irgendeiner einzigartig strahlenden Seite von Odettes Seele verspürt haben könnten, war es wahrscheinlicher, dass sie sich aufgrund ihres Tascheninhalts zu ihr hingezogen fühlten. Jede nur halbwegs vernünftige Katze würde sich bei einem pummeligen Mädchen einschmeicheln, das oft mit einem Paar gebratener Barsch-Sandwiches in den Taschen herumlief.

Während ihrer Grundschultage war Odette als das Mädchen aus einer exzentrischen Familie bekannt, das in einem Baum geboren worden war. So wie Clarice als außergewöhnlich begabte Tochter einer religiösen Fanatikerin galt, die an Halloween anstelle von Süßigkeiten Miniaturbibeln verteilte, war Barbara Jean das Kind einer Hure. Die Narbe auf seinem Gesicht unterschied James von anderen Kindern. Schon vor seinem ersten Kindergartentag hatte man seinen Schulkameraden erzählt, dass James der unglückliche Junge war, dessen Junkie-Vater ihn ins Gesicht geschlagen hatte. Diese Verkürzung hatte den Eltern der anderen Kinder gut in den Kram gepasst, und sie wurde von ihren Sprösslingen eifrig übernommen.

James' Narbe verlief von der Spitze seines rechten Ohrläppchens bis zu seinem Kinn und beschrieb dort einen leichten Bogen nach oben zur Mitte der Unterlippe. Wenn sie sich langweilten oder ihnen kein aufregenderer Zeitvertreib einfiel, machte sich eine Gruppe von Jungs einen Spaß daraus, James auf dem Weg zur Schule oder nach Hause zu verfolgen und ihn wegen seiner Narbe zu hänseln.

Zunächst passierte es nur einmal alle paar Wochen. Dann verfiel einer seiner Peiniger auf die Idee, dass die dicke, vorstehende Linie auf James' Kiefer aussah wie etwas aus einem Horrorfilm. Unversehens wurde es für einige der Jungs zum täglichen Spiel, sich um James zu scharen, schwankend, mit ungelenkem Gang und ausgestreckten Armen um ihn herumzulaufen und »Frankenstein!« zu rufen.

Ihre Spöttereien arteten nie in körperliche Gewalt aus. James war vom ersten Schultag an bis zu seiner Abschlussprüfung etliche Zentimeter größer als die Mehrheit seiner Klassenkameraden. Obwohl er nicht zu denen gehörte, die einen Streit anfingen, verliehen ihm seine Größe und sein ernstes Auftreten den Anschein, problemlos einen beenden zu können. Aber seine Weigerung, die Fäuste zu benutzen, um die Belästigungen zu beenden, machten aus ihm ein sichere Zielscheibe.

Als sie ihn das erste Mal Monster nannten, rannte James nach Hause, weinte sich an der Schulter seiner Mutter aus und bestand darauf, nie wieder in die Schule gehen zu müssen. Als Antwort wischte ihm Ruth Henry die Tränen fort und sagte: »Baby, du und ich, wir können es uns nicht leisten, so weichherzig zu sein. Es wäre besser, du lernst, wie man Dummköpfe unsichtbar werden lässt. Diese hier werden nicht die letzten sein, die dir begegnen.«

Es war nicht leicht gewesen, aber James hatte den Rat seiner Mutter befolgt. Daraufhin besserte sich die Lage schnell. Seine Peiniger hatten wenig Spaß daran, jemanden zu beschimpfen, der kaum Notiz von ihnen nahm. Nur ein paar der älteren Rüpel blieben beharrlich – eine treu ergebene Truppe, die die Frankenstein-Nummer fast jedes Mal aufführte, wenn sie James sahen. Sie machten so lange weiter, bis Odette und ihre Katzen allem ein Ende setzten.

Zu jener Zeit waren Odette und James noch keine engen Freunde. Für einen Jungen und ein Mädchen ihres Alters wäre das unmöglich gewesen. Doch wie alle anderen Kinder, auch jene, die behaupteten, vor Odette und ihren vermeintlich übernatürlichen Kräften Angst zu haben, war auch James zu Odettes Geburtstagsfeiern eingeladen gewesen.

Dora und Wilbur Jackson richteten an den Geburtstagen ihrer beiden Kinder extravagante Partys aus. Mehr als fünfzig Jahre später erinnerte sich James immer noch, wie er gestaunt hatte, als er zum ersten Mal das Haus der Jacksons betrat. Es war ein Palast. Anders als die Wände bei ihm zu Hause, die durchgehend eierschalenfarben gestrichen waren, wie es die Übereinkunft mit dem Vermieter vorsah, hatte es den Anschein, als wäre eine Vierundzwanziger-Packung mit Buntstiften auf die Wände von Odettes Haus losgelassen worden. Die Form der kaleidoskopischen Fenster war denen aus Geometriebüchern oder Puzzleteilen nachempfunden. Die Treppen wanden sich kunstvoll von einem Stockwerk zum nächsten.

Und das Essen. Das Angebot an Speisen auf Odettes Geburtstagsparty war – dieses erste Mal und alle Male danach – so beeindruckend wie das Haus selbst. Es gab Tische voller Kekse und Kuchen, mit Ananas-Ringen garnierte Kochschinken und Berge goldbraun gebratener Hühnchen. Wenn etwas gebraten, kandiert, eingelegt, geliert oder gewürzt werden konnte, wurde es aufgetischt. Jeder Bissen wurde mit liebevoller Perfektion von Odettes Großmutter und einigen auserwählten Verwandten zubereitet, die glaubten, niemand sei dazu verdammt, etwas zu essen, was Dora Jackson gekocht hatte.

Was der kleine James zu Odette sagte, als er das erste Mal ihr Elternhaus betrat, sollte in ihrer Ehe zu einem »Running Gag« werden. Überfluss, wohin er blickte. In den Augen eines hoffnungslos armen Kindes stellte dies ein absolutes Wunder dar, und er fragte: »Odette, wie ist es, reich zu sein?«

Das letzte Mal, dass die Jungs James »Frankenstein« nannten – zumindest das letzte Mal, dass sie sich trauten, es ihm ins Gesicht zu sagen –, war wenige Tage nach Odettes Party zu ihrem neunten Geburtstag. Auf dem Nachhauseweg ging James ein Stück über einen Feldweg, der auf beiden Seiten von den unverwechselbar krummen Bäumen gesäumt wurde, denen das Viertel Leaning Tree seinen Namen verdankte. Er hörte sie von hinten näher kommen – alle grunzten und knurrten und boten ihre besten Imitationen des Frankenstein-Monsters dar.

James beschleunigte seinen Schritt, aber die Jungs hatten ihn bald eingeholt. Er rannte nicht. Er war entschlossen, nie vor ihnen davonzulaufen. Mit stolz erhobenem Kinn dachte er an die Worte seiner Mutter und versuchte, die schwankenden Jungs unsichtbar werden zu lassen.

Sie fuhren mit ihrer Monster-Imitation fort und fielen nur aus der Rolle, wenn sie lachen mussten.

Dann tauchte Odette auf. Genauer gesagt, die Katzen tauchten auf. Erst eine, dann noch eine. Dann ein halbes Dutzend und schließlich noch mal zwanzig. Maunzend und jaulend liefen sie über und zwischen den Füßen von James' Peinigern umher.

Schließlich bahnte sich Odette ihren Weg aus dem Gestrüpp, das den ausgetretenen Pfad säumte. Sie stürzte hervor und schrie: »Lasst ihn in Ruhe!«

Die Katzen-Brigade stob auseinander, um ihr Platz zu machen, als sie sich mit ihrem robusten Körper, der gerade einmal einen Meter zwanzig groß war, auf Ramsey Abrams warf, den größten der Jungs, die James schikanierten.

Während Odette auf Ramseys Rücken sprang, versuchte das Katzenrudel auf seine Beine zu klettern, um an all die

Leckerbissen zu gelangen, die in ihren Taschen versteckt waren. Die Katzen klammerten sich an Ramseys Beine, und Odette schlang einen Arm um seine Schultern; mit der freien Hand schlug sie auf seinen Kopf ein. Binnen Kurzem lag er am Boden, niedergehalten von einem pummeligen Mädchen und einer Horde Katzen, während seine Freunde mit vor Staunen offenem Mund zuschauten.

Bei jeder Nacherzählung der Geschichte während der kommenden fünfzig Jahre sollte James darüber witzeln, dass das Ende der Rauferei gezeigt habe, woher der Begriff ›einen Tritt in den Hintern‹ stamme. Nachdem Odette Ramsey zu Boden gebracht hatte, zielte sie mit ihren Schuhen auf sein Hinterteil. Sie stampfte auf ihn ein, bis er schrie und bettelte, sie solle aufhören. Während der ganzen Zeit rief sie laut: »Lasst James in Ruhe!«

Die anderen Jungs rannten weg und überließen ihren Rädelsführer Odettes harter Bestrafung. James blieb und schaute zu, wie ihre kurzen, dicken Beine sich heftig bewegten und ihre verkratzten Schnürschuhe immer wieder ihr Ziel fanden. Mit jedem Tritt machte sie einen tieferen Eindruck auf Ramsey und verfestigte damit ihren lebenslangen Ruf als ungestüme, irgendwie verrückte Kämpferin für die Gerechtigkeit.

Mit seinen zehn Jahren war James alt genug, um zu begreifen, dass niemand in der Schule davon hören sollte, dass ein Mädchen für seine Ehre gekämpft und – schlimmer noch – den Kampf gewonnen hatte. Er stellte sich vor – zu Recht, wie sich herausstellen sollte –, wie er am nächsten Morgen zur Schule käme und die Jungs, die ihn einst Frankenstein genannt hatten, stattdessen skandierten: »James liebt das dicke Mädchen!«

Während Odette weiterhin Ramsey bearbeitete, machte sich James vom Acker. Als er nach Hause rannte, grinste er und dachte: *Ich liebe dieses dicke Mädchen.*

Sie aßen spät zu Abend. In den zwei Tagen seit Clarices Auftritt war Odette nicht in der Lage gewesen, auch nur irgendetwas im Haus mit der üblichen Effektivität zu erledigen. Das gebratene Hühnchen mit Kräutern, für das sie normalerweise eine Stunde brauchte, war heute Abend ein zweistündiges Projekt gewesen. James wirkte noch abwesender als sie, er war mit den Gedanken ganz woanders. Vielleicht in dem winzigen Haus in Leaning Tree, in dem er aufgewachsen war und mit seiner Mutter ums Überleben gekämpft hatte. Oder vielleicht im Krankenhauszimmer am anderen Ende der Stadt, bei dem Mann, den er hasserfüllt angefunkelt hatte, aber behauptete, ihm verziehen zu haben.

Seit der Begegnung in Els Krankenhauszimmer hatte James kein Wort über seinen Vater verloren. Odette hatte ihn gedrängt und nachgebohrt, weil sie wissen wollte, was er fühlte, aber das ließ ihn nur noch mehr verstummen. Während ihrer gemeinsamen Jahre war sie für James' verschwiegene Zurückhaltung und Gelassenheit dankbar gewesen. Sie konnte sich nicht vorstellen, mit einem dieser lärmenden Männer zu leben, die jeden halbgaren Gedanken ausspucken, den sie im Kopf haben. Aber das hier war ein tieferes Schweigen als jemals zuvor.

Wie ein Lied, so hatte auch eine lange Ehe ihren eigenen Rhythmus. Doch keiner von beiden traf den Takt so, wie er eigentlich klingen sollte. Es waren nur zwei Tage, aber das war eine Ewigkeit, wenn man wusste, wie sich ein Lied anhören sollte und man stattdessen nur Scheppern und Knallen hörte.

An jenem Morgen hatte Odette mit ihrer Mutter in der Gartenlaube darüber gesprochen, dass sie sich Sorgen um James machte. Das Gespräch nahm einen schlechten Anfang, als Odette fragte, warum ihre Mutter in den beinahe sechs Jahren, die sie nun aus dem Jenseits zu Besuch kam, nie erwähnt hatte, dass James' Vater noch lebte. Mama fühlte sich von dem Vorwurf, sie habe eine so wichtige Information zurückgehalten, beleidigt. Auch die Unterstellung, dass sich alle Toten untereinander kannten, kränkte sie sehr.

Odette hatte sich entschuldigt und darauf hingewiesen, dass ein vernünftiger Mensch, da ihre Mutter regelmäßig mit zwei so ungleichen Gefährtinnen wie Tante Marjorie und der früheren First Lady Eleanor Roosevelt auftauchte, auf den Gedanken kommen konnte, die Welt der Toten sei überschaubar. Mama blieb mürrisch, aber nach und nach akzeptierte sie Odettes Entschuldigung.

Odettes Mutter gab einige Informationen über El aus alten Zeiten preis, einschließlich seines richtigen Namens: Marcus Henry. Er und Miss Ruth waren etliche Jahre jünger als sie selbst, und daher hatte sie ihn nicht gut gekannt. Tante Marjorie, die jeden Tag den *Pinken Pantoffel* besucht hatte, wäre die richtige Person, um sich nach El zu erkundigen, meinte Mama. Doch Tante Marjorie und Eleanor Roosevelt hatten sich an diesem Morgen eine Flasche Whiskey geteilt und trugen während der ganzen Zeit, die sich Odette und ihre Mutter unterhielten, außerhalb der Gartenlaube einen freundschaftlichen Boxkampf aus. Odette hatte gehofft, mit Tante Marjorie über El reden zu können, aber als der Boxkampf vorbei war, war ihre Tante davongelaufen. Mama und Mrs. Roosevelt waren ihr gefolgt, Letztere mit wehender Fuchsstola.

James kam in die Küche, als sie dabei war, sein Abendessen auf den Tisch zu stellen. Er setzte sich, während sie in der Ecke des Zimmers die Katzenschalen auffüllte und dann ihren eigenen Teller vorbereitete. Als Odette auf dem Weg zu ihrem Platz am Tisch an seinem Stuhl vorbeikam, streckte James die Hand aus und schlang seinen Arm um ihre Taille.

Er sagte: »Wenn ich dich mit diesen ganzen Katzen sehe, muss ich an die Zeit mit Ramsey zurückdenken, als wir Kinder waren. Meine Güte, hast du ihm den Hintern versohlt. Ich wette, er erinnert sich noch heute daran.«

»Das will ich doch hoffen«, erwiderte Odette.

Als James sie losließ, setzte sie sich ihm gegenüber, und ehe sie den ersten Bissen nahm, sagte sie: »Die Dinge werden sich bald zum Guten wenden.«

»Alles ist in Ordnung«, antwortete James.

Sie schnitt in ihr Hühnchen und versuchte, sich an das letzte Mal zu erinnern, dass James sie angelogen hatte.

17

Als Barbara Jean auf die Tür von Zimmer 426 zuging, stand diese einen kleinen Spalt weit offen. Sie klopfte drei Mal, erhielt aber keine Antwort. Als auch ein leises »Hallo« keine Reaktion hervorrief, ging sie hinein. Das Zimmer war dunkel und El nicht in seinem Bett. Sie sah den offenen Gitarrenkoffer auf zweien der Besucherstühle liegen, dann hörte sie eine liebliche, mäandernde Melodie.

El saß in der hintersten Ecke des Zimmers, den Stuhl auf ein großes Fenster ausgerichtet, dessen Vorhänge teilweise zurückgezogen waren. Er zupfte auf seiner Gitarre herum und nahm keine Notiz von Barbara Jean. Sein Blick wanderte zwischen einem Paar Krücken, die gegen die Armlehne seines Stuhles gelehnt waren, und der Gehhilfe aus Aluminium hin und her, die direkt vor ihm stand und ihn wie einen Käfig umschloss. Über sein Krankenhaushemd hatte er einen zerschlissenen roten Wollpullover mit ausgefransten Bündchen gezogen. Er trug auch seine neu angepasste Prothese. Das High-Tech-Körperteil, das fast bis zum Knie reichte, vervollständigte seinen Fuß und verband ihn mit dem Schienbein.

»Hallo, El«, sagte Barbara Jean. »Es freut mich, dass Sie aufgestanden sind.«

Mitten in der Phrase hörte El zu spielen auf, und sein Kopf schnellte überrascht nach oben. »Hey, Barbara Jean«, begrüßte er sie.

Sie stellte eine Vase mit frischen Blumen neben den welken Strauß auf seinem Beistelltisch. »Wie läuft es mit der Prothese?«

»Ich habe heute früh einige Schritte gemacht.«

Sie wartete darauf, dass er mehr sagte, aber er nahm wieder die Krücken und die Gehhilfe in Augenschein, als wären sie für ihn völlig neu. »Jeder Schritt ist ein guter Schritt«, sagte sie. »Sehr bald werden Sie wieder richtig gut laufen können.«

Sie saß auf einer Ecke seines Bettes und zog ihr Tweed-Kleid von Chanel über die Knie. »Ich habe gehört, was nach Clarices Konzert passiert ist. Geht es Ihnen gut?«

»Ich glaube, ich habe so viel Krawall gemacht, dass alle hier im Haus über mich sprechen«, antwortete er.

»Nein, die sind es gewohnt, dass Leute sich aufregen. Alle, die hier arbeiten, wissen, dass so etwas zu ihrem Job gehört. Sie waren nur die ganze Zeit über so sanft, dass sie einfach überrascht waren. Jedenfalls habe ich es nicht von jemandem aus dem Krankenhaus gehört. Meine Freundin Odette hat es mir erzählt. Sie ist mit James verheiratet.«

»Ich verstehe«, sagte El. »Jetzt wissen Sie, dass ich der schlechteste Vater aller Zeiten bin. Mein Sohn hasst mich.«

»Odette hat mir erzählt, dass James Ihnen vergeben hat.«

»Ja, das hat er gesagt. Aber ich habe seine Augen gesehen.«

Odette hatte Barbara Jean erzählt, dass James El am liebsten tot sehen würde. Aber bevor Barbara an Els Tür klopfte, hatte sie beschlossen, ihm das nicht zu erzählen.

Seit sie wusste, dass El James' Vater war, hatte sie viel über ihn nachgedacht. Zwei Nächte lag sie wach und überlegte, wie sie weiterhin mit ihm befreundet sein konnte. Letztlich hatte sie beschlossen, daran zu glauben, dass sich Leute durch Zeit, Glauben und Geduld veränderten. Welchen Sinn hätten sonst die Treffen bei den Anonymen Alkoholikern während der letzten fünf Jahre gehabt? Dieser Mann hatte sich verändert. Egal, was früher gewesen war, der El Walker, mit dem sie die letzten zweieinhalb Wochen geredet und gelacht hatte, war nicht mehr der Mann, der Leute verletzte.

»James ist ein guter Mann«, sagte sie. »Er möchte weder Sie noch irgendjemand anderen tot sehen. Wahrscheinlich steht er unter Schock. Ich bin mir ziemlich sicher, dass er nicht damit gerechnet hat, Sie jemals wiederzusehen.«

»Ich sollte nicht hier sein. Diese Stadt hat mir immer nur Unglück gebracht«, erwiderte El.

Barbara Jean stand auf und ging zu El. Sie kam ihm so nahe, dass sich die Spitzen ihrer eleganten, hellbraunen High-Heels fast auf gleicher Höhe mit den neongrünen Tennisbällen befanden, die an den Stützen seiner Gehhilfe angebracht waren. »Ich habe Ihnen erzählt, dass ich Alkoholikerin war, aber ich habe Ihnen nie erzählt, wie schlimm es war. Während ich trank, ruinierte ich alles, was mein Leben lebenswert machte – meine Ehe, meine Freundschaften, alles. Ich habe so viel zu bereuen, dass es für drei oder vier Leben reichen würde. Es grenzt an ein Wunder, dass ich nicht mich selbst oder versehentlich jemand anderen umgebracht habe.

Mindestens einmal die Woche besuche ich die Treffen der Anonymen Alkoholiker, um nicht wieder rückfällig zu werden. Jedes Mal, wenn ich dort bin, höre ich eine Geschichte wie die meine, oder schlimmer. Ich habe gelernt, dass jeder sich verändern kann, egal, was er getan hat. Und jeder verdient Vergebung.«

»Mein schönes Kind, da liegen Sie falsch. Es gibt bestimmte Dinge, für die man niemanden um Verzeihung bitten kann.«

»Dann bitten Sie Gott, Ihnen zu verzeihen und dann verzeihen Sie sich selbst.« Sie legte eine ihrer tadellos manikürten Hände unterhalb der verblassten Nadeleinstiche auf seinen nackten Arm. »Verantwortung für die Dinge zu übernehmen, die Sie getan haben, als die Sucht Sie im Griff hatte, bedeutet nicht, dass Sie sich ihr Leben lang dafür bestrafen müssen.«

»Waren Sie jemals so durchgeknallt, dass Sie mit einer Rasierklinge in der Luft herumgefuchtelt haben und sie im Gesicht Ihres Kindes gelandet ist?«

Für eine Sekunde stellte sich Barbara Jean ihren Sohn Adam vor, dessen engelsgleiches Gesicht sie zuletzt in einem Sarg gesehen hatte, als er gerade einmal acht Jahre alt war. Die Vorstellung einer funkelnden Klinge, die sich auf seine weiche Wange zubewegte, ließ sie unfreiwillig zusammenzucken.

»Dachte ich mir schon«, sagte El. Die Falten auf seiner Stirn zogen sich zusammen, und seine Krähenfüße wurden tiefer, als er fest die Augen schloss. Sie sah, wie ein alter Film, den er schon tausende Male gesehen hatte, hinter seinen Augenlidern ablief.

»Wissen Sie, es ist nicht die Erinnerung an das Blut oder die Narbe auf James' Gesicht, die mich nachts heimsucht«, erzählte er. »Es ist die Art, wie er nach mir griff, nachdem ich ihn verletzt hatte.«

»Wissen Sie, James war tatsächlich eher mein Baby als Ruthies. Seine Mutter arbeitete den ganzen Tag, und daher verbrachte ich mehr Zeit mit ihm als sie. In jener Nacht bin ich durchgedreht, weil Ruthie meinen geheimen Vorrat versteckt hatte. Das hatte sie schon vorher getan und es geschafft, dass ich ein paar Wochen lang clean geblieben war. In jener Nacht verlor ich jedoch völlig den Verstand. Ich wollte ihr nur Angst machen. Zumindest denke ich, dass ich nur das wollte. Ich weiß nicht mehr, was wahr ist, falls ich das überhaupt jemals wusste.

Ich weiß nur ganz genau, dass ich mein Heroin haben musste und dass ich dachte, wenn ich mit der Klinge vor Ruthie herumwedele, würde ich es bekommen. Unversehens war James zwischen uns, und die Klinge glitt über sein Gesicht. Sowie die Klinge ihn geschnitten hatte, streckte er die Arme nach mir aus, weil er das immer machte, wenn er verletzt war.«

El nahm seine Gitarre hoch und wiegte sie in den Armen. Eine Hand hielt sanft den Gitarrenkörper, mit der anderen umschloss er zärtlich die Stimmwirbel. »Ich schnappte ihn mir und legte meine Hand über den Schnitt, um die Blutung zu stoppen. Zunächst hat er nicht einmal geweint. Aber Ruthie schrie, und dann schrien wir alle. Sie entriss mir James und rannte mit ihm aus der Tür. Ich stelle mir vor, dass er ›Daddy, Daddy!‹ rief, als sie ihn wegtrug. Aber ich kann die tatsächliche Erinnerung nicht mehr von meinem Albtraum unterscheiden.

Sie können mir alles Mögliche über Vergebung erzählen, und dass Menschen sich ändern, aber ich weiß, ich bin heute kein Stück besser als früher. Ich bin nur älter und langsamer.«

»Ich weiß nicht, was für ein Mann Sie früher gewesen sind, aber zu mir sind Sie gut gewesen, und Sie waren Loretta ein Freund.«

»Nein, war ich nicht. Ich würde Sie gerne anlügen und sagen, dass ich immer ein Freund Ihrer Mutter war, aber für heute sind mir die Lügen ausgegangen. Ich habe mich Loretta gegenüber nicht anständig verhalten.«

»Das hat kein Mann«, sagte Barbara Jean. Sie saß wieder auf der Bettkante. »Ich kann mir vorstellen, was zwischen Ihnen und Loretta vorgefallen sein könnte.«

»Sie wissen nicht mal die Hälfte.«

»Vielleicht nicht, aber mir gegenüber haben Sie sich anständig verhalten.« Sie blickte aus dem Fenster und beobachtete, wie Autos den Berg Richtung Stadt hinauffuhren. Ballard House befand sich auf der Kuppe dieses Berges. Von ihrem Platz aus konnte sie die Wetterfahne der Villa sehen, die ihr gehörte, aber in die sie nur noch selten einen Fuß setzte. Sie sagte: »Ich besitze all diese Dinge, von denen Loretta sagte, dass sie mich glücklich machen würden, aber ich habe mich nie wirklich so gefühlt. Ich dachte, das läge daran, dass meine Mutter eine Trinkerin war. Dann dachte ich, ich bin traurig, weil ich auch eine Trinkerin bin. Aber als Sie anfingen, mir diese Bilder zu zeigen und mir erzählt haben, wie traurig Loretta war, bevor sie das Trinken anfing, konnte ich uns beide besser verstehen. Jetzt weiß ich, dass es mir im Blut liegt.«

»Das einzig Gute an einem Bluessänger ist, dass er dir sagt, dass du von Geburt an am Arsch bist«, erwiderte El.

»Das habe ich nicht gemeint, und das wissen Sie. Sie haben mir etwas Gutes getan, und ich werde Ihnen immer dankbar sein.« Barbara Jean rückte den Saum ihres Kleides zurecht und spielte dann mit dem Verschluss ihrer Handtasche. »Ich habe nachgedacht. Sie haben mir erzählt, dass Sie in Europa eine feste Anstellung bekommen könnten. Ich bin eine wohlhabende Frau. Ich würde Sie gerne dabei unterstützen zu reisen, wohin Sie möchten – wo auch immer das sein mag –, sobald Sie hier raus sind. Nennen wir es eine Vergütung für all die Bilder, die ich kopieren durfte. Für mich sind sie sehr wertvoll.«

»Sie sind eine großzügige Frau. Loretta wäre stolz auf Sie.«

Barbara Jean lachte. »Vielleicht, wenn sie nicht zu beschäftigt damit wäre, mich zu bestehlen.«

»Loretta würde versuchen, ihren Anteil zu bekommen, klar. Aber sie wäre auch stolz«, beharrte El. »Ich schätze Ihr Angebot, aber ich brauche es nicht. Forrest kam gestern vorbei und hat mich für einen Auftritt bezahlt, von dem er weiß, dass ich ihn nie absolvieren werde. Er legte sogar noch einen Bonus obendrauf und nannte es ›Überstunden von 1949‹. Ich sage Ihnen, die Bekehrung dieses Mannes vom Sünder zum Heiligen muss echt sein. Nur Gott konnte den Griff dieses geizigen Mistkerls um seinen Geldbeutel lockern.«

Barbara Jean stand auf und ging zu El zurück. »Falls Sie Ihre Meinung ändern und beschließen sollten, dass Sie etwas Hilfe möchten, mein Angebot steht.« Sie drückte Els Schulter. »Ich komme morgen wieder vorbei. Vielleicht können Sie dann ein bisschen Musik für mich spielen. Ich würde Sie gerne wieder singen hören.«

El gab ein Knurren von sich, das Barbara Jean als Ja interpretierte. Von der Zimmertür aus winkte sie ihm zum Abschied zu, aber seine Aufmerksamkeit war auf die Gitarre auf seinem Schoß gerichtet.

18

Im Herbst 1976 sang El auf Forrest Paynes zweiter Hochzeit. Die gerade einmal neunzehnjährige Braut war Tänzerin in seinem Club, hübsch, für ihr Alter ungewöhnlich reif und besaß ein hitziges Temperament. Alle – außer Forrest – sahen das Ende schon kommen, lange bevor sie sich überhaupt das Jawort gegeben hatten. Es wurde ein kleines Vermögen auf den Tag gesetzt, an dem die Ehe scheitern würde und darauf, ob dabei die Polizei eingreifen müsse oder nicht. (Die Verbindung hielt fünf Jahre, vier verliefen überwiegend friedlich. Beim dramatischen Ende waren ein halbes Dutzend Polizisten zugegen. Marjorie erhielt das gesamte Geld.)

Genau wie er es Jahrzehnte später wieder tun würde, hatte Forrest El für die drei Tage, die dieser sich für die Hochzeit in Plainview aufhielt, eine Unterkunft zur Verfügung gestellt. El dachte, wenn er das Zimmer nur verließ, um bei der Trauung zu spielen, könne er sich schnell und unbemerkt in die Stadt schleichen und sie ebenso wieder verlassen. Die meisten der Hochzeitsgäste waren zu jung, als dass sie sich an ihn noch als Marcus Henry erinnerten. Er würde gerade lange genug in Plainview bleiben, um Forrest sein Ständchen zu bringen, am nächsten Abend würde ihn dann einer seiner Bandkollegen abholen, um Richtung Süden zu fahren, wo sie zwei Wochen lang ein Engagement in Texas hatten.

Im Hochzeitsfieber vergaß Forrest, den Umschlag mit Els

Lohn zur Trauung mitzubringen. Also saß El am Nachmittag nach der Hochzeit in einer dunklen Ecke des Herrenclubs *Zum Pinken Pantoffel* und wartete darauf, dass Forrest seine Schulden bezahlte. Zur Entschuldigung hatte Forrest seinen Barkeeper angewiesen, El an jenem Tag so viele Freigetränke auszugeben wie er wollte, und El war entschlossen, Forrests großzügige Geste weidlich auszunutzen und volltrunken zu sein, wenn sein Schlagzeuger auf den Parkplatz fuhr, um ihn abzuholen.

Jedes Mal, wenn die Tür aufging, blickte El sich um, ob es Forrest war. Gegen drei stolzierte eine Gestalt in den Club, die zwar ebenso breite Schultern wie Forrest besaß, jedoch einen Kopf kleiner war. Marjorie Davis trug einen Overall, an der Brusttasche ein Namensschild, auf dem schlicht »M« stand, und tippte sich kurz an die Kappe, um den Türsteher zu begrüßen, dann schritt sie zur Bar. Sie ging hinter den Tresen, drängelte sich an dem Barkeeper vorbei und holte eine unbeschriftete Glasflasche aus dem Regal. Marjorie zog den Korken heraus und goss eine trübe Flüssigkeit, die die Farbe von schwachem Eistee hatte, in einen Bierkrug. Nachdem sie den Krug gefüllt hatte, verschloss sie die Flasche wieder mit dem Korken und stellte sie zurück ins Regal. Wieder quetschte sie sich an dem Barkeeper vorbei, ging um die Bar herum und ließ sich neben El am Tresen nieder.

Sein erster Impuls war es, aufzustehen und die Flucht zu ergreifen. Marjorie hatte diese Wirkung auf Menschen. Allein der Klang ihrer heiseren Stimme, die an rostige Nägel erinnerte, die man aus einem Brett zog, und an das Knarren in den Grundfesten alter Häuser, löste in ihm das Gefühl aus, gerade bei etwas erwischt worden zu sein, für das er nun bestraft würde.

El hatte sich ziemlich verändert, seit Marjorie ihn das letzte Mal gesehen hatte in einer der vielen Nächte, die er gern aus seinem Gedächtnis streichen wollte. Er war zwei Jahrzehnte älter, trug jetzt einen dichten Bart und hatte einen neuen Namen. Sie blickte nicht in seine Richtung, als sie ihre Kappe auf den Tresen legte und dann an dem Gesöff nippte, das den intensiven Geruch von Lösungsmittel verströmte.

Sie erkennt mich nicht. Er entspannte sich, als Marjorie den Blick geradeaus richtete.

Dann brummte sie: »Schön, dich zu sehen. Der Bart gefällt mir.«

El holte tief Luft und atmete langsam aus, um seine Nerven zu beruhigen. Er hoffte, dass er nicht wie ein Dreizehnjähriger krächzte, als er sagte: »Freut mich auch, dich zu sehen. Dein Haarschnitt gefällt mir. Steht dir.«

Sie strich sich mit der Hand über den Kopf, der bis auf die Kopfhaut rasiert war. »Danke, Marcus. Nein, das ist nicht richtig, oder? Du nennst dich jetzt El Walker.«

»Ja, die meisten nennen mich jetzt El. Aber ich glaube, hier werde ich immer Marcus Henry bleiben.« Er grinste. »Darum bin ich nicht zurückgekommen.«

»Egal, wie du dich nennst, ich freu mich, dass du hier bist. Vielleicht bekommen wir zur Abwechslung hier jetzt mal gute Musik zu hören. Ist wirklich traurig, was heutzutage als Blues durchgeht.«

»Ich bin nur noch bis heute Abend da. Ich warte noch auf Forrest und nehme ein paar Drinks.« Er leerte sein Glas und bedeutete dem Barkeeper, es nachzufüllen. »Will nicht zu lange hier herumhängen. Diese Stadt hat mir kein Glück gebracht«, sagte er mehr zu sich selbst.

»Ich verstehe, dass du das so siehst.« Sie holte eine Zigarre aus der Brusttasche ihres Overalls. Mit einem Streichholz rieb sie über das raue Holz am Rand der Theke, und mit einer Reihe geräuschvoller saugender Laute entzündete sie eine lange Zigarre, die fast genauso übel roch wie ihr Fusel. »Hör zu, es tut mir leid, was ich zu dir gesagt habe, als wir uns das letzte Mal gesehen haben. Ich hätte mich um meine eigenen Angelegenheiten kümmern sollen, aber ich war so wütend, ich konnte nicht anders. Ich mochte Ruth immer gern, und dein Junge war so ein süßes kleines Ding. Trotzdem stand es mir nicht zu, dir zu sagen, dass du hier nicht willkommen bist. Du hast den *Pinken Pantoffel* mehr als jeder andere mitaufgebaut.«

»Zum Teufel, du hast mir wahrscheinlich das Leben gerettet. Mir fallen ein halbes Dutzend Männer und doppelt so viele Frauen ein, die mich liebend gern erstochen hätten, als ich nach dem, was ich James angetan hatte, zurück in den Club gekommen bin. Und ich hätte es verdient.«

»Vielleicht, vielleicht auch nicht. Alles, was ich sicher weiß, ist, dass niemand so gute Musik gemacht hat wie du, Lily und die Band, seit ihr alle fort seid.«

»Das weiß ich zu schätzen.« El hob sein frisch gefülltes Glas Whiskey, und die beiden stießen an.

Marjorie bemerkte Els Habseligkeiten – die Gitarre, den Verstärker und die zwei Koffer –, die hinter ihm an der Wand lehnten. »Gehört das alles dir?«, fragte sie.

»Ja, ich wohne in einem der kleinen Häuser die Straße runter, die Forrest an die Mädchen vermietet. Dort wollte ich meine Sachen nicht unbeaufsichtigt zurücklassen.«

»Kluge Entscheidung. Ich bin zwar mit den meisten Mädchen befreundet, aber ich würde keiner etwas anvertrauen, das man versetzen kann.«

Sie deutete mit der Zigarre auf den Koffer, in dem El seine Noten aufbewahrte. Er war voll mit Aufklebern von Musikfestivals und diversen Zug- und Busbahnhöfen, die er im Laufe der Jahre gesammelt hatte. »Wie ich sehe, bist du rumgekommen.«

»Wenn man zu lange bleibt, verhungert man.«

Marjorie las die Ortsnamen auf den Aufklebern: »Los Angeles, New York City, Paris, London. Sieht aus, als hättest du es geschafft. Aber vergiss deine Heimat nicht. Eine Menge Leute würden sich freuen, wenn du bleibst und ein bisschen Musik machst, vor allem ich. Schließlich sind wir jetzt verwandt.«

»Wie bitte?«

»Ja, du weißt doch, dass Odette meine Nichte ist, oder?«

»Wer ist Odette?«

»Die Tochter von meiner Schwester Dora.«

»Ich erinnere mich an Dora, aber was habe ich mit ihrer Tochter zu tun?«

»Odette hat James geheiratet. Wusstest du das nicht? Sie haben schon ein Baby, und ein zweites ist unterwegs.«

»Oh, ich fass es nicht«, sagte El. »Wie lange sind sie schon verheiratet?«

»Ach, fünf, sechs Jahre.«

»Glücklich?«

»Ich glaube schon«, erwiderte Marjorie. Sie kicherte und fügte hinzu: »Wenn dem nicht so wäre, würde Odette es nicht für sich behalten. Das ist nicht ihre Art.«

Irgendwo in Els Hinterkopf meldete sich eine ferne Erinnerung. »Gab es da nicht irgendeine merkwürdige Geschichte über Dora und ihre Tochter?«

Marjorie verzog den Mund und kratzte sich am Kopf. »Ich wüsste nicht.«

Stunden später, nachdem El auf dem Beifahrersitz im Wagen seines Bandkollegen schon fast eingenickt war, erschreckte er den Fahrer, indem er plötzlich in lautes Lachen ausbrach. Ihm war die Geschichte wieder eingefallen, wie Marjories Schwester Dora auf eine Platane geklettert war und dort oben Odette zur Welt gebracht hatte, nachdem sie nicht wieder herunterkam. Niemand außer Marjorie Davis wäre darauf gekommen, das nicht merkwürdig zu finden.

»Wusstest du, dass James Polizist ist?«, fragte Marjorie.

»Du machst Witze. *Mein* Sohn ist ein Cop?«

»Nein, es ist mir todernst. Er ist ein Polizist im Dienst Indianas. Aber James ist cool. Er fährt nicht durch die Gegend und legt sich nur zum Spaß mit den Leuten an. Alle mögen James.«

El trank noch einen Schluck von seinem Drink. Er blickte an Marjorie vorbei, als würde er durch die Wand hindurch etwas beobachten, das am Horizont verschwand. »Wie ist sie, diese Frau, mit der mein Sohn verheiratet ist?«

»Ich würde sagen, im Grunde ist Odette wie meine Zwillingsschwester, nur dass sie härter und männlicher ist als ich.«

Als El ihre schockierenden Worte vernahm – eine Frau, die noch härter und männlicher als Marjorie war –, verschluckte El sich an seinem Whiskey. Er hustete und würgte, während der Alkohol nach oben schoss und aus seiner Nase auf sein T-Shirt spritzte.

Marjorie stieß ein lautes bellendes Lachen aus und sagte: »Beruhige dich, El. Ich mache nur Spaß. Odette ist mir nicht wirklich ähnlich. Wenn ich so drüber nachdenke, ist Odette eigentlich niemandem ähnlich. Sie ist stark wie Dora, aber sie hat die Liebenswürdigkeit von ihrem Vater geerbt. Und sie ist schlauer als alle anderen in der Familie. Der macht niemand etwas vor.

Äußerlich sieht sie Dora sehr ähnlich. Sie ist auch so kräftig wie sie. Wie gesagt, Odette ist gerade schwanger. Aber sie ist immer kräftig gewesen.« Marjorie stieß El mit dem Ellbogen in die Seite und sagte: »Das ist in Ordnung, dein Sohn hat sich eine starke Frau gesucht. Wir wissen beide, dass nichts über die Liebe einer starken Frau geht.« Sie zwinkerte ihm zu und trank noch einen Schluck aus ihrem Krug.

El dachte an seine eigene Frau, die einst rund wie eine Pflaume gewesen war. Dann hatten Armut und Sorgen Ruthie dünn wie einen Strich werden lassen. Das war seine Schuld gewesen. Er sah James und Ruthie vor sich, wie er sie das letzte Mal gesehen hatte, und ihm sank der Mut. El war gerade einen Monat runter vom Heroin, und das Bild – seine Frau, sein Sohn und das Leben, das er zerstört hatte – weckte in ihm das Verlangen nach etwas Stärkerem als Whiskey. Er wollte die Erinnerung verdrängen. Schnell wedelte er mit der Hand vor seinen Augen, um das beunruhigende Bild zu löschen, als würde er eine Zeichnung im Sand fortwischen.

»Ich frage mich, wo Forrest bleibt«, bemerkte er.

Marjorie gackerte laut los. »Forrest hat gestern Abend ein Mädchen geheiratet, das noch nicht einmal halb so alt ist wie er. Wahrscheinlich braucht er eine Weile, bis er heute in Schwung kommt.«

El stimmte in ihr Lachen mit ein. Die zwei lauschten dem R&B aus der Jukebox und nippten an ihren Drinks.

Nach ein paar Songs fragte Marjorie: »Hast du Ruth besucht?«

»Das letzte Mal, als ich Ruthie und James gesehen habe,

ist das nicht sehr gut gelaufen. Ich dachte, es ist besser, ich halte mich von ihnen fern.«

»Du weißt aber schon, dass sie krank ist, oder?«

El rutschte das Whiskeyglas aus der Hand und landete geräuschvoll auf dem Tresen. Mit einer Papierserviette, auf der die Silhouette einer nackten Frau abgebildet war, wischte er die Tropfen fort, die auf die zerkratzte Oberfläche gespritzt waren. »Das wusste ich nicht.«

»Sie ist im Krankenhaus. Schlechte Lungen und noch schlimmeres Herz, hab ich gehört.«

»Mist.«

»Das kann man wohl sagen. Sie ist noch eine junge Frau.«

»Liegt sie in Evansville?« Als er noch in Plainview lebte, waren alle schwarzen Einwohner zur medizinischen Versorgung ins Krankenhaus nach Evansville gefahren.

»Nein. Die Zeiten haben sich geändert. Sie liegt im Universitätskrankenhaus. Da geht jetzt jeder hin.«

El nahm wieder seinen Whiskey in die Hand. Er ließ die Flüssigkeit im Glas kreisen, erst in die eine Richtung, dann in die andere. Dann leerte er das Glas in einem Zug.

»Wirst du sie besuchen?«, erkundigte sich Marjorie.

»Wenn ich nicht die Nerven verliere.«

Marjorie füllte zwei Fingerbreit von ihrem widerlich riechenden Fusel von ihrem Krug in sein Glas. »Trink das. Hab ich selbst gebraut. Beseitigt jeden Zweifel. Kipp es runter, und ich garantiere dir, du ziehst jeden Plan durch, den du dir vorgenommen hast.«

Er kippte den Schnaps hinunter und schüttelte sich, als die Flüssigkeit sich seinen Weg von der Zunge in den Magen brannte. Als er sich erholt hatte, griff er nach Marjories Glas, um sich nachzuschenken.

Doch sie schnappte es ihm weg. »Nein, Baby. Einer räumt alle deine Zweifel aus. Zwei bringen dich um deine Leber, dein Augenlicht und den Verstand, wenn du es nicht gewöhnt bist.«

Marjorie beobachtete, wie El seine Koffer auf den Rücken schnallte. Als er nach der Gitarre und dem Verstärker langte, sagte sie: »Wenn du willst, werfe ich ein Auge auf die Sachen.«

El war so daran gewöhnt, sein Leben auf dem Rücken mitzuschleppen, dass er im ersten Moment nicht wusste, was sie meinte. Als er es begriff, erwiderte er: »Nein, das geht schon.« Vollbeladen vollführte er einen schnellen Tanzschritt, um zu demonstrieren, wie locker er alles tragen konnte. »Leicht wie eine Feder.« Dann sagte er: »Wenn Forrest kommt, solange ich weg bin, tu mir den Gefallen und bitte ihn, den Umschlag beim Barkeeper zu lassen. Ich bin bald zurück.«

»Kein Problem«, antwortete Marjorie und hob ihr Glas zum Gruß.

Die Frau, die schlafend in ihrem Krankenhausbett lag, hatte so wenig Ähnlichkeit mit der Ruth, die er erinnerte, dass er sie nicht erkannt hätte. Sie sah deutlich älter als ihre dreiundvierzig Jahre aus und war so mager, dass er die Adern unter ihrer Haut pulsieren sah. Er überprüfte den grünen Besucherzettel, auf dem der Mann am Empfang Ruthies Zimmernummer notiert hatte, um sicherzugehen, dass er richtig war. Nachdem er noch einmal die Nummer verglichen hatte, lehnte er Gitarre, Verstärker und Koffer an die Wand und näherte sich dem Bett.

Er brauchte einen Moment, bis er seine Lippen dazu bewegen konnte, einige Worte zu bilden. »Hallo, Ruthie, ich wollte sehen, wie es dir geht. Ich habe gehört, dass es dir ziemlich schlecht geht, und das tut mir sehr leid.«

Er trat näher und legte seine Hand auf ihre. Unter seinen schwieligen Fingerspitzen fühlten sich ihre Knochen wie Gitarrensaiten an. »Eigentlich gibt es noch so viel mehr zu sagen, aber mir fällt nichts ein. Vielleicht ist das jetzt auch sowieso egal.«

Der Vorhang, der das Zimmer in zwei Bereiche unterteilte, raschelte. Direkt hinter sich vernahm El, wie die Metallringe, mit denen der Vorhang an der Decke befestigt war, über die Schiene zurückgezogen wurden.

»Marcus Henry, lass die Frau in Ruhe«, forderte eine Stimme aus dem Bett nebenan.

Er drehte sich um, und dort lag Ruthie in ihrem Bett. Mit sichtlicher Mühe stützte sie sich auf einem Ellbogen ab, während sie den Vorhang aufhielt. Sie war dünner als das letzte Mal, als er sie gesehen hatte. Ihre Haut hatte einen gräulichen Ton, und ihr kurzes Haar war mit Haarklammern eng an ihrem Kopf befestigt. Ein durchsichtiger Klebestreifen auf ihrer Wange hielt den Sauerstoffschlauch unter ihrer Nase an Ort und Stelle. Doch Ruthie war noch ganz sie selbst.

Wäre die andere Patientin wach gewesen, hätte es keine Verwirrung gegeben. Niemand hatte solche Augen wie Ruthie, bernsteinfarben mit silbernen Streifen. Diese außergewöhnlichen Augen hatte er von der Bühne im *Pinken Pantoffel* aus gesehen, als sie zum ersten Mal gekommen war, um die Band zu hören. Er bemerkte, wie ihre Iris glitzerte, wenn sich das Scheinwerferlicht in ihr spiegelte, und den ganzen Abend über hatte er nur für sie gesungen. El wich vor der schlafenden Fremden in dem anderen Bett zurück und trat zu Ruthie.

Verlegen stand er im trüben Neonlicht des Krankenhauszimmers und überlegte, was er sagen konnte, um den peinlichen Moment zu entspannen. Er schob ihr den Besucherausweis hin und sagte: »Da steht, du liegst in Bett A, nicht B. Natürlich war ich mir ziemlich sicher, dass sie nicht du bist. Ich wollte nur freundlich sein.«

»Wie lieb von dir, dass du die Tradition in Ehren hältst, indem du mich gleich wieder anlügst. Ganz wie in alten Zeiten.«

Er stand da und trat von einem Fuß auf den anderen, bis sie sagte: »Keine Sorge. Ich will meine Zeit bestimmt nicht damit verschwenden, mich über irgendwelches Zeug zu streiten, das passiert ist, als wir dumme Kinder waren.« Sie deutete auf einen Stuhl am Fenster und sagte: »Setz dich.«

Als El den Stuhl näher an ihr Bett heranzog, sagte Ruthie: »Dein Bart gefällt mir. Ich wollte immer, dass du dir einen stehen lässt.«

El strich sich über den dunklen Busch in seinem Gesicht. »Ich wollte auch einen haben, aber er fing erst an zu wachsen, als ich schon fast vierzig war.«

Ruthie musterte eine Weile sein Gesicht. »Du hast also einen neuen Bart. Und ich habe gehört, dass du auch einen neuen Namen hast. Es laufen wohl Haftbefehle gegen dich.«

»Nein, es gibt keine Haftbefehle«, sagte er. Ruthie blickte ihn mit einer erhobenen Augenbraue an. Als Antwort auf ihre skeptische Miene fügte El hinzu: »Also, nicht in Indiana.«

Ruthie keuchte und rang nach Luft, weil das Lachen ihr das Atmen noch schwerer machte. Nachdem sie sich beruhigt hatte, deutete sie mit dem Kopf auf seine Habseligkeiten, die El mit ins Zimmer gebracht hatte. »Noch immer wie ein Packesel beladen.«

»Ist schwer, sich von alten Gewohnheiten zu trennen.«

»Sieht aus, als wäre es noch immer dasselbe Case. Hast du die alte Gitarre noch?«

»Oh, ja. Von Ruthie werde ich mich niemals trennen.«

»Und du bist immer noch unterwegs?«

»Mmm-hmm. Ich bin herumgekommen. Letztes Jahr war ich in Europa, nächsten Sommer fahre ich wieder hin. Die kennen ihren Blues da drüben. Viel besser als hier. In den Staaten wollen nicht mehr viele das alte Zeug hören. Aber in Berlin und Paris haben sie mich behandelt, als wäre ich tatsächlich jemand.«

»Das freut mich für dich. Ehrlich«, sagte Ruthie. Langsam drehte sie den Kopf, um auf die Wanduhr zu blicken. An ihren mühevollen Bewegungen und daran, wie sie sich auf ihr Kissen zurücksinken ließ, als sie sich wieder zu ihm umdrehte, erkannte El, wie schwach sie war.

»Ich habe gehört, wir sind jetzt Großeltern.«

Sie verzog das Gesicht, als hätte sie ein plötzlicher Schmerz erfasst. Nach einem Moment schien das unangenehme Gefühl vorüber zu sein, und sie sagte: »Sing mir ein Lied, ja?«

Er blickte zu ihrer schlummernden Bettnachbarin.

»Das macht ihr nichts aus«, beruhigte ihn Ruthie. »Das arme Ding hat noch kein Wort gesprochen, seit man sie gestern Abend hergebracht hat. Ich glaube nicht, dass sie jemals noch etwas sagen wird. Nach ihrem und meinem Zustand zu urteilen können die das Zimmer bald neu belegen.«

»Sag das nicht.«

»Ich sage nur die Wahrheit. Was ist jetzt mit dem Lied?«

El stand von seinem Stuhl auf und holte den Gitarrenkoffer. Er war froh zu sehen, dass der Anblick der gefleckten Gitarre mit ihrem Namen darauf Ruthie zu erfreuen schien. Er setzte sich auf die Stuhlkante, schlug die Saiten an und stimmte sie schnell. Ohne den Verstärker klang seine Gitarre zurückgenommen, fast klagend, und als er sang, passte er seine Stimme ihrem Klang an.

»Baby, dry your eyes. I'm here. I'm here to stay …« (Baby, trockne deine Tränen. Ich bin hier. Ich bin hier und werde bleiben.)

»Was ist das?«, unterbrach Ruthie ihn.

»*Love Returns.* Weißt du nicht mehr? Es war einer der ersten Songs, die ich geschrieben habe. Ich habe ihn geschrieben, damit du nicht sauer auf mich bist, als ich nach der ersten Tour zurückkam.«

»Ich war sauer, dass du noch zwei Tage gebraucht hast, bis du nach der Tour nach Hause kamst.«

»Ich kann mich nicht erinnern.«

»Nein. Aber den will ich nicht hören. Sing *Happy Heartache.* Das ist mein Lied.«

»Das ist aber traurig. Willst du nicht lieber etwas Fröhlicheres hören?«

Ruthie hob die Hand und deutete auf ihre Umgebung. »Nach all diesen Jahren verabschieden wir uns in einem Krankenhauszimmer voneinander. Ich kann mir keinen besseren Zeitpunkt für ein trauriges Lied vorstellen.«

»Da hast du wohl recht. Wie immer«, erwiderte El. Er räusperte sich und sang: *»Love, love, oh love, if you stay away I don't know, what I will do …« Liebste, Liebste, oh, meine Liebste, was soll ich nur tun ohne dich …*

Ruthie schloss die Augen. Sie wiegte den Kopf von einer

Seite zur anderen und summte hin und wieder mit. Während er sang, wurde sie immer ruhiger. Am Ende bewegte sie nur noch den Mund und verzog ihn zu einem breiten Lächeln, als er die letzten Worte anstimmte.

Sie öffnete die Augen und beobachtete ihn, als er weitere Akkorde anschlug. Eine Weile genossen es beide, sich in einer anderen Zeit zu verlieren, sich an die fröhlichen, unbeschwerten Tage zu erinnern, die in leidenschaftliche, verrückte Nächte übergegangen waren.

Schließlich sagte Ruthie: »All die Jahre habe ich geglaubt, du hast diesen Song für mich geschrieben. *Über wen sollte er sonst ein Liebeslied schreiben? Ich bin die Liebe seines Lebens.* Darauf war ich stolz. Aber jetzt, genau in diesem Moment, wird mir klar, dass er gar nicht von mir handelt. Er handelt von dir und der *anderen* Ruthie. In *meinem* Lied geht es um dich und die Musik.«

El spielte noch ein paar weitere Akkorde, dann blickte er in die Augen, in die er sich vor Jahrzehnten verliebt hatte, und erwiderte: »Es tut mir leid.«

»Das muss es nicht. Ich war immer die Nummer zwei. Ich wünschte nur, ich hätte es früher begriffen.«

Wieder drehte sie den Kopf zur Wanduhr, diesmal noch langsamer als zuvor. »Danke, dass du vorbeigekommen bist. Es war schön, dich zu sehen.«

El fand sich damit ab, dass sie ihn fortschickte und wandte sich seinem Gitarrenkoffer zu. Als er wieder an ihr Bett trat, sagte er: »Du sollst wissen, dass es mir um alles leid tut, was passiert ist. Und ich habe mich verändert. Ich habe Ordnung in mein Leben gebracht … Nun ja, zumindest überwiegend. Ich versuche, ein besserer Mensch zu sein. Ich werde es besser machen mit James.«

Der warme Ausdruck, der auf ihrem Gesicht lag, seit er seine Gitarre aus dem Koffer geholt hatte, erlosch. Ruthie kämpfte sich in den Sitz hoch, ihre Augen waren nass und quollen hervor, sie zitterte vor Wut. »Nein! Sag das nicht. Erzähl mir nicht, du hast dich verändert. Das habe ich zu oft gehört. Und rede nicht vor mir von James. Dazu hast du kein Recht.«

El hob ergeben die Hände. »Tut mir leid. Ich wollte dich nicht aufregen. Ich wollte nur sagen, dass ich meinen Fehler wiedergutmache. Ich will nicht, dass du dich sorgst, dass James allein ist.«

»James wird nicht allein sein. Er hat eine gute Frau. Wenn du irgendetwas über deinen Sohn wüsstest, wüsstest du, dass er seit seinem zehnten Lebensjahr nur Odette wollte und niemanden anders. Jetzt hat er sie und ein Kind von ihr, ein weiteres ist unterwegs. Selbst, wenn er alleine wäre, bist du der Letzte, den er braucht.«

Sie umfasste Els Handgelenk mit ihrer kleinen Hand. »Ich will dich nicht verletzen. Ich weiß, dass du James nicht schneiden wolltest. Ich habe dafür gesorgt, dass er das auch weiß. Aber wenn du ihm jemals zu nah kommst, wirst du ihm weitere Narben zufügen. Nicht absichtlich, einfach, weil du so bist. Du kannst nichts dafür.«

Ruthies Stimme wurde schwächer, aber ihr Griff um sein Handgelenk verstärkte sich, und seine Hand begann zu pochen. »Du musst mir etwas versprechen. Versprich mir, dass du nie wieder nach Plainview zurückkommst. Versprich mir, dass du James nie wiedersiehst.«

»Das kann ich nicht …«, hob El an. Doch sie fiel ihm ins Wort.

»Versprich es mir. Ich muss wissen, dass James in Sicherheit ist.« Und in weicherem Ton fügte sie an: »Ich bitte dich nicht, etwas Neues zu tun. Bleib einfach fort, wie du es fast sein ganzes Leben lang getan hast.«

Seine Stimme, die seit den ersten Tönen, die er für sie gesungen hatte, weich und zuversichtlich geklungen hatte, klang jetzt brüchig. »Okay, Ruthie. Okay.«

»Schwöre es«, sagte sie. »Ich muss es hören.«

»Ich schwöre es beim Grab meiner Mutter …«

»Nein. Schwöre es bei *meinem* Grab.«

»Gott, Ruthie.«

»Bitte.«

El holte zitternd Atem und sagte: »Ich schwöre bei deinem Grab, dass ich nie mehr nach Plainview zurückkehre und James nie mehr wiedersehen werde.«

Ruthie lockerte den Griff um sein Handgelenk und sank auf ihr Kissen. »Danke.«

Da sie nicht mehr die Kraft besaß, den Kopf zu drehen, richtete Ruth nur den Blick auf die Wanduhr. »Du musst jetzt gehen. James hat Feierabend und wird bald hier sein.«

Auf wackeligen Beinen ging El zu seinem Hab und Gut. Er band sich die Koffer auf den Rücken und hob Verstärker und Gitarre auf. Dann kehrte er ein letztes Mal an Ruthies Bett zurück und sagte: »Leb wohl.«

Zwischen keuchenden Atemzügen sagte sie: »Los, alter Junge.«

Nur wenige Minuten später sah El James und Odette auf dem Krankenhausparkplatz auf sich zukommen. Es war beinahe komisch, dass ihn ein zufälliges Treffen dazu brachte, sogar sein letztes Versprechen Ruthie gegenüber schon zu brechen, kurz nachdem er es ihr gegeben hatte.

Als Erstes erkannte er Odette. Jeder, der Dora Jackson einmal gesehen hatte, wusste sofort, dass es ihre Tochter war. Wie Marjorie gesagt hatte, besaß ihre Nichte das runde Gesicht und den breiten Mund von Dora.

Und James. Er wirkte stattlich und stolz, wie er in seiner Uniform der Indiana State Police auf das Krankenhaus zuschritt. El war dankbar, dass James mit seiner linken Seite weit genug von ihm entfernt war, dass er die Narbe nicht sehen konnte, von der er wusste, dass sie über seine Wange lief.

James brachte das Kleinkind auf seiner Hüfte zum Lachen, in dem er lustige Gesichter zog und Tiergeräusche nachahmte. Als er auf El zukam, wich er zur Seite aus, um dem schwerbeladenen Fremden Platz zu machen. James ging an seinem Vater vorbei, ließ sein kicherndes Kind hüpfen und hielt die Hand seiner starken Frau.

19

In jener Woche verlief das sonntägliche Mittagessen im *Earl's* außergewöhnlich ruhig. Richmond, der eigentliche Redner unter den Männern ihrer Gruppe, war noch nicht da. James und Ray saßen rechts und links von Richmonds freiem Stuhl und warfen sich hin und wieder einen Satz zu. Mein Mann und Barbara Jeans Ray waren beinahe so lange enge Freunde wie Clarice, Barbara Jean und ich ein Trio waren. Außer der Fluss war zugefroren, oder ein sommerliches Gewitter hatte die Wege ausgewaschen, trafen sie sich fast jedes Wochenende, um gemeinsam zu angeln. Dennoch sagte James immer, wenn ich ihn fragte, worüber sie sich unterhielten, wenn sie am Ufer standen oder in James' Boot saßen: »Über nichts.« Angesichts ihrer verschlossenen Charaktere glaubte ich ihm.

Clarice, Barbara Jean, Ray, James und ich hatten nicht auf Richmond gewartet, bis wir uns die Teller auffüllten und mit dem Essen begannen. In der Calvary Baptist war Erweckungswoche, und keiner wusste, wann die Messe zu Ende sein würde. Reverend Peterson war dafür bekannt, wenn er sich erst einmal in eine Sünde verbissen hatte, bis zum Sonnenuntergang nicht mehr loszulassen.

Ich war froh, dass wir uns mit dem Essen ablenken konnten. Bei der Ansammlung von blankliegenden Nerven, finsteren Stimmungen und Unbehagen am Fenstertisch wäre es eine Schande gewesen, hätten wir auch noch Hunger gelitten.

Clarice war an jenem Nachmittag fast so schweigsam wie James und Ray. Je näher der Termin ihres Konzerts in Chicago rückte, desto verschlossener wurde sie. Also bestritten Barbara Jean und ich den Großteil der Unterhaltung. Da ich hauptsächlich damit beschäftigt war, mich über James zu ärgern, weil er nicht zugab, dass er sich ärgerte, kam es überwiegend Barbara Jean zu, die Unterhaltung in Gang zu halten. Das war keine leichte Aufgabe, denn wir beide mieden es, über El Walker zu sprechen, das Thema, das uns beide am meisten beschäftigte.

Barbara Jean war Els Freundin geworden. Sie empfand Mitleid mit ihm und besuchte ihn fast täglich. Ich wusste, dass ihr die Geschichten und Bilder halfen, sich vorzustellen, wie ihre Mutter vielleicht gewesen wäre, wenn sie all die Prüfungen bestanden und lange genug gelebt hätte, um das Unglück wiedergutzumachen, das sie verursacht hatte. Loretta hatte Barbara Jean geschlagen, sie gedemütigt und sie gefährlichen Männern ausgeliefert. Es gehörte zum Wunder Barbara Jeans, dass sie so viele Jahre nach dem Tod ihrer Mutter noch immer nach einem Beweis dafür suchte, dass sie Loretta zu Recht vergeben hatte.

Mir zeigte El Walker keine Bilder oder befreite mich von meiner Bürde, indem er mir Blues Songs vorsang oder Geschichten aus der Vergangenheit erzählte. Ich sah in ihm nichts als einen miesen Kerl, der James angegriffen hatte und dann siebenundfünfzig Jahre später zurückgekehrt war, um ihn erneut zu verletzen. Darum erzählte Barbara Jean wenig von ihrem neuen Freund, und ich versuchte, nicht schlecht von ihm zu sprechen.

In der Woche, als alles herauskam, hatte ich versucht, James dazu zu bringen, mit El zu reden. Mehr als ein Mal sagte ich: »Willst du nicht ein paar Antworten haben? Willst du nicht wissen, wo er gewesen ist, warum er nie zurückgekommen ist?«, fragte ich. »Du solltest ins Krankenhaus gehen und eine Entschuldigung verlangen. Das ist das Mindeste, was er dir schuldet.«

Gestern Abend hatte der ruhige, liebeswerte James, der kaum jemals vor Wut die Stimme erhob, mich doch tatsächlich angeschrien. »Verdammt, Odette, lass mich in Ruhe!«, brüllte er. Weil er James war und selbst ebenso erschrocken über seinen Ausbruch wie ich, oder weil er einsah, dass er meine Behauptung, dass er noch nicht mit seinem Vater fertig war, damit bestätigt hatte, entschuldigte er sich sofort. Dann tat er, als wäre nichts von alledem je passiert – weder das Schreien noch die Begegnung mit seinem Vater.

Die Einzige, die über El sprechen wollte, war Mama, und ich wollte nicht hören, was sie zu sagen hatte, weil sie nicht meiner Meinung war. Meine Mutter, die, seit sie und Tante Marjorie mir in der Grundschule beigebracht hatten, wie ich Ramsey Abrams in den Hintern trete, eine Hardlinerin gewesen war, entdeckte plötzlich ihre milde Seite. Als ich ihr gestand, dass ich mir vorstellte, wie ich ins Krankenhaus marschiere und eine Pistole auf James' Vater richte, stellte sie sich auf James' Seite und sagte, ich solle mich zurückhalten. »Du bist eine harte Frau«, sagte Mama. »Härte bringt dir keinen Frieden.«

»Wusstet ihr, dass Wayne Robinson krank ist?«, fragte Barbara Jean. Sie beugte sich vor und flüsterte, sodass nur Clarice und ich sie hörten. »Darlene Lloyd hat mir erzählt, es sei ein Wunder, wenn er die Woche überlebt.«

»Ja, ich habe davon gehört«, antwortete ich. Ich hielt es

nicht für nötig zu erwähnen, dass ich es direkt von dem Komapatienten selbst erfahren hatte.

Gemäß ihrem liebenswerten Charakter versuchte Barbara Jean, etwas Nettes über Wayne Robinson zu sagen. Sie hatte damals viel von mir gehört, als Terry, der sich vor der Schule fürchtete und zu Hause nicht willkommen war, viel Zeit bei James und mir verbrachte. Sie war Mr. Robinson oft genug begegnet, als seine Frau im Krankenhaus behandelt wurde, um einen Eindruck von seinem Charakter zu erhalten. Barbara Jean schob das Essen auf ihrem Teller herum, während sie nach etwas Freundlichem suchte, das man über diesen Mann sagen konnte. Sie öffnete ein paar Mal den Mund, als sei ihr etwas eingefallen, dann gab sie auf. Sie lehnte sich auf ihrem Stuhl zurück und nippte an ihrem Tee.

Schließlich sagte sie: »Habt ihr mit Terry gesprochen?« Wie fast alle in Plainview hatte Barbara Jean von Terrys Schwur gehört, sich am Grab seines Vaters zu rächen. Sie wusste auch, dass ich Terry versprochen hatte, ihn zu benachrichtigen, wenn das Ende seines Vaters bevorstand.

»Ich habe mit ihm gesprochen«, sagte ich. »Er hat seine Meinung nicht geändert.«

»Hast du versucht, es ihm auszureden?«, fragte Barbara Jean.

»Das steht mir nicht zu«, antwortete ich.

Sie warf mir einen missbilligenden Blick zu. Sie war zu sehr Dame, um Terrys Plan, am Grab seines Vaters die Hosen herunterzulassen, jemals gutzuheißen. Mir war klar, dass sie meinte, ich sollte meinen jungen Freund dazu bringen, den rechten Weg zu beschreiten. Doch sie insistierte nicht weiter. Wir waren so schon oft genug unterschiedlicher Meinung.

Seit sie am Tisch Platz genommen hatte, lächelte Clarice und nickte, als würde sie zuhören, aber ich hätte wetten mögen, dass sie kaum etwas von dem mitbekam, was wir sprachen. Das bestätigte sich nun. Als Barbara Jean und ich einen Moment pausierten und nicht weiter Konversation betrieben, sondern uns wieder unserem Essen zuwandten, dachte Clarice, wir würden von ihr erwarten, dass sie etwas sagte. Da sie nicht wusste, worüber wir geredet hatten, sprach sie geradewegs das Thema an, das wir zu vermeiden versucht hatten. Sie blickte mich an und fragte: »Was sagen eure Kinder dazu, dass ihr Großvater in der Stadt aufgetaucht ist?«

Sie überraschte mich, aber ihre Frage war leicht zu beantworten. Meine Kinder und ich hatten in jener Woche jeden Abend wegen James und El Walker miteinander telefoniert. Sie hatten ungefähr so reagiert, wie ich es erwartet hatte. Unser Ältester, James Junior, dachte, dass wir so tun sollten, als wären wir dem alten Mann nie begegnet und die ganze Angelegenheit vergessen. Unser »Lass-die-Vergangenheit-ruhen-mittleres-Kind« Eric fand es wunderbar, dass sein Vater ihm vergeben wollte. Unsere Tochter Denise fragte mich, ob El sich jemals für all das entschuldigt habe, was er James und Miss Ruth angetan hatte. Als ich verneinte, fragte sie mich, wie oft ich den alten Mann geschlagen hätte. Nicht, *ob* ich ihn geschlagen hätte, sondern *wie oft*.

»James verhält sich wie unser friedliebender Sohn«, erklärte ich Clarice, »aber wenn er sich unbeobachtet fühlt, sehe ich, dass er wie unsere rasende Tochter empfindet.«

Dann rettete Clarice uns vor dem Thema El Walker. Sie fasste sich an die Stirn und atmete geräuschvoll aus. »Ich habe Schwierigkeiten mit Richmond«, flüsterte sie.

Barbara Jean und ich tauschten einen Blick. Wir wussten genau, wie sehr Clarice in ihrer Ehe unter Richmonds Seitensprüngen gelitten hatte. Wir dachten allerdings, dass sie jetzt zu einer Einigung gefunden hätten und diese speziellen Schwierigkeiten der Vergangenheit angehörten.

Clarice griff unsere Gedanken auf. »Nicht die alte Art von Schwierigkeiten. Soweit ich weiß, behält er die Hosen an. Das ist Teil des Problems. Er verhält sich merkwürdig. Er will kuscheln, selbst wenn dabei kein Sex für ihn herausspringt. Ihm fällt auf, was ich anhabe. Er ist aufmerksam und fürsorglich. Es ist schrecklich. Wegen seiner Sensibilität bin ich nicht all die Jahre bei ihm geblieben, und sie ist ganz sicher nicht das, was ich jetzt von ihm brauche.

Vor vierzig Jahren hätte ich den Ehemann geliebt, der er beschlossen hat, jetzt zu werden. Aber heute will ich einfach nur, dass er still ist, sich auszieht und sich nützlich macht.« Sie verschränkte die Arme vor der Brust und lehnte sich schmollend auf ihrem Stuhl zurück.

Barbara Jean drehte ihre Spaghetti auf die Gabel. Mit verlegener Miene sagte sie: »Könnte sein, dass ich weiß, was dahintersteckt.« Dann äußerte sie den womöglich am wenigsten nützlichen Satz überhaupt: »Ich wollte nur helfen.«

Clarice, deren Stimme in erstaunlicher Weise an Tante Marjorie erinnerte, knurrte: »Was hast du getan?«

»Eigentlich nicht viel. Richmond kam vor ein paar Wochen vorbei und wollte einen Rat. Er sagte, es liefe gut zwischen euch, aber er wolle eure Beziehung noch weiter voranbringen. Er fragte Ray und mich, wie er dich davon überzeugen könne, dass er jetzt anders sei.«

Clarice stierte Barbara Jean wütend an. »Was habt ihr ihm geantwortet?«

»Wir haben ihm nur gesagt, dass es dir wahrscheinlich gefallen würde, wenn er etwas aufmerksamer wäre und dir zeigt, dass er dich nicht nur im Bett schätzt. Außerdem haben wir ihm vorgeschlagen, dass er dich fragen könnte, wie es dir geht und was du denkst. Du weißt schon, so Kleinigkeiten.«

Als Clarice stöhnte, wiederholte Barbara Jean: »Ich wollte nur helfen.«

»Barbara Jean«, sagte Clarice und klang wieder mehr wie sie selbst, »du weißt, dass ich dich und Ray wirklich gern habe. Aber wenn ihr Richmond noch einen einzigen Ratschlag gebt, kann ich für nichts garantieren. Seit dem Tag, an dem wir geheiratet haben, war mein Mann in einer Sache wirklich immer außerordentlich gut. Und du und Ray, ihr seid dabei, mir diese eine Sache zu versauen.«

Clarice richtete ihren vernichtenden Blick auf mich. »Hat Richmond auch mit dir und James gesprochen?«

»Zum Glück kann ich berichten, dass wir ihm keinen einzigen Ratschlag gegeben haben«, antwortete ich. Ich erwähnte nicht, dass Richmond vor ungefähr einer Woche angerufen hatte und vorschlug, sich zum Abendessen zu treffen – nur er, James und ich. Ein Vorteil an den Enthüllungen der letzten Woche war, dass wir derart neben der Spur waren, dass wir Gesellschaft weitestgehend mieden. So waren wir einer Beratungssitzung entgangen, durch die wir ansonsten, wie Barbara Jean und Ray, bei Clarice in Ungnade gefallen wären. Zu guter Letzt war El Walker doch noch zu etwas gut.

Die Glocke über der Tür zum Diner klingelte und, angeführt von Miss Beatrice und Clarices neuem Stiefvater, kam Richmond herein. Ihr Erscheinen erlaubte uns, das unangenehme Thema über die neueste Wendung in Clarices und Richmonds Liebesleben zu verlassen.

Die zwei Männer stellten sich in die Schlange am Buffet. Miss Beatrice kam geradewegs auf unseren Tisch zu. Ich hatte gehofft, dass sie etwas brauchen würde, bis sie uns erreichte. Am Sabbat war Clarices Mutter üblicherweise dermaßen auf Jesus gepolt, dass sie schwer zu ertragen war. Wenn sie sich auf ihrem Weg durch die sonntägliche Kirchengemeinde Zeit ließ, bestand die Chance, dass sie schon etwas Energie verbrannt hatte, indem sie die Leute, die sie unterwegs begrüßte, höflich maßregelte. Doch dieses Glück wurde uns an diesem Sonntag nicht zuteil.

Miss Beatrice trat an den Fenstertisch, sparte sich eine Begrüßung und begann sofort, auf Clarice herumzuhacken. Sie berichtete, was für einen inspirierenden Gottesdienst die ganze Familie – bis auf Clarice – in der Calvary Baptist Kirche gehört und genossen habe. »Es war so bewegend. Man konnte den Heiligen Geist spüren.« Miss Beatrice legte die Fingerspitzen aneinander, als würde sie beten und sagte: »Du weißt doch noch, wie das geht, oder?«

»Ich erinnere mich an *alles* in dieser Kirche, Mutter.«

Entweder überhörte Miss Beatrice den sarkastischen Ton in der Stimme ihrer Tochter, oder sie ignorierte ihn, als sie erwiderte: »Und dennoch weigerst du dich, wieder dorthin zu gehen. Das werde ich nie verstehen.« Sie blickte auf Clarices Teller hinunter, der noch halb voll war, und fragte: »Seid ihr schon lange hier?«

»Nicht sehr lange. Vielleicht zwanzig Minuten.«

An Barbara Jean und mich gewandt sagte Miss Beatrice: »Diese Unitarier ziehen ihren Gottesdienst bestimmt glatt durch, nicht? Vermutlich spart man eine Menge Zeit, wenn man sich, anders als wir, nicht damit aufhält, Seelen zu retten.«

Dass Miss Beatrice von Barbara Jean und mir Unterstützung in religiösen Angelegenheiten forderte, verwirrte mich. Clarices Mutter hatte nie viel von meiner Kirche, der Holy Family Baptist, gehalten, oder von Barbara Jeans, der First Baptist. Sie hatte mir oft erklärt, dass meine Kirche mit den Sündern kuschele, sorge dafür, dass garantiert keines der Mitglieder jemals ins Himmelreich aufgenommen werde. Die große Anzahl wohlhabender Gemeindemitglieder in Barbara Jeans Gemeinde bedeutete ebenfalls, dass sie verflucht waren. »›Eher geht ein Kamel durch ein Nadelöhr, als dass ein Reicher in den Himmel kommt‹«, zitierte sie gern, wenn sie von der First Baptist sprach. Doch in ihrem fortwährenden heiligen Krieg mit Clarice wollte Miss Beatrice uns auf ihrer Seite wissen. An jenem Sonntag war sie gewillt, so zu tun, als hätten Barbara Jean und ich als Baptisten noch eine Hoffnung auf Erlösung, auch wenn wir uns für die falschen Kirchen entschieden hatten. Eine solche Hoffnung hegte sie für ihre Unitarier-Tochter nicht.

Clarice hatte mir einmal erzählt, wenn ihre Mutter sie verrückt mache, denke sie daran, dass Barbara Jean und ich gar keine Mütter mehr hätten. Die Vorstellung, Miss Beatrice zu verlieren, helfe ihr, die Vorträge ihrer Mutter zu erdulden. Damals fand ich das rührend. Doch als Miss Beatrice vor uns stand und auf den religiösen Entscheidungen ihrer Tochter herumhackte, fragte ich mich angesichts des kalten Krokodilslächelns auf Clarices Gesicht, ob ich ihre Worte vielleicht missinterpretiert hatte. Wenn sie sich in diesem Moment vorstellte, dass Miss Beatrice tot wäre, schien sie die Vorstellung zumindest ein wenig zu erfreuen.

Miss Beatrice wandte sich erneut an Barbara Jean und mich: »Eigentlich müsste der Gottesdienst der Unitarier doch länger dauern. Vermutlich müssen sie die Predigt alle paar Minuten unterbrechen, um diese Heiden davon abzuhalten, nicht gleich vor Ort der Fleischeslust zu frönen, meint ihr nicht?« Sie hob eine Braue und war stolz auf ihre Beleidigung.

»Sei nicht albern, Mutter«, entgegnete Clarice. »Jeder weiß, dass die Orgie *vor* dem Gottesdienst stattfindet. Wir wollen nicht, dass diese freundlichen, nicht konfessionsgebundenen Predigten uns bei unserer Unzucht stören.«

»Das ist nicht lustig«, zischte Miss Beatrice. Doch da erschien Forrest Payne, der das Ende unseres Gesprächs gehört hatte und stieß ein hohes, wieherndes Lachen aus. Zu meiner Überraschung hörte Miss Beatrice auf, den Mund zu verziehen und stimmte in das Lachen ihres neuen Ehemanns mit ein. Diese Frau an einem Sonntag zu lockern war keine geringe Leistung. Als sie zu ihrem Tisch gingen, dachte ich zum ersten Mal, dass Forrest Payne vielleicht doch der perfekte Mann für Miss Beatrice war.

Clarices Familientreffen erweiterte sich, als Veronica hereinmarschierte, ihren Ehemann Clement im Schlepptau. Seit Veronicas Aufstieg vom nervigen Gemeindemitglied zum aufdringlichen Hilfspastor trieb sie ihre Angewohnheit, sich stets zu elegant zu kleiden, auf die Spitze. Heute war sie vom Hals bis zu den Knöcheln in rotbraunen Taft gehüllt. Es war ein warmer Junitag, und sie schwitzte unter ihrer üppigen Kleidung. In dem langen Kleid fiel es ihr schwer, ihren üblichen Stechschritt beizubehalten.

Ich hatte Veronica nicht mehr gesehen, seit die Verbindung von El Walker zu James offiziell bekannt geworden war, und ich war nicht gerade erpicht darauf, dass sie ihre Meinung zu Angelegenheiten kundtat, die sie nichts angingen. Veronica und ich gerieten schon aneinander, seit wir Schulmädchen gewesen waren. Obwohl ich wusste, wie albern das war, ließ ich mich immer noch von ihr provozieren. Sobald ich sie sah, merkte ich, dass ich wütend wurde und mich für den Kampf rüstete.

Anstatt bei der ersten Provokation auf sie loszugehen, entschied ich mich, es zur Abwechslung mit Clarices Methode zu probieren. Ich stellte mir vor, wie traurig ich wäre, wenn Veronica plötzlich tot umfiele. Doch diesen Versuch gab ich schnell auf. Angesichts der jahrelangen Feindseligkeit gegenüber Veronica schien es mir bei dem vielen Besteck in meiner Umgebung zu gefährlich, mich dieser Fantasie hinzugeben. Ich schob mir eine Gabel voll Lachs in den Mund und versuchte, freundliche Dinge zu denken wie die vornehme Barbara Jean.

In ihrem sperrigen Kleid marschierte Veronica keuchend auf unseren Tisch zu und sagte: »Eurem Lächeln nach zu urteilen, feiert ihr wohl die guten Neuigkeiten.«

Das war nicht gerade die Art, wie ich oder irgendjemand an unserem Tisch die Rückkehr von James' Vater betrachtete. Ich war überrascht zu hören, dass Veronica darin einen Grund zum Feiern sah. Doch als sie fortfuhr, wurde mir klar, dass sie an andere Neuigkeiten dachte. »Clarice, ich habe mir überlegt, dass wir zwei uns für diesen Anlass vielleicht etwas zusammen überlegen könnten. Ein bisschen Musik ist immer schön, und die Leute finden es sicher nett, dass wir Cousinen sind. Ich bräuchte deine Hilfe auch bei der Wahl meiner Kleidung. Du hast so einen guten Geschmack.«

Als Veronica die verwirrten Gesichter am Tisch bemerkte, sagte sie: »Ihr habt doch von Reverend Biggs' Unfall gehört, oder nicht?«

»Wovon redest du?«, fragte Barbara Jean. »Ich habe Reverend Biggs gerade vor einer Stunde noch in der Kirche gesehen.«

»Der Unfall ist direkt nach dem Gottesdienst passiert«, erklärte Clement. »Er ist auf der obersten Stufe gestolpert und die ganze Treppe hinuntergestürzt. Bis ganz nach unten.«

»Oh, Gott«, sagte Barbara Jean. »Vor der First Baptist gibt es sicher zwanzig Stufen.«

»Er ist nicht *diese* Treppe runtergefallen, sondern die hinter der Kirche. Dort sind es nur vier oder fünf Stufen«, erklärte Veronica.

»Wie geht es ihm?«, erkundigte sich Barbara Jean.

»Den Umständen entsprechend ganz gut. Aber er wird ungefähr für einen Monat ausfallen, heißt es. Er hat sich das Bein gebrochen und den Rücken verletzt.«

Veronica deutete mit dem Daumen auf ihre stolz gewölbte Brust und sagte: »Ich habe ihn gefunden. Und dafür ist er mir dankbar. Die meisten Mitglieder waren da schon nach Hause gegangen. Er hätte dort wer weiß wie lange liegen können. Keine Ahnung, warum er die Kirche durch den Hinterausgang verlassen hat. Er weiß doch, dass ich immer vorne auf ihn warte, um ihm Vorschläge für die nächste Predigt zu machen.«

Ich stellte mir Reverend Biggs' Unfall wie einen Tierfilm im Fernsehen vor. Ich sah vor mir, wie Veronica den armen Mann wie ein Löwe eine Gazelle durch die Kirche verfolgte, bis sie ihn auf dem hinteren Parkplatz verwundet und erlegt hatte.

»Moment«, sagte Barbara Jean. »Du hast vorhin so etwas gesagt wie, ob wir die guten Neuigkeiten feiern würden. Was ist an dieser Neuigkeit gut?«

»Ich werde predigen«, antwortete Veronica. »Wenn Reverend Biggs ausfällt, kommen wir Hilfspastoren zusammen und wechseln uns mit dem Gottesdienst ab, bis es ihm besser geht. Ich bin in drei Wochen dran.«

Veronica beugte sich zu uns vor, als würde sie uns ein Geheimnis verraten. Aber in typischer Veronica-Manier sprach sie so laut, dass jeder im Umkreis von zehn Metern sie hören konnte. »Madame Minnie hat das alles ganz genau vorhergesagt. Karl der Großartige hat ihr schon vor Ewigkeiten erklärt, dass ich meine eigene Kirche bekommen würde.«

»Es ist ein bisschen früh, die First Baptist zu *deiner* Kirche zu erklären, meinst du nicht?«, fragte Clarice. »Reverend Biggs ist schließlich nicht tot. Er kommt zurück, sobald er wieder gesund ist.«

»So habe ich das natürlich nicht gemeint«, erwiderte Veronica. »Ich bete pausenlos, dass er sich schnell erholt.«

Der letzte Teil wäre etwas glaubhafter gewesen, wenn sie in der Lage gewesen wäre, sich ihr Grinsen nur für einige Sekunden zu verkneifen. Die Loyalität ihrer Familie gegenüber erlaubte es Clarice nicht, diesen Gedanken laut auszusprechen, aber ich war mir sicher, dass sie dachte, ihre Cousine habe Reverend Biggs die Stufen hinuntergestoßen.

Veronica blickte durch den Raum zum Wahrsagetisch in der Ecke, an dem sich Minnie in einer ihrer demonstrativen Trancen hin und her wiegte und die Hände auf ihre Kristallkugel legte. Durch den Lärm im Diner hörten wir ab und an das Klingeln des silbernen Glöckchens, das an dem Turban auf Minnies Kopf befestigt war.

»Ich werde mich mit Madame Minnie über das Thema meiner Predigt beraten«, verkündete Veronica. »Ich dachte entweder an den Guten Samariter oder Daniel in der Löwengrube. Aber es gibt keinen Grund, das dem Zufall zu überlassen.«

Clement besorgte einen Stuhl für seine Frau, und sie setzte sich zwischen Clarice und mich. »Ich wünschte, Madame Minnie würde sich beeilen. Ich habe heute noch so viel zu tun. Es ist nicht einfach, eine Kirche zu leiten. Aber dann«, fuhr sie fort, »zeige ich euch eben das Video von Apollo, das Sharon mir heute Morgen geschickt hat.«

Clement holte Veronicas Telefon aus ihrer Tasche, damit sie uns das Video ihres Enkels vorführen konnte.

Apollo saß auf dem Schoß seines Vaters. Der Kamerawinkel betonte die eigenartig geformte Nase des Babys, die noch mehr wie eine Schnauze aussah als auf früheren Bildern. Er schien behaarter geworden zu sein, und seine winzigen schwarzen Augen versanken vollends in den pummeligen Wangen. Das Baby öffnete den Mund, sodass eine beängstigende klaffende rosa Höhle erschien. Dann stieß Apollo einen Schrei aus: »Gaah!«

Der junge Vater grinste voller Stolz, als hätte sein Kind einen Shakespeare-Monolog zitiert.

Veronica und Clement warteten, dass wir unsere Bewunderung zum Ausdruck brachten. Barbara Jean und ich wählten den Moment, um uns einen Happen Essen in den Mund zu schieben. Die stolzen Großeltern wandten sich an Clarice. »Er ist wirklich süß«, sagte sie.

Da Veronicas Aufmerksamkeit plötzlich von etwas anderem angezogen wurde, musste Clarice ihre Bemerkung nicht weiter ausführen. »Madame Minnie ist frei«, quietschte Veronica. Sie stand auf, schüttelte die Rüschen ihres Kleides aus und stapfte zu Minnies Tisch hinüber.

Nachdem Veronica fort war, setzten wir unsere Unterhaltung fort. Wir sprachen über Enkelkinder, Kleidung und Rezepte und mieden die Themen, die eigentlich an uns nagten.

Clarice mochte sich über ihren Ehemann ärgern, aber ich war dankbar, dass er da war. Die meiste Zeit, die ich Richmond kannte, hatte ich mich so sehr über seine Untreue und Eitelkeit aufgeregt, dass ich einen Großteil meiner Energie dafür benötigte, ihm nicht etwas, was ich gerade in der Hand hielt, an den Kopf zu schleudern. An diesem Nachmittag war ich froh, dass er wie üblich selbstbewusst und raumeinnehmend war. Er sprach lauter als jeder andere im Diner und amüsierte sich genug über seine eigenen Witze, um dadurch James' Trübsinn auszugleichen. Richmond konnte James nicht ganz ein Lächeln entlocken, aber seine schamlos gute Laune vertrieb vorübergehend den wütenden Ausdruck, der seit einer Woche auf dem Gesicht meines Ehemannes lag.

Clement, der sich auf der anderen Seite des Tisches zu den Männern gesellt hatte, nachdem Veronica zu Minnie marschiert war, zeigte ihnen das Video von seinem Enkel und seinem Schwiegersohn. Ich hörte, wie Richmond, der versierteste Lügner, den ich kenne, schwärmte, wie hübsch der kleine Apollo sei. Das Video wurde zu James weitergereicht. Er hielt das Telefon in der Hand und studierte das Bild, als wollte er es sich einprägen. Vor acht Tagen hätte ich nicht versucht, irgendetwas in James' Verhalten oder seine Miene hineinzudeuten. Heute fragte ich mich, ob dieser intime Moment auf dem Bildschirm, ebenso wie unzählige ähnlicher Momente, die James beobachtet oder selbst als Vater erlebt hatte, einen wunden Punkt in ihm berührten. Als harte Frau, die ich nun einmal war, weckte dieser Gedanke in mir erneut rasende Wut auf El.

20

Ich wusste, dass etwas nicht stimmte, als ich von der Arbeit nach Hause kam und James neben seinem Wagen in der Garage vorfand. Selbst, wenn ich ganztags arbeitete und nicht wie jetzt der eingeschränkte Sommerplan galt, war James unter der Woche niemals vor mir zu Hause. Morgens ging er immer als Erster aus dem Haus und kam abends ungefähr eine Stunde nach mir zurück. Wenn etwas Bedeutsames in der Wache passierte, schleppte er sich erst spätabends nach Hause und schlüpfte neben mir ins Bett, während ich vorgab zu schlafen. Doch da stand er, zwei Stunden zu früh, stützte die Hände auf die Hüften und blickte sich in der Garage um, als wäre sie ein unbekannter Planet, auf dem er gerade gelandet war.

Ich parkte meinen Wagen neben seinem. Als ich ausstieg, fragte ich: »Was machst du zu Hause?«

Er versuchte, meine Frage mit einem Witz zu beantworten. »Du klingst ja, als wärst du enttäuscht, mich zu sehen.«

Noch einmal fragte ich: »Was machst du zu Hause?«

James' Blick wanderte zum Boden, dann zur Decke. Schließlich fixierte er einen Punkt hoch oben an der Wand hinter mir und sagte: »Ich habe mir die Woche freigenommen. Ich hatte noch ein paar Urlaubstage, und ich will noch so viel im Haus erledigen. Ich würde gern den Keller aufräumen, damit unsere Enkelkinder drinnen Platz zum Spielen haben, wenn sie kommen. Vielleicht baue ich die Tischtennisplatte auf und hänge die Darts-Scheibe an die Wand. Und die Schutzwand hinten im Garten müsste ausgebessert werden. Vielleicht ist jetzt ein guter Zeitpunkt, damit anzufangen.«

Er ratterte eine lange Liste von Arbeiten herunter, die er in den kommenden Tagen im Haus erledigen wollte. Und die ganze Zeit über dachte ich: *Der Mann redet Schwachsinn.*

James war gern Polizist. Er wollte nie einen Tag bei der Arbeit verpassen. In eineinhalb Wochen wollten wir unsere Kinder und ihre Familien bei Clarices Konzert in Chicago treffen. Anschließend würden wir alle zusammen nach Plainview kommen, um ein paar laute, turbulente Tage gemeinsam hier im Haus zu verbringen. Es hatte mich unzählige Stunden gekostet, in denen ich James manipuliert, mit Engelszungen auf ihn eingeredet und ihm gedroht hatte, nur damit er sich ein paar Tage für Chicago und den anschließenden Familienbesuch freinahm.

Dutzende seiner halbfertigen Projekte, einige stammten noch aus den ersten Tagen unserer Ehe, lehnten an den Garagenwänden oder waren an der staubigen braunen Werkzeugwand befestigt, die über der Werkbank hing. Seine Unfähigkeit, sie zu vollenden, war ein Running Gag zwischen uns. Es gab Bücherregale, für die er nur das Holz zugeschnitten hatte, einen Bettkasten, den er für unsere Söhne anfertigen wollte, als sie fünfundzwanzig Jahre jünger und gut einen halben Meter kleiner gewesen waren. Ein Schaukelstuhl, den er für mich zu bauen angefangen hatte, damit ich meine Enkelkinder darin beruhigen konnte, war fast fertig, doch inzwischen waren die Enkel viel zu groß, um noch auf meinen Schoß zu passen. Und dieser Mann, der niemals einen Tag bei der Arbeit fehlte und seine unvollendeten

Meisterstücke nur zu gern hinter sich ließ, behauptete nun, er habe sich eine Woche freigenommen, um die Aufgaben zu erledigen, denen er seit Jahren auswich.

James wippte auf den Fersen vor und zurück. Er murmelte etwas von Bohreinsätzen und wedelte mit der Hand ein Insekt fort, das ich weder sah noch hörte. Dann sagte er: »Ich mache einen Ölwechsel bei dem Honda.« Er ging zur Motorhaube des Wagens und tastete nach dem Öffnungsmechanismus.

Mein Mann ist weiß Gott kein Mechaniker. Wenn er klar denken würde, hätte er sich allerdings daran erinnert, dass wir schon seit Ewigkeiten keinen Wagen mehr besaßen, dessen Motorhaube sich auf diese Weise öffnen ließ. Ich schwieg und hoffte, dass er sich bald so unwohl fühlen würde, dass er mir erzählte, was los war.

Da klingelte das Telefon, und er sagte: »Könntest du eben rangehen, bis ich hier so weit bin?«

Ich ließ meinen erleichterten Ehemann weiter seine Motorhaube abtasten und eilte in die Küche, um den Anruf entgegenzunehmen.

Am Telefon meldete sich Calvin Bayless, der in jungen Jahren mit James Streife gefahren war. Die zwei hatten sich über die Jahrzehnte ein gutes Verhältnis bewahrt, obwohl sie komplett verschieden waren. Calvin war korpulent und ein ganzes Stück kleiner als James, blond und hellhäutig. Er war so blass, dass er nach drei Minuten in der Sommersonne wie eingelegte Rote Bete aussah. Als Mann, der so schwatzhaft war wie James schweigsam, konnte Calvin kein Geheimnis für sich behalten. In meiner Situation, in der mir gerade jegliche Information fehlte, gab es nur wenige Stimmen, die ich lieber am anderen Ende der Leitung gehört hätte als Calvins.

»Hallo, Odette«, sagte er. »Ich wollte nur hören, wie es James geht. Ist alles okay bei ihm?«

»Nein«, antwortete ich. »Was ist passiert?«

Laut Calvin begann der Ärger damit, dass ein Mann wegen häuslicher Gewalt auf die Wache gebracht worden war – und zwar zum vierten Mal. Der Mann hatte seine Frau verprügelt und seine zehnjährige Tochter gegen die Wand geschleudert, als sie versuchte, ihn aufzuhalten. Die Frau und das Mädchen hatten diverse Prellungen erlitten, waren jedoch nicht ernsthaft verletzt. Die Frau weigerte sich, mit der Polizei zu kooperieren, und nach einer Nacht in Haft mussten sie den Mann wieder freilassen. Der Zwischenfall ereignete sich nach der Freilassung.

»James und ich kamen gerade aus der Mittagspause zurück zur Wache«, berichtete Calvin, »als der Mann und seine Frau im Begriff waren zu gehen. Offenbar sagte die Frau etwas, das dem Kerl nicht passte. Sie fingen an, einander anzuschreien, und der Typ holte Schwung und schlug die Frau so heftig, dass sie rücklings auf dem Bürgersteig landete. Daraufhin rannte das kleine Mädchen zu dem Typen und schlug auf ihn ein. Bevor ich auch nur zwei Schritte getan hatte, war James bereits bei ihm und prügelte mit den Fäusten auf ihn ein.«

Ich versuchte, es mir vorzustellen, doch es gelang mir nicht. James war nicht der Typ, der jemanden verprügelte, egal, was derjenige getan hatte. Ich war kurz davor, Calvin die Geschichte von dem zehnjährigen James und den Jungen zu erzählen, die ihn »Frankenstein« gerufen hatten, um ihm klarzumachen, dass er sich täuschen musste.

»Ich habe James nur mit einem Kollegen zusammen von diesem Arschloch herunterbekommen«, berichtete Calvin weiter. »Entschuldige meine Ausdrucksweise.«

Darum war James also zu Hause. Mein ruhiger, friedliebender Ehemann hatte einen Kerl verprügelt. »Wie schwer wurde der Mann verletzt?«, fragte ich.

»Nicht schlimm. Seine Lippe war geschwollen. Morgen wird er ein blaues Auge haben und ein paar Schmerzen. Aber das geht schon. Alle auf der Wache haben sich mehr Sorgen um James gemacht als um diesen Loser. Mit so etwas rechnet man nicht bei James, weißt du? Einige von den anderen Jungs hier sind Hitzköpfe und geraten regelmäßig in Raufereien. Aber ich arbeite jetzt seit vierzig Jahren mit James zusammen, und der Mann, den ich heute gesehen habe, war mir völlig fremd.«

»Ich weiß, was du meinst«, sagte ich. »Bekommt James deshalb Schwierigkeiten?«

»Ich glaube nicht. Der Typ, den James verprügelt hat, wird kein Aufsehen darum machen. Der ist zwar dumm, aber so dumm dann doch nicht. Der weiß, dass wir ihn wieder mitnehmen, wenn er das nächste Mal betrunken ist und auf jemanden einschlägt. Der will nicht, dass wir gleich von vorneherein sauer auf ihn sind. Ich glaube, James braucht sich keine Sorgen zu machen.«

Calvin erzählte mir, dass James nach der Auseinandersetzung in die Wache gegangen sei und sich eine Woche freigenommen habe. Dann sprach er noch eine Weile darüber, wie sehr sich alle bei der Arbeit um James sorgten und wünschte mir alles Gute.

Ich dankte ihm für seinen Anruf und ging hinaus zu meinem Ehemann.

Als ich von der Küche in die Garage trat, starrte James auf den Motor seines Wagens. Er hatte die Haube geöffnet, aber er schien völlig verwirrt von dem zu sein, was er vor sich sah. Seine ratlose Miene wirkte, als habe er gerade entdeckt, dass sein Auto von einer Horde Hamster in Laufrädern angetrieben wurde. »Diese modernen Motoren sehen gar nicht mehr aus wie Motoren«, bemerkte er. »Das könnte genauso gut ein Raketenschiff sein.«

»Calvin hat gerade angerufen und mir erzählt, was passiert ist.«

James schloss die Motorhaube. Er drehte sich um, setzte sich auf der Beifahrerseite auf die Haube und stützte sich mit dem Fuß auf der Stoßstange ab. Er wirkte erschöpft, sank in sich zusammen und ließ das Kinn auf die Brust sinken.

»Ich wollte ihn nicht schlagen. Ich habe gesehen, wie er sie geschlagen hat und dachte, ich versuche ihn runterzubringen. Aber das kleine Mädchen hing an ihm, und die Frau lag auf dem Boden, und der Typ schrie beide an, sie sollten die Klappe halten. Ich weiß noch, wie ich ihn das erste Mal geschlagen habe und dann, wie mich Calvin von ihm heruntergezogen hat. Dazwischen ist es, als wäre das jemand anderes gewesen.«

James hob die Hand und rieb über seine Narbe. »Ich habe diesen Mann vor den Augen seiner Frau und seiner Tochter verprügelt. Als Calvin mich gestoppt hat, hat die Frau des Typen geschrien und der Mann, den ich geschlagen habe, geweint. Ihre Tochter hielt sich die Ohren zu, weil sie es nicht hören wollte. Odette, meinetwegen hat dieses Mädchen etwas Schreckliches erlebt, das es sein Leben lang nicht mehr vergessen wird. Und glaub mir, das Kind hat schon genug schreckliche Erinnerungen, ohne meine Hilfe.«

Er massierte mit der linken Hand die Knöchel der rechten. »Warum musste der alte Mann zurückkommen?«, fragte er. »Es ging mir gut, solange ich dachte, er sei tot. Jetzt bin ich einundsechzig und stürze mich in eine Prügelei wie ein hitzköpfiger Junge.

Nach all diesen Jahren sollte man meinen, dass es mir egal ist. Aber man zieht den alten Schorf ab, und die Wunde blutet noch.«

Er sah, dass ich die grobe Linie an seinem Kinn betrachtete, und sagte: »Ich spreche nicht von der alten Narbe. Ich meine alles, dieses ganze Vaterding. Es ist schwer zu erklären, aber wenn dein Vater abhaut, ist es, als würdest du Mitglied in einem Club, in dem du nicht sein willst. Zuerst redest du und jeder andere in dem Club davon, dass dein alter Herr zurückkommt und alles gut wird. Wenn du herausfindest, dass er nicht zurückkommt, wirst du wütend. Du wirst wütend, weil du weißt, dass du betrogen wurdest. Du fragst dich, ob alle anderen vielleicht besser sind als du, weil deren Väter noch da sind.

Ich weiß, das klingt albern. Ich weiß, dass ich mich davon freimachen muss, und ich war mir ganz sicher, dass ich das schon längst getan hätte. Ich hatte Big Earl, und er war wie ein Vater für mich. Aber Big Earl hatte seine eigenen Kinder. *Wie ein Vater* und ein *echter Vater* sind zwei verschiedene Dinge.

Nun bin ich selbst fast ein alter Mann und kann nachts nicht schlafen, weil ich so sauer bin, als hätte dieser Mistkerl Mama und mich erst gestern verlassen. Ich kann diese Gefühle nicht abstellen, egal, wie sehr ich mich bemühe.

Ich denke darüber nach, was Big Earl mir geraten hätte. Er hat mir immer gesagt: ›Ein guter Mann zeigt immer Größe.‹ Und das versuche ich. Wirklich.«

»Vielleicht solltest du aufhören, das zu versuchen«, sagte

ich. »Tante Marjorie hat immer gesagt, dass man nicht immer gut sein kann. Manchmal müsse man einfach tun, was für den Moment richtig ist und den Mist später aufräumen.«

»Deine Tante Marjorie war verrückt.«

»Stimmt, aber sie hat sich, soweit ich weiß, nie über die Vergangenheit geärgert. Und sie hat bis zu ihrem Tod nachts wie ein Stein geschlafen.«

»Das lag am Mond«, sagte James.

Dem konnte ich nicht widersprechen.

»Das Schlimmste ist, dass du mich ansiehst, als würdest du mich nicht mehr kennen. Ich will mich umdrehen und wieder ich sein, bevor ich dich noch verschrecke, aber das kann ich nicht. Zumindest noch nicht.«

Ich trat vor, bis ich zwischen James' Knien stand und nahm seine Hand, mit der er noch immer über seine Narbe rieb. Ich zog sie fort, dann küsste ich immer wieder sein Gesicht, von seinem Ohrläppchen bis hinunter zu seinem Mundwinkel. Ich legte die Arme um seine dürre Taille und drückte ihn.

»James Henry, hast du vergessen, dass ich in einem Platanenbaum geboren wurde? Keine Macht dieser Erde könnte mich erschrecken und von dir forttreiben.«

James stützte sein Kinn auf meine Stirn und sagte: »Ich verdiene dich nicht.«

»Ich weiß«, erwiderte ich. »Aber ich fand, ich sollte nicht diejenige sein, die das sagt.« Ich umarmte ihn noch fester und drückte meine Wange an sein hartes Brustbein. Dann sprach ich das Thema an, vor dem er mich ein paar Tage zuvor gewarnt hatte.

»Ich habe nachgedacht. Vielleicht können wir zusammen

zu El Walker gehen. Ich glaube wirklich, dass es die Dinge für dich leichter macht, wenn du die Sache mit ihm austrägst.«

»Nein«, erwiderte James. Ich spürte, wie sich sein Körper anspannte. Er löste den Griff um meine Schultern und blinzelte wieder die Garagenwände an.

Ich klopfte ihm auf den Rücken und sagte: »Kommst du mit rein und hilfst mir, das Abendessen zu machen?«

Er folgte mir zur Küchentür. Als wir ins Haus traten, sagte er: »Ich habe gedacht, ich könnte vielleicht Blumenkästen für die Wohnzimmerfenster bauen, solange ich Zeit habe. Was hältst du davon?«

Ich versuchte, mich an den Namen des netten Handwerkers zu erinnern, der letzten Sommer gekommen war, um die Adirondack Chairs zu vollenden, die James zu bauen begonnen und dann nicht vollendet hatte. Derselbe Mann setzte auch vor einigen Jahren unser Gewürzregal zusammen, nachdem James das Projekt frustriert aufgegeben hatte. Vermutlich würde er ebenso bei den Blumenkästen gute Arbeit leisten, sobald James das Interesse an ihnen verlor.

»Blumenkästen klingen wundervoll«, sagte ich.

21

Als das Telefon klingelte, blickte ich als Erstes zu dem Wecker, der auf der anderen Seite des Zimmers auf der Kommode stand. Ich wollte wissen, wie tief ich Luft holen musste, um mich auf den Schock vorzubereiten, der mich mit Sicherheit erwartete. Es war kurz vor drei Uhr morgens, also atmete ich tief ein.

Clarice weinte, als ich abhob. »Richmond«, schluchzte sie, »hatte einen Herzinfarkt. Ich bin in der Notaufnahme der Uniklinik.«

Ich wollte nicht fragen, ob er noch lebte, darum war ich erleichtert, als Clarice sagte: »Sie haben ihn gerade ins Untersuchungszimmer gebracht.«

»Ich komme sofort«, erwiderte ich. Und nachdem ich Barbara Jean und Ray aufgeweckt und erschreckt hatte, machten James und ich uns auf den Weg ins Universitätskrankenhaus.

Wir fanden Clarice in der Notaufnahme. Sie war allein bis auf ein paar äußerst betrunkene Collegestudenten, die sich offenbar bei Prügeleien oder Stürzen verletzt hatten. Nachdem wir uns umarmt hatten, sagte Clarice, sie habe keine neuen Informationen. Bislang konnte oder wollte ihr niemand etwas sagen. Das wiederholte sie, als Barbara Jean und Ray wenige Minuten später eintrafen. Dann berichtete sie uns ausführlich, warum sie den Notruf gewählt und den Rettungswagen gerufen hatte.

Richmond war in Leaning Tree vorbeigekommen, um Clarice zu besuchen.

»Er kam nach dem Abendessen«, berichtete Clarice. »Wir unterhielten uns, und er fing an, stark zu schwitzen. Dann bekam er keine Luft mehr und sagte, er habe Schmerzen in der Brust.« Sie wand sich in ihrem Stuhl. Sie trug einen Frotteemorgenrock, unter dessen Saum die Rüschen eines schwarzen Negligés hervorlugten. Ich bekam eine klarere Vorstellung davon, welche Aktivität zu Richmonds Herzanfall geführt hatte. Ray und James bemerkten das Negligé ebenfalls. Ganz Gentlemen entschuldigten sie sich und sagten, sie würden Kaffee für uns besorgen.

Nachdem die Männer gegangen waren, fasste Clarice Barbara Jeans und meine Hand. »Es ist meine Schuld«, jammerte sie. »Ihr wisst ja von dem Problem, das ich mit Richmond hatte. Nun, heute Abend tauchte er mit einem Stapel alter Bilder von den Kindern, mit Fotoalben und Bastelkram bei mir auf. Er sprach von den wundervollen Erinnerungen, die wir hätten und dass wir die Bilder in die Bücher kleben sollten, um sie den Kindern zu schenken, wenn wir sie in Chicago treffen. Ich habe den Mann um elf Uhr abends angerufen und gefragt, ob er vorbeikommen will, und er taucht auf und will basteln. Fast hätte ich ihm die Bastelschere, die er in der Hand hielt, in die Stirn gerammt.

Dann bemerkte ich, dass er eine kleine Schmuckschachtel in der Hosentasche hatte und bekam Panik. Ehe er noch ein Wort sagen konnte, lief ich die Treppe hinauf und zog mir das hier an.« Sie hob den Saum des Morgenrocks, um Barbara Jean und mir noch mehr von dem schwarzen Negligé zu zeigen. »Dann habe ich mich auf ihn gestürzt. Eine Stunde später lag er auf dem Schlafzimmerboden und fasste sich an die Brust.« Sie richtete ihren Morgenmantel, um das Negligé zu verbergen. »Wenn er stirbt, werde ich mir das nie verzeihen.«

Der legendäre Schürzenjäger Richmond Baker hatte sich womöglich zu Tode gevögelt. Jeder, der ihn kannte, hatte seit seinem dreizehnten Lebensjahr vorausgesehen, dass er so aus der Welt scheiden würde. Doch keiner von uns hätte gedacht, dass seine eigene Frau dafür verantwortlich sein würde.

Ich hätte Clarice gern gesagt, dass meine Fähigkeit, Geister zu sehen, Anlass zur Hoffnung gab. Ich hatte häufig beobachtet, dass Mrs. Roosevelt in der Nähe herumlungerte, wenn jemand im Sterben lag. Es war ein gutes Zeichen für Richmond, dass sie es nicht für angebracht hielt, heute Morgen hier aufzutauchen. Doch seit meiner Nahtoderfahrung vor fünf Jahren hatte ich mit den Supremes nicht mehr über meine Gespräche mit der Geisterwelt geredet, und dies schien mir nicht der geeignete Moment, um damit anzufangen.

Barbara Jean, die stets Trost in gutgearbeiteter Kleidung fand, sagte: »Das ist ein hübsches Negligé.«

Clarice fand jedoch keinen Trost darin, dass es ihr gefiel, insbesondere nicht, da sie darin eine potenzielle Mordwaffe sah. Wieder brach sie in Tränen aus, während wir gutgemeinte, sinnlose Phrasen murmelten. »Keine Neuigkeiten sind gute Neuigkeiten.« »Es liegt in Gottes Hand.«

Clarice lehnte sich auf dem heruntergekommenen Plastikstuhl zurück. »Ich habe Richmond geliebt, seit ich ein kleines Mädchen war. Selbst, als ich ihn gehasst habe, habe ich ihn geliebt. Ich will nicht, dass er in dem Glauben stirbt, ich würde ihn nicht mehr lieben, nur weil ich nicht mehr mit ihm zusammenleben will.«

Ray und James kehrten mit Bechern voll starkem, bitterem Kaffee für alle zurück. Sie sahen, dass Clarice weinte und begannen sofort, ebenfalls tröstend auf sie einzureden.

Wir blieben nicht lange in der Notaufnahme. Selbst in aller Herrgottsfrühe wurden wir aufgrund von Barbara Jeans Gegenwart bevorzugt behandelt; das Krankenhaus hatte ihren großzügigen Spenden einiges zu verdanken. Ein korpulenter Mann in einem gutgeschnittenen schwarzen Anzug eilte auf uns zu. Voller Mitgefühl in den verschlafenen Augen führte er uns in ein luxuriös eingerichtetes Zimmer, fort von dem harten Neonlicht und den betrunkenen Studenten.

Wir hatten uns gerade auf den Brokatmöbeln des warm beleuchteten, privaten Wartebereichs niedergelassen, als ein Arzt in grüner OP-Kleidung durch die Tür trat. Ich versuchte, anhand seiner Miene zu ermitteln, wie ernst das war, was er uns mitzuteilen hatte, doch sein Gesicht war undurchdringlich.

Er ging auf Clarice zu und sagte: »Mrs. Baker, könnte ich Sie wohl einen Moment unter vier Augen sprechen?«

Clarice reagierte, als hätte sie eine Ohrfeige bekommen. Sie zitterte und fasste wieder Barbara Jeans und meine Hand. »Nein, es ist mir lieber, wenn meine Freunde bei mir sind«, antwortete sie.

»Ich glaube, es wäre wirklich besser, wenn wir unter vier Augen sprechen«, beharrte der Arzt.

Clarice schrie fast, als sie erwiderte: »Doktor, ich habe keine Geheimnisse vor meinen Freunden. Bitte sagen Sie mir einfach, wie es Richmond geht.«

Ganz offensichtlich widerstrebte es dem Arzt, Clarice auf den neuesten Stand zu bringen, wenn wir alle dabei waren. Doch schließlich siegten Clarices Beharrlichkeit und die Gegenwart von Barbara Jean.

»Mr. Baker hatte keinen Herzinfarkt. Was uns Sorge macht, sind die Medikamente, die er eingenommen hat. Er muss unbedingt damit aufhören. Diese Tabletten können ziemlich gefährlich sein.«

In einem Ton, den sie sich von ihrer autoritären Mutter geliehen hatte, verkündete Clarice: »Sie irren sich. Richmond hat noch nie in seinem Leben Drogen genommen.«

»Ich spreche nicht von etwas Illegalem«, erklärte der Arzt. »Doch, was er genommen hat, kann trotzdem gefährliche Nebenwirkungen haben, vor allem zusammen mit Mr. Bakers Diabetes-Medikamenten.« Er griff in seine Hosentasche, holte eine kleine bernsteinfarbene Glasflasche heraus und reichte sie Clarice. »Die gehört Mr Baker. Er hat mir erzählt, dass er seit Wochen das Doppelte der empfohlenen Dosis eingenommen hat.«

Clarice hielt das Fläschchen auf Armeslänge von sich und konnte dennoch die Buchstaben darauf nicht entziffern.

Barbara Jean fischte eine Lesebrille aus ihrer Handtasche und reichte sie Clarice, die daraufhin laut vorlas.

»Nu-Man. Extrastarkes Potenzmittel. Das natürliche Mittel gegen Erektions …« Ihre Stimme verhallte, als sie allmählich begriff.

Plötzlich wurde der Arzt äußerst mitteilsam. In sachlichem Ton erklärte er: »Aufgrund der Häufigkeit und der Intensität der Aktivitäten, die er mir beschrieben hat, ist es nicht überraschend, dass ein Mann im Alter von Mr. Baker Schwierigkeiten hat, diese Leistungsanforderungen zu erfüllen. Aber die Tabletten sind keine Lösung. Wie Sie heute Abend gesehen haben, können sie Nebenwirkungen haben, die einem Herzinfarkt ähneln.

Wir haben hier Fachleute, die auf die Beratung von Paaren mit Sexualproblemen spezialisiert sind. Vielleicht können wir Sie und Mr. Baker an einen von ihnen verweisen.«

Arme Clarice. Sie hatte sich in den letzten fünf oder sechs Jahren stark verändert. Doch darunter war sie noch immer dasselbe brave Baptistenmädchen, mit dem ich mich im Kindergarten angefreundet hatte. Zu hören, wie ein Fremder vor uns allen erklärte, dass ihr Ehemann aufgrund ihres unersättlichen Sexhungers in einem Rettungswagen gelandet war, überforderte sie. Während wir anderen uns bemühten, nicht zu lachen und ihre Scham noch zu vergrößern, sackte sie in ihrem Morgenrock und ihrem sexy Negligé zusammen und sah aus, als wollte sie sich unter dem Sofa verkriechen.

»Mr. Baker geht es bereits deutlich besser«, fuhr der Arzt fort. »Wenn er aufhört, diese Tabletten zu nehmen, geht es ihm gut. Wahrscheinlich sollte er ein paar Tage Anstrengungen vermeiden.«

Clarice unterbrach den Arzt, bevor er die Anstrengungen, die Richmond meiden sollte, im Detail aufzählen konnte. »Kann ich zu ihm?«, fragte sie.

»Natürlich. Er wird in wenigen Minuten entlassen, aber Sie können gern mitkommen und bei ihm warten.«

Clarice bedankte sich bei dem Arzt, dann folgte sie ihm aus dem privaten Wartebereich und den Flur hinunter, der zu den Untersuchungszimmern führte.

Barbara Jean, Ray, James und ich waren so erleichtert, dass es Richmond gut ging, dass wir weder lachten noch böse Witze machten, nach der die Situation geradezu schrie. Das war nicht leicht. Wie Mama zu sagen pflegte: »Wenn Shit lustig ist, ist er einfach lustig.« Und das war der lustigste Shit, den ich seit Langem gehört hatte. Doch wir kamen stillschweigend überein, Richmonds Heilung zu feiern, indem wir uns den Spott aufbewahrten, bis wir ihn direkt damit aufziehen konnten.

Später erzählte mir Clarice, dass Richmonds Antrag erfolgte, als sie das Untersuchungszimmer betrat. Er hatte sich gerade fertig angezogen und kniete, um sich den Schuh zuzubinden. Als er sich nicht erhob, dachte sie, dass es ihm vielleicht wieder nicht gut ginge. Doch, nachdem sie zu ihm stürzte, sah sie, dass er die kleine, dunkelviolette Samtschachtel in der Hand hielt. Darin befand sich ein Ring mit einem Diamanten, der genauso geschnitten war wie der Verlobungsring, den er ihr 1970 geschenkt hatte, nur dass der Stein viermal so groß war. Als er sie bat, ihn noch einmal zu heiraten und wieder nach Hause zu kommen, konnte sie nur daran denken, wie es ihr gegangen war, als sie glaubte, er würde sterben. Und da konnte sie sich einfach nicht überwinden, Nein zu sagen.

22

Seit der Wiedereröffnung des Simon Theaters war Audreys Fangemeinde stetig gewachsen. Sie erhielt ausreichend Trinkgeld, sodass sie nur einen halben Monat mit der Miete im Rückstand war. Als sie vorhin zu Fuß zur Arbeit gegangen war, wurde ihr schlagartig bewusst, dass sie in wenigen Wochen wahrscheinlich von bettelarm zu völlig pleite aufgestiegen war. Diese Erkenntnis lenkte sie von der Angst ab, die sie empfand, seit Odette angerufen hatte, um ihr zu sagen, dass Audrey bald Waise sein würde. Audreys Gedanken waren zurück nach Plainview gewandert, doch die Erinnerungen, die ihr heute Abend auf der Bühne in den Sinn kamen, waren überwiegend fröhlicher Natur.

Sie beugte sich zu ihrem Mikrofon vor und sagte: »Nach meiner Mutter war meine Freundin Odette der erste Mensch, dem ich anvertraute, wie gern ich Frauenkleider anzog. Ich brauchte eine Weile, bis ich den Mut aufbrachte, es ihr zu erzählen. Da waren wir schon gute Freunde, und ich wusste, dass sie einen schwulen Sohn hatte. Doch man wundert sich manchmal, womit die Leute überhaupt kein Problem haben und worüber sie ausrasten.«

Zur Belustigung des Publikums begann sie, den Discoklassiker *Le Freak* zu spielen.

»Als ich es ihr erzählte, saßen wir in Odettes Küche, und ich zitterte so stark, dass ich die Worte kaum herausbrachte. Sie führte mich zum Kaminsims im Wohnzimmer und zeigte mir ein gerahmtes Bild von einem muskulösen Mann mit rasiertem Schädel, der eine Trophäe in der Hand hielt. ›Das ist meine Tante Marjorie‹, sagte Odette, ›nachdem sie vor fünfunddreißig Jahren auf dem Jahrmarkt den Wettbewerb im Armdrücken gewonnen hatte. Wenn du glaubst, es würde mich schockieren, wenn jemand nicht Junge noch Mädchen ist, täuschst du dich.‹

Odettes Tante habe ich nie kennengelernt, sodass es nur einen in Plainview gab, von dem ich wusste, dass er war wie ich – der Bluthund meiner Großeltern.«

Sie spielte zwei Phrasen von *Hound Dog*, worüber ihr Publikum lachte. Ein paar betrunkene Gäste johlten.

»Die Leute glauben mir nicht, wenn ich ihnen das erzähle, aber es stimmt. Dieser Bluthund hat mich inspiriert. Ich war ein mädchenhaftes Kind, aber auf die Idee, mir Mädchenkleider anzuziehen, kam ich erst, als der Hund es tat.

Daddy meinte, meine Großeltern bräuchten Gesellschaft und Schutz, nachdem ihr Vorstehhund an Altersschwäche gestorben war. Er besorgte ihnen einen Bluthund, und meine Großeltern nannten ihn Pal.

Pal war ein natürlicher Wachhund, aber er hätte kein schlechterer Gesellschafter sein können. Als Daddy ihn kaufte, war er noch kein Jahr alt, aber schon höllisch gefährlich. Sogar Oma und Opa passten auf, dass sie ihn nicht verärgerten, aus Angst, einige Finger zu verlieren.

Pal war ein übellauniger Mistkerl. Doch wenn er einmal damit fertig war, jeden anzubellen und die Zähne zu fletschen, war er der beste Jagdhund im ganzen Staat. Opa und Daddy gingen jedes Wochenende auf die Jagd, und immer nahmen sie Pal mit.«

Sie klimperte *A Hunting We Will Go.*

»Nach Omas Tod wurde Pal noch bösartiger. Es wurde so schlimm, dass Opa die Schüssel mit Pals Futter über den Küchenboden schob und sofort zurücksprang, um nicht in die Nähe von Pals Zähnen zu geraten.

Dann hatte Opa einen Geistesblitz. Er erinnerte sich daran, wie Omas Laune gestiegen war, wenn sie etwas anzog, worin sie sich hübsch fühlte. Also ging er hinauf zu Omas Kleiderschrank und nahm ihren besten Hut heraus, einen Pillbox aus rotem Satin, für den ich jetzt töten würde. Er setzte Pal den Hut auf den Kopf, und es vollzog sich eine Veränderung wie Tag und Nacht. Das Knurren hörte sofort auf, und Pal kuschelte und ließ sich den Bauch kraulen.

Zuerst dachte Opa, Pal würde ganz allgemein auf Kopfbedeckungen stehen und setzte ihm eine von seinen Baseballkappen auf. Doch der Hund fletschte die Zähne und knurrte Opa an, bis er wieder den Pillbox holte. Von jenem Tag an setzte Opa dem tuntigen Hund die hübschesten Hüte aus Omas Kleiderschrank auf. Nach einer Weile fügte er Schals und Bänder als Farbtupfer hinzu. Es stellte sich heraus, dass Opa ein Händchen für Mode besaß.«

Das Publikum lachte, und Audrey spielte *Who Let the Dogs out?*

»Die Schwierigkeiten begannen, als die Jagdsaison wieder vor der Tür stand. Wie üblich gingen Daddy und ich früh am Samstagmorgen zu Opas Haus. Daddy drehte fast durch, als er den vorher so gefährlichen Hund zusammengerollt neben Opa auf dem Sofa liegen sah. Er hatte lavendelfarben lackierte Krallen und ein Diadem von der kleinen Meerjungfrau auf dem Kopf, das Opa Pal zum Geburtstag gekauft hatte.

Opa warnte ihn, doch Daddy zog dem Hund die Tiara

vom Kopf. Im nächsten Moment lag mein Vater auf dem Boden, und seine Hand steckte in Pals Maul. Daddy schlug ein oder zwei Mal auf den Kopf des Hundes ein. Doch jedes Mal, wenn Daddy ihn schlug, biss Pal nur noch fester zu.

Mein Vater schrie, ich solle zum Truck gehen und sein Gewehr holen, doch Opa befahl mir, mich nicht vom Fleck zu rühren. Zu Daddy sagte er: ›Sobald du die Tiara loslässt und ihm sagst, dass es dir leid tut, gibt er deine Hand frei.‹

Daddy setzte Pal den Schmuck wieder auf den Kopf und versuchte, seine Hand zurückzuziehen, doch der Hund ließ noch immer nicht los. ›Entschuldigen, Wayne‹, mahnte Opa.

Und kaum hatte Daddy sich entschuldigt, ließ der Hund los und legte sich wieder aufs Sofa, als wäre nichts gewesen.

Mein Vater hatte ein paar Kratzer an der Hand, aber er blutete nicht. Er ging ins Bad, um sie zu desinfizieren. Als er zurück ins Wohnzimmer kam und aussah, als wollte er noch immer mit dem Gewehr auf Pal schießen, hatte Opa die Tiara so gerichtet, wie Pal es mochte, und die zwei waren so glücklich, wie man es nur sein konnte.

Toller Jagdhund hin oder her, Daddy wollte nicht mit einem Bluthund in diesem Aufzug gesehen werden. Ich habe euch ja schon von meinem Vater erzählt, darum wisst ihr, dass er nicht gerade tolerant war und die Leute sein ließ, wie sie wollten, wenn das nicht seinen Vorstellungen entsprach. Doch meinem Opa war völlig egal, was mein Vater dachte. Er ging allein mit Pal auf die Jagd, und Pal verhielt sich weiterhin wie der liebste Hund der Welt, solange er so gekleidet war, wie es ihm gefiel.

Ich war ungefähr zehn, als Pal begann, sich zu verkleiden, und mir schien das vollkommen überzeugend. Ich konnte mir nichts Schöneres vorstellen, als mir die Nägel zu lackieren und mir einen niedlichen Hut aufzusetzen, bevor ich zur Schule ging. Und das tat ich auch. Die Schule und Daddy machten meinen frühen Experimenten allerdings schnell ein Ende. Ich musste mich heimlich verkleiden. Aber wisst ihr, was? Pal hatte recht. Jeder Tag fühlt sich ein bisschen besser an, wenn man sich mittags hübscher fühlt als beim Frühstück.«

Audrey hatte gerade *How Much Is that Doggie in the Window?* zu singen begonnen, als jemand von einem der hinteren Tische rief: »Was ist aus Pal geworden?«

Weil es Audreys Naturell entsprach, die Wahrheit zu sagen, hätte sie fast erzählt, wie Terry sich in den sechs Monaten, die zwischen dem Tod seines Großvaters und dem seiner Mutter lagen, mit Pal das Schlafzimmer geteilt hatte. Fast hätte sie berichtet, wie Pal, genau wie Terry, ohne den Schutz von Terrys Mutter nicht lange unter dem Dach der Robinsons bleiben durfte. Eines Nachmittags, genau eine Woche nach der Beerdigung seiner Mutter, war Terry nach Hause gekommen und stellte fest, dass Pal fort war. Der Ausdruck auf dem Gesicht seines Vaters verriet Terry, dass er besser nicht nach einer Erklärung fragen sollte.

Diese Geschichte war jedoch zu ernst für heute Abend. Wenn Audrey ihr Set begann, wollte sie, dass alle lächelten. Darum sagte sie: »Pal war mein Verkleidungspartner, bis er in den Hundehimmel gerufen wurde.« Sie hob die Hand und setzte sich das schwarze, paillettenbesetzte Barett in kecker Weise etwas schräg auf den Kopf. »Das ist einer von seinen Hüten.«

Zu Ehren von Pal sang Audrey *I Feel Pretty.*

23

Auf der ganzen Fahrt vom Krankenhaus zu seiner vorübergehenden Bleibe in einem hellgrünen Schindelhaus in der Nähe des *Pinken Pantoffel* streichelte El das butterweiche Lederpolster von Barbara Jeans Mercedes. Es war der luxuriöseste Wagen, in dem er je gesessen hatte und der nicht einem Leichenwagen folgte. Forrest hatte El das Haus für seine Genesung zur Verfügung gestellt, ein weiterer Beweis seiner Großzügigkeit, die seiner Seelenrettung zuzuschreiben war. Wie El im Haus feststellte, hatte Forrest außerdem eine Flasche hervorragenden Whiskey in den Küchenschrank gestellt.

Nachdem Barbara Jean und Forrest so gut zu ihm gewesen waren, hatte El ein schlechtes Gewissen wegen seines Vorhabens. Nicht so schlimm, dass er deshalb seine Meinung änderte, aber schlimm genug, dass er hoffte, keiner von beiden würde ihn finden.

Als er nach seiner ersten Operation im Universitätskrankenhaus aufgewacht war, hatte er sich vorgenommen, sich zu erschießen. Dann fiel ihm wieder ein, dass die Waffe, die er fünfzig Jahre zu seinem Schutz aufbewahrt hatte, wie fast alles andere, das ihm einmal gehört hatte, von Hurrikan Katrina hinweggefegt worden war. Später dachte er an Gas. Doch er besaß kein Auto, das er in einer geschlossenen Garage im Leerlauf hätte laufen lassen können. Außerdem hatte er auch keine Garage. Von einem gesprächigen und ebenso depressiven Mitpatienten erfuhr er, dass moderne Öfen sich nicht eigneten, um sich zu vergasen. Sie flogen höchstwahrscheinlich in die Luft, bevor sie einen umbrachten. Vielleicht könnte er irgendeinen Narren überreden, einem niedergeschlagenen Mann, der frisch aus dem Krankenhaus kam, ihm eine Pistole zu verkaufen oder zu leihen, oder er könnte es schaffen, die Küche mit Gas zu füllen. Doch er war nicht niedergeschlagen genug, um Forrest seine Großzügigkeit zu vergelten, indem er ihm ein blutiges Chaos hinterließ oder das Dach seines Hauses in die Luft jagte.

Tabletten waren die Lösung. In der Zeit nach der OP hatte El die Zähne zusammengebissen und die Hälfte der Schmerztabletten, die Darlene Lloyd ihm jeden Nachmittag brachte, gehortet. Das war leicht gewesen, und es hatte ihn mit Aufregung und Sehnsucht erfüllt. Es war Jahre her, seit er das letzte Mal high gewesen war, aber diese Pillen zu horten war genau das, was ein Junkie, der Zugang zu Opiaten hatte, tun sollte.

El war sich einigermaßen sicher, dass er genug der wertvollen weißen Tabletten gehamstert hatte, um die Sache durchzuziehen, vor allem wenn er sie mit dem Whiskey hinunterspülte, den Forrest ihm dagelassen hatte. Wenn die Tabletten und der Alkohol nicht genügten, hatte er eine Plastiktüte, die er sich über den Kopf ziehen konnte, damit es sicher klappte – noch ein Tipp von jenem niedergeschlagenen Patienten, den er im Krankenhaus kennengelernt hatte.

El saß an dem abgenutzten Resopaltisch und machte eine Bestandsaufnahme der Dinge vor ihm. Die Whiskeyflasche – geöffnet, aber noch voll. Ein Haufen Tabletten rechts neben der Flasche, ein Plastikmüllsack. Die gefleckte Gitarre im Schoß. Es würde sich gut anfühlen, so lange zu spielen, wie er konnte. Er befestigte den Gurt an der Gitarre und legte ihn über seine Schulter, damit Ruthie am Ende nicht auf den Boden fiel.

El nahm die Whiskeyflasche, legte den Kopf in den Nacken und nahm einen kräftigen Schluck. Nicht nötig, ein Glas schmutzig zu machen. Er füllte sich den Mund mit Whiskey, bis sich seine Wangen blähten. Dann ergriff er eine Handvoll Tabletten.

Und in dem Moment sah er ihn. Es war nur ein flüchtiger Eindruck in der Ecke des einen Küchenfensters. Zuerst dachte er, dass sein Verstand ihm einen Streich spiele. Doch nachdem er aus dem einen Fenster verschwunden war, tauchte er kurz in dem anderen wieder auf. Els Blick wanderte von einem Fenster zum anderen, während er darauf wartete, ihn noch einmal zu entdecken. Sein Herz schlug einen schnellen Trommelwirbel. Dann tauchte er an der Tür auf, die von der Küche in den Garten führte. El schluckte den Alkohol hinunter. Er atmete keuchend ein und saß still, er war starr vor Schreck.

Raja, der Leopard seines Vaters, streifte über die hintere Veranda und versuchte, ins Haus zu gelangen.

El beobachtete, wie Raja sich den Glasscheiben der Küchentür näherte. Der Knauf drehte sich, und die Tür knarrte. El schluckte dicken Schleim hinunter, ihm stockte der Atem, als die Tür aufschwang und der Leopard das Haus betrat.

Raja schlich über den Küchenboden auf ihn zu. Kurz vor seiner Beute machte das Tier halt. El beobachtete, wie Raja sich von einem Leoparden in seine gefleckte Gitarre verwandelte und dann in eine Frau in einer Leopardenjacke.

Die Leopardenfrau sagte: »Ich bin Odette. Die Frau von James. Wir müssen uns unterhalten.«

Odette setzte sich El gegenüber auf die andere Seite des Tisches. Sie hatte vorgehabt, ihm als Erstes zu sagen, was sie von ihm hielt, ihm seine Vergehen vorzuhalten. Doch jetzt, wo sie sich gegenübersaßen, zögerte sie. Es war das erste Mal, dass sie ihn von Nahem sah, und sie bemerkte unwillkürlich Ähnlichkeiten mit James. Mit Sicherheit hatte James seine Größe von El geerbt. Miss Ruth war gerade einmal einen Meter und sechzig groß gewesen, genau wie Odette. Wie bei James wirkten auch Els lange Gliedmaßen, als würde er sich ausstrecken, wo immer er saß. Von seiner Mutter hatte James allerdings die Augenfarbe geerbt, Bernstein mit Silber, die Form der Augen und Brauen stammte wiederum von El.

Odette unterbrach ihre Betrachtungen, ehe sie zu viel von James in El sah. Wut hatte sie zu diesem Haus getrieben und die Pflicht, wieder Ordnung in James' Leben zu bringen. Mitgefühl konnte ihre Mission gefährden.

Als Odette heute Morgen mit Barbara Jean gesprochen und erfahren hatte, dass El aus dem Krankenhaus entlassen worden war, sah sie den Weg für James und für sich selbst klar vor sich. Von Barbara Jean wusste Odette, wo El wohnte. Sie war sofort in ihr Auto gesprungen. Zunächst wollte sie El sagen, dass es an der Zeit sei, sich bei James zu entschuldigen. Dann wollte sie ihm erklären, dass er James einige Wahrheiten schuldete. Wenn El Barbara Jean Bilder zeigen und ihre Mutter mit Geschichten von lange Verstorbenen wieder lebendig werden lassen konnte, konnte er auch James erzählen, was ihn dazu getrieben hatte, James' Leben mit einem Messerschnitt für immer zu verändern. Sie würde dafür sorgen, dass El James erklärte, wie er ihn und Miss Ruth arm und hungernd zurücklassen konnte, während er selbst weiß der Teufel was getrieben hatte.

Sie hatte sogar einen Zeitplan ausgearbeitet. El sollte James Sonntagabend in ihrem Haus besuchen. Nach einem guten Gespräch und einem ausgiebigen, entspannten Essen mit ihren Freunden im *Earl's* wäre James eher gewillt, ihr zu vergeben, dass sie sich entgegen seiner Anweisung in seine Angelegenheiten eingemischt hatte. Zumindest hoffte sie das.

Einerseits hatte sie sich gesagt, sie sollte sich aus der Sache heraushalten und James allein mit seinen Gefühlen klarkommen lassen. Doch James schlief kaum noch und wenn, dann sprach er laut mit seiner lange verstorbenen Mutter. Tagsüber war ihr normalerweise stiller James fast stumm. Und er hatte einen Mann verprügelt. Die Stimme in ihrem Kopf, die ihr riet, sich zurückzuhalten, wurde von Tante Marjorie übertönt, die bellte: »Tu, was jetzt in diesem Moment richtig ist und kümmere dich später um das Chaos.«

Als Odette an dem grünen Haus angekommen war, hatte sie an die Haustür geklopft. Niemand öffnete. Da sie wusste, dass El sich mit einer Fußprothese und einer Gehhilfe fortbewegte, wartete sie eine Weile, ehe sie noch einmal klopfte. Als sie auf ihr drittes Klopfen keine Antwort erhielt, forschte sie nach.

Sie spähte zuerst durchs Wohnzimmerfenster. Durch die Scheibe sah sie einen fröhlichen Strauß rosafarbener und gelber Rosen, der irgendwie deplatziert auf dem heruntergekommenen Couchtisch in der Mitte des Raumes wirkte. Sie nahm an, dass die Blumen eine Aufmerksamkeit von Barbara Jean waren. Als sie El dort nicht entdeckte, ging sie weiter zum nächsten Fenster. Auf Zehenspitzen spähte sie in ein leeres Esszimmer. Dann ging sie um das Haus herum nach hinten.

Odette sah El durch das erste der beiden Küchenfenster auf der westlichen Hausseite. Er saß unnatürlich still an einem kleinen Tisch. Seine Gehhilfe stand direkt hinter seinem Stuhl, die Gitarre lag in seinem Schoß. *Tot?*

Sie ging zum nächsten Fenster, um besser sehen zu können und stellte fest, dass Els grüne Augen offen waren. Er wandte das Gesicht zum Fenster, durch das sie ihn zuerst gesehen hatte. Vielleicht folgte er ihr mit dem Blick. Sie war sich nicht sicher. Sie ging zur Rückseite des Hauses und stieg zwei verwitterte Holzstufen hinauf, die zur Hintertür führten.

Durch die Scheibe der Tür sah sie El nur ein Stück von sich entfernt. Sie klopfte, aber erst, nachdem sie den Knauf gedreht und die Tür aufgeschoben hatte, blickte er in ihre Richtung. Langsam ging sie über den knarrenden Boden auf ihn zu, während er sie mit großen Augen angaffte, als wäre sie alles andere, nur kein Mensch.

Sie zog einen leeren Stuhl unter dem Tisch hervor, setzte sich und stellte sich vor. »Ich bin Odette. Die Frau von James. Wir müssen uns unterhalten.«

El rückte die Gitarre in seinem Schoß zurecht, dann hob er die Whiskeyflasche an die Lippen und nahm einen Schluck. »Sie waren ein Leopard. Dann waren Sie meine Gitarre.«

Zum ersten und nicht zum letzten Mal an diesem Tag überlegte Odette, ob sie die Sanitäter rufen sollte. Nach all der Zeit, die sie wegen ihrer eigenen gesundheitlichen Probleme in der Uniklinik verbracht hatte, hatte sie genug von dem Laden. Und es war gerade einen Tag her, dass sie zu Clarice in die Notaufnahme geeilt war wegen – wie sich herausstellte – dem letzten Kapitel in der langen leidvollen Geschichte um Richmonds Genitalien. Sie war erleichtert, als El sie genauer ansah und sagte: »Ihre Jacke. Meine Gitarre sieht aus wie Ihre Jacke.«

Odette trug die Leopardenjacke, die Clarice ihr vor Jahren geschenkt hatte. Sie blickte von ihrem Ärmel zu der Gitarre, die an Els Bauch lehnte. »Die sehen sich wohl ähnlich.«

In diesem Moment bemerkte Odette die Dinge, die auf dem Tisch aufgebaut waren – die Tabletten, den Whiskey, die Plastiktüte. Dieser egoistische Kerl wollte auschecken und James mit seinen Fragen und der Wut zurücklassen. Der Funken Sympathie, der aufgeblitzt war, als sie die körperlichen Gemeinsamkeiten zwischen El und James entdeckt hatte, erlosch.

»Ihre Pläne für diesen Nachmittag haben sich gerade geändert. Sie werden sich heute nicht umbringen.«

»Das hatte ich nicht vor«, platzte El heraus.

Odette hob die Hand, um ihn zum Schweigen zu bringen. »Ich werde nicht meine Zeit verschwenden, indem ich mich mit Ihnen herumstreite. Sie werden noch nicht sterben. Sie haben erst noch etwas zu erledigen.«

El öffnete die geballte Faust und ließ die Tabletten auf den Tisch fallen. Er starrte auf sie hinunter und sagte: »Ich habe nichts mehr mit Ihnen oder irgendjemandem zu regeln. Wenn Sie mich alleine lassen würden, wäre ich Ihnen dankbar.«

»Ich weiß, das klingt kühl, weil es Ihnen ganz offensichtlich nicht gut geht. Meine eigene Mutter sagt, ich sei eine harte Frau, und vielleicht hat sie recht. Aber die Wahrheit ist, dass der einzige Mann, der mir momentan leid tut, mein Mann ist. James versucht zu begreifen, warum Sie ihm und seiner Mutter das angetan haben. Am Ende wird er derjenige sein, der dafür bezahlt, dass Sie eine anständige Beerdigung bekommen. Das würde er tun, wissen Sie. James würde all seine Wut hinunterschlucken, um dafür zu sorgen, dass Sie einen anständigen Abschied bekommen. Er tut das, weil er, egal was für ein guter Ehemann, Vater und Mensch James ist, er niemals glaubt, dass er gut genug ist. Er muss es immer wieder beweisen. Darum, verstehen Sie, könnte ich mit Ihnen kein Mitleid empfinden, selbst wenn ich es wollte. Ich bin zu wütend darüber, worum Sie meinen Mann gebracht haben und dass Sie bereit waren, diese Erde zu verlassen und ihm noch ein Stück mehr zu nehmen.«

Sie legte die Ellbogen auf den Tisch und rutschte auf ihrem Stuhl ein Stück nach vorn, bis sie ihm so nah war, dass sie den Alkohol in seinem Atem roch. »Niemand nimmt James etwas weg.«

El wich vor ihr zurück.

»Ich wollte ein Treffen zwischen Ihnen und James arrangieren, aber jetzt denke ich, dass ich etwas anderes tun sollte«, sagte Odette.

Je weiter sie sich in Els und James' Konflikt einmischte, desto klarer wurde ihr, dass sie das nicht tun sollte. Doch jetzt war es zu spät. Das Chaos, das sie später beseitigen musste, wuchs, und sie konnte nicht umhin, den Haufen noch zu vergrößern.

Mit dem Zeigefinger schob sie eine der Tabletten auf dem Tisch umher. Dann setzte sie ihren Stuhl zurück. »Sie müssen mitkommen.«

»Hören Sie«, sagte El. »Sie täuschen sich, ich wollte mich nicht umbringen. Ich wollte hier nur ein paar Dinge aufräumen. Wenn James mit mir reden will, ist das okay. Nur lieber an einem anderen Tag.«

Odette hob erneut die Hand. »Zwei Dinge. Erstens: Alles, was ich über Sie weiß, sagt mir, dass es nicht besonders klug ist, Ihrem Wort zu trauen. Zweitens: Hier geht es darum, was James will. Darum, was er braucht, und darum kümmere ich mich jetzt. Packen wir Ihr Zeug zusammen. Sie bleiben bei James und mir, damit ich ein Auge auf Sie haben kann, bis ihr zwei mit eurer Abrechnung halbwegs fertig seid.«

Sie nahm den Müllsack vom Tisch und schob die Schmerztabletten hinein. »Ich verspreche Ihnen, dass Sie sich später noch umbringen können, wenn es sein muss. Ich werde Sie nicht aufhalten.«

»Sie sind mit Marjorie verwandt«, stellte El fest. »Daran besteht kein Zweifel.«

»Ich nehme das als Kompliment«, entgegnete Odette. Dann dachte sie laut nach und sagte: »James ist zum Angeln gefahren. Solange er weg ist, kann ich Sie bei uns unterbringen. Was wir mit Ihnen machen, wenn wir nach Chicago fahren, klären wir später.«

»Chicago?«

»Clarice gibt dort ein Konzert, und James und ich fahren hin. Das ist aber erst in einer Woche. Darum kümmern wir uns, wenn es so weit ist. Jetzt nehmen wir Sie mit.«

Sie bereitete sich auf weitere Widerworte vor. Doch gerade als sie überlegte, ob sie genug von Tante Marjorie hatte, um einen achtzig Jahre alten Mann gegen seinen Willen zu ihrem Auto zu schleppen, zeigte sich El kooperativ. Er begann den langen, mühsamen Prozess, sich vom Stuhl zu erheben. Nachdem er sorgfältig seine Gitarre in dem Koffer verstaut hatte, der an seiner Gehhilfe lehnte, sagte er: »Ich bin so weit. Alles, was ich besitze, ist hier, ein paar Sachen sind noch vorne im Schlafzimmer.«

Als Odette und El durch die Stadt fuhren, presste er die Nase an das Beifahrerfenster und betrachtete das frühsommerliche Grün von Plainview, das draußen vorbeiflog. Zum ersten Mal, seit er nach Indiana zurückgekommen war, hatte El das Gefühl, dass seine Rückkehr einen Sinn hatte. Seit Raja die Hintertreppe hinaufgesprungen und in sein Zimmer geplatzt war, hatten sich die Dinge verändert. Vor sechzig Jahren war El in ein Pfandhaus gegangen, weil er die Musik für immer aufgeben wollte. Stattdessen fand er eine Gitarre mit Leopardenmuster. Jetzt hatte sein Vater ihm Raja in Gestalt von James' kräftiger Frau geschickt, und der Leopard hatte gesagt, dass El noch etwas zu erledigen habe.

Danke, Daddy.

Er würde der neuen Inkarnation von Raja folgen. Er würde die Dinge mit James, so gut es ging, in Ordnung bringen. Er würde den Leoparden nach Chicago begleiten und Lily retten, was er schon vor all den Jahren hätte tun sollen.

24

1953 landete El zum ersten Mal im Gefängnis, da war er seit einem knappen Jahr drogenabhängig. Seine Band spielte in einer Kneipe in Louisville und hatte nach dem ersten Set gerade die Bühne verlassen, als die Polizei den Laden wegen Verstoßes gegen das Alkoholgesetz durchsuchte. Dabei deckten die Cops zufällig einen florierenden Heroinhandel auf. Damals erwarben die Kunden die Droge in Kapseln, die in Aluminiumfolie eingepackt waren. Als die Polizei hereinplatzte, wurden überall in der Kneipe Folien aus den Hosen- und Handtaschen geworfen, bis der Boden aussah, als wäre er mit einem glänzenden Silberteppich ausgelegt. Als El durchsucht wurde, stellte sich heraus, dass er vergessen hatte, eine leere Kapsel wegzuwerfen, die in seiner Hemdtasche steckte. Die anderen Bandmitglieder waren sorgfältiger gewesen als El, sodass er als Einziger inhaftiert wurde, während die anderen wieder gehen durften.

Er hatte nicht genügend Heroin bei sich, um ihn wegen des Drogenbesitzes anzuklagen. Doch das Büro des Bezirksstaatsanwalts behielt ihn so lange wie möglich hinter Gittern und hoffte, ihn weichzukochen, bis er den Namen seines Dealers verriet. Aus dem einen Abend in Kentucky wurden drei Monate fern von zu Hause.

Die Polizei war überzeugt, dass Bubba, der Saxophonist der Band, der Dealer war. Bubba entsprach dem Bild, das die Cops von einem Rauschgifthändler hatten. Er war schwarz.

Er trug bunte Klamotten und verhielt sich geschickt wie ein Krimineller. Bei seiner Ausstrahlung und seiner Größe konnte er durch eine Menge schwerer Jungs schlendern, die Taschen von Bargeld überquellend, ohne die geringste Angst haben zu müssen, dass es jemand wagte, sich ihm zu nähern. Doch Bubba war viel zu sehr damit beschäftigt, seine gefährlichen Frauen zu betrügen, als dass er einen Drogenhandel hätte betreiben können.

Seit der ersten Klasse auf der Highschool hatte Els Pflegebruder Harold die Band und alle anderen, die im *Pinken Pantoffel* Drogen konsumierten, versorgt. Anders als Bubba sah Harold überhaupt nicht so aus. Harold war groß und korpulent und bekam schon mit zwanzig eine Glatze. Sein rundes, rosiges Gesicht glänzte stets von Schweiß, und er wirkte irgendwie ländlich, was er im Bedarfsfall noch verstärken konnte. Der gute alte Harold könnte einen Haufen weißes Pulver auf den Händen offen an einer ganze Reihe Polizisten vorbeitragen, und die Cops würden ihn für einen Bauern halten, der zum Brotbacken nach Hause eilte. Nach der Razzia in Louisville verhörte die Polizei jeden in der Band, aber sowohl dabei als auch während Els Wochen hinter Gittern fragten sie nicht ein Mal nach Harold. Sie interessierten sich für Bubba und wollten von niemandem anders etwas hören.

Selbst wenn die Cops bereit gewesen wären, jemanden anders als Bubba zu verdächtigen, hätte El Harold nicht verraten. Sie waren nicht mehr so eng befreundet wie als Kinder. Aber sie waren Brüder. El konnte ihn nicht verpetzen.

Außerdem war Harold Anfang 1952 zusätzlich zum Manager der Band avanciert. Drogenhändler und Bandmanager in einer Person war damals bei vielen Bands ein gängiges

Modell. Es erleichterte die Dinge. Nur Lily und Bubba übten sich in Enthaltsamkeit, sodass der Großteil der Bandeinnahmen ohnehin für Drogen draufging. So sparten sie den Mittelsmann. Harold entpuppte sich als ziemlich guter Manager. Er hatte einen Sinn für Zahlen, und er besaß mehr Ehrgeiz als irgendeiner der Musiker in der Band. Nachdem er die Zügel in die Hand genommen hatte, brachte er die Band in allen Bluesclubs im mittleren Drittel des Landes unter.

Es war auch Harold, der das Konzert einfädelte, bei dem aus Marcus Henry El Walker wurde. Sie waren nach Chicago gefahren, um in einem kleinen Laden in South Side mit dem Namen Blues Pot zu spielen. Der Club zahlte seinen Künstlern so gut wie nichts, doch man erzählte sich, dass dort regelmäßig die Bosse von Schallplattenfirmen auftauchten. Das mit den Plattenfirmen sollte sich als Gerücht herausstellen, aber das wussten El und die anderen Bandmitglieder damals noch nicht. Drei Nächte lang gaben El, Lily und die anderen Musiker vor dem Publikum ihr Bestes.

Der Blues Pot war einer der netteren Läden in der Gegend. Die Außenmauern waren himmelblau gestrichen. Über dem Eingang hing ein großes weißes Schild in Form einer Gitarre, auf dem eine kräftige Blues-Sängerin im Stil der 1930er-Jahre abgebildet war. Innen gab es eine schöne Eichenbar und eine winzige, aber gut beleuchtete Bühne. Der Sitzbereich war klein, aber bequem. Leider lag der Blues Pot nur wenige Meter von Chicagos berühmter Hochbahn entfernt. Jedes Mal, wenn der »L« vorbeikam, veranstaltete er einen solchen Lärm, dass man nichts hören konnte, bis der Zug vorbei war.

Die Band spielte gerade das erste Stück des Sets, als der »L« draußen vorbeifuhr. Lily kapitulierte und hörte auf zu singen, als das metallische Rattern immer lauter wurde. Doch weil sie kurz vorm Höhepunkt des Songs waren, weigerte sich El, sich von dem Poltern des Zuges übertönen zu lassen. Er spielte weiter und sang so laut gegen den Radau an, dass der donnernde Zug irgendwann nur noch das zweitstärkste Geräusch im Raum war.

Am Ende des Sets kam der Clubbesitzer zu ihm auf die Bühne und schlug El auf den Rücken. »Du hast den ›L‹ übertönt. Das ist hier noch nie passiert.«

Marcus Henry »L Train« zu nennen wurde ein Insiderwitz unter den Bandmitgliedern. Schließlich verkürzten sie es zu »El«. Der Nachname Walker kam einige Jahre später hinzu und verdankte sich einem anderen Bandmanager, der fand, Els Art Gitarre zu spielen, ähnele dem von T-Bone Walker. T-Bone befand sich noch auf Erfolgskurs mit *Call It Stormy Monday*, und Els Manager dachte, man könne etwas Verwirrung stiften und damit ein paar Dollar machen. Niemand verwechselte El mit dem berühmteren Walker, aber – anders als auf Marcus Henry – waren keine Haftbefehle auf El Walker ausgestellt. Darum behielt er den Namen.

Als El schließlich aus dem Gefängnis von Louisville entlassen wurde, steuerte er als Erstes den *Pinken Pantoffel* an, als er nach Indiana zurückkam. Am späten Nachmittag spazierte er in den Club, in dem wie üblich ein paar frühe Trinker und Prostituierte abhingen. Wie El erwartet hatte, war Harold da und machte in einer Nische im hinteren Bereich Geschäfte. El hielt an der Bar und schrieb einen Whiskey auf seinen Deckel. Dann ging er zu seinem Pflegebruder.

El setzte sich Harold gegenüber in die Nische und sagte: »Hey.«

»Hey«, erwiderte Harold, ohne aufzusehen, während er

in ein schwarzes Buch schrieb. »Ich wusste nicht, dass du wieder draußen bist.«

»Bin gerade erst zurückgekommen. Ich war noch gar nicht zu Hause.«

Harold schrieb weiter. »Wir sehen dich doch später auf der Bühne? Es war nicht leicht für die Band, seit du im Knast warst. Forrest wird seinen Stammgästen zeigen wollen, dass du zurück bist.«

»Ich werde da sein. Ich gehe nur erst nach Hause und mach mich frisch.«

»Gut. Bis heute Abend«, murmelte Harold.

El war damals ein Hitzkopf, und nur wenige Leute machten ihn wütender als sein Pflegebruder. Er schlug mit der flachen Hand auf den Tisch und schrie: »Drei Monate, du Arschloch! Wenn ich denen deinen Namen verraten hätte, wäre ich schon am ersten Tag wieder draußen gewesen. Aber ich saß in diesem verdammten Knast und habe die Klappe gehalten. Dafür habe ich ein bisschen Dankbarkeit erwartet!«

El wartete darauf, dass Harold zurückschrie. Die zwei hatten einander jahrelang in der Pflegefamilie angebrüllt und sich bei unzähligen Bandproben über Geschäftsangelegenheiten gestritten. Zum ersten Mal, seit El sich zu ihm gesetzt hatte, hob Harold den Blick von seinem schwarzen Buch. Vorsichtig legte er seinen goldenen Füller zwischen sie und griff in die Brusttasche seiner Jacke. »Hier ist etwas Dankbarkeit«, sagte er und warf El über den Tisch zwei in Folie verpackte Päckchen zu. »Danke für deine Hilfe.« Dann wandte er seine Aufmerksamkeit wieder dem Geschäftsbuch zu.

El fielen tausend Dinge ein. Er könnte seinen Bruder daran erinnern, dass er die Band gegründet hatte und dass seine Musik sie am Laufen hielt. Er könnte sagen, dass man hinter Harolds Rücken tuschelte, dass die vielen Jahre mit seiner verrückten Mutter Harold um den Verstand gebracht hätten und er ihr mit jedem Tag ähnlicher werde. Doch irgendwie verlor er den Kampfgeist, nachdem er das Heroin in die Hosentasche gesteckt hatte. El stand auf und verließ den Club.

Die zwei Heroinpäckchen flüsterten ihm den ganzen Weg vom *Pinken Pantoffel* bis zu seiner Haustür ins Ohr. Der Ruf der Drogen wurde immer lauter wie ein hereinfahrender Zug. Doch als El ins Haus trat, wurde die fordernde Stimme des Heroins vorübergehend von der Stimme seines Sohnes zum Schweigen gebracht, der »Daddy!« rief.

Der kleine James stürzte sich auf seinen Vater, und El hob das Kind hoch und schloss es in die Arme. El vergrub das Gesicht im Haar des vierjährigen Jungen und atmete seinen Geruch ein, während sein Sohn ihn mit der ganzen Kraft seines kleinen Körpers drückte.

Ruthies Begrüßung fiel weniger freundlich aus. Sie blieb einige Schritte von El entfernt stehen und beobachtete, wie er weiterhin James umarmte. El ging auf sie zu und versuchte, sie zu küssen, doch Ruthie drehte die Lippen weg und hielt ihm die Wange hin. »Dein Sohn hat dich vermisst«, sagte sie.

Sofort wurde El wütend und ging auf Abwehr. »Für mich war es auch nicht leicht, weißt du. Ich hab' in Louisville nicht gerade Urlaub gemacht. James wird das alles wieder vergessen. Aber ich werde mich daran erinnern, wie ich im Gefängnis gesessen, meinen Sohn vermisst habe und dachte, meine Frau würde mich auch vermissen.«

Ein Junkie findet immer eine Ausrede oder einen Vorwurf, anstatt sich zu entschuldigen, das sollte El erst später verstehen. Und erwartungsgemäß antwortete er Ruthie an jenem Abend wie ein Abhängiger. Er ging ganz in der Opferrolle auf und fühlte sich durch ihre Weigerung, ihm ihr Mitgefühl zu zeigen, darin bestätigt, dass ihm Unrecht widerfahren war. Els rechtschaffener Ärger wurde sogar noch schlimmer, weil er mit James in den Armen nicht sagen konnte, was er sagen wollte. Zumindest konnte er es nicht so laut aussprechen, wie er gern wollte.

Er legte James eine Hand aufs Ohr und drückte seinen Sohn fest an sein Herz, sodass James nicht hörte, was er sagte. Dann zischte er: »Das ist nicht die Art, wie eine liebende Ehefrau ihren Mann zu Hause empfangen sollte, nicht nach allem, was ich durchgemacht habe.«

»Nichts hat sich geändert, seit ich dich das letzte Mal gesehen habe. Nichts *wird* sich ändern, bis du endgültig mit dem Zeug aufhörst.«

Das war es also. In der Woche vor seinem unglückseligen Ausflug nach Louisville hatten sie über seine Drogenabhängigkeit gestritten, von der sie meinte, sie würde ihrer beider Leben zerstören. Eine Abhängigkeit, von der er behauptete, dass sie nicht existiere. Nun waren sie wieder an dem Punkt.

»Du kannst dich freuen, ich bin clean. Drei lange Monate in einer Gefängniszelle, da schafft man das.«

Ruthie musterte ihren Mann mit verkniffenem Mund und hochgezogenen Augenbrauen. »Du warst schon öfter *clean.*«

»Diesmal stimmt es. Vielleicht hat es auch früher gestimmt, wenn du mich nicht jeden Tag damit genervt hättest.«

Ruthie streckte die Hände aus und nahm ihm James ab. Sie stellte ihren Sohn neben sich auf den Boden und sagte:

»Es ist Zeit für sein Abendessen.« Als sie mit James das Zimmer verließ, rief sie El über ihre Schulter hinweg zu: »Willkommen zu Hause.«

El hatte sich das Wiedersehen mit Ruthie während seiner Wochen in Louisville wiederholt als romantisch und pornographisch ausgemalt. Er hatte sich sicher nicht vorgestellt, dass Ruthie ihn wegen seiner Drogensucht nerven würde. Als er sich in seinem Schlafzimmer auszog, dachte er an das Heroin in seiner Hosentasche. Er zog die Folienpäckchen heraus und öffnete eins, nur um sich davon zu überzeugen, dass es nicht leer war. Mit der Fingerspitze berührte er die vier Kapseln und rollte sie auf seiner Handfläche hin und her. Es würde Ruthie recht geschehen, wenn er sich gleich einen Schuss setzte. Nein, sie würde merken, dass er high war und es ihm vorwerfen. Besser, er wartete.

Er ging zur Schlafzimmerkommode und versteckte seine Reserve hinter der Unterwäsche in einer Dose zusammen mit seiner Nadel, dem Löffel und einer kleinen Menge Heroin, die er kurz vor seinem Gefängnisaufenthalt gekauft hatte. Er lächelte bei dem Gedanken, wie sehr er Ruthies Gesichtsausdruck genießen würde, wenn er ihr in ein, vielleicht zwei Monaten die kleinen Folienpäckchen zeigte. Er würde damit vor ihrer Nase herumwedeln und sagen: »Wer ist süchtig, Ruthie? Wer ist ein Junkie?«

Während des Abendessens redete er eine Menge, um Ruthie zu zeigen, wie nüchtern und aufmerksam er war. Er erzählte ihr von einigen neuen Songs, die er im Gefängnis geschrieben hatte, und von neuen Ideen für die Band, die er den anderen an jenem Abend vorstellen wollte. Als er schließlich mit der Gitarre auf dem Rücken in den Club aufbrach, in seiner besten Nadelstreifenhose mit Aufschlag und einem frisch gebügelten weißen Hemd, hatte er das Gefühl, es Ruthie gezeigt zu haben.

Als El an jenem Abend im *Pinken Pantoffel* eintraf, waren alle Bandmitglieder da bis auf Lily. So spielten sie das erste Set ohne sie. Mit Lily wäre es besser gewesen, aber die anderen Bandmitglieder waren so froh, El wiederzuhaben, dass sie alle ihr Bestes gaben. Bubba war total heiß. Er tanzte mit seinem Saxophon über die Bühne, als würde er mit einer seiner vielen Frauen übers Parkett gleiten. Leroys Finger attackierten seinen Bass in einer derartigen Geschwindigkeit, dass die Bewegung vor den Augen verschwamm. Der Schlagzeuger brachte das Publikum dazu, im Takt zu wippen.

El war froh, wieder bei der Arbeit zu sein, aber er wartete darauf, dass Lily auftauchte. El und Lily waren jeder auf ihre Weise gut, aber zusammen waren sie ganz besonders. Im Gefängnis hatte sich El jeden Abend auf seiner Pritsche ausgemalt, was für Musik er mit Lily und der Band machen wollte. Es war das Einzige, was ihn so beruhigte, dass er einschlafen konnte.

Lily und Harold spazierten in den *Pinken Pantoffel*, als das erste Set gerade zu Ende war. Sie bahnten sich einen Weg durch die Menge und gingen in den kleinen Garderobenraum hinter der Bühne. Als er Lily sah, begann El, die Playlist für das zweite Set zu planen. Sobald der Applaus verebbte, eilten die anderen Bandmitglieder zur Bar, doch die frischen Songs im Kopf stellte El seine Gitarre in den Ständer und eilte zur Garderobe.

Harold hatte sich an jenem Abend herausgeputzt. Seit er mit dem Dealen begonnen hatte, kaufte er sich jeden Monat einen Anzug. Jeden trug er vier Tage hintereinander. Einen

Tag, um anzugeben, die anderen drei, um allen zu beweisen, dass Mrs. Taylor ihn nicht mehr zwang, seine neuen Kleider zu Clancy's zurückzubringen.

Heute hatte er sich in einen violett-gold-karierten Anzug geworfen. So wie sich ein Junge vom Land die Kleidung eines reichen Mannes vorstellte, genau wie Forrest Payne mit seinen gelben Smokings. Das violette Hemd und die glänzende goldene Krawatte quetschten seinen dicken Hals ein, sein Haar war glatt mit Pomade zurückfrisiert, so wie er es bei den Gangstern in Louisville und Chicago gesehen hatte. Irgendwie sah Harold durch sein neues Styling noch mehr wie ein Bauerntölpel aus als vor seiner Veränderung.

Lily blickte nicht auf, als El in die Garderobe kam. Sie saß zusammengesunken in einem Sessel, das Kinn auf der Brust, und spielte mit dem Schal im Leopardenmuster, der um ihre Schultern lag. Der Schal war ein Geburtstagsgeschenk von El und Ruthie gewesen, eine kleine Besonderheit, die zu seiner gefleckten Gitarre passte.

Als Lily schließlich den Kopf hob, wusste El Bescheid. Er musste nicht erst ihre Ärmel aufrollen, um nach Spuren zu suchen. Er sah es schon von Weitem.

Mit weichen Knien ging El zu Lily und kniete sich neben sie. »Lily, Süße, was hast du gemacht?«, fragte er.

Sie blinzelte ihn an und versuchte, ihren Blick zu fokussieren, obwohl er nur wenige Zentimeter vor ihr hockte. Lily lächelte, als sei sie überrascht, ihn zu sehen. Dann sagte sie: »Sind wir dran?«

El stand auf und starrte wütend zu Harold, der seine Erscheinung in einem Ganzkörperspiegel auf der anderen Seite von Lilys Sessel bewunderte. El steckte die Hand in die Hosentasche und tastete nach dem Rasiermesser, das er zum Schutz bei sich trug, wenn er in bar bezahlt wurde. »Ich sollte dich umbringen«, sagte er.

Harold schnippte mit den Fingern an sein Ohr, als würde er eine lästige Mücke vertreiben. »Dir fehlt der Mumm, jemanden umzubringen, das wissen wir doch beide.«

El drehte das zusammengeklappte Messer in der Hand und versuchte, sich vorzustellen, dass er ein anderer Mann wäre, ein härterer Typ, der zustechen konnte, um seine geliebte Schwester zu verteidigen. El hielt die Rasierklinge einige Sekunden in der Hand, dann ließ er sie los und gestand sich ein, dass Harold recht hatte. Er besaß nicht den Mumm.

»Überleg dir lieber gut, wie du mit mir redest«, warnte Harold. »Ich mache in Chicago einen Club auf, und wenn du dich anständig benimmst, lasse ich dich vielleicht mal dort auftreten. Das wird ein richtig netter Laden.«

»Wovon zum Teufel sprichst du?«

»Vom Blues Pot. Ich habe ihn gekauft. Ich renoviere das Drecksloch, das wird so schick, das kannst du dir gar nicht vorstellen.« Er strich Lily übers Haar. »Ich ziehe nach Chicago, und Lily kommt mit.«

»Lily kann nicht nach Chicago gehen. Wir haben jede Menge Auftritte. Im Sommer nehmen wir eine Platte auf. Wenn du nach Chicago ziehen willst, okay. Aber Lily bleibt hier.«

»Was wäre ich für ein Mann, wenn ich meine Frau zurückließe?«, entgegnete Harold.

»Deine Frau?«

Harold grinste wie ein Spieler, der einen Royal Flush auslegt. »Wir haben letzte Woche geheiratet.«

»Du lügst.«

Harold wandte sich an Lily. »Liebling, zeig ihm den Ring,

den ich dir gekauft habe.« Lily hob träge die linke Hand und zeigte El einen Ehering. Harold sagte: »Wir nehmen Glückwünsche entgegen.«

»Du hättest sie nie dazu gebracht, sich für dich zu interessieren, also hast du sie abhängig gemacht. Das ist das Mieseste, was ein Mann tun kann«, erwiderte El.

Harold spannte die Kiefermuskeln an und ballte die Hände zu Fäusten. Er schritt auf El zu, bis sich beinahe ihre Brüste berührten. »Da du mit meiner Frau befreundet bist, werde ich dich dafür nicht umbringen. Aber ich will, dass du dich an diesen Tag erinnerst. Ich will, dass du darüber nachdenkst, dass ich ausnahmsweise mal nicht den Kürzeren gezogen habe. Ich, gegen den du sogar seine eigene Mutter aufgehetzt hast.«

»Wovon zum Teufel redest du?«, fragte El.

»Als wüsstest du das nicht, du verflixte Schlange. Von dem Moment an, in dem du mein Haus betreten hast, hast du mir das Leben schwergemacht. Ständig bist du grinsend um Ma herumscharwenzelt. Jeden Tag hat sie mir dich und deine Songs vorgeworfen.«

»Das ist doch Quatsch, und das weißt du auch, Harold. Deine Mutter hat uns alle windelweich geprügelt. Bei ihr war keiner besser als der andere. Diese Schlampe war irre.«

Spucke flog El ins Gesicht, als Harold schrie: »Halt verdammt noch mal das Maul! So redest du nicht über sie. Sie ist *meine* Mutter. Nur ich darf so etwas sagen.«

El beobachtete, wie Harold hinter Lilys Stuhl auf und ab lief und mit jedem Schritt lauter und schneller redete. Er wedelte mit den Händen durch die Luft. *Mist, wenn er eine Bibel in der Hand hätte, könnte ich ihn kaum von seiner Mutter unterscheiden,* dachte El.

»Von dem Tag an, an dem du mit deiner Gitarre aufgetaucht bist, hatte ich schlechte Karten. Ich habe nicht vergessen, dass du von Anfang an versucht hast, mir Lily wegzunehmen, als sie zu uns kam. Aber jetzt gehört sie mir. Ich habe sie geheiratet. Merk dir das. Ich habe gewonnen.«

Harold blieb vor dem Spiegel stehen und richtete das Revers seines Jacketts. Er lockerte die goldene Krawatte und öffnete den obersten Knopf des zu engen Hemds. Nachdem sein Hals weniger eingeklemmt war, ließ die Röte in seinem Gesicht etwas nach. Els Worte vom Nachmittag wiederholend sagte Harold: »Ich habe etwas Dankbarkeit erwartet. Wir hätten nicht vorbeikommen müssen, um dich zu sehen. Ich bin so nett und lasse sie ein letztes Mal mit dir singen.«

Wieder fragte Lily: »Sind wir dran?« Mit halbgeschlossenen Lidern blickte sie zu El und lächelte, als habe sie einen Witz gehört, den nur sie verstand.

Erschöpft ließ sich El auf einen leeren Sessel neben sie sinken. Die ausgeleierten Sprungfedern ächzten, als er sich darauf fallen ließ.

Harold legte Lily eine Hand auf die Schulter und sagte: »Baby, ich gehe raus und suche mir einen Platz in der ersten Reihe, damit ich dir zujubeln kann.« Er beugte sich hinunter und küsste sie auf die Lippen. Dann verließ er den Raum.

El und Lily saßen da und lauschten der Musik aus der Jukebox, die aus dem Club hereindrang. Bald wurde der Lärm der Menge lauter, und sie hörten, wie Bubba ein paar Töne auf dem Saxophon spielte. El löste sich aus dem Sessel und ging zum Waschbecken in der Ecke der Garderobe. Er füllte ein Glas mit Wasser, brachte es Lily und kniete sich erneut neben sie, während sie langsam und in winzigen Schlucken trank. Als sie das Glas geleert hatte, war sie wacher.

»Warum hast du ihn geheiratet? Du liebst ihn doch gar nicht«, sagte er.

»Harold liebt mich. Immer schon. Und ich will nicht allein sein. Das kann ich nicht.«

»Geh nicht weg, Lily. Bleib hier und sing mit mir und der Band.«

Sie schüttelte den Kopf. »Ich habe es satt, allein zu sein. Ich will einen Ehemann. Vielleicht Kinder. Ich will, was du mit Ruthie hast.«

»Bitte, bleib einfach hier und sing mit mir.«

Lily stand auf wackeligen Beinen auf. Sie tätschelte El den Kopf. »Bubba macht sich warm. Wir sind dran.«

Sie sangen, und sie waren so gut wie eh und je. Sie spielten jeden Song aus ihrem Repertoire. Als schließlich keine Songs mehr übrig waren, umarmte Lily El und sagte: »Leb wohl, Bruder.« Sie stieg von der Bühne und ging mit Harold fort.

Drei Stunden später, nachdem er sich mit Leroy auf dem Parkplatz einen Schuss gesetzt und eine halbe Flasche Old Crow geleert hatte, stand El im Wohnzimmer ihres kleinen Hauses in Leaning Tree Ruthie gegenüber. Er war ziemlich verwirrt nach Hause zurückgekehrt und sehnte sich nach nichts mehr als danach, sich noch weiter von der Realität zu entfernen. Doch die Blechdose, die er hinter seiner Unterwäsche versteckt hatte, war nicht mehr da. Zehn Minuten, nachdem der sich daran anschließende Streit mit Ruthie begonnen hatte, wedelte El mit seinem Rasiermesser in der Luft herum, ohne zu merken, dass der kleine James auf ihn zulief.

25

Bis ich El im Gästezimmer untergebracht hatte, war er erschöpft. Er stieg ins Bett und begann, innerhalb von Sekunden zu schnarchen. Ich ging direkt in die Küche, um Abendessen zu machen und mir zu überlegen, was ich James sagen würde.

Ich wollte etwas Besonderes für James kochen, um der Nachricht, dass ich El mit zu uns geschleppt hatte, etwas die Schärfe zu nehmen. In Rotwein geschmorte Rippchen, grüne Bohnen mit Speck und doppelt gebackene Kartoffeln, Zitronenkuchen zum Nachtisch. Durfte ich hoffen, dass James nicht vor dem Dessert herausfand, dass sein Vater da war? Vielleicht würde El ja lange schlafen. James und ich könnten alleine essen. Und dann, wenn das erste Stück Kuchen James' Lippen berührte, würde ich flüstern: »Übrigens, Liebling, dein Vater wohnt jetzt bei uns, bis du wieder der Alte bist.«

»Das ist ein Fehler«, sagte jemand. Ich blickte von dem Kochbuch hoch, das aufgeschlagen auf der Arbeitsplatte lag und sah Mama, die neben dem Herd stand, die Hände auf die Hüften stützte und mich mit einem Gesicht ansah, das ich aus meiner Kindheit als ihr Predigtgesicht erinnerte. »Du kannst nicht einfach jemanden mit nach Hause bringen, ohne es James zu sagen und dann hoffen, dass das glattgeht«, erklärte sie.

»Es ist nicht irgendjemand, er ist sein Vater.«

»Das ist noch schlimmer. Es sieht aus, als wolltest du James mit allen Mitteln auf die Palme bringen.«

»Ich will ihm helfen, nicht ihn auf die Palme bringen.«

»So sieht es für mich aber nicht aus. Und für James sicher auch nicht.«

Ich kam mir vor, als wäre ich wieder auf der Highschool. Mama sagte mir Sachen, die ich nicht hören wollte. Sie trug sogar ein Kleid, das ich noch aus meiner Teenie-Zeit kannte – ein hellblaues Hauskleid aus Baumwolle mit roten Frotteetaschen, schwarz-grau-karierten Ärmeln und einem orangefarbenen Wollkragen. Es war eines von Dutzenden von Kleidern, die meine Großmutter für Mama und mich aus demselben, nicht sonderlich schmeichelnden Stoff genäht hatte. Meine Großmutter nähte für ihr Leben gern und produzierte Klamotten für die Familie wie eine Ein-Frau-Fabrik. Da sie noch dazu blind war, stellte sie begeistert Farben und Stoffe zusammen, ohne sich darum zu scheren, ob sie zusammenpassten. Nachdem meine Großmutter gestorben war, hörte ich auf, ihre Originale zu tragen, doch Mama hing bis an ihr Lebensende an diesen Ungeheuern. Als ich sie 1999 leblos in ihrem Garten fand, trug sie eine von Großmutters schlimmsten Patchwork-Kreationen.

»Du warst schon immer zu rechthaberisch, damit schadest du dir selbst«, erklärte Mama. »Schon als Kind hast du anderen Leuten ständig erzählt, was sie tun sollen. Daran musst du etwas ändern, bevor du dadurch in Schwierigkeiten gerätst.«

»Sagte die Frau, die sogar aus dem Jenseits gekommen ist, um in meiner Küche zu stehen und mir ungebeten Ratschläge zu erteilen«, erwiderte ich.

Mama gab ein missbilligendes Brummen von sich und

ging um mich herum, um die Zutaten zu inspizieren, die auf der Arbeitsplatte lagen. Ich empfand eine kindliche Freude darüber, dass ich meine Mutter ausnahmsweise einmal sprachlos gemacht hatte. Mir war allerdings klar, dass sie nicht lange schweigen würde, also fuhr ich fort: »James muss sich mit seinem Vater zusammensetzen und ein paar Dinge loswerden. So zu tun, als sei alles vergeben und vergessen, das funktioniert nicht. Das wird James verstehen, wenn ich es ihm erkläre. Er wird einsehen, dass ich recht habe.«

»Und was, wenn nicht?«, fragte Mama.

»Das wird er.«

Mama kam zu mir und stellte sich neben mich. Mit der tiefen Stimme, von der ich aus langer Erfahrung wusste, dass man ihr Beachtung schenken sollte, sagte sie: »Pass mal auf, Odette.«

Ich hörte auf, Kräuter zu hacken und hörte zu.

»Es spielt keine Rolle, ob du recht hast. Du meinst, du und James, ihr wärt so lange zusammen, dass du ihn behandeln könntest, wie es dir gefällt, und er akzeptieren müsste, dass es nur zu seinem Besten sei. Du hast gesehen, wie ich mit deinem Daddy umgesprungen bin, und vermutlich hast du dir das abgeguckt.« Obwohl ich es nicht spüren konnte, legte sie ihre Hand auf meine. »Selbst nach einem ganzen gemeinsamen Leben ist es noch möglich, eine Kluft zwischen euch zu schaffen, die sich nicht mehr überwinden lässt. Das weiß ich ganz sicher. Frag deinen Vater, ob ich jedes Mal, wenn ich seinen Stolz verletzt habe, meinte, es sei zu seinem Besten. Er wird Ja sagen. Und dann denk darüber nach, wie oft du ihn bei mir siehst, nachdem er jetzt sein kann, wo immer er will.«

»Ich verstehe, was du sagst, aber jetzt ist es zu spät.

Außerdem kenne ich James besser, als er sich selbst kennt. Vielleicht wird er zunächst ein bisschen sauer sein, aber dann wird er es so sehen wie ich.«

Wieder einmal bewies Mama, dass man im nächsten Leben keine anständigen Umgangsformen lernte, als sie sagte: »Das muss ich dir überlassen. Du hast einen verdammt fetten Arsch in der Hose.«

»Danke«, sagte ich und holte Eier und Butter aus dem Kühlschrank. Ich würde es Mama gegenüber niemals zugeben, aber ich sah ein, dass ich zu weit gegangen war, indem ich El mit nach Hause gebracht hatte. Bis ich den Wagen in der Garage parkte, hatte ich noch überlegt, ob ich ihn zu Barbara Jean bringen sollte. Sie hätte ihm sogar die Wahl lassen können, ob er in dem neuen Haus in Leaning Tree Estates wohnen wollte, das sie sich mit Ray teilte, oder Hausherr in dem viktorianischen Herrenhaus im Stadtzentrum spielen wollte. Doch wenn ich El zu Barbara Jean gebracht hätte, müsste ich weiterhin versuchen, zwei widerwillige Männer zusammenzubringen. Also war El in meinem Gästezimmer gelandet.

»Ich will ja nicht meckern«, sagte Mama.

»Zu spät«, unterbrach ich sie.

Mama klang genauso verärgert über meine vorlaute Art wie vor fünfzig Jahren, als sie zischte: »James wird auf gar keinen Fall glücklich darüber sein, dass du ihn zu diesem Megadrama zwingst.«

»Er ist jetzt auch nicht glücklich. Das kann es nicht noch schlimmer machen.«

Mamas Miene wurde weicher, und ihre Wut wich Mitleid. »Oh, Baby, alles kann immer noch schlimmer werden. Ich dachte, das wüsstest du.«

Wie ich es schon als Teenager getan hatte, blendete ich Mama einfach aus. Ich kochte, während sie weiterhin ihre Meinung kundtat.

Als James nach Hause kam, stand der Kuchen im Ofen. Er hatte eine Kühlbox in der Hand und roch nach Fluss. Als er in die Küche trat, setzte ich ein strahlendes Lächeln auf und fragte ihn, wie die Fische angebissen hatten. Er streckte die Hand aus und drehte sie hin und her, um anzudeuten, dass es so lala gewesen war.

Ich verkündete, was es zum Abendessen gab, und betonte den Zitronenkuchen. Dann wartete ich darauf, dass er sich die Lippen leckte und vor Begeisterung überschäumte. Doch das passierte nicht.

Wie schon so häufig in den Jahren unserer Ehe drehte James genau dann, wenn ich mich dazu beglückwünschte, ihn in- und auswendig zu kennen, den Spieß um und bewies mir, dass er mich genauso gut kannte. Nachdem er hörte, was es an jenem Abend zum Essen gab, stellte James die Kühlbox auf den Tisch und verschränkte die langen Arme vor der Brust. Er lehnte sich gegen den Küchentresen und sagte: »Was ist los, Odette?«

»Nichts. Zumindest nicht viel«, erwiderte ich. »Warum machst du dich nicht frisch, und wir reden beim Essen?« Ich wiederholte, dass es doppelt gebackene Kartoffeln gab, falls er es beim ersten Mal überhört haben sollte.

James rührte sich nicht vom Fleck. »Rippchen *und* Zitronenkuchen bedeuten, dass du mir etwas schonend beibringen willst. Also raus mit der Sprache.«

Und wie aufs Stichwort humpelte das, was ich ihm schonend mit Kuchen beizubringen hoffte, auf seiner Gehhilfe herein und sagte: »Hallo, James.«

»Und auf geht's«, erklärte Mama.

James starrte El mit offenem Mund an. Er sah so erschrocken aus, wie ich vermutlich ausgesehen hatte, als Mama mir sechs Jahre nach ihrem Tod zum ersten Mal in eben dieser Küche erschienen war. El schob seine Gehhilfe ein Stückchen näher, und James sagte: »Entschuldigt mich einen Moment.«

James schritt aus der Küche. Ich entschuldigte mich ebenfalls und folgte ihm hinauf in unser Schlafzimmer.

Kaum hatte ich die Tür hinter mir geschlossen, knurrte James: »Warum ist dieser Mann hier?« Er war so in Rage, wie ich ihn noch nie gesehen hatte. Sein gesamter Körper vibrierte vor kaum beherrschter Wut, und als er mich wütend anstarrte, standen seine Augen hervor.

Ich begann mit dem, was ich für mein stärkstes Argument hielt. »Ich musste ihn herbringen, James. Als ich zu ihm kam, wollte er sich gerade das Leben nehmen. Er hatte Tabletten vor sich liegen und alles. Ich konnte ihn nicht einfach dort lassen.«

Ich hatte gehofft, dass der pflichtbewusste Polizist in James sich gegen den wütenden Ehemann durchsetzen und verstehen würde, dass ich in eine Notsituation geraten war und ein Leben retten musste. Doch er stand da, ballte die Hände zu Fäusten und lockerte sie wieder. »Warum bist du überhaupt zu ihm gefahren?«, wollte er wissen. »Habe ich dir nicht gesagt, du sollst dich da raushalten?«

Ich legte ihm eine Hand auf die Schulter und war erleichtert, als er vor meiner Berührung nicht zurückzuckte. »James, hörst du dir selbst zu? Du hast gerade erfahren, dass ein Mann sich umbringen wollte und alles, was du wissen willst, ist, warum ich da war. Das bist du nicht, James. Ich bin zu El gefahren, weil du es nicht tust. Ich bin zu ihm gefahren, weil du dich immer mehr veränderst und jeden Tag ein bisschen weniger du selbst bist, seit wir ihn im Krankenhaus gesehen haben. Und ich habe Angst.«

James schnaubte. »Seit wann hast du vor irgendetwas Angst?«

»Seit du nachts nicht mehr schläfst und mich anblaffst und dich prügelst.«

Da schien James sich ein bisschen zu fassen, und ich dachte, vielleicht wäre das Schlimmste vorbei. Er wandte sich von mir ab und umfasste die Kante der Mahagonikommode auf der anderen Zimmerseite. »Odette, du hättest ihn nicht herbringen dürfen«, sagte er zu den Parfumflaschen und Cremetiegeln auf der Kommode.

»Wenn du sehen würdest, wie ich ertrinke, würdest du mich dann nicht retten, egal, ob ich das will oder nicht?«, fragte ich.

»So ist meine Geschichte mit ihm nicht«, gab James zurück.

»Doch. Du ertrinkst und gibst es nicht zu. Die Frage ist, ob du mir zutraust, dass ich dich nicht ertrinken lasse.«

»Nein«, sagte James. »Die Frage ist, ob du mich ausreichend respektierst, um mich wie einen Mann in meinem eigenen Haus zu behandeln.«

Das traf mich so heftig, dass mein Hals trocken wurde und mir die Luft wegblieb. »Du weißt, dass ich dich respektiere«, sagte ich. »Ich will dir nur helfen.«

Der Wecker am Ofen in der Küche surrte und bereitete, so hoffte ich, dieser Streitrunde ein Ende. »Das ist der Kuchen«, bemerkte ich. »Wir könnten beide ein gutes Essen vertragen, und El ist Diabetiker. Er sollte auch etwas essen.«

Wecker hin oder her, wir waren noch nicht fertig. James fuhr zu mir herum. Zum zweiten Mal in zwei Wochen sah ich einen Ausdruck auf seinem Gesicht, den ich nicht kannte. Dieses Mal war ich dafür verantwortlich. Ich hatte ihn verletzt. Ihn beleidigt. Ihn gekränkt.

»Das ist nicht okay. So etwas würde ich nie mit dir machen«, erklärte er.

Bevor ich etwas erwidern konnte, schnappte James: »Ich bin mal weg.« Er stürmte an mir vorbei. Ich stand noch in unserem Schlafzimmer, als ich hörte, wie die Garage geöffnet wurde und der Automotor aufheulte.

Mama saß neben El am Küchentisch, als ich wieder nach unten kam. Das ist eine der vielen liebenswerten Seiten an meiner Mutter, sie ist nur selten hämisch. Sie beobachtete, wie ich die Teller für unseren Hausgast und für mich herrichtete, ohne auch nur ein Mal zu sagen: »Ich habe es dir ja gesagt.« Was sie sagte, während ich schweigend mit El aß, war: »Das kommt wieder in Ordnung mit James. Warte nur nicht, dass es sich von alleine regelt.«

Sie leistete mir den Rest des Essens Gesellschaft und auch noch, als ich El ins Bett begleitete. Meine liebe Mutter verließ mich erst, um mir etwas Privatsphäre zu gönnen, als ich mich mit dem halben Kuchen tröstete.

Als James zurückkam, war ich im Bett. Ich hatte wachgelegen und auf die leuchtendroten Ziffern des Digitalweckers gestarrt, so, wie ich es tat, wenn er spät von der Arbeit heimkehrte. Solange er nicht neben mir lag, konnte ich nicht schlafen. Seit seinem ersten Tag bei der Polizei war ich davon überzeugt, dass ihm nichts zustieß, solange ich wach blieb.

Wie unzählige Male zuvor zog James sich im Dunkeln

aus. Er gab vor zu glauben, dass ich schliefe und stieg zu mir ins Bett.

»Hast du etwas gegessen?«, fragte ich.

»Im *Earl's.*«

Wir wälzten uns beide herum und versuchten, eine bequeme Lage zu finden. Wir schlugen auf unsere Kissen ein und kämpften mit der Decke. Schließlich wandte James mir den Rücken zu und lag so weit von mir entfernt, wie es in unserem großen Bett möglich war.

»Es tut mir leid«, sagte ich. »Ich weiß, das war falsch. Ich konnte nur nicht dasitzen und zusehen, wie du unglücklich bist. Das werde ich nie können.«

James schnaubte. »Du sagst also, dass es dir leid tut, würdest es aber wieder tun. Das ist die beschissenste Entschuldigung, die ich je gehört habe.«

»Es ist aber eine Entschuldigung.« Ich rutschte zu ihm hinüber und legte meine Fingerspitzen auf seinen Rücken. »Lieber würde ich sterben, als dich zu verletzen.«

»Ich weiß.« Er drehte sich um, gab mir einen Kuss auf die Lippen und wandte mir dann wieder den Rücken zu. »Was passiert ist, ist passiert. Er kann bis nächste Woche bleiben.«

26

Die Tage, die El bei uns verbrachte, vergingen wie im Flug. Das lag zum Teil daran, dass ich James, El und mich in eine Situation manövriert hatte, die unsere ganze Aufmerksamkeit verlangte, damit wir nichts Falsches sagten und das empfindliche diplomatische Gleichgewicht in unserem Haus gefährdeten. Der Tanz auf dem Vulkan ließ die Zeit schneller vergehen. Zudem kamen und gingen ständig Leute, sodass stets etwas los war.

Barbara Jean kam täglich, manchmal allein, manchmal mit Ray. Ein Physiotherapeut aus dem Krankenhaus besuchte ihn jeden Nachmittag, um mit El zu arbeiten. Clarice war zu sehr mit dem Üben für ihren großen Auftritt beschäftigt, doch sie rief jeden Abend an. Wir sprachen über El, ihre fortwährende geistliche Auseinandersetzung mit Miss Beatrice und die Freuden des Großmutterdaseins. Nicht ein Mal sprachen wir über ihren bevorstehenden Umzug zurück zu Richmond, und sie verlor kein Wort darüber, dass sie, wie ich wusste, wegen des Konzerts in Chicago unter Panikattacken litt. Ich tat bereits mehr als mir zustand, um andere Leute dazu zu zwingen, sich zu öffnen. Clarice ließ ich in Ruhe. Außerdem hatte ich das sichere Gefühl, dass der Damm ohnehin bald brechen würde.

Forrest Payne kam am zweiten Tag vorbei, den El bei uns war, und danach fast täglich. Er brachte einen Haufen Geschichten aus den alten Zeiten im *Pinken Pantoffel* mit, die er mit El wiederaufleben ließ – größtenteils waren sie zumindest ein bisschen anrüchig. Ich dachte, alle Geschichten über Tante Marjorie zu kennen, aber es stellte sich heraus, dass es immer noch ein oder zwei gab, von denen ich nichts wusste. Und die waren eine Wucht.

Am ersten Abend, an dem Forrest vorbeikam, saßen wir im Wohnzimmer – Forrest, Miss Beatrice, El und ich. Ich hatte allen, bis auf Miss Beatrice, Limonade serviert. Obwohl es nur noch eine knappe Woche bis zum vierten Juli war und draußen eine drückende Hitze herrschte, trank Beatrice wie üblich heißen Tee. Sie war sichtlich betrübt, sowohl von der Sorte Earl Grey in ihrem Becher als auch von der schlechten Qualität des Bechers an sich. Als Forrest meine Tante erwähnte, verdunkelte sich ihre Miene noch mehr.

»Kennst du die Geschichte von Marjorie und dem Feuer?«, fragte Forrest.

Als ich verneinte, sagte er: »Die Tänzerinnen führten eine patriotische Show mit Wunderkerzen auf. Dabei schleuderte eine von ihnen ihre Wunderkerze versehentlich hinter die Band. Im nächsten Moment standen die Vorhänge in Flammen, und der Laden war voller Rauch. Weißt du noch, El?«

»Ja«, bestätigte El. Da sah ich ihn zum ersten Mal lächeln und erkannte in ihm James, nur um ein paar Jahrzehnte gealtert.

»Überall war Rauch, und alle Gäste drängten zum Ausgang. Weil alle gleichzeitig hinauswollten, ging auf einmal nichts mehr. Keiner konnte sich bewegen. Ich dachte, ich müsse sterben. Doch dann walzte Marjorie durch die Menge, hob Leute auf und schleuderte sie zur Seite, bis sie den Kopf der Schlange erreichte und den Stau auflöste. Das war wirklich sehenswert.«

»Wurde bei dem Feuer jemand verletzt?«, fragte ich.

Forrest stieß sein hohes gackerndes Lachen aus und sagte: »Das ist das Beste daran. Es stellte sich heraus, dass das Feuer hauptsächlich aus Rauch bestand. Bubba, der Saxophonist, hatte seine Hose aufgemacht, auf die Vorhänge gepinkelt und die Flammen erstickt. Doch weil Marjorie die wahre Heldin des Abends war, erzählten wir allen, sie hätte das Feuer ausgepinkelt. Weil Marjorie nun einmal Marjorie war, ließ sie die Lüge so stehen. Nicht einer, dem wir es erzählten, zweifelte die Geschichte an.«

Die arme Miss Beatrice war deutlich empört. Sie hatte Forrest nur begleitet, damit sie am Ende ihres Besuchs ein Gebet sprechen konnte, doch nun musste sie meinen billigen Tee, einen Becher aus einem Dollar-Shop und eine Geschichte über Tänzerinnen, Urin und Tante Marjorie über sich ergehen lassen.

Die Erinnerungen amüsierten Forrest. Seine Stimme wurde sogar noch höher, als er quiekte: »Warst du dabei, als Marjorie ihren Overall abgeworfen hat und um die Stripper-Stange herumgewirbelt ist?«

Er wandte sich an mich und sagte: »Die starke Marjorie hat die Stange sauber aus dem Boden gerissen. Ich sage dir, das Publikum hat in den fünf Minuten mehr Hintern gesehen als in einem ganzen Monat.«

Miss Beatrice flüchtete sich in ein sehr ernsthaftes Zwiegespräch mit Jesus. Sie betete eine satte halbe Stunde. Forrest kam nicht dazu, die Geschichte von Tante Marjorie zu Ende zu erzählen. Auf dem Weg zur Tür flüsterte er mir jedoch ins Ohr, dass er mir beim nächsten Mal das Ende verraten würde.

Im Haus wurde zwar viel geredet, doch herzlich wenig

zwischen James und seinem Vater. El war gesprächiger als James, aber das hieß nicht viel. Neben James wirkte jeder wie eine Plaudertasche. Wenn das Gespräch auf Musik kam, wurde El geradezu lebhaft. Er war stolz auf die Orte, an denen er gespielt und auf die Songs, die er geschrieben hatte – einhundertfünfzig, wie er behauptete. Die Dunkelheit, die ihn fast immer umgab, verflog, sobald er von seiner Musik sprach, von seinen Bands oder seiner Gitarre.

James war der eigentliche Musikliebhaber in unserem Haus, doch er riss mir fast den Kopf ab, als ich andeutete, dass er diese Liebe zur Musik womöglich von El geerbt habe. James hatte die meisten Platten gekauft, die wir besaßen. Er, nicht ich, hatte verfügt, dass unsere Tochter Denise Pianistin werden sollte. Fünf Jahre lang schleppte er sie jede Woche zum Klavierunterricht zu Clarice, bis Clarice der Quälerei ein Ende machte – Denises und ihrer eigenen. Es war James' Wunsch geschuldet, Musiker in der Familie zu haben, dass Jimmy und Eric die Nachbarn mit Schlagzeug und Trompete folterten. James hatte kein Interesse, seinem Vater viel von sich zu erzählen. So erwähnte er nicht, dass unsere Kinder Amateurmusiker waren.

Freitagabend beim Abendessen erzählte ich El, wie überrascht wir waren, als wir erfuhren, dass er Musiker ist. Ich dachte, das wäre ein sicheres Thema, das beide interessierte. Doch jedes Thema, das El und James betraf, war potenziell gefährlich.

El erstarrte mit der Gabel an den Lippen. Nachdem er die Gabel zurück auf den Teller gelegt hatte, sah er mich an, als stünde er unter Schock. »Ruth hat euch nie erzählt, dass ich Blues-Spieler bin?«

»Mama hat mir erzählt, dass du Gitarre spielst, aber es

klang nie, als wäre das eine große Sache. Sie hat mir nicht gesagt, dass es dein Job ist.«

Soweit ich das beurteilen konnte, hatte Miss Ruth James ohne Bitterkeit erklärt, dass El ein Mensch sei, der das Unglück anzog, egal, wohin er ging. Sie hatte James erzählt, dass sein Vater ein Junkie war. Sie sprach ganz offen mit ihm darüber, wie El aus ihrem Leben verschwunden war und sie ohne einen Penny hatte sitzen lassen. El wusste das alles. Ich hatte es ihm selbst auf der Autofahrt zu unserem Haus erzählt. Doch was El offenbar nicht ertragen konnte, war der Gedanke, dass Miss Ruth nichts von ihm als Blues-Musiker erzählt hatte.

»Ich glaube, Ruth hat getan, was sie für das Beste hielt«, sagte El. »Ich habe nur gedacht, dass sie dir ganz sicher von meiner Musik erzählt hätte.« Dann erklärte er James: »Wenn ich nicht mehr bin, möchte ich, dass du meine Gitarre bekommst. Der Name deiner Mutter ist darin eingraviert.«

Zu meiner Überraschung stieß James wütend hervor: »Ich spiele keine Gitarre.«

Jetzt kommt es, dachte ich. Endlich explodierte er, so wie ich gehofft hatte. Endlich würde die Wahrheit ausgesprochen oder herausgeschrien. Die richtigen Fragen würden gestellt und vielleicht einige echte Antworten erfolgen. Doch James fasste sich und fügte in ruhigerem Ton hinzu: »Ich bin mir sicher, dass eines der Enkelkinder sich darüber freuen wird.« Dann war das Thema durch, und wir sprachen übers Wetter.

Am nächsten Abend ging El nach dem Essen in sein Zimmer und brachte ein Bild von James als Kleinkind mit. Er saß neben der leopardengefleckten Gitarre auf dem Schoß seines Vaters. Auf dem Bild, das einen jungen El mit glattem Gesicht zeigte, trug dieser ein enganliegendes Hemd, das seine muskulösen Arme betonte. Seine Zähne, die jetzt dunkel gefleckt waren, strahlten weiß, als er in die Kamera grinste.

Er war nicht nur gealtert. 1952 strahlte El eine derart starke Energie aus, dass man meinte, das Bild könne jede Sekunde in Flammen aufgehen. Er strotzte nur so vor Vitalität.

Am auffälligsten an dem Foto des jungen El war jedoch, dass sein liebevoller Blick eindeutig auf die Gitarre gerichtet war, nicht auf das Kind, das daneben auf seinem Schoß klemmte. Er blickte so voller Leidenschaft auf sein Instrument, dass ich mich fragte, ob er das Baby wohl zur Seite gestoßen hatte, kaum dass der Blitz der Kamera erloschen war.

Mit verträumter Stimme sagte El: »Ich kann mich noch genau daran erinnern, wie deine Mutter das Bild gemacht hat. Ich hatte die Kamera gerade bekommen und sagte: ›Ruthie, ich will ein Bild von mir und dem Baby.‹ Es war ein richtig schöner Tag.«

Ich bin von Natur aus kein versöhnlicher Mensch. Vielmehr bin ich nachtragend und, um ehrlich zu sein, macht mir das oft sogar Spaß. Doch in diesem Moment, als ich hörte, wie El über jenen Tag sprach, an dem seine Frau Jahrzehnte zuvor ein Bild von ihm und seinem Sohn gemacht hatte, spürte ich, dass ich meinen Hass gegen ihn nicht aufrechterhalten konnte.

El war ein gebrechlicher alter Mann, der seine Reue wie ein Gewicht um den Hals trug. Er verdiente es, dieses Joch zu tragen, und ich wollte ihn nicht verteidigen oder ihm womöglich sogar die Vergebung gewähren, die er nicht Manns genug war, von James zu erbitten. Ich konnte nur nicht meine Wut noch weiter anfachen, wie ich es bislang getan hatte. Da saß er und lächelte wehmütig bei der schönen Erinnerung an die Aufnahme mit »seinem Baby«. Fast sechzig Jahre später sah dieser bedauernswerte Mensch noch immer nicht, dass das Bild der Welt verkündete, dass sein eigentliches »Baby« nicht sein Sohn gewesen war.

27

Veronica stand in der Halle der First Baptist Kirche und begrüßte vor ihrem Kanzeldebüt die Kirchgänger. An ihrer Seite waren ihr Ehemann, ihre Tochter Sharon und ihr Enkel Apollo. Ihr Schwiegersohn war mit Frau und Sohn in die Kirche gekommen, doch kurz nach seinem Eintreffen von Veronica angewiesen worden, in die Kapelle zu gehen und Plätze für die Familie zu reservieren. Er erhielt genaue Instruktionen, welche Sitze in Ordnung waren und welche nicht. Nicht weiter hinten als die achte und nicht weiter vorne als die dritte Reihe. Die Familie sollte gesehen werden, aber Apollo sollte sich nicht so nah an der Kanzel befinden, dass der süße Kleine vom Ernst des Anlasses ablenkte.

Sie standen an einer Stelle, die Veronica nach wochenlangem Erkunden der Halle ausgewählt hatte. Ihr Platz vor dem Holzständer, an dem Besucher sich ins Gästebuch eintrugen, bot einen hervorragenden Überblick und wurde durch ein Fenster, das sich oben in der Ostwand befand, in morgendliches Licht getaucht. Wer auch immer sich in die Mitte des Lichtstrahls stellte, war von einem engelsgleichen Schein umgeben. Die Sonne, die nahelegte, dass sie in Gottes Gunst standen, zwang Clement und Sharon zu blinzeln. Doch Veronica, die voll gerüstet war für die wöchentliche Modeschlacht, für die ihre Kirche bekannt war, trug stolz einen Hut von fast einem Meter Durchmesser zur Schau, der erfolgreich die Sonne abschirmte. Der Hut war – wie ihr Kleid, der Schal, die Handschuhe und die Schuhe – barbiemäßig pink und zeigte eine Kaskade aus bubblegumfarbenen Straußenfedern, die von oben herabflossen und einen kuppelartigen Effekt erzielten. Sommerfrüchte – Pfirsiche, Erdbeeren und Birnen – aus Glas waren kunstvoll zwischen den Federn befestigt. Ganz oben hockten zwei kleine, mit silbernen und weißen Pailletten besetzte Tauben. Ursprünglich waren es drei Vögel gewesen, doch Veronica hatte einen wieder entfernt, weil sie fürchtete, dass sie mit der dritten Taube den schmalen Grat zwischen festlich und pompös überschritt.

Nadine Biggs, die Frau des verletzten Pastors der Kirche, war unter den Frühankömmlingen. Als sie durch die Halle ihrem Blick begegnete, hob Veronica eine pinkbehandschuhte Hand und wackelte zum Gruß mit den Fingern.

»Mrs. Biggs sieht aus, als sei sie die ganze Nacht auf gewesen. Sicher geht es dem Reverend nicht gut«, stellte Sharon fest.

»Das liegt an ihrem Gesicht, Liebes.« Veronica senkte die Stimme und fügte hinzu: »Es würde mich allerdings nicht überraschen, wenn sie lange wach gewesen wäre. Aus verlässlicher Quelle weiß ich, dass sie seit fast einem Jahr mit dem Chorleiter schläft. Es heißt, seit Reverend Biggs erkrankt ist, sei sie noch schamloser geworden.«

»Nein!«, rief Sharon aus.

»Doch, tatsächlich. Aber von mir hast du das nicht gehört.«

Nadine kam auf Veronica zu und bahnte sich ihren Weg durch die Freunde, die sich alle nach dem Zustand des Pastors erkundigten. Als sie näher kam, raunte Veronica Sharon zu: »Ich habe gehört, dass ihre Tochter sich aus der Kollekte bedient.«

Sie streckte den Arm aus und ergriff Nadines Hand. »Wie geht es Reverend Biggs? Ich hoffe, seine Genesung macht gute Fortschritte.«

»Es geht etwas langsamer, als wir gedacht haben«, antwortete Nadine, »aber wir hoffen, dass er die Arbeit bald wieder aufnehmen kann.«

Veronica war nicht erfreut über die Aussicht, dass Reverend Biggs noch länger krank war, als seine Ärzte vermutet hatten. So ein Mensch war sie nicht. Doch Madame Minnie hatte vorhergesagt, dass Veronica bald ihre eigene Kirche haben würde, und die Kirche konnte nun einmal nicht von zwei Pastoren geleitet werden.

Mitfühlend legte sie Nadine die Hand auf die Schulter. »Ich bin mir sicher, dass es ihm sehr bald besser geht, wenn sich ein so barmherziger Engel wie Sie um ihn kümmert.« Dann sagte sie: »Kennen Sie schon meinen Enkel Apollo?«

Nadine beugte sich vor, um das Baby genau zu inspizieren. Sie schnappte nach Luft und sagte: »Na, das ist ja ein Schatz. Wie hübsch, dass seine kleine Fliege zu Ihrem Kleid passt.« Sie gratulierte Sharon und wandte sich ab, um Clement zu begrüßen. Nachdem sie Veronica gesagt hatte, wie sehr sie sich auf ihre Predigt freue, entschuldigte sich Nadine und ging, um einem anderen Kirchenmitglied von der Gesundheit des Pastors zu berichten.

Odette und James, Barbara Jean und Ray sowie Clarice und Richmond betraten die Kirche. Einige Leute umringten Clarice. Selbst Meter entfernt konnte Veronica hören, wie sie über das bevorstehende Konzert in Chicago sprachen. Andere schüttelten Richmond die Hand, als sei er noch immer ein Footballstar. Frauen eilten zu Barbara Jean und bewunderten das schlichte blaue Sommerkleid, das sie trug.

Dieselben Frauen wandten sich ab, um Ray schöne Augen zu machen.

Was stimmte nicht mit diesen Narren? Sie sahen Barbara Jean und Ray doch jeden Sonntag. War es überraschend, dass eine reiche Frau ein anständiges Kleid trug oder dass ein gutaussehender Mann heute so gut aussah wie vor sieben Tagen?

»Dass Clarice es nicht ertragen kann, auch nur eine Sekunde nicht im Rampenlicht zu stehen«, bemerkte Veronica. »Das liegt an ihrer Unsicherheit. Es ist traurig. Wenn du mich fragst, sieht Barbara Jean billig aus. Das ist ein sehr kurzes Kleid für eine Frau in ihrem Alter.«

»Es ist, wie Oma Glory zu sagen pflegte: Klasse kann man sich mit keinem Geld der Welt kaufen«, bemerkte Sharon.

Als Clarice und die anderen Supremes in Veronicas Sonnenstrahl traten, umarmten sie sie und wünschten ihr Glück. Die Männer sagten Hallo und gingen zu den reservierten Plätzen in der sich rasch füllenden Kapelle und ließen Clarice, Barbara Jean und Odette zurück.

Es war das erste Mal, dass Barbara Jean und Odette Sharon seit der Geburt ihres Sohnes sahen. Sie veranstalteten einen großen Wirbel und gratulierten ihr. Odette kitzelte Apollo über der pinken Fliege, die zum Teil in den Hautfalten um seinen Hals verschwand. Er öffnete den Mund und bellte: »Gaah!«

Odette entschuldigte sich, dass sie ihn aufgeregt hatte, doch Sharon versicherte ihr, dass Apollos unheimliches Heulen eigentlich ein Lachen sei.

»Er ist sehr besonders«, stellte Odette fest.

Und Barbara Jean fügte hinzu: »Er ist ein ganzer Junge.«

»Er ist so süß«, sagte Clarice.

Veronicas Tante Beatrice erschien am Arm von Forrest Payne. Beatrice war nicht glücklich, sich in einem Gotteshaus zu befinden, das einen lockeren Umgang mit Sünden pflegte und überwiegend frei vom Heiligen Geist war. Sie freute sich jedoch so sehr, endlich einen Priester in der Familie zu haben, dass sie dafür einige Stunden in einer minderwertigen Kirche in Kauf nahm. Sie ließ sich von Veronica und Sharon küssen und wurde Apollo vorgestellt.

Beim Anblick ihres Urgroßneffen schrie Beatrice überrascht auf. Sie hatte unzählige Bilder gesehen, doch sie hatte noch nicht die Gelegenheit gehabt, ihn in Fleisch und Blut kennenzulernen. »Na, das ist ja einer«, sagte sie.

Forrest tätschelte Apollo den Kopf und zog Veronicas Zorn auf sich, weil er ihr in seinem gelben Smoking zu nah kam. Die knallige Farbe stellte sie in den Schatten, obwohl sie in ihrem pinken Ensemble im Sonnenlicht stand. Zu Veronicas Erleichterung gingen die Supremes, Forrest und Beatrice bald in die Kirche. Sie wurden von anderen Kirchenbesuchern abgelöst, die in Veronicas Sonnenfleck traten, um ihr Glück zu wünschen.

Als sich die Menge ausdünnte und nur noch ein paar Nachzügler kamen, wandte sich Sharon an ihre Mutter und sagte: »Das war das Unhöflichste, was ich je erlebt habe.«

»Ich weiß«, sagte Veronica. »Man fragt sich, wofür man sich die ganze Mühe macht. Was ich für ein Geld ausgegeben habe, damit ich so aussehe, und niemand sagt ein Wort.«

»Ich spreche von Apollo. Hast du gehört, wie sie ihn genannt haben?«

»Sie haben doch alle gesagt, wie süß er ist«, erwiderte Veronica.

»Nein, ganz sicher nicht. Tante Beatrice hat gesagt, mein

Sohn wäre ›ja einer‹. Odette hat ihn ›besonders‹ genannt. Barbara Jean sagte, er wäre ein ›ganzer Junge‹. Nadine Biggs hat ihn als ›Schatz‹ bezeichnet.« Das Schlimmste hob sie sich für den Schluss auf. »Und Clarice sagte, er wäre ›süß‹.«

Veronica und ihre Tochter wussten beide, dass *süß* nur ein Codewort war, mit dem wohlerzogene Leute üblicherweise hässliche Babys beschrieben. »Warum ein unfreundliches Wort wie *hässlich* benutzen, wenn *süß* dasselbe auf viel nettere Art ausdrückt?«, hatte ihre kürzlich verstorbene Mutter immer behauptet. Es gehörte sich einfach so, genau wie man »Du meine Güte« sagte, aber eigentlich »Du kannst mich mal« meinte.

Clement, der einen Sturm aufkommen spürte, schaltete sich beschwichtigend ein: »Ich bin mir sicher, das haben sie nicht damit gemeint. Manchmal achten die Leute nicht so darauf, was sie sagen.«

»Sie meinten es genau so«, beharrte Veronica. »Jede einzelne von ihnen ist ein Monster.«

Sie wollte gerade weiter ausholen, als die Kirchensekretärin erschien. Sie berührte Veronica sanft am Arm und sagte: »Schwester Swanson, Sie sollten sich jetzt zur Kanzel begeben. Es ist Baptistenwoche. Sie wissen ja, wie sich das auswirkt, wenn Sie in Rückstand geraten.«

Als Veronica den Seitengang hinunterschritt, der zur Sakristei hinter dem Altar führte, konnte sie an nichts anderes denken als an den völlig ungerechtfertigten Affront, den sie gerade erlebt hatte. Die Kirchensekretärin ratterte noch einige letzte Details über den Ablauf und das Taufprozedere herunter. Veronica hörte ihr kaum zu. Sie war zu sehr damit beschäftigt, sich noch einmal die Begegnung in der Halle zu vergegenwärtigen.

Veronica war so wütend, dass sie am ganzen Leib bebte, als sie versuchte, ihre Wut zu beherrschen. Die Kirchensekretärin bemerkte ihr Zittern, als sie das Mikrofon an Veronicas Kragen befestigte. Da sie es als Nervosität missdeutete, sagte sie: »Keine Sorge. Ich bin mir sicher, Sie werden das gut machen. Denken Sie nur daran, den Knopf am Mikrofon zu drücken, um es einzuschalten.«

Als Veronica aus der Seitentür trat, die zu dem Podest führte, und sich zu dem roten Samtthron in der Mitte begab, ging sie alles durch, was sie in den letzten Monaten über Apollo gehört hatte. Sie konnte sich nicht an ein einziges »niedlich«, »hübsch« oder »bezaubernd« unter den Reaktionen auf seine Fotos erinnern.

Ihre Stimmung verfinsterte sich noch mehr, als sie in die Menge blickte und sah, dass ihr Schwiegersohn entgegen ihrer Anweisung Plätze in der sechzehnten Reihe reserviert hatte, in der viertletzten. Veronica zählte noch einmal in Ruhe ganz genau die Reihen durch, um die Fakten parat zu haben, wenn sie ihn später beim Abendessen mit seiner Unfähigkeit konfrontieren würde.

Ihre Wut über die Unfähigkeit ihres Schwiegersohnes, einer simplen Anweisung zu folgen, war so groß, dass Veronica in einer Geste der Verzweiflung die Hände hochwarf. Dabei stieß sie gegen ihren großen Hut, dieser rutschte nach hinten, woraufhin sich eine Frucht löste. Der Glaspfirsich rollte über den Boden und wurde – absichtlich, wie Veronica vermutete – von dem Absatz eines anderen Hilfspastors zermalmt. Die zwei paillettenbesetzten Tauben glitten auf den Straußenfedern nach unten und fielen übereinander her, als würden sie sich paaren. Dies bemerkten sofort ein paar halbwüchsige Jungen, Mitglieder des Kinderchors, die direkt hinter ihr saßen. Die Jungen kicherten und stießen einander mit den Ellbogen an, bis ihr Chorleiter bemerkte, was vor sich ging. Er tippte Veronica auf die Schulter und sagte: »Entschuldige, Schwester Swanson. Es ist mir sehr unangenehm, aber Ihr Hut wirkt jetzt etwas anzüglich.«

Veronica drehte sich zum Chorleiter und bedankte sich bei ihm, obwohl sie meinte, in dem Grinsen auf seinem Gesicht eine ungebührlich lüsterne Freude zu erkennen. Sie rückte ihren Hut zurecht und fügte hinzu: »Du meine Güte.« Dabei starrte sie ihn auf eine Weise wütend an, die keinen Zweifel daran ließ, was sie mit »Du meine Güte« eigentlich meinte.

An dem monatlichen Tauftag in der Kirche wurden der Kirchengemeinde zu Beginn des Gottesdienstes neue Mitglieder vorgestellt. Bevor sie zu den Umkleideräumen gingen, wo sie sich die Tracht anzogen, in der sie in das Taufbecken hinter dem Chor eintauchten, waren sie eingeladen, von ihrer Seelenrettung zu berichten. An diesem Sonntag gab es zwei Kandidaten für die Taufe, und beide von ihnen entschieden sich, sich an die Gemeinde zu wenden.

Das erste neue Mitglied war ein sehr alter Mann, der berichtete, dass er schon seit Jahren am Gottesdienst in der First Baptist teilnahm und sich jetzt für die Taufe entschieden habe, weil ihm der Todesengel im Traum erschienen sei und ihn angewiesen habe, sein Haus in Ordnung zu bringen. Die Geschichte von der späten Seelenrettung des Mannes gehörte üblicherweise zu der Sorte, die die Gemeinde gerne hörte, doch es stellte sich schnell heraus, dass der Mann leicht senil war. Er beschrieb ausführlich, dass der Todesengel Sammy Davis Junior ähnlich gesehen habe und unterstrich das mit einer schwungvollen Interpretation von *Mr. Bojangles.* Der ältere Mann hätte noch Stunden weitergeredet, wenn Veronica dem Organisten nicht bedeutet hätte, er solle zu spielen beginnen, damit die Sekretärin den älteren Mann diskret vom Rednerpult entfernen konnte.

Als Nächste trat ein fünfzehnjähriges Mädchen vor die Gemeinde und dankte ihren Eltern dafür, dass sie ihr ein starkes moralisches Vorbild gewesen seien. Sie lächelte unschuldig und schwor, sich zu bemühen, jeden Tag ein wenig christlicher zu werden. Es war ein rührender Gedanke, doch bis auf die Eltern des Mädchens wusste jeder in der Kirche, dass man ihr nachsagte, tablettenabhängig und das sexuell aktivste Mädchen der Highschool zu sein. Veronica hatte aus unterschiedlichen Quellen erfahren, dass das junge Mädchen monatelang geprahlt hatte, ihre christliche Erweckung sei nur ein Trick, um zu ihrem sechzehnten Geburtstag ein neues Auto zu bekommen. Die gutgläubigen Eltern des Mädchens lächelten wie Idioten und verschlangen jedes Wort, das ihre Tochter sagte.

Die Kirchensekretärin verlas die wöchentlichen Verkündigungen und die Namen der Kranken. Als sie fertig war, nahm Veronica ihren Platz am Rednerpult ein.

Veronica lächelte der Gemeinde heiter zu und sagte: »Ich möchte über die Parabel des Guten Samariters sprechen. Bitte schlagen Sie in Ihren Bibeln Lukas 10:25 auf.«

Sie hielt inne. In einem Augenblick göttlicher Erleuchtung verstand sie plötzlich den Grund für all ihre Sorgen. Es war Hochmut – die bittere Frucht, die aus den dornigen Ranken von Eitelkeit, Gier und Neid entstand –, der in der Kirche Wurzeln geschlagen hatte. All die Leute, die sie und ihren unschuldigen Enkelsohn beleidigt hatten, waren von der Sünde des Stolzes verdorben. Warum hatte sie das nicht schon früher gesehen?

Nachdem sie dieses Rätsel gelöst hatte, spürte Veronica, wie ihr Geist erleuchtet wurde. Ihre Wut mischte sich mit einer Art Euphorie. Sie ließ von ihrer geplanten Rede ab und sagte: »Nein. Wenden wir uns den Sprüchen zu.« Sie schlug die Bibel auf dem Rednerpult auf und las: »›Wer zugrunde gehen soll, der wird zuvor stolz. Und Hochmut kommt vor dem Fall.‹« Dann zitierte sie aus Jakobus: »›Gott widersteht den Hochmütigen, den Demütigen aber gibt er Gnade.‹«

Sie richtete den Blick auf Nadine Biggs in der ersten Reihe und sagte: »Die Hochmütigen sind unsägliche Heuchler und werden nicht zurechtgewiesen, auch wenn sie sich in Sünden suhlen.« Sie blickte sich nach dem Chorleiter um, damit er begriff, dass sie sich nicht von seinem frommen Gehabe täuschen ließ. Dann starrte sie wütend zu Odette und verkündete: »Stolz kann die Menschen dazu bringen, jahrelang vor Eifersucht zu vergehen und sich niederträchtig zu verhalten.« Mit dem Blick auf Barbara Jean sagte sie: »Stolz bringt Menschen dazu, ihre ärmliche Herkunft zu vergessen und vorzugeben, jemand zu sein, der sie nicht sind.«

Einige Kirchenmitglieder sahen, dass sie in die Bankreihen starrte und begriffen, dass sich ihre Bemerkungen auf konkrete Personen bezogen. Obwohl sich niemand ganz sicher war, an wen die Anschuldigungen gerichtet waren, folgte die Gemeinde der menschlichen Natur und fand Gefallen daran zu hören, wie ihre Nachbarn gescholten wurden. Eine Predigt so voller Leidenschaft und kaum verhohlener Boshaftigkeit hörte man nicht oft in der First Baptist Kirche. Doch die Gemeinde genoss den Tempowechsel, feuerte Veronica an und applaudierte ihren rasant abgefeuerten Schmähungen.

Bestärkt von der positiven Reaktion des Publikums legte

Veronica nach. Sie verließ das Podest und schritt durch die Reihen.

Am Ende der Bank, in der Clarice saß, blieb sie stehen. Den finsteren Blick auf ihre Cousine gerichtet, erklärte sie: »Die bodenlose Unsicherheit der Hochmütigen lässt sie verzweifelt nach Aufmerksamkeit gieren. Sie verlangen danach, gesehen zu werden, weigern sich jedoch, sich selbst zu erkennen. Sie verhalten sich anderen Menschen gegenüber lieblos, weil sie der Stolz dazu treibt, nur noch an sich selbst zu denken.«

Sie schritt weiter durch die Kirche. Sie warnte, mahnte und drohte von der ersten bis zur letzten Reihe. Als sie die Bank erreichte, in der ihre Familie saß, nahm sie Apollo aus den Armen seiner Mutter. »Ich träume von einer Welt, in der mein wunderschöner Enkelsohn frei von den verabscheuungswürdigen Folgen des Stolzes leben kann. Ich bete für eine Welt, in der die Rechtschaffenen nicht von den schwachen und hochmütigen Sündern angegriffen werden.«

Apollo schrie, woraufhin alle zusammenzuckten oder sich die Ohren zuhielten. Veronicas nächste Sätze gingen unter, bis sie merkte, dass Apollo das Mikrofon in den Mund genommen und ausgeschaltet hatte. Sie schaltete es wieder ein, schritt zurück zum Podest und wählte aus der Menge Leute aus, die sie im Laufe des letzten halben Jahrhunderts auf irgendeine Weise gekränkt hatten. Ob es stimmte oder sie es sich nur einbildete, sie rügte die Übeltäter für ihren Hochmut.

Als Veronica mit ihrer Predigt endete, ertönte ein Chor aus Amen von der Kirchengemeinde. Mit Apollo in den Armen verließ sie das Podium, um sich ihr Gewand für die Taufen anzuziehen. Sie war ganz kribbelig vor Freude darüber, dass sie erfolgreich und mit Nachdruck ihren Standpunkt deutlich gemacht hatte.

Clement erhob sich von seinem Platz in der sechzehnten Reihe und verließ den Kirchenraum durch die Seitentür. Er folgte seiner Frau den Flur hinunter und holte sie gerade rechtzeitig ein, um ihr und Apollo die Tür zum Pastorenbüro aufzuhalten. »Das war großartig«, schwärmte er, als sie hineingingen.

Sie reichte ihm das Baby. Dann zog sie ihr pinkes Kleid aus und warf es Clement über die Schulter, wo prompt Apollo danach griff. Er betatschte es und schrie: »Gaaah!«

»Du solltest stolz auf dich sein. Es war nicht das, was du zu Hause geübt hast, aber es war eine gute Rede.«

»Oh, meine Predigt war deutlich besser, als sie es verdient haben. Vor allem, nachdem diese lahmarschigen Bekenntnisse die ganze Sache fast ruiniert hätten. Diese zwei neuen Christen haben die alten Christen zu Tode gelangweilt.

Damit musste sich keiner der anderen Hilfspastoren herumschlagen. Das neue Mitglied, das der erste abbekommen hat, war ein gutaussehender, genesener Cracksüchtiger mit einer Stimme wie James Earl Jones, der erzählte, wie er zu Gott gefunden hat, als er sich gerade von einer Brücke stürzen wollte. Der zweite Hilfspastor musste eineiige Zwillinge taufen, ein Gesangsduo mit Engelsstimmen. Sie trugen eine Hymne vor, in der sie erzählten, wie sie am Totenbett ihrer Großmutter zu Gott gefunden haben. Das ist nicht gerecht. Ich bekomme einen verrückten Alten und eine Teenie-Schlampe, die nichts mehr von Jesus weiß, sobald sie von ihren Eltern ein neues Auto bekommen hat. Nun ja, zumindest kann sie selbst zur Praxis für Geschlechtskrankheiten fahren. Ich sage dir, wenn diese Kirche mir gehört, wird ein ganz neues System zur Qualitätssicherung eingeführt.«

»Beruhige dich, Liebes«, sagte Clement. »Du bist noch etwas aufgebracht über das, was diese Frauen laut Sharon angeblich über das Baby gesagt haben.«

»Glaub mir, ich bin auch noch nicht mit denen fertig«, erwiderte Veronica. »Das sind bösartige Schlangen. Diese Kühe sollen froh sein, dass wir in der Kirche sind. Ich wünschte nur, ich hätte sie namentlich angesprochen. Das würde ihnen recht geschehen.

Diese Unverschämtheit. Clarice mit ihrem völlig übersteigerten Ego. Ich überlege, ob ich überhaupt zu diesem blöden Konzert gehe. Es ist wirklich nicht nötig, dass man noch mehr Aufhebens um sie macht. Und Odette. Hast du schon mal eine fette Frau gesehen, die so von sich überzeugt ist? Barbara Jean ist die Tochter einer Hure, Herrgott, und die Narren in dieser Kirche stehen Schlange, um ihr den Hintern zu küssen. Und von Nadine Biggs will ich gar nicht erst reden. Wenn ich einen so nichtssagenden Kerl wie diesen Chorleiter vögeln würde, würde ich mich schämen.«

Sie wurde von lautem Klopfen an der Bürotür unterbrochen. Clement öffnete die Tür einen Spalt breit, und eine aufgelöste Sharon huschte herein. Gefolgt von ihrem Mann.

In gedämpftem Ton sage Sharon: »Mama, dein Mikrofon ist an.«

»Was?«

»Dein Mikro ist an, und in der Kirche kann man jedes Wort hören, das du sagst.«

Veronica drehte sich zu Clement, über dessen Schulter ihr pinkes Kleid hing. Dann sah sie das verräterische Mikrofon am Kragen des Kleides, das Apollo in seinen winzigen

Händen drehte und wendete. Bevor das Mikro ausgeschaltet wurde, hörte die entzückte Gemeinde in den Kirchenbänken, wie Veronica sich von ihren Tagen als Mitglied der First Baptist Kirche mit den Worten »Ach, du heilige Scheiße!« verabschiedete.

Die Gemeinde saß wie gebannt und hoffte, es würde noch mehr folgen. Sie sollte später erfahren, dass Veronica und ihre Familie durch die Hintertür geflohen und über dieselben Stufen zum Parkplatz gerannt waren, auf denen Reverend Biggs gestürzt war. Während das Publikum wartete, wandte sich Odette zu James und sah, dass er sich auf die Unterlippe biss und das Lachen verkniff. Der kurze Moment, in dem sich ihre Blicke begegneten, genügte. James stieß ein dröhnendes Johlen aus, das in dem stillen Raum widerhallte. Darauf folgte ein heiserer Schrei von Odette. Schon bald schallten Laute zügelloser Heiterkeit durch die Kirche.

Odette genoss es, das erste echte Lächeln auf James' Gesicht zu sehen, seit er El begegnet war. Und nach einem halben Jahrhundert offener und verdeckter Feindseligkeit empfand sie bedingungslose Zuneigung für Veronica.

28

Das Strahlen, das Veronicas Predigt auf James' und mein Gesicht gezaubert hatte, hielt sich auch während unseres traditionellen Sonntagsessens im *Earl's.* Wir waren immer noch guter Dinge, als wir nach Hause zurückkehrten und den Pflegedienst verabschiedeten, der in unserer Abwesenheit nach El gesehen hatte. El, James und ich saßen am Küchentisch und aßen den Rest des Chess Pies, den ich am Vorabend gebacken hatte, als James mich damit überraschte, dass er El nach seiner – ihrer – Familie fragte. Seine Fragen klangen zwar wie ein Verhör, aber das war besser als nichts.

El schien an jenem Abend ebenfalls zum Reden aufgelegt zu sein. Er erzählte uns von seinem Leben in einer Pflegefamilie mit einer verrückten Frau, die von Schlangen besessen war. Er verriet, dass er nach Miss Ruth nie wieder geheiratet und keine weiteren Kinder bekommen habe, obwohl ich seiner Stimme anhörte, dass er sich da nicht ganz sicher war.

»Meine Mama und mein Daddy sind beide gestorben, als ich ein Kind war. Ich weiß von keinen Verwandten. Jetzt sind nur noch mein Bruder und meine Schwester übrig.«

James und ich konnten es kaum glauben, als er seine Geschwister erwähnte. El sah unsere fassungslosen Gesichter und erklärte: »Es sind keine Blutsverwandten. Es sind meine Pflegegeschwister, Lily und Harold. Sie betreiben in Chicago eine kleine Blues Bar.«

Er unterhielt uns mit einer netten Geschichte darüber,

wie er lauter gesungen hatte als die Hochbahn. Dann aß er ein Stück von dem Chess Pie und schwärmte, dass es der beste sei, den er seit New Orleans gegessen habe. Rückblickend habe ich das vage Gefühl, dass er mir Honig um den Bart schmieren wollte. Aber das ist im Nachhinein leicht zu sagen. Ich war und bin eitel genug, was meine Backkünste angeht, dass ich damals nichts von seinen Motiven ahnte.

»Wo wir gerade von Chicago sprechen«, sagte er, »ich habe gehofft, dass ich vielleicht mitkommen könnte, wenn ihr dort hinfahrt. Ich möchte gern ein paar Tage bei Harold und Lily verbringen. Ich würde nicht fragen, wenn es für mich jetzt nicht so schwierig wäre, allein dort hinzukommen.« Er langte nach unten und klopfte mit den Knöcheln gegen die Plastikprothese unter seinem Hosenbein.

James und El für elf Stunden, die die Fahrt nach Chicago und wieder zurück dauern würde, in einem Auto einzuschließen, schien mir eine wundervolle Idee zu sein. Ich hielt mich jedoch mit meiner Meinung zurück. Ich konnte nicht behaupten, eine andere Frau geworden zu sein, doch der Streit, den James und ich gerade erst überwanden, war nicht ganz ohne Wirkung geblieben.

Mein Eingreifen war nicht erforderlich. James sagte: »Klar. Wir nehmen dich mit.«

Vor lauter Freude reagierte ich etwas voreilig. »Am Donnerstagabend treffen wir uns dort alle im Restaurant von unserer Freundin Lydia zum Abendessen. Vielleicht kannst du ja dazukommen. Unsere Enkelkinder werden da sein. Und ihre Familien.« Ich blickte zu James hinüber, um abzuschätzen, ob ich zu weit gegangen war, indem ich El zu unserem Donnerstagabendessen eingeladen hatte. Doch die Vorstellung schien ihn nicht zu stören.

Anschließend hätte ich den Mund halten und mich im Stillen darüber freuen sollen, wie gut der Tag verlaufen war. Stattdessen sagte ich: »Lydia ist die Tochter von Big Earl und Thelma McIntyre. Kanntest du Big Earl?«

Zu meiner Verteidigung muss ich sagen, dass es fast unmöglich ist, keinen Fehltritt zu begehen, wenn das Gelände von Fallen nur so wimmelt. Dass ich Big Earl erwähnte, war, als hätte ich einen Felsbrocken angehoben. Der Name war ausgesprochen, und widerliche Käfer, die das Licht scheuten, jagten in alle Richtungen davon.

»Natürlich kannte ich Earl«, sagte El. »Er war ein netter Typ.«

Da sprang James auf. »Ganz genau, er war ein netter Typ. Er gab Mama einen Job im All-You-Can-Eat, bevor der Laden überhaupt Gewinn abwarf. Er hat uns vorm Verhungern bewahrt. Big Earl hat mich als Kind mit zum Angeln genommen. Er hat mir beigebracht, wie man sich rasiert. Big Earl hat mir gezeigt, was es heißt, ein Mann zu sein. Ich verdanke ihm alles, was ich habe. Big Earl McIntyre war wie ein Vater für mich.« Diesen letzten Teil sagte er langsam und ließ es genauso vorwurfsvoll klingen, wie es gemeint war.

Ich dachte, er würde noch mehr sagen, doch der Sturm legte sich schnell. James und El aßen den Rest von ihrem Kuchen und kauerten über ihren Tellern wie verurteilte Straftäter. Das Thema Familie hatte sich erledigt. An jenem Abend sprachen sie kein Wort mehr miteinander.

Als ich am Montagmorgen herunterkam, um Kaffee zu machen, saß El am Küchentisch. Er war angezogen und trug eine schwarze Hose und ein weißes Anzughemd, das vom Liegen im Koffer zwar zerknittert war, ansonsten jedoch ordentlich gebügelt. Ich vermutete, und El bestätigte es, dass Barbara Jean vorbeikommen wollte, um ihn zum Frühstück auszuführen. Wie die meisten Männer putzte sich El so gut wie möglich heraus, wenn er Zeit mit Barbara Jean verbrachte.

Dutzende von Fotos lagen auf dem Tisch. Obwohl ich ihm sagte, dass das nicht nötig sei, begann er, sie einzusammeln, um für mich Platz am Tisch zu schaffen. »Ich habe nach weiteren Bildern für Barbara Jean gesucht.«

Er ging die Fotos durch und blinzelte, als er jedes einzelne studierte. Dann winkte er mir mit einer Aufnahme zu und sagte: »Hier habe ich ein Bild von James' Großvater, das ich euch zeigen kann.«

Ich sagte ihm, dass James sich sicher freuen würde. Doch wie sich bald herausstellen sollte, nahm der Morgen eine seltsame Wendung. James und ich würden das Foto von seinem Großvater Joe erst einige Tage später sehen.

James betrat die Küche, streckte bei jedem Schritt die langen Beine aus und gähnte. Alle paar Schritte blieb er stehen, streckte die Brust heraus und drückte sich die Knöchel der Faust in den unteren Rücken. Das war Routine. Jeden Morgen der Woche ging James langsam durch unser Haus und bewegte sich, als müsse er jeden Teil seiner ein Meter fünfundneunzig großen Gestalt einzeln aufwecken.

El hob ein Bild hoch und verkündete. »Da ist es ja.« Es war ein Schnappschuss von Loretta Perdue, auf dem Barbara Jean ihr erstaunlich ähnlich sah. Sie hockte am Rand einer Bühne, während sich hinter ihr eine blonde Sängerin mit einem runden Gesicht zum Mikrofon neigte.

James blickte das Bild an und beendete schlagartig seine morgendlichen Dehnübungen. Er und El wechselten einen

Blick und wandten sich dann rasch voneinander ab. Es war klar, dass, wie am Abend zuvor, als ich Big Earl McIntyre erwähnt hatte, ein weiterer Felsbrocken zur Seite gerollt worden war. Wieder kam etwas Unangenehmes zum Vorschein.

El schob das Bild in seine Hemdtasche. James schenkte sich einen Becher Kaffee ein, dann entschuldigte er sich und sagte, dass er noch etwas am Auto machen müsse, um es für die Reise vorzubereiten. Ich überlegte, ob ich fragen sollte, was gerade geschehen war oder nicht. Doch El verkündete, er würde sich noch ein wenig hinlegen, bevor Barbara Jean kam, um ihn abzuholen. In Sekundenschnelle war er aufgestanden und mit seiner Gehhilfe aus dem Raum geschlurft. So schnell hatte ich ihn die ganze Woche noch nicht gesehen.

Kaum hatten James und sein Vater die Küche verlassen, klingelte mein Telefon. Zuerst erkannte ich die Stimme nicht. Die Anruferin stellte sich nicht vor, sondern redete sofort los, als ich mich meldete. Nach ein paar Sätzen merkte ich, dass es Darlene Lloyd war. Sie rief an, um mir zu erzählen, dass Wayne Robinson gestorben war.

Darlene sagte, es verstoße zwar gegen die Krankenhausvorschriften, mir diese Nachricht mitzuteilen, aber sie empfand es als ihre christliche Pflicht, dass Terry es erfuhr. Wie jede gute Klatschtante benutzte sie Gott als Ausrede dafür, sich in fremde Angelegenheiten einzumischen. Ich dankte ihr für den Anruf und verabschiedete mich.

Ihre Nachricht war jedoch überflüssig. In dem Moment, als ich das klingelnde Telefon von der Arbeitsplatte nahm, wusste ich, dass Wayne Robinson tot war. Aus meinem Küchenfenster sah ich, wie er sich im Garten mit meiner Mutter und Eleanor Roosevelt unterhielt. Er gestikulierte wild beim Sprechen und verteidigte sich ganz offensichtlich – behauptete, dass er ein guter Ehemann gewesen sei, ein wohlmeinender Vater. Mrs. Roosevelt wäre womöglich geneigt gewesen, ihm ein mitfühlendes Ohr zu schenken. In dieser Hinsicht war sie milde. Doch bei Mama war er da an der falschen Adresse. Und besser, er zog sich schnell zurück, bevor Tante Marjorie auftauchte. Wenn Mama ihrer männlichen Schwester erzählt hatte, dass Wayne Robinson seinen heranwachsenden Sohn hinausgeworfen hatte, weil er zu mädchenhaft war, würde Tante Marjorie sehr wahrscheinlich Rache üben. Wenn irgendjemand einem toten Mann den Hintern verprügeln konnte, dann Tante Marjorie.

Aber das ging mich alles nichts an. Ich rief Terry an.

29

Das Simon Theater war für den Unabhängigkeitstag hergerichtet. Von den Wandleuchtern hing rotes, weißes und blaues Lametta. Jeder Tisch im Saal war mit amerikanischen Minifahnen und kleinen Pappkarikaturen der Gründungsväter patriotisch dekoriert. Audrey war ebenfalls herausgeputzt. Sie erwies Amerika in einer Uniform des Frauencorps der US-Army aus dem Zweiten Weltkrieg die Ehre. Sie hatte einen Liederabend konzipiert, der zu ihrem Outfit passte – *I'll Be Seeing You, A-Tisket, A-Tasket, Don't Sit Under the Apple Tree.*

Doch kaum richtete sich das Scheinwerferlicht auf sie, wich sie von ihrem Plan ab.

Als der Applaus verstummte, sagte sie: »Sonntagmorgen kehre ich nach Indiana zurück.«

Von den Stammgästen kamen ein paar Buh- und Neinrufe. Audrey lächelte und sagte: »Ihr seid süß. Aber keine Sorge, ich bleibe nicht dort. Ich fahre nur für ein paar Tage.« Das Buhen ging in Pfeifen und lauten Applaus über.

»Vielleicht waren einige von euch hier, als ich von der kleinen Aufgabe erzählt habe, die ich versprochen habe, dort unten zu erledigen. Nun ja, es ist so weit. Wie üblich besteht die größte Herausforderung darin zu entscheiden, was man zu einer solchen Gelegenheit anzieht. Ich habe alte Freunde angerufen und um Rat gebeten, aber ich weiß es noch nicht.«

Audrey sang den Standardsong von Ella Fitzgerald *Undecided.*

Früher an jenem Tag hatte Terry zum ersten Mal seit fünf Jahren in seinem ehemaligen Zuhause in Plainview angerufen in der Hoffnung, dass wer auch immer abhob, ihm eine Telefonnummer von seiner Schwester geben konnte.

Es war James Henrys Idee gewesen, dass Terry Cherokee anrufen sollte. Terry waren Zweifel gekommen, ob er das Versprechen durchziehen sollte, das er in Baileys Wäscherei und Chemischer Reinigung gemacht hatte. Damals war seine Wut frisch gewesen, angeheizt von jahrelangem Leid. Später, als der winzige Notgroschen, den er von Plainview mitgebracht hatte, aufgebraucht war, hatte er seinen Groll hinuntergeschluckt und damit seinen leeren Magen gefüllt. Auch nachdem Odette und James ihm freies Essen und einen Job im Diner ihrer Freundin Lydia in South Side besorgt hatten, dachte er jeden Tag an seinen Vater, und jeder Bissen, den er aß, schmeckte nach Rache.

Doch jetzt, nachdem Wayne Robinson tot und die Rache in greifbare Nähe gerückt war, stellte Terry erstaunt fest, dass er nicht wusste, was er tun sollte. Tief vergrabene Erinnerungen stiegen in ihm auf und verwirrten seine Gefühle. Campingausflüge mit Mom, Daddy, Cherokee und Seville. Wie Daddy ihm das Radfahren beigebracht, wie er in den Autos in Daddys Werkstatt gespielt hatte. Erinnerungen an eine bessere Zeit in einer fernen Vergangenheit konkurrierten mit den hässlichen Dingen, die später geschehen waren, und drohten aus dem Ungeheuer einen Troll zu machen.

Er hatte Odette angerufen und um Rat gebeten. Da sie nicht zu Hause war, sprach er mit James. Wie Terry nach den vielen Gesprächen, die er während seiner schwierigen

Highschool-Zeit mit James geführt hatte, erwartete, riet James ihm, der größere Mann – oder die Frau zu sein, je nachdem, ob Terry oder Audrey in Plainview auftauchen würde. »Du musst vergeben. Vergib deinem Vater und auch deiner Schwester. Das hätte deine Mutter gewollt.«

Bei James klang das leicht. Er erzählte Terry von der Rückkehr seines eigenen Vaters und wie heilsam es für ihn gewesen sei, El Walker zu vergeben. Da Terry nicht mit Odette über das Verhältnis von El und James gesprochen hatte, wusste er nicht, dass sich gerade ein deutlich komplizierteres Szenario im Haus der Henrys abspielte, als James zugab. Mit James' Drängen auf Vergebung im Kopf rief Terry in Plainview an.

Zu seiner Überraschung meldete sich Cherokee, als er die Nummer wählte, die seine ganze Jugend hindurch die seine gewesen war. »Hallo, hier ist Terry«, sagte er, als er ihre Stimme hörte. Er lauschte auf das Atmen seiner Schwester, während im Hintergrund eine Fernsehwerbung plärrte. »Wie geht es dir?«, fragte er.

Als sie noch immer nichts erwiderte, fuhr er fort: »Ich habe von Daddy gehört. Ich komme zur Beerdigung nach Plainview und …«

»Ich fasse es nicht, dass du die Nerven besitzt, hier anzurufen«, sagte Cherokee. »Hast du nicht schon genug angerichtet? Seit Daddy krank war, haben alle nur noch von dieser widerlichen Sache geredet, die du vorhast.« Ihre Stimme bebte, und Terry hörte sie schniefen. »Ich hoffe, du weißt, dass du das nicht durchziehen kannst. Seville kommt und bringt ein paar Freunde mit, die für Ordnung sorgen. Ich rate dir, gar nicht erst zu versuchen, auch nur in die Nähe von Daddys Grab zu kommen.«

Cherokee jammerte, welche Schmach Terry über die Familie gebracht habe und dass sie und Wayne Robinson jahrelang seinetwegen gelitten hätten. Als sie fortfuhr, ihm Vorwürfe zu machen, spürte Terry, wie der Hunger der Vergangenheit zurückkehrte. Und mit ihm die Wut, an der er sich ergötzt hatte, um diesen nagenden Hunger zu lindern. Als Cherokee ihren Vortrag unterbrach, sagte er: »Unser Bruder, der offenbar gerade wieder einmal frisch aus dem Gefängnis entlassen wurde, wird also am Friedhof Wache stehen, um *mich* davon abzuhalten, Schande über die Familie zu bringen?«

Cherokee hörte auf zu weinen. Terry vernahm eine weitere, fröhlichere Fernsehwerbung durchs Telefon. Dann erkundigte er sich nach dem Mann seiner Schwester. Ein Jahr, nachdem Terry Plainview verlassen hatte, heiratete Cherokee den gutaussehenden Erben der Chemischen Reinigung, für den ihr jüngerer Bruder einst in seinem selbstgeschneiderten Dior-Kleid getanzt hatte. »Wie geht es Andre, Mrs. Bailey?«

Dann war die Leitung tot.

Zu ihrem Publikum im Simon Theater sagte Audrey: »Nichts ist wie Familie. Wenn man gerade anfängt, die Vergangenheit zu vergessen, erinnert sie einen wieder daran, wo man herkommt.«

Sie spielte eine verjazzte Version von einem Trompetensignal auf dem Klavier, das als Einführung zu *Boogie Woogie Bugle Boy* diente. Das Trompetensignal ging in eine Reihe Akkorde über, die sie auf der Tastatur auf und ab spielte. Aus diesen Klängen heraus ertönte die Eröffnung eines Brahms Intermezzos.

»Bevor ich nach Indiana fahre, besuche ich ein Konzert im Millenium Park. Habt ihr die Werbung für die Aufführrung von Clarice Baker gesehen?« Ein paar im Publikum klatschten. »Mrs. Baker war meine Klavierlehrerin, als ich klein war.«

Chopin. Lauter und schneller. Einige Gäste pfiffen und riefen: »Bravo!«

»Genau. Eure kleine Audrey hat das Klavierspielen bei einer echten Virtuosin gelernt. Ich sollte ein großer Pianist werden wie Rubinstein. Na gut, vielleicht eher wie Van Cliburn.« Dann hob sie die Hände, um der Menge ihre klobigen, glitzernden Ringe an jedem Finger zu zeigen und spielte einen chromatischen Lauf von der untersten bis zur obersten Taste des Klaviers. »Okay, eher wie Liberace.«

Nach Mrs. Bakers Konzert nimmt mich meine Freundin Odette mit nach Plainview. Die Frage ist: Gehe ich in einen Second-Hand-Shop und besorge mir einen dunklen Herrenanzug, den ich tragen kann? Oder lackiere ich mir die Fingernägel feuerrot und trete in dem Chanel-Imitat auf? Ich sage euch was, als ich jünger war, hätte ich niemals gedacht, dass sich der größte Teil meines Lebens auf diese eine schwierige Frage reduzieren würde.«

Audrey sang die ersten Takte von dem Hit aus den 1940er-Jahren *Sentimental Journey.* Dann wechselte sie in eine neue Tonart. Sie zwinkerte der Menge mit einem stark getuschten Auge zu und schmetterte *Walk Like a Man.*

30

Am Abend vor ihrer Reise nach Chicago gingen Barbara Jean und Ray früh zu Bett und behaupteten beide, der Tag sei ermüdend gewesen. Eine Stunde, nachdem sie sich einen Gute-Nacht-Kuss gegeben und das Licht auf ihren Nachttischen ausgeschaltet hatten, lag Barbara Jean noch wach. Sie blickte auf die Schatten, die der Mond, der durch die hohen Bäume vor dem Haus hereinspähte, an die Decke warf. Sie lauschte, wie der Wind durch die Blätter der Bäume strich und hoffte, dabei einzuschlafen. Sie drehte den Kopf und sah, dass Ray ebenfalls nach oben blickte und lauschte, anstatt zu schlafen.

Dann stellte sie ihm die Frage, die ihr den ganzen Tag durch den Kopf gegangen war: »Bist du glücklich?«

Die Frage erschreckte ihn, doch die Antwort erfolgte prompt: »Natürlich bin ich glücklich. Ich habe alles, was ich immer gewollt habe.« Ray rückte näher zu ihr. Er schob einen Arm unter ihren Nacken, legte den anderen über ihren Bauch und hielt sie. Er atmete tief durch und sagte: »Du machst mir Angst.«

Barbara Jean drehte sich zu Ray herum, sodass ihre Lippen nur Zentimeter voneinander entfernt waren. »Es tut mir leid«, sagte sie. »Ich wollte dir keine Angst machen.« Sie küsste ihn. »Was ich wissen wollte, ist, betrachtest du dich selbst als glücklichen Menschen?

El und ich reden viel über Glück und Traurigkeit, wenn

wir zusammen sind. Vermutlich lässt sich das in Gesellschaft eines Blues-Musikers nicht vermeiden. El sagt, seit er Loretta gekannt habe, sei sie traurig gewesen. Sie war nur glücklich, wenn sie tanzte. Und El empfindet keine echte Freude, außer wenn er Ruthie aus dem Koffer holt. Manchmal denke ich, dass ich vielleicht wie die beiden bin. Ich bin glücklich, wenn ich mit dir zusammen bin. Ich war glücklich, als ich mit Adam zusammen war. Ich bin glücklich, wenn ich mit Odette und Clarice herumalbere. Ich kenne Glück nur so. Jemand oder etwas kommt und macht mich glücklich. Es kommt niemals aus mir selbst heraus. Ich bin auch nicht etwa *un*glücklich. Ich kann nur nicht viel mit Glück anfangen. Verstehst du, was ich meine?«

Barbara Jean spürte, wie sich die angespannten Muskeln in Rays Armen um sie entspannten. »Ich denke nicht viel darüber nach«, sagte er, »aber so ist es mehr oder weniger bei mir auch. Wenn ich mit dir zusammen bin und manchmal, wenn ich einen richtig guten Tag bei der Arbeit habe, fühle ich mich großartig. Sonst ist es, als würde ich nur so tun. Also, nicht ganz. Eher so, als würde ich daneben stehen. James geht es genauso. Wir haben uns ein paarmal beim Angeln darüber unterhalten.«

Weil sowohl Ray als auch James außerordentlich schweigsame Männer waren, hatte Barbara Jean immer angenommen, sie würden beim Angeln nicht miteinander reden. Sie hatte sie sich oft wie zwei stumme Statuen vorgestellt, die gemeinsam über den Fluss glitten, bis sie sich auf telepathische Weise darüber verständigten, dass es Zeit war, ans Ufer zurückzurudern.

»James glaubt, dass das mit den Vätern zu tun hat. Er

meint, dass wir ohne Vater aufgewachsen seien, hätte uns irgendwie fertiggemacht.«

»Vielleicht hat er recht«, überlegte Barbara Jean. »Bis ich mich mit Clarice und Odette anfreundete, kannte ich niemanden, der einen Vater hatte. Ich weiß noch, dass es mir vorkam, als würden sie auf einem anderen Planeten leben. Einmal, als Teenager, waren wir bei Odette zu Hause. Ganz nebenbei, als wäre das nichts, sagte Clarice, dass sie noch nie in ihrem Leben auch nur einen Moment das Gefühl gehabt habe, dass nicht alles gut würde. Egal, wie schlimm die Dinge waren, sie *wusste,* es würden wieder glücklichere Zeiten kommen.

Zuerst dachte ich, das hätte sie irgendwie in der Kirche aufgeschnappt. Miss Beatrice schleppte Clarice damals fast jeden Tag in die Calvary Baptist. Aber Clarice sagte, sie wüsste, dass alles gut werde, weil ihr Daddy das gesagt habe. Als ich das hörte, habe ich tatsächlich gelacht. Als ich zu Odette blickte, lachte diese jedoch nicht. Weißt du, was Odette gesagt hat?«

»Was?«

»Sie sagte: ›Ja, klar.‹ Kannst du dir das vorstellen? ›Ja, klar.‹ So sind die beiden aufgewachsen. Sie glaubten, alles werde gut, und sie würden glücklich sein, weil ihre Daddys es ihnen gesagt hatten.«

Stirn an Stirn lagen sie sich gegenüber und lauschten auf das Singen des Windes. Dann sagte Ray: »Ich glaube, ich weiß eine Lösung für dich. Wir müssen immer mehr Zeit miteinander verbringen, bis wir so verdammt glücklich sind, dass es natürlich für uns wird.«

»Der Plan gefällt mir«, sagte Barbara Jean. »Wer wäre nicht glücklich, wenn er Zeit mit dem König der hübschen, weißen Jungs verbringen dürfte?«

»Ach, hör auf«, erwiderte er.

Sie schob einen Arm um seine Taille und platzierte ihre Hand auf seinem Rücken. Dann legte sie die Lippen in die Mulde unten an seinem Hals, direkt über seinem Schlüsselbein. Als sie ein Teenager und frisch verliebt in Ray gewesen war, war sie davon überzeugt, dass jene Stelle nur für sie gemacht war. »Wir zwei werden es dem Glück schon zeigen.«

Mit zwei Kissen im Rücken saß El an das Messinggestell seines Bettes gelehnt. Er hielt einen schwarzen Filzstift in der Hand, den er zwischen anderen Schreibutensilien in einem unförmigen Becher gefunden hatte, in dessen Glasur in kindlicher Schrift »Oma« eingebrannt worden war. Er schrieb »Mein Freund Bubba und mein Bruder Bert« auf die Rückseite des Fotos in seinem Schoß und legte es auf einen Stapel rechts von sich. Dann nahm er das nächste.

Einige der Bilder waren für Barbara Jean bestimmt. Er hatte noch einige gefunden, auf denen Loretta im Hintergrund zu sehen war. Nicht alle waren von der Art, die sie sehen sollte. Ein paar zeigten Loretta jedoch von ihrer besten Seite, als sie so atemberaubend schön gewesen war, dass man sie nur ansehen musste und das Gefühl hatte, aus dieser Welt ins Paradies überzutreten.

Der Rest der Bilder war für James bestimmt. Dasselbe galt für Ruthie. James hatte zwar gesagt, dass er sie nicht haben wolle, aber vielleicht änderte er seine Meinung, wenn El erst tot war.

El hatte sein Ende geplant. Die Idee war ihm gekommen, nachdem Odette ihn als Leopardenfrau davon abgehalten hatte, die Tabletten zu schlucken. Einige Tage und ein paar Lügen später war die Zeit gekommen.

Er hatte gelogen, als er Odette und James sagte, sein Bruder und seine Schwester würden ihn in Chicago erwarten. Das letzte Mal hatte er vor zehn oder elf Jahren mit Lily gesprochen. Sie war in einem Club in Gary, Indiana, aufgetaucht, in dem er gespielt hatte. Wie schon Dutzende Male im Laufe der Jahre hatte sie verkündet, sie sei durch mit den Drogen und mit Harold. Sie wollte clean werden und wieder singen, bevor es zu spät war. Mit fast siebzig steckte sie in ihrer Sucht fest, träumte, ohne jemals zu handeln. Am Ende des Abends war sie verschwunden, und seither hatte El sie nicht mehr gesehen.

Das war auch in Ordnung. Wäre sie bei ihm geblieben, wäre Lily inzwischen vermutlich tot. In jener Nacht in Gary war er völlig pleite gewesen und hatte mitten in seinem letzten Rückfall gesteckt. Das Beste, was er ihr hätte bieten können, wäre ein Zimmer in seinem heruntergekommenen Haus in New Orleans gewesen, wo sie beide nur noch tiefer in die Sucht abgerutscht wären. Jetzt war er jedoch clean und hatte genug Geld, um Lily nach New Orleans zu bringen. Er hatte einige Freunde organisiert, die ihr helfen würden, sich dort niederzulassen, überwiegend alte Kerle, die sich an das zierliche weiße Mädchen mit der Bessie-Smith-Stimme erinnerten. Sie würden sich um sie kümmern.

Sein Wiedersehen mit Lily war nicht das, was er sich einst erhofft hatte. Zu viel Zeit war verstrichen, als dass sich der Traum, gemeinsam zu singen und zu reisen, noch realisieren ließe. Aber er hatte davon geträumt, sein Versprechen wahrzumachen, auf seine kleine Schwester aufzupassen, das er ihr auf einem Baumstamm im Wald als Junge gegeben hatte. Lily mit Forrests Geld diese letzte Chance zu verschaffen war genug.

El hatte auch gelogen, als er Odette und James erzählt

hatte, er werde mit ihnen zusammen nach Plainview zurückkehren. Sobald Lily mit Forrests Geld in der Tasche unterwegs war, würde El sich in Chicago ein billiges Zimmer nehmen und die Schmerztabletten, die er im Krankenhaus gesammelt hatte, mit dem Whiskey von Forrest hinunterschlucken. Odette hatte Wort gehalten und die Tabletten nicht weggeworfen. Er hatte beobachtet, wie sie sie am ersten Abend in ihrem Haus in einen Schrank gelegt hatte, und gestern Nacht hatte er sie sich in die Tasche gesteckt.

Vierzig Jahre lang hatte er vor jedem Song in jedem Club, in dem er auftrat, ins Publikum geblickt. Er war sich sicher gewesen, dass James eines Abends hereinspazieren würde. Manchmal stellte er sich vor, wie James mit offenen Armen auf ihn zulief und ihm vergab. Dann wieder stellte er sich James als wütenden Mann vor, der entschlossen hereinschritt, um Gerechtigkeit zu fordern. In jeder Variante malte er sich aus, wie er seinen Sohn mit einer seiner besten Nummern beeindruckte und James zeigte, wer er war, auch wenn er es nicht schaffte, es ihm zu sagen.

Jetzt war ihm klar, dass all die Jahre, die er ins Scheinwerferlicht geblinzelt hatte, Zeitverschwendung gewesen waren. Bis El durch einen Akt der Barmherzigkeit unter dem Dach seines Sohnes Unterschlupf fand, hatte James gar nicht gewusst, dass er Blues-Musiker war.

Doch James hatte ihn seinen besten Song singen hören, der alles über ihn sagte, in einer wunderschönen Kirche, am letzten Tag, an dem El auf seinen eigenen zwei Füßen hatte laufen können. Wie das Geld zu Lily zu bringen, damit sie endlich sicher war, musste auch das genügen.

Er drehte ein weiteres Foto um und schrieb »Meine Familie. Ich, Lily, Bubba, Leroy, Bert.«

Er wird nie den Mund halten, dachte Clarice, als Richmond, der neben ihr im Bett lag, ihr eine weitere Frage zu der Erneuerung ihres Ehegelübdes stellte. Sie waren übereingekommen, nicht über die Feier zu diskutieren oder, wie Richmond es nannte, »die Hochzeit«. Irgendwie endete das Gespräch trotzdem immer dort. Zuerst war ihr das Geplauder wie eine Verbesserung gegenüber den langen Gesprächen über ihre Gefühle oder die Einzelheiten ihres Tages erschienen. Dann war er unerbittlich immer wieder auf dasselbe Thema zurückgekommen. Jetzt hätte sie beim Klang seiner Stimme am liebsten geschrien.

Durch das dreieckige Fenster oben in der gegenüberliegenden Wand des Schlafzimmers starrte sie den Mond an. Sie lauschte dem Klingeln des Windspiels draußen, das sich in der steten Brise drehte. Sie stellte sich vor, dass sie den ersten Satz von Beethovens *Pathétique* spielte. Nichts ließ seine Stimme verblassen.

»Stellst du dir ein Siebzigerjahre-Thema vor? Du weißt schon, weil wir da geheiratet haben«, sagte er. »Die Hochzeitsgesellschaft könnte Spaß an den Kleidern haben. Wir könnten dieselbe Musik hören wie auf der Party damals.«

»Liebling, ich bin ein bisschen müde«, sagte Clarice. »Ich habe heute ziemlich viel geübt. Reden wir morgen im Auto darüber.« Sie wollte eine Schlaftablette nehmen, bevor sie auf dem Beifahrersitz des Wagens Platz nahm, sodass sie den ganzen Weg nach Chicago dösen konnte. Doch es gab keinen Grund, ihm das zu verraten.

»Kein Problem«, sagte er.

Kurz darauf ratterte er Ideen herunter, die ganz offensichtlich von ihrer Mutter stammten. »Es wäre nicht so schlecht, den Gottesdienst in der Calvary Baptist abzuhalten, was denkst du? Da hat die erste Trauung stattgefunden, und die Calvary ist immer noch die schönste Kirche der Stadt. Miss Beatrice würde sich sicher freuen.«

»Ich weiß nicht, ob ich meiner Mutter falsche Hoffnungen machen will«, erwiderte Clarice. »Wenn sie mich in die Calvary spazieren sieht, könnte sie die Tür hinter mir zuschlagen und mich nie mehr rauslassen.«

Er ging darüber hinweg und sprach jetzt nicht mehr von der Erneuerung ihres Gelübdes, sondern von Clarices Umzug zurück in sein Haus. »Es kommt jemand und streicht deine Schränke, solange wir in Chicago sind. Bis wir zurückkommen, sollten die fertig sein.«

Clarice begann, mit den Zähnen zu knirschen.

Es war nicht allein Richmonds Schuld, dass sie so gereizt war. Sie war nervös wegen der Aufführung. Daran konnte noch so viel Händchenhalten oder Rückenklopfen nichts ändern. Und das Einzige, was ihr helfen konnte, war nicht im Angebot, jedenfalls nicht in letzter Zeit.

Obwohl Richmond jetzt jede Nacht bei Clarice in Leaning Tree übernachtete, hatten sie seit jenem Mal, nachdem sie in der Notaufnahme gelandet waren, nicht mehr miteinander geschlafen. Er hatte die ärztliche Genehmigung, es zu tun, solange sie ein vernünftiges Maß einhielten. Doch die Angst beunruhigte sie beide zu sehr, als dass einer von ihnen den Anfang zu machen wagte.

»Nelken«, sagte Richmond. »Wusstest du, dass man sie in jeder Farbe einfärben kann, die man haben will?«

Sie hätte schwören können, dass Richmond ein Gänseblümchen nicht von einer Rose unterscheiden konnte, und trotzdem wollte er über Blumenarrangements sprechen.

Das war einfach zu viel. Sie drehte sich zu ihm um, robbte

über die Laken zu ihm, warf ein Bein über seine Hüften und setzte sich rittlings auf ihn. Dann beugte sie sich hinunter und küsste ihn auf den Mund.

Als sich ihre Lippen voneinander lösten, sagte er: »Ich weiß nicht, ob wir das tun sollten.«

Sie küsste ihn erneut und zog das T-Shirt aus, das sie im Bett trug. »Liebling, heute Nacht spielen wir mit deinem Leben«, erklärte sie.

Kurz darauf erlebte Richmonds wahre Natur ein Revival. Schon bald legte er die Arme um Clarice und sie rollten gemeinsam über das Bett. Und für eine Stunde vergaß sie Beethoven.

Odette gab den Versuch zu schlafen auf und stand aus dem Bett auf. Als die alten Sprungfedern quietschten, schnaubte James und drehte sich um. Er schlief gut, was eine Seltenheit war. So leise wie möglich schloss Odette die Tür hinter sich.

Sie ging den vom gelblich-grünen Schein der Nachtlichter erhellten Flur hinunter. Die Lichter besaßen die Form von Comicfiguren, da James sie für die Enkelkinder besorgt hatte, sollten diese nachts aufwachen. In letzter Zeit hatte die fröhliche Beleuchtung ihrem älteren Hausgast geholfen, im Dunkeln den Weg ins Bad zu finden.

Odette hörte El durch die geschlossene Zimmertür schnarchen. Wenn sie nicht gerade von James käme, hätte sie geschworen, dass der Lärm von ihm stammte. Ihr Schnarchen unterschied sich lediglich durch die Lautstärke. Es kam Odette vor, als hätte sich El an diesen alten Verstärker angeschlossen, den er mitgebracht hatte.

Die Katzen – in dieser Woche wohnten fünf bei James und Odette – folgten ihr durchs Haus, in der Hoffnung, vielleicht einen Mitternachtsimbiss zu ergattern. Als Odette nicht in die Küche ging, wo ihre Schalen standen, schoben die Katzen ihre Enttäuschung beiseite und begleiteten sie weiter ins Wohnzimmer.

Vom Tisch neben dem Sofa nahm Odette das Buch, in dem sie zur Zeit las, der neueste Band einer etwas billigen Fantasy-Reihe über einen gutaussehenden Kriminalbeamten. Sie schlug das Buch jedoch nicht auf oder schaltete auch nur die Lampe an. Stattdessen streckte sie sich auf dem Sofa aus und legte sich das Buch auf den Bauch, während die Katzen es sich an ihrer Schulter, den Hüften, Knien und Knöcheln bequem machten.

Seit El in ihrem Leben aufgetaucht war, merkte Odette, dass sie mehr an ihren eigenen Vater dachte als seit Jahren. Vielleicht mehr als jemals überhaupt. Wilbur Jackson hatte das Haus gebaut, in dem sie aufgewachsen war. Vielleicht war es zutreffender zu sagen, dass er es gebaut und umgebaut hatte. Das Haus in Leaning-Tree war zunächst nur ein einfaches Haus mit einem Schlafzimmer gewesen, gerade groß genug, dass ihre Eltern nach der Hochzeit darin wohnen konnten. Als Wilburs und Doras Familie wuchs, wuchs das Haus entsprechend mit. Baugeräusche – Sägen, Hämmern, Fluchen –, wenn ihr Vater neue Zimmer erschuf, gehörten zu Odettes frühesten Kindheitserinnerungen.

An dem Tag, an dem Odettes Vater seinen größten Umbau abschloss – zwei zusätzliche Schlafzimmer, ein Bad und eine neue Küche – waren Odette und ihr Bruder Rudy durchs Haus gelaufen, von Zimmer zu Zimmer gehüpft und hatten gerufen: »Meins!« Ganz egal, ob sie in einem Schlafzimmer oder in einem Schrank standen. Jeder Zentimeter des Hauses war so besonders, dass jeder von ihnen

Anspruch darauf erhob. Odette wunderte sich noch immer über das Schloss, das ihr Vater mit seinen geschickten Händen, seinem kräftigen Rücken und seiner Kreativität für sie erschaffen hatte. Ein Teil von ihr war immer überrascht und ein bisschen enttäuscht, wenn sie Clarice in dem alten Haus besuchte und sah, dass nirgends ein neues Zimmer entstand.

Odettes Vater hatte noch bis wenige Wochen vor seinem Tod gebaut. Am Ende hatte er seine Pläne für die nächste Umbaurunde vom Krankenbett aus verkündet, obwohl seine Arme da zu schwach gewesen waren, um noch einen Nagel einzuschlagen. Odette erinnerte sich, wie ihr Vater, als er das Zeitgefühl verlor und ihre Mutter und sie nicht mehr auseinanderhalten konnte, erklärte: »Ich muss zu Odette, Dora. Ich will ihr ein Oberlicht einbauen.« Seine Leidenschaft für dieses Projekt blieb ungebremst, auch als sie ihn daran erinnerte, dass er bereits eine Woche nach ihrem Einzug ein Oberlicht in James' und ihr Haus eingebaut hatte.

Erst, nachdem Odette selbst in einem Krankenhausbett gelegen hatte und glaubte, sie würde ihren letzten Atemzug tun, hatte sie die letzten Tage ihres Vaters wirklich verstanden. Als sich ihre erwachsenen Kinder um sie versammelten und Abschied nahmen, verfolgte Odette die Angst, dass sie nicht genügend gute Erinnerungen geschaffen hatte, um sie zu stützen. Wie ihr Vater hatte Odette sich mehr als alles andere gewünscht, aus dem Krankenhausbett aufzustehen und ein Loch in die Decke schneiden zu können, damit Jimmy, Eric und Denise den Himmel sehen konnten.

Ob unsere Väter uns gut oder schlecht behandeln, dachte sie jetzt, sie lassen uns nie wirklich los. Trotz seiner endlosen Frauengeschichten und seiner unzähligen unehelichen Kinder war Abraham Jordan davon überzeugt gewesen, dass seine Clarice die Sonne und der Mond war. Irgendwo tief im Inneren war sich Odette sicher, dass Clarice das auch glaubte. Sie lachten noch immer, wenn sie sich daran erinnerten, wie Mr. Jordan hinten in den Konzerthallen mehr gestanden als gesessen hatte, wenn Clarice einen Auftritt hatte, weil ihn die Aufregung nicht lange auf seinem Stuhl hielt. Wenn der Rest des Publikums applaudierte, sprang Abraham Jordan auf, pfiff und johlte, als befände er sich auf den Rängen bei einem Footballspiel.

Richmonds Predigervater hatte über die Fehler seiner Söhne hinweggesehen, und so hatte Richmond das Glück, den Großteil seines Lebens nicht zu ahnen, dass er überhaupt welche besaß. Mit all dieser Liebe und Bestätigung wuchs Richmond zu einem derart charmanten Kerl heran, dass andere Männer erst begriffen, was für ein Schurke er war, wenn sie ihn mit ihren Freundinnen davonspazieren sahen. Und Frauen merkten erst, wie falsch er war, wenn er sie aus seinem Hotelzimmer scheuchte.

Dann gab es da noch Barbara Jean, Ray und James. Seit sie die drei kannte, hatte Odette begriffen, was sie als selbstverständlich hingenommen hatte. Es war Big Earl McIntyre zugefallen, den dreien den Vater zu ersetzen – einen Versager, der sich aus dem Staub gemacht hatte, einen jämmerlichen Gauner, der im Gefängnis gestorben war, und einen egoistischen Drogensüchtigen.

Alle waren jetzt sechzig oder älter, aber jeder von ihnen rang noch immer damit, entweder dem Weg zu folgen, den ihr Vater vor langer Zeit für sie vorgezeichnet hatte, oder ihn gerade zu meiden. Bergauf oder bergab, glatt oder steinig, gerade oder gewunden, jeden von ihnen zog es immer wieder zu diesen Wegen zurück.

Odette streckte sich und gähnte, aber sie fühlte sich kein bisschen schläfriger. Auf dem Sofa meldete sich allmählich ihr Rücken, und sie drehte sich in eine etwas bequemere Position. So lagen Odette und die Katzen beisammen und betrachteten durch das Oberlicht, das ihr Vater einst für sie eingebaut hatte, die Sterne.

31

Am Mittwochmorgen vor Clarices Auftritt in Chicago verließen die Supremes Indiana und bildeten mit ihren drei Wagen eine kleine Kolonne. Barbara Jean und Ray fuhren in ihrem Mercedes vorneweg. Richmond und Clarice folgten in Richmonds überdimensioniertem Chrysler, Odette, James und El bildeten das Schlusslicht.

Zu Beginn der Reise blieben die drei Fahrer in Sichtweite, doch schon bald trennten sie sich, und am Ende lagen sie Stunden auseinander. Ray und Barbara Jean bogen vor Indianapolis ab, um ein Vogelschutzgebiet in Connerville zu besuchen. Richmond weckte Clarice in der Nähe von Lafayette aus ihrem Schlaftablettenschlummer zu einer ausgiebigen Mittagspause. Als Polizist war James es nicht gewohnt, sich strikt an die Geschwindigkeitsbegrenzung zu halten, so drückte er das Gaspedal durch und erreichte Chicago eine halbe Stunde schneller als ein gesetzestreuer Fahrer in einer hervorragenden Zeit.

Um zwei Uhr parkten Odette, James und El vor dem Blues Pot. Die Nachbarschaft hatte sich in den Jahrzehnten, seit El das letzte Mal hier gewesen war, verändert, und der Blues Pot ebenso. Die meisten kleinen Geschäfte, an die er sich erinnerte, waren verschwunden. Die scharf gekleideten jungen Männer und Frauen, die früher den ganzen Tag den Block auf und ab stolziert waren, ebenfalls. Die Fassade der Kneipe konnte genauso wie der Pizzaladen auf der einen und der leerstehende Laden auf der anderen Seite dringend einen neuen Anstrich vertragen. Das weiße Schild in Form einer Gitarre, an das El sich erinnerte, hing noch über dem Eingang, aber die bunte Umrandung der rundlichen Frau, die einst das Schild geziert hatte, war vollständig verblasst. Die Worte »Blues Pot« waren kaum noch zu lesen, doch das in uneleganten Buchstaben gesetzte »Harold's«, das das Bild der Sängerin ersetzte, war deutlich zu erkennen. Nur die Gleise des »L-Zugs«, die wenige Meter von dem Laden entfernt verliefen, waren unverändert.

Odette öffnete die Tür zum Blues Pot für El und James, der Gitarre und Koffer seines Vaters trug. Zu dritt betraten sie den Laden. Nachdem ihre Augen sich nach dem Sonnenlicht an die Dämmerung im Inneren gewöhnt hatten, blickten sie sich in dem Raum um, der genauso heruntergekommen wirkte wie die Fassade. Ein alter Fernseher mit schlechtem Empfang fauchte in seiner Halterung an der Wand. Zwei Männer kauerten an der Bar über ihren Flaschen, ohne Notiz voneinander zu nehmen.

Die Bühne, die sich gegenüber von der Bar befand, schien seit Ewigkeiten nicht benutzt worden zu sein. Kartons mit den Namen billiger Alkoholmarken standen um ein abgedecktes Klavier herum. Vier rostige Mikrofonständer, die mit schwarzen Kabeln zusammengebunden waren, hielten am Rand der Bühne Wache. Die Staubpartikel, die durch die Luft wirbelten, waren das Einzige, was sich im Raum bewegte.

Eine Toilettenspülung ertönte, dann wurde unter dem Fernseher eine Tür geöffnet. Ein Mann, in dessen rötliches Gesicht sich tiefe Falten gegraben hatten, trat aus der Herrentoilette und wischte sich die Hände an einem fleckigen

Geschirrtuch ab. Über den Ohren wuchs ein spärlicher Kranz weißer Haare, der Rest des Schädels war kahl. Er war groß und dick. Sein Bauch quoll deutlich über und unter dem Bund seiner Hose hervor. Seine Bewegungen waren jedoch die eines jüngeren, sportlicheren Mannes. Als er auf die Eichenbar zuschritt, warnte jede seiner Bewegungen Beobachter, dass mit diesem alten Mann nicht zu scherzen war. Als er die halbe Tür öffnete, die hinter die Bar führte, grinste er die Neuankömmlinge mit seinen gelbverfärbten Zähnen an und fragte: »Was kann ich für euch tun?«

Dann stutzte er und richtete den Blick auf El. Er wich zurück, dann kam er ein paar Schritte auf El zu. »Ich fass es nicht.«

»Hallo, Harold«, sagte El. Er wandte sich an Odette und James. »Das ist mein Bruder Harold.« Und Harold erklärte er: »Das sind mein Sohn James und seine Frau Odette.«

Sowohl Odette als auch James sagten: »Freut mich.«

Harold wechselte das Geschirrtuch von einer Hand in die andere und ließ El nicht aus den Augen, als glaubte er, sein früherer Erzfeind könnte verschwinden, wenn er wegsah. »Dass ich dich noch einmal wiedersehe, damit habe ich wirklich als Letztes gerechnet«, sagte er. »Ich dachte, du wärst inzwischen gestorben.«

Odette und James wechselten einen Blick, als sie merkten, dass Harold von ihrem Kommen nichts wusste. El hatte zwar nicht explizit gesagt, dass man ihn erwartete, aber es in einer Art angedeutet, die vermuten ließ, dass er sie getäuscht hatte.

Ein Sonnenstrahl fiel in den Raum, und eine ältere Frau schlurfte durch die Eingangstür herein. Sie war klein und dünn und so außergewöhnlich blass, dass ihre Haut fast bläulich wirkte. Auf die Wangen hatte sie zwei kreisrunde

Flecken Rouge gemalt, die das Grau ihrer Augen betonten. Ihr Haar war gefärbt und hatte die orangegelbliche Tönung eines Manilaumschlags. Sie bewegte sich sehr langsam wie jemand, der Angst hatte zu stolpern und zu fallen. Die Frau hielt einen Teller mit einem Sandwich aus weißem Brot, einem Berg Pommes Frites und einem Schokoladen-Cupcake in der Hand. Sie murmelte den beiden Männern auf den Barhockern eine Begrüßung zu, während sie hinter die Bar ging und den Teller neben der Kasse abstellte.

Als sie sich auf den Rückweg zum Ausgang machte, rief El: »Hallo, Lily.«

Sie drehte sich um und blinzelte El an. Dann schrie sie auf: »Bruder?«, und kam in die Mitte des Raums zu ihm. In einer Mischung aus Umarmung und Schwächeanfall fiel Lily gegen El, woraufhin dieser etwas unbeholfen mit seiner Gehhilfe ins Wanken geriet. »Mein Bruder«, sagte sie, Tränen liefen ihr über die Wangen und verwischten das Rouge.

Lily nahm Els Gesicht in ihre blaugeäderten Hände und sagte: »Ich kann es kaum glauben.« Ihre Stimme war leise und ein wenig kratzig.

Lily blickte über ihre Schulter zu ihrem Mann und sagte: »Siehst du, ich habe dir doch gesagt, er kommt zurück.« Sie streichelte Els Gesicht.

Sie redete los und verstummte dann plötzlich, als würde sie zwischendurch vergessen, dass sie eine Unterhaltung führte. *Sie ist nicht ganz da,* dachte Odette.

Lily zog ein Taschentuch aus ihrem zerschlissenen grünen Hauskleid und wischte sich die Augen. »Wie lange ist das her?«, fragte sie. »Zwei, drei Jahre?«

El blickte hinunter auf seine Hände und zählte an seinen knochigen Fingern ab. »Eher zehn oder elf, fürchte ich.«

»Nein, das kann nicht sein«, widersprach sie und starrte zum Fernseher hinauf, als könnte sie dort das Datum überprüfen. Sie stopfte das Taschentuch zurück in ihre Tasche und umfasste Els Schultern. »Ist ja auch egal, wie lange es her ist. Ich bin froh, dass du da bist, Marcus.«

»Das ist doch jetzt Mr. El Walker, Lily. Weißt du das nicht mehr?«, sagte Harold.

»Doch, natürlich.« Lily zeigte auf die vollgestellte Bühne auf der anderen Seite des Raums. »Genau da drüben haben wir dir den Namen gegeben.«

»Stimmt«, bestätigte El. Dann stellte er sie James und Odette vor.

Lily schüttelte Odettes Hand und musterte James von oben bis unten. »Der kleine James, ganz erwachsen«, stellte sie fest. »Kommt, setzt euch. Kann ich euch etwas zu trinken bringen?«

Sie lehnten eine Erfrischung ab, ließen sich jedoch von Lily an einen der Tische führen, die um die Bühne herumstanden. Die Tischplatte aus Holzimitat war dreckig, und die klapprigen Stühle ächzten, als sie sich setzten. In der Votivkerze in der Mitte des Tisches wohnte eine große, schwarze Spinne und hatte dort ihr kunstvolles Netz gesponnen.

»Ich wünschte, ich hätte gewusst, dass ihr kommt«, sagte Lily. »Dann hätte ich mich doch etwas zurechtgemacht.«

»Du siehst gut aus«, gab El mit heiserer Stimme zurück. Er räusperte sich. »Ich hatte gehofft, wir könnten vielleicht eine Kleinigkeit zusammen essen gehen, um ein bisschen zu reden.« Er wandte sich zu Harold um: »Du hast doch nichts dagegen, oder?«

Harolds finsterer Blick ließ keinen Zweifel daran, dass er

natürlich etwas dagegen hatte. Doch er sagte: »Überhaupt nicht. Ich denke nur, es wäre netter, wenn wir alle zusammen zu Abend essen, meinst du nicht, Lily? Ich kann den Laden auch mal früher schließen.«

»Ja, wir sollten alle hier zusammen zu Abend essen. Das wäre schön«, stimmte Lily ihm zu. Sie wandte sich an James und Odette und zögerte, als versuchte sie, sich an ihre Namen zu erinnern. Nach einem Augenblick sagte sie: »Können Sie sich zu uns gesellen?«

»Danke«, antwortete James, »aber wir treffen uns zum Abendessen mit Freunden.« Odette wollte James korrigieren und sagen, dass sie erst am nächsten Abend verabredet seien, doch er machte ihr mit seinem Blick deutlich, dass er einen Widerspruch nicht schätzen würde.

Eine Klimaanlage über der Eingangstür sprang mit einem dumpfen Geräusch an. Durch den surrenden Lärm, der darauf folgte, war Lily kaum zu verstehen. »Vielleicht ein anderes Mal.« Sie legte eine Hand auf Els Arm, die andere auf Harolds. »Heute Abend feiern wir drei.«

Einer der Männer an der Bar verlangte ein frisches Bier, und Harold entschuldigte sich. Nachdem er sich von seinem knarrenden Stuhl erhoben hatte, um sich um seine Gäste zu kümmern, sagte El zu Lily: »Ich würde wirklich gerne unter vier Augen mit dir sprechen. Vielleicht können wir eine Runde um den Block gehen, solange Harold sich um die Bar kümmert.«

Lily drehte sich auf ihrem Stuhl um und rief den Männern an der Bar zu: »Hey, Perry. Hey, Jerome. Dieser Mann hier ist ein Star. Er ist der beste Blues-Musiker des Landes, vielleicht der ganzen Welt.« Sie blickten auf und sahen zu El. Dann prosteten sie ihm mit ihren leeren Flaschen zu, wandten sich wieder ab und warteten darauf, dass Harold sie mit Nachschub versorgte.

Lily streckte den Arm aus und legte erneut eine Hand an Els Wange. »Weißt du, was wir machen sollten? Wir sollten singen. Du und ich könnten den jungen Leuten zeigen, wie man das macht.«

Sie löste ihre Hand von Els Gesicht und klatschte in die Hände. »Das wird lustig. Ich habe meine alten Kostüme oben. Die passen mir noch. Vielleicht können wir Bubba und Leroy dazu bringen, mit uns zu spielen, so wie früher. Wäre das nicht was?«

Harold erschien wieder und grinste: »Das wäre was, allerdings. Bubba und Leroy sind beide seit über dreißig Jahren tot.«

Einen Moment schien Lily erschrocken über den Tod ihrer alten Freunde zu sein. Dann sagte sie: »Ich weiß, dass sie tot sind. Ich habe nur laut gedacht.« Sie spielte mit einer Strähne ihrer orangegelben Haare. »Wenn wir bekannt machen, dass El hier ist, werden alle möglichen Leute kommen, um uns zu sehen. Nicht wahr, Harold?«

»Ganz bestimmt, Schatz«, stimmte Harold ihr zu.

Odette beobachtete El, der mit geröteten Augen zu Lily blickte. Lily fuhr auf ihre abgehackte Weise fort, über Els und ihren Auftritt zu reden. Sie nannte Songs und beschrieb ihre Kostüme. Sie sprach mit der unschuldigen Freude eines Kindes, das von seinem tollen Weihnachtsspiel erzählt. El sah fast so unglücklich aus wie an dem Tag, als Odette und James ihn in seinem Krankenhauszimmer überrascht hatten. *Dieser Mann,* dachte Odette, *ist wirklich am Ende.*

»Ich glaube, Freitagabend wäre perfekt«, erklärte Harold. »Ich sage dem Burschen, der hier saubermacht, er soll früher kommen, die Kartons wegräumen und alles aufbauen. Das wird etwas ganz Besonderes. Ich druck ein paar Flyer, dass El Walker uns mit seiner Gegenwart beehrt und lass sie an jedem Blues- und Jazz-Club in der Stadt aufhängen. Ich sorge dafür, dass der Laden bis auf den letzten Platz besetzt ist und wenn es das Letzte ist, was ich tue.«

»Ich weiß nicht, ob das so eine gute Idee ist«, murmelte El.

»Natürlich ist das eine gute Idee. Du willst doch deine kleine Schwester nicht etwa enttäuschen?«

»Du musst bei uns wohnen«, sagte Lily. »Wir haben jede Menge Platz. Du kannst in dem Apartment hinten schlafen. Das steht leer bis auf einen Haufen von meinen Sachen.« Sie blickte zu ihrem Mann. »Er kann doch bei uns wohnen, nicht?«

»Etwas anderes kommt nicht in Frage«, erklärte Harold.

»So können wir uns auch besser auf den Auftritt vorbereiten. Wir haben morgen den ganzen Tag und Freitagnachmittag zum Proben.«

»Werden Sie kommen?«, fragte Lily an James gewandt. »Das wäre wirklich schön. Fast, als wäre Ruth dabei.«

James rutschte unruhig auf seinem Stuhl hin und her und blickte zum Ausgang. Odette sprang ihm bei. »Wir kommen«, sagte sie.

»Wir spielen um acht und um zehn. Nein, um neun und um elf. Das ist gut.«

Lily stand vom Tisch auf und sagte: »Ich mache das Zimmer fertig.« Odette und James boten beide ihre Hilfe an, doch Lily bestand darauf, dass sie sitzen blieben und sich entspannten. Dann verschwand sie durch die Tür neben der Bühne.

Nachdem Lily weg war, versiegte die Unterhaltung. Harold beobachtete El weiterhin mit Argusaugen. James lauschte auf die Geräusche der rumorenden Klimaanlage und des draußen vorbeiströmenden Verkehrs. Odette studierte die Spinne im Kerzenhalter. Schließlich sagte El: »Danke, Leute. Ab jetzt komme ich alleine klar.«

Odette sah, wie die zwei alten Männer einander taxierten wie zwei Boxer vor einem Kampf. Sie wollte gerade anbieten, dass El mit ihnen ins Hotel kommen könnte, anstatt hierzubleiben, doch ehe sie zu Wort kam, stand James auf und sagte »Leb wohl« zu seinem Vater und »Hat mich gefreut« zu Harold. James half Odette vom Stuhl auf, fasste sie am Ellbogen und zog sie zur Tür. Sie konnte ihnen gerade noch über die Schulter »Bis Freitagabend« zurufen, dann standen James und sie wieder draußen und blinzelten ins Sonnenlicht.

Als sich die Tür hinter Odette und James schloss, fragte El Harold: »Was hat Lily eingeworfen?«

»Nichts, soweit ich weiß.«

»Ich sehe, wenn jemand high ist.«

»Alles, was sie jetzt nimmt, bekommt sie von ihren Ärzten verschrieben.« Harold verschränkte die Arme über seinem Bauch. »Du hast vielleicht Nerven, hier aufzutauchen und so zu tun, als wüsstest du irgendetwas über Lily. Ich bin derjenige, der sich um sie kümmert, seit sie sich das Hirn weggebrannt hat.«

»Du meinst, seit *du* ihr das Hirn weggebrannt hast.«

»Ich habe sie nie zu etwas gezwungen. Sie wollte diesen Mist überhaupt erst anfangen, weil du das gemacht hast. Sie hat Glück, dass ich da war, um sie damit zu versorgen. Bei jedem anderen wäre sie jetzt tot.« Er hob eine Hand und streckte die Finger aus. »Fünf Mal habe ich sie mit einer Überdosis auf dem Boden gefunden, und der tolle El Walker war ganz bestimmt nicht da, um sie zu retten.«

»Du kannst nicht behaupten, du würdest dich um Lily kümmern«, sagte El, »und dann zulassen, dass sie in ihrem Zustand vor die Leute tritt und singt. Du darfst nicht zulassen, dass sie sich so blamiert.«

»Samstagmorgen nimmt Lily ihre Arznei und wird sich nicht mehr daran erinnern, dass der Auftritt überhaupt stattgefunden hat. Du wirst dich blamieren. Endlich siehst du aus wie das, was du immer gewesen bist – ein kleiner unbedeutender Mann. Das wird sogar Lily erkennen.« Harold schnaubte. »Ich wünschte nur, Ma wäre hier, um zu staunen, was aus dir geworden ist. Als meine Mutter gestorben ist, hat sie nach dir gerufen.« Harold spitzte die Lippen und rief mit schriller Fistelstimme: »Wo ist Marcus? Hol Marcus. Ich will ein bisschen Musik hören.«

»Na, komm schon, Mann«, erwiderte El. »Das ist doch ewig her. Bis auf dich, Lily und mich sind alle tot, die in dem Haus gelebt haben. Können wir mit alledem nicht abschließen?«

Schon während er die Worte aussprach, wusste El, wie heuchlerisch sie waren. Genau wie alle anderen Kinder in der Pflegefamilie hatte er die Rute, die Faust und das Verlängerungskabel zu spüren bekommen. Doch von dem Tag an, an dem er begriff, dass Harold an seiner Stelle einen Teil der Schläge einsteckte, wenn er seine Gitarre herausholte und für Mrs. Taylor sang, hatte er diesen Umstand weidlich ausgenutzt. Loretta war nicht die Einzige im Haus gewesen, die bereit gewesen war, alles für ihren Selbsterhalt zu opfern.

Die vergangenen Jahre hatten nichts daran geändert, dass El sich für Lily verantwortlich fühlte oder Schuld empfand, weil er sie enttäuscht hatte, als er zu high und zu selbstsüchtig gewesen war, um sie zu beschützen. Warum sollte Harold mit der Vergangenheit abschließen, wenn El selbst nicht mit ihr fertig war?

»Du hast mir im Weg gestanden, seit wir Kinder waren«, sagte Harold. »Sogar, nachdem ich Lily von dir fortgebracht hatte, redete sie jeden Tag von dir, als wärst du mehr als irgendein blöder Junkie.« Er beugte sich zu El und fügte hinzu: »Ich musste lange warten, aber endlich bekommt der alte Hund seinen großen Tag.«

»Du wirst diesen Tag ohne mich erleben müssen. Ich werde nicht auf diese Bühne steigen und dir helfen, einen Narren aus mir zu machen, und ich helfe dir ganz sicher nicht dabei, Lily bloßzustellen.«

Harold breitete das Geschirrtuch aus, das er in der Faust zusammengeknüllt hatte und wischte einen glänzenden, sauberen Kreis auf der schmutzigen Tischplatte. »Mach, was du willst. Lily wird am Freitagabend auf der Bühne stehen. Ob du deinen jämmerlichen Hintern herschleppst und allen zeigst, was von dir übrig ist, oder ob Lily da steht und weint, weil du nicht gekommen bist, ist mir egal. Ich gewinne so oder so.«

Lily eilte zurück in den Raum. Ihr Haar war zu einem ordentlichen Knoten frisiert, und sie hatte eine frische Schicht Make-up aufgetragen. »Wir sollten *Blues in the Night* spielen. Das war gut.« Sie verzog den Mund und wirkte plötzlich unsicher. »Wir haben doch *Blues in the Night* gesungen, oder?«

»Das war unser erster Song. Draußen im Wald«, bestätigte El. »Ich denke jeden Tag daran.«

Er hörte zu, während sie weitere tote Freunde aufzählte, von denen sie hoffte, dass sie vielleicht mit ihnen spielen könnten. Als der »L«-Zug draußen vorbeidonnerte, begriff er, dass der Leopard, dem er hierher gefolgt war, ihn übel hereingelegt hatte. Er würde keine Erlösung finden. Der große Scheck von Forrest würde nicht alles wiedergutmachen. Er konnte seine Schwester nicht retten. Dafür kam er Jahre zu spät.

Lily lief hinter Els Stuhl auf und ab. »Das ist das Beste, was seit Ewigkeiten passiert ist. Um ehrlich zu sein, ging es mir ziemlich mies. Aber jetzt will ich einfach singen.« Sie klatschte in die Hände. »Wir sollten *Stagger Lee* spielen. Wäre das nicht lustig?«

Sie beugte sich hinunter und umarmte El von hinten. »Freitag ist schon übermorgen. Wir sollten jetzt gleich mit dem Proben beginnen. Okay?«

Sie nahm Els Gitarrenkoffer und watschelte damit zur Bühne.

Mit der Schuhspitze schob Harold El die Gehhilfe zu. »Besser, du fängst an zu arbeiten. Ich kann den Freitagabend kaum erwarten.«

32

In Lydias Diner in Chicago sah es fast genauso aus wie in *Earl's All-You-Can-Eat* in Plainview. Die Gerichte auf der Karte waren zwar doppelt so teuer, doch es waren dieselben. Lydia hatte sogar die karierten Tischdecken und –vorhänge bei demselben Lieferanten wie ihr Bruder Little Earl bestellt. Als Richmond und sie den Abend planten, hatte Clarice gedacht, dass ein Abendessen mit Familie und Freunden in einer vertrauten Umgebung ihre Nerven beruhigen würde. Als sie jetzt auf ihrer Unterlippe kaute und mit den Fingern auf einer imaginären Tastatur am Tischrand spielte, begriff sie, dass sie sich getäuscht hatte.

Aufgrund der Größe der Gesellschaft besetzte die Truppe aus Plainview fast das halbe Restaurant. Sie waren auf zwei lange Tische verteilt. Clarice und Richmond, ihre vier Kinder, die Familien ihrer Kinder sowie Beatrice und Forrest saßen an einem Tisch. Um den zweiten versammelten sich Barbara Jean und Ray, Odette und James mit ihren Söhnen, ihrer Tochter und den Enkelkindern sowie Veronica und Clement.

Das Abendessen begann mit einem Toast von Richmond, gefolgt von einem unangenehm langen Gebet von Beatrice. Clarice fand es lustig, dass ihre Mutter sich in jeder Situation treu blieb. Beatrice war Hunderte von Meilen von zu Hause entfernt und saß neben einem Ehemann, der einst ihr Todfeind gewesen war. Als befände sie sich in ihrem eigenen Esszimmer, zwang sie dennoch fröhlich ihre Lieben, sich von ihr als verdammte Heiden beschimpfen zu lassen, bevor sie ihnen erlaubte, ihren Eisbergsalat mit Tomaten zu genießen.

Doch nicht nur Beatrice war ganz die Alte. Seit Clarice zugestimmt hatte, wieder zu Richmond in ihr altes Haus zu ziehen, kehrte sie auch zu den Gewohnheiten zurück, die mit ihrem alten Leben verbunden waren. Nachdem sie den Vormittag über geübt hatte, verbrachte sie den Nachmittag mit ihrer Mutter, die Clarice dazu überredete, sich das Haar glätten und färben zu lassen und es zur Seite zu frisieren. Genau so hatte sie es getragen, bevor sie sich emanzipiert und von allen unbequemen und überflüssigen Dingen losgesagt hatte. Eine beiläufige Bemerkung von Richmond, dass sie für die Familienfotos an jenem Abend hübsch aussehen sollten, genügte, schon hatte sich Clarice in ein Mieder gezwängt und die Füße in hochhackige Schuhe gequetscht, in denen sie am liebsten bei jedem Schritt aufgeschrien hätte. Es war beängstigend einfach, sich zurückzulehnen und zuzulassen, dass sich die Uhr zurückdrehte.

Clarice versuchte, an irgendetwas anderes als an die Rückkehr in ihr altes Leben mit Richmond zu denken, woraufhin sie über das bevorstehende Konzert zu grübeln begann. Sie dachte an die Sonate, deren zweite Note sie irgendwie bei dem Auftritt in Plainview vor wenigen Wochen vergessen hatte. Was würde passieren, wenn sie sich vor einem Publikum von Tausenden von Leuten anstatt von Hunderten nicht an diesen Ton erinnerte? Könnte sie überhaupt weiterspielen? Würde sie dort auf der Bühne vor lauter Scham zusammenbrechen?

Während des ganzen Abendessens kamen Clarices Mitesser zu ihr an die Stirnseite des Tisches. Sie umarmten und küssten sie. Sie machten ihr Komplimente zu ihrem Haar und ihrer Kleidung. Sie erzählten ihr, wie aufgeregt sie seien und dass sie sicher seien, ihr stehe ein großer Erfolg bevor. Clarice war dankbar. Doch mit jedem schmeichelnden, bewundernden Wort merkte sie, wie das überteuerte Essen in ihrem Magen neue Purzelbäume schlug.

Am Ende des Essens hätte sie am liebsten jedem, der ihr Gutes gewünscht hatte, entgegengeschrien: »Es sei denn, ihr seid darauf vorbereitet, am Samstagnachmittag aufzustehen und mir den Namen der zweiten Note von Beethovens *Appassionata* zuzurufen, wenn ich sie brauche, solltet ihr verdammt noch mal die Klappe halten!« Doch stattdessen schenkte sie allen Freunden das strahlende Lächeln, das ihre Mutter ihr als Kind für angespannte Situationen dieser Art beigebracht hatte, und freute sich darauf, ihre wunden Füße von den quälenden Schuhen zu befreien.

Als die Gruppe nach dem Abendessen zurück ins Hotel kam, löste sie sich auf. Einige gingen auf ihre Zimmer. Andere verabredeten sich am Pool in der unteren Etage. Ein paar steuerten direkt die Hotelbar an. Richmond und Clarice sagten allen Gute Nacht und fuhren mit dem Aufzug ins oberste Stockwerk, wo sie, den Veranstaltern des Musikfestivals sei Dank, eine große Suite mit Blick auf den Park und die Bühne bewohnten, auf der Clarice in zwei Tagen auftreten würde.

Kaum war Clarice im Hotelzimmer, streifte sie die unbequemen Schuhe ab und lockerte ihre Taille. Sie saß auf der Bettkante, wackelte mit den Zehen und genoss den Anblick von Richmond, der sich das Sakko auszog und das Hemd aufknöpfte. Sie konnte sich nicht vorstellen, dass sie eines Tages keine Freude mehr daran haben würde, ihm beim Ausziehen zuzusehen. Mit klopfendem Herzen hörte sie sich sagen: »Richmond, es tut mir leid, aber ich kann nicht wieder mit dir zusammenleben.«

Mit aufgeknöpftem Hemd setzte sich Richmond neben sie aufs Bett und sagte mit seiner sanftesten Stimme: »Das sind nur die Nerven. Du bist angespannt wegen Samstag, darum sagst du jetzt etwas, was du nicht so meinst.«

»Nein, das bin ich nicht. Ich meine, doch, ich bin angespannt. Aber nein, ich sage nichts, was ich nicht so meine. Nicht mehr. Ich will nicht in das Haus zurückziehen.«

Richmond blickte ihr in die Augen. »Ich weiß, dass ich dir Unrecht getan habe und dass du jede Menge Gründe hast, noch immer sauer auf mich zu sein. Aber seit fünf Jahren tue ich mein Bestes, um dir zu zeigen, dass ich mich geändert habe. Ich weiß nicht, was ich noch tun kann.«

»Ich bin nicht sauer, und ich will nicht, dass du irgendetwas tust.« Sie legte ihm eine Hand auf den kräftigen Unterarm. »Seit fünf Jahren kann ich frei atmen und habe das Gefühl, dass alles in meinem Leben zusammenpasst. Aber heute Abend saß ich das ganze Essen über mit einem albernen eingefrorenen Lächeln im Gesicht da, obwohl meine Kopfhaut brannte, ich in meinem Kleid keine Luft bekam und ich wegen meiner Schuhe am liebsten geweint hätte. Wenn ich dem jetzt keinen Einhalt gebiete, fange ich an, mir einzureden, dass es sich gut anfühlt, am ganzen Körper Schmerzen zu haben.«

Richmond rang die großen Hände und sehnte sich nach einem Football, den er werfen oder nach einem Schläger, den er schwingen konnte. Nach etwas, das er verstand und kontrollieren konnte. Er drehte seinen Ehering mit Daumen und Zeigefinger der rechten Hand, während er auf den Wecker auf dem Nachttisch starrte, dessen leuchtend blaue Ziffern zeigten, wie eine, zwei, drei Minuten vergingen. »Ich glaube, ich verstehe, was du meinst. Aber ich liebe dich, und ich will mit dir verheiratet sein«, sagte er schließlich.

»Wir *sind* verheiratet. Wir leben nur nicht zusammen. Warum lassen wir es nicht einfach, wie es ist? Es funktioniert doch gut, oder nicht?«

»Das ist nicht genug. Ich brauche eine *richtige* Ehe. Was wir in den letzten Jahren gelebt haben, ist keine Ehe für mich. Du sollst da sein, wenn ich ins Bett gehe und wenn ich aufwache. Ich will nicht in einem leeren Haus umherwandern. Ich weiß, das klingt verrückt, wenn ich das sage, aber ich will mir keine Gedanken machen, dass du mit einem anderen zusammen bist, wenn wir nicht zusammen sind. Was wir jetzt haben, mag für dich funktionieren, aber mir genügt es nicht.«

Clarice dachte daran, wie sehr sie sich jahrzehntelang darum bemüht hatte zu glauben, dass sie die Art von Ehe ersehnte, die Richmond führen wollte. Sie erinnerte sich an Jahre voll einsamer Nächte, in denen sie sich zu überzeugen versucht hatte, dass ihr genügte, was für ihn genug war. Clarice legte den rechten Arm um Richmonds Schultern. Sie küsste ihn auf die Wange und flüsterte ihm ins Ohr: »Oh, Liebling, es tut mir so leid. Ich weiß ganz genau, wie du dich fühlst.«

33

Wir fuhren mit dem Zug von unserem Hotel im Zentrum zum Blues Pot. Die Station lag nur wenige Blocks vom Club entfernt, und es war ein angenehmer Spaziergang an einem warmen Abend. Auf dem kurzen Weg nahmen mich meine Söhne Eric und Jimmy in die Mitte. Barbara Jean und Ray schlenderten Arm in Arm vor uns her. Denise, die immer Daddys Liebling gewesen war und es immer sein würde, folgte uns und hielt James' Hand.

Als wir am Club eintrafen, waren wir überrascht, wie voll es war. Ich erkannte die zwei stummen Trinker, die am Nachmittag, als wir El im Club abgesetzt hatten, die einzigen Gäste gewesen waren. Sie saßen auf denselben beiden Eckstühlen, auf denen sie am Mittwoch gehockt hatten. Ich fragte mich, ob sie überhaupt je nach Hause gingen. Zu meiner Überraschung fielen mir ihre Namen ein. Ich feierte diesen kleinen Sieg über mein oft vernebeltes mittelaltes Gehirn, indem ich nicht direkt zu dem Tisch ging, den Lily für uns reserviert hatte. Stattdessen begrüßte ich sie. »Hallo, Perry. Hallo, Jerome«, sagte ich. »Wie geht's?«, und empfand eine kindliche Freude über ihre völlig verwirrten Mienen. Dann folgte ich meiner Familie und meinen Freunden zu unseren Plätzen in der Nähe der Bühne.

Die Kerzenständer auf den Tischen waren sauber, die Kerzen brannten. Sie verströmten ein warmes Licht, das zu der altmodischen Atmosphäre des Clubs passte. Die Bühne, die von den Flaschenkartons und dem verstaubten Musikequipment befreit war, das ich vor zwei Tagen gesehen hatte, wirkte erstaunlich elegant. Scheinwerfer strahlten die saphirblauen Vorhänge an, die vermutlich Mittwoch schon da, aber von den Kartons verdeckt gewesen waren. Die blauen Vorhänge säumten die Bühne und vermittelten den Eindruck, dass sich dahinter ein weitläufiger Backstage-Bereich befand.

Draußen war es ein angenehmer Abend; hier drinnen im Blues Pot war es feucht und heiß. Die überwiegend älteren Gäste verstießen gegen das in der Stadt bestehende Rauchverbot. Sie zündeten sich Zigaretten und Zigarren an, deren glühende Spitzen sie Richtung Decke hielten, um vorbeidrängende Gäste in der vollen Kneipe nicht anzusengen. Der Nebel in der Luft wurde von den Rauchsäulen verstärkt, die von den Bühnenlampen aufstiegen, da diese seit Jahren zum ersten Mal wieder brannten und Schichten von Spinnweben und Nikotin wegschmorten.

Ich war froh, dass die Kinder uns begleiteten. Natürlich hätte ich sie auch gar nicht davon abhalten können. Alle wollten den Großvater sehen, von dem sie in letzter Zeit so viel gehört hatten, den Mann, der sich laut ihrer Mutter in wenigen Wochen vom Teufel in Person in einen traurigen alten Mann verwandelt hatte.

Als jemand »Hallo, Odette«, sagte, blickte ich auf und sah Terry Robinson. Er beugte sich hinunter, legte die Arme um mich und küsste mich auf beide Wangen. Ich hatte Terry nicht mehr gesehen, seit er vor fünf Jahren in einen Bus gesprungen war und ich ihm hinterhergewinkt hatte, als er Plainview verließ. Er war attraktiver geworden. Sein Haar war lang. Es reichte ihm in zahlreichen dicken Zöpfen bis auf die Schultern. Er war dünn, aber nicht mager wie einst.

Als James seinen Stuhl zurückschob und aufstand, um ihn zu begrüßen, sagte Terry: »Bleiben Sie sitzen, Mr. Henry.« (Terry schaffte es nie, James beim Vornamen zu nennen, obwohl James ihn vor Jahren darum gebeten hatte.) James stand dennoch auf, und die zwei umarmten sich. Dann stellte James ihn seinen Kindern vor. Terry hatte viel von meinen Kindern gehört und umgekehrt, aber sie gehörten verschiedenen Generationen an, und ihre Wege hatten sich in Plainview nie gekreuzt. Terry lernte Barbara Jean kennen. Noch ehe er sich an den Tisch setzte, unterhielten sich die zwei verwandten Seelen schon über Mode. Ihm gefiel ihr rosa-weiß-gestreiftes Kleid. Sie bewunderte seine roten Wildleder-Espadrilles. Wenn ich sie nicht unterbrochen hätte, wäre das den ganzen Abend so weitergegangen.

»Terry, als du mir erzählt hast, dass du von der Arbeit herkommst, hatte ich gehofft, dich in deiner Arbeitskleidung zu sehen. Ich habe mich darauf gefreut, Audrey Crawford kennenzulernen.«

Terry strich sich mit der Hand durch das lange Haar und sagte: »Um ehrlich zu sein, ist Audrey nicht mehr viel anders als Terry. Vielleicht lernst du sie am Sonntag kennen. Da bin ich immer noch unentschieden.«

Ich sagte nichts mehr zu Sonntag und der Beerdigung. Ich wollte nicht, dass Barbara Jean und James die »Vergeben-und-Vergessen-Trommel« anschlugen. Und es hing schon genug Vater-Sohn-Konflikt in der Luft des Blues Pot. Wir bestellten etwas zu trinken und warteten, dass das Konzert begann.

Als Harold Taylor um zehn nach neun die Bühne betrat, wurde es ruhig im Raum. Er trug einen rostfarbenen Dreiteiler, der eindeutig aus den 1970ern stammte und ein Toupet in derselben Farbe. Ich konnte die Säume seines Anzugs beinahe um Gnade flehen hören, als er sich wie ein Zombie bewegte, damit die Hose nicht platzte.

»Guten Abend, alle zusammen«, sagte Harold. »Ich habe die Ehre, euch den größten Blues-Musiker unserer Zeit vorzustellen.« Grinsend fügte er hinzu: »So bezeichnet er sich selbst.« Ein paar Leute lachten, und er fuhr fort: »Der berühmte El Walker wird von meiner Frau Lily begleitet. Also Leute, einen großen Applaus. Das werdet ihr so schnell nicht vergessen.«

Harold ging, und El und Lily nahmen die Bühne ein. El hatte auf seine Gehhilfe verzichtet und benutzte einen Stock, aber es war klar, dass ihn das Gehen damit große Anstrengung kostete. Obwohl er sich schwer auf Lily stützte, traten ihm Schweißperlen auf die Stirn, als er sich langsam zu seiner Gitarre schleppte, die auf einem Ständer neben zwei Hockern wartete. Wegen Els schwerfälligem Gang endete der Applaus, bevor er und Lily saßen, was eine gewisse peinliche Atmosphäre verbreitete, die für den bevorstehenden Auftritt nichts Gutes verhieß.

El trug einen schlabberigen, dunkelgrauen Anzug. Lily wirkte glamouröser in einem perlenbesetzten schwarzen Kleid mit glitzerndem Saum, der knapp unter ihren Knien endete. El begann zu spielen, und die Anlage knackte und kreischte so laut, dass wir uns alle die Ohren zuhielten. Doch bald hatte der junge Mann, der das altmodische Mischpult bediente, die Situation unter Kontrolle, und El war klar und deutlich im ganzen Club zu hören.

Dann begann Lily zu singen. Sie wirkte ängstlich und verwirrt, und ihre Stimme klang schwach und unsicher. Nachdem sie die erste Zeile gesungen hatte, merkten die zwei und im selben Moment auch alle anderen im Club, dass sie den falschen Song zu singen begonnen hatte. El spielte *Blues in the Night,* Lily sang *St. Louis Blues.*

El passte sich ihr an und wechselte den Song, Lily ebenfalls. Schon bald kollidierten sie wieder. Als Lily und El beide verstummten, ging ein Raunen durchs Publikum.

El streckte den Arm aus und tätschelte Lilys Hand. Dann begann er wieder zu spielen. Dieses Mal sangen beide. Sie fingen leise an, als seien sie sich noch nicht ganz sicher, welchen Song sie spielten. Doch nach ungefähr einer Minute entspannten sie sich. Dann, auf der Mitte von *Blues in the Night,* legte Lily El eine Hand auf die Schulter.

Später, als ich Clarice beschrieb, was als Nächstes passierte, sagte ich, es war, als wäre ein Stromschlag durch die beiden hindurchgefahren. Lily fand ihre Tonlage und ihr Selbstvertrauen. Els Stimme und Gitarre waren so verbunden, dass sie wie ein Instrument klangen.

Lily stand von ihrem Hocker auf und stieß ein Heulen aus, das von allen Wänden im Raum widerhallte. Dann hatten sie es. Sie sangen abwechselnd und gemeinsam. Lily bog den Rücken durch und lehnte sich gegen El, die beiden sangen so laut, dass die Fensterscheiben vibrierten.

Ich jubelte und applaudierte mit der Menge, während sie noch spielten. Alle Leute um uns herum feuerten sie an. Als der zweite Song begann und Lily sich mit der richtigen Begleitung im *St. Louis Blues* vergrub, drehte das Publikum beinahe durch.

Da hörte ich eine vertraute, vorlaute Stimme rufen: »Sing dein Lied, weißes Mädchen!«. Als ich mich umdrehte, sah ich Tante Marjorie neben der Bühne stehen. Sie trug einen ihrer sauberen Sonntagsoveralls und ein weißes T-Shirt. In einem

Ärmelaufschlag steckte ein Heft mit Streichhölzern, und aus der Brusttasche ihres Overalls lugte eine frische Zigarre. Tante Marjorie schwang im Takt zur Musik neben Eleanor Roosevelt, die wie ein Showgirl den Shimmie tanzte und mit ihrer Fuchsstola durch die Luft wedelte, als würde sie ein Flugzeug einweisen. Daddy war ebenfalls da. Ich wollte zu ihm laufen und ihn begrüßen, aber er war in Mamas Armen gefangen. Die beiden tanzten vor El, und Mama rieb anzüglich ihre Hüften an Daddys. Ich muss sagen, ich wäre nicht traurig gewesen, wenn ich das nie hätte sehen müssen.

Lily war alles, was El mir über sie erzählt hatte. Die zwei zusammen zu sehen war wie ein Wunder. Die gebrechlichen Gestalten, die auf die Bühne gekommen waren, verschwanden mit der Musik. Els Gitarrenspiel war kraftvoll und virtuos, seine Stimme kräftig und voller Leidenschaft. Noch eben war Lily eine verwirrte alte Frau gewesen, jetzt war sie auf einmal lebendig und sexy. Im einen Moment gab sie sich kokett, im nächsten sehnsüchtig. Wir waren gebannt von zwei Senioren, die den Blues hinausschmetterten. Vielleicht waren sie nicht lauter als der »L«, als dieser draußen vorbeiratterte, aber mit Sicherheit achtete niemand auf ihn.

Sie sangen fast eine Stunde, bis El eine Pause ankündigte. Als sie die Bühne verließen, standen alle auf.

James und ich entfernten uns von unseren Freunden und der Familie und gingen hinaus, um frische Luft zu schnappen. Unsere Lungen waren nicht an die urbane Atmosphäre in Chicago gewöhnt; was wir auf der Straße einatmeten, ging für uns kaum als Luft durch, ganz zu schweigen von frisch. Aber es tat gut, draußen im Wind zu stehen.

Wir gingen ein paar Schritte und fanden ein geschlossenes Bankgebäude, an dessen kühle Mauer wir uns lehnen konnten. Als der Zug vorbeiraste, spürten James und ich, wie der Boden bebte und sahen gelbe und weiße Funken von den Rädern sprühen. Als der letzte Waggon verschwunden und nur noch der Verkehrslärm sowie das Plappern der anderen Gäste vor dem Club miteinander konkurrierten, sagte James:

»Ich habe ihn noch einmal gesehen, nachdem er mich mit dem Messer verletzt hatte. Ich habe dir das nie erzählt, aber er kam, um mich an meinem fünfzehnten Geburtstag zu besuchen.«

»Okay«, sagte ich. Dann rückte ich näher zu James, weil ich seiner Stimme anhörte, dass er etwas loswerden musste und dass ihm das nicht leichtfiel.

»Es war für mich, als würde ein Traum wahr werden. Er spazierte ins Haus, als wäre er gerade gestern erst gegangen. Ich fand, dass er der beeindruckendste Mann war, den ich je gesehen hatte. Als wäre er einem Film entstiegen. Er war total schick und behauptete, er käme gerade aus Kalifornien. Natürlich habe ich später begriffen, dass es nur ein Zufall war, dass er an meinem Geburtstag auftauchte. Es muss ungefähr zu Forrest Paynes erster Hochzeit gewesen sein, wahrscheinlich war El deshalb in der Stadt.

Er fragte Mama, ob er mit mir eine Runde in seinem Wagen drehen dürfe, um mir zu meinem Geburtstag eine Fahrstunde zu geben. Sie wollte mich nicht mit ihm weglassen, aber ich bettelte, bis sie nachgab.

Es war toll. Mit ihm habe ich zum ersten Mal Whiskey getrunken. Er ließ mich mit dem Auto durch die Stadt fahren, bis ich zu betrunken war, um es auf der Straße zu halten. Er gab mir auch meinen ersten Joint. Ich war so breit, dass ich kaum noch gehen konnte. Wir hielten ein paar Mal an, weil ich mich übergeben musste. Dann weiß ich noch, dass er mich in ein fremdes Haus schleppte.«

Ich packte James' Arm aus Angst vor dem, was wohl als Nächstes kam.

»Er sprach in diesem Haus mit einem Mann«, fuhr James fort. »Dann sagte El zu mir: ›Herzlichen Glückwunsch, mein Sohn‹, und der Typ, mit dem er geredet hatte, brachte mich in ein Zimmer, in dem eine Frau wartete. Das war mein erstes Mal. Auf schmutzigen Laken, die nach Schweiß und Parfum rochen, mit einer Frau, die doppelt so alt und genauso betrunken war wie ich. Als ich ihr Zimmer verließ, fand ich El in der Küche, wo er mit dem Zuhälter oder Freund der Frau, oder wer auch immer das war, zusammen trank. Er sprang auf, klopfte mir auf den Rücken und gratulierte mir. Irgendwie war ich auch stolz auf mich. Ich war ein dummes Kind und sie eine attraktive Frau, auch wenn sie betrunken war.

Ich fühlte mich gut, bis eine Tür in der Ecke der Küche aufging und Barbara Jean hereinkam. Als sie mich sah, blieb sie stehen. Wir standen beide da und starrten einander an. Wir waren keine Freunde, aber ich kannte sie aus der Schule. Der Mann ihrer Mutter lachte und sagte: ›Die Junge kriegst du aber nicht auch noch, kleiner Mann.‹ Dann drehte sich Barbara Jean um und rannte aus der Küche.

Als El mich zurück nach Hause fuhr, dachte ich unentwegt daran, wie Barbara Jean mich angesehen hatte. Noch nie hatte ich mich so mies gefühlt. Das einzige Mal, das ich mich seither so schlecht gefühlt habe, war, als ich diesen Typen auf der Wache zusammengeschlagen habe. Als wir nach Hause kamen, sah Mama mich hereinstolpern und fragte, was passiert sei. Ich konnte nicht mit ihr reden. Was sollte ich ihr sagen? Außerdem musste ich mich da schon wieder übergeben.

Ich blieb lange im Bad und hörte, wie Mama schrie: ›Was hast du ihm angetan, Marcus? Was hast du getan?!‹

Ich hatte sie noch nie so schreien gehört. Du weißt ja, wie ruhig sie war. Es war, als würde ich einer Fremden zuhören. Mama setzte ihn umgehend vor die Tür, und keiner von uns hat diesen Besuch je wieder erwähnt.

Erst seit einigen Jahren kann ich Barbara Jean in die Augen sehen. Selbst, nachdem wir schon Freunde waren und sie mir selbst sagte, ich solle es vergessen, die Hälfte aller Männer und Jungen der Stadt seien durch ihr Haus gekommen, konnte ich den Blick nicht aus dem Kopf bekommen, den sie mir in ihrer Küche zugeworfen hatte.

Als du und ich zusammenkamen, hatte ich Angst, dich zu berühren, obwohl ich dich geliebt habe, seit du in der Grundschule diese Jungen verscheucht hast. Ich hatte das Gefühl, du bist perfekt und ich ein mieser Typ. Das hat mein Vater für mich getan. Er hat mich von außen verunstaltet, und dann hat er mich auch noch innerlich zerstört.«

»Das tut mir so leid«, sagte ich. »Wenn ich das gewusst hätte, hätte ich ihn niemals mit ins Haus gebracht. Ich dachte, ich würde das Richtige tun, aber es war ein Fehler.«

»Nein, das wollte ich nicht sagen«, erwiderte James. »Was er damals getan hat und was er getan hat, als ich vier Jahre alt war, waren blöde Sachen, die Drogenabhängige nun einmal tun. Es war richtig von dir, ihn mitzubringen. Mein ganzes Leben lang hatte ich viele Fragen an ihn, und jetzt ist die wichtigste beantwortet.«

Er wandte sich von den Hochbahngleisen ab, auf die er die ganze Zeit gestarrt hatte und drehte sich zu mir. »Solange ich denken kann, habe ich mich gefragt, was Mama je an ihm gefunden hat. Wie sie so dumm sein konnte, mit einem Mann wie ihm zusammen zu sein. Ich hatte deshalb ein schlechtes Gewissen, so als würde ich ihr die Schuld an dem geben, was er getan hat. Aber jetzt verstehe ich es. Sie war ein junges Mädchen, noch ein Teenager, und sie ist diesem Jungen begegnet, der konnte, was wir gerade erlebt haben. Selbst wenn er damals nur halb so gut war wie heute, als sie diese Magie erlebt hat, hat sie sich natürlich in ihn verliebt. Sie hatte gar keine Wahl.

Jetzt verstehe ich, warum sie mir nie erzählt hat, dass er Musiker ist und warum sie nie sein Album für mich gespielt hat, obwohl es das war, was meinen Vater zu etwas Besonderem machte. Mama hat mir beigebracht zu vergeben, und sie wusste, wenn ich ihn jemals singen und Gitarre spielen höre, sehne ich mich so danach, ihn in meinem Leben zu haben, dass ich ihm alles vergeben würde.«

Als ich James zuhörte, verstand ich auch etwas. Die ganze Zeit hatte ich gedacht, James würde darum ringen, El und anschließend mir zu vergeben. Doch James hatte ganz andere Dinge im Kopf. Bis zu jenem Moment auf dem Bürgersteig in Chicago wusste ich nicht, dass James auch nach einem Weg gesucht hatte, seiner Mutter und sich selbst zu vergeben. El Walker stand nicht an erster oder sogar zweiter Stelle auf James' Liste der Menschen, denen er Absolution erteilen wollte.

Ohrenbetäubendes Quietschen kündigte einen weiteren »L-Zug« an. Nachdem dieser fort war, räusperte sich James und sagte: »Es ist schön, endlich zu verstehen, dass meine Mutter kein Narr gewesen ist, weißt du?«

Ich legte die Arme um ihn und drückte ihn fest, presste

meine Wange an seine Brust und lauschte auf seinen Herzschlag. Dann gingen wir eng umschlungen zurück in den Blues Pot, um zuzuhören, wie El und seine Schwester die Wände beben ließen, während sie Geschichten über die Liebe schmetterten.

34

Das zweite Set im Blues Pot dauerte länger als das erste, und anschließend wollte keiner von uns gehen. Fast alle im Club blieben, um El und Lily zu gratulieren. Wir mussten uns in die Schlange stellen, um unsere Stimmen in jene der Bewunderer einzureihen. Nachdem sie gehört hatten, dass James Els Sohn war, blieben einige an unserem Tisch stehen, um James die Hand zu schütteln, als wäre der Triumph seines Vaters auch seiner. Überrascht sah ich, dass James lächelte und das Lob annahm.

Als wir die Bar schließlich verließen, war es fast zwei Uhr morgens. Ich konnte mich nicht erinnern, wann James und ich das letzte Mal so lange aufgeblieben waren. Draußen, unter dem gitarrenförmigen Schild, verabredeten wir uns mit Terry für den nächsten Nachmittag in unserem Hotel, von wo aus wir gemeinsam zu Clarices Konzert in den Park hinübergehen wollten. Wir verabschiedeten uns von ihm, als er davoneilte, um den Zug zu kriegen. Der Rest von uns quetschte sich in zwei Taxis und fuhr ins Zentrum zu unseren Betten.

Ich war überrascht, Mama im Flur des Hotels zu entdecken, als ich mit meiner schläfrigen Familie in den Aufzug stieg. Sie winkte mich mit beiden Händen zu sich.

Gerade, als sich die Türen des Fahrstuhls schlossen, sprang ich hinaus. Ich drehte mich zu James um und sagte: »Ich komme gleich nach.« Auf seinem Gesicht erschien eine fragende Miene, doch er eilte mir nicht aus dem Aufzug hinterher. Er war zu müde und wollte zu gerne schlafen.

Mama stand am Ende eines langen Flurs, der in die Halle führte. Als ich zu ihr kam, hörte ich vertraute Klänge, die hinter den letzten von diversen Doppeltüren aus Eiche ertönten. Der Anfang des ersten Stücks von Clarices Programm. Ich zog die schwere Tür mit der Aufschrift »Catalpa Ballroom« auf und trat ein.

Clarice saß an einem glänzenden schwarzen Stutzflügel. Sie spielte ungefähr zehn Sekunden, stoppte und wiederholte dann dieselben Töne. Das tat sie mehrmals, während ich langsam durch den hallenartigen Raum zu ihr ging. Jedes Mal spielte sie die Melodie etwas schneller als beim vorigen Mal. Und als ich schließlich neben ihr stand, produzierte Clarice ein wildes Klanggewirbel.

Schließlich blickte sie von der Tastatur auf und bemerkte mich. Ihre Augen waren verquollen und gerötet. Sie sah aus, als wäre sie seit dem gestrigen Abendessen um ein Jahrzehnt gealtert.

»Clarice, was ist los?«, fragte ich.

Sie kaute einen Augenblick auf ihrer Unterlippe, dann sagte sie: »Odette, ich habe Angst.«

»Das wird schon, Clarice. Du wirst wundervoll spielen. Du bist bereit dafür … nein, du bist seit vierzig Jahren *mehr als bereit* für dieses Konzert.«

Sie schüttelte den Kopf. »Ich habe seit Monaten nicht anständig gespielt, zumindest nicht vor Publikum. Ich glaube, ich weiß nicht mehr, wie das geht. Ich war heute auf der Bühne im Park, um zu proben, und ich bin kaum durch die Stücke gekommen. Die meiste Zeit haben meine Hände gezittert. Und wenn sie nicht gezittert haben, konnte ich mich nicht mehr an die Noten erinnern. Ich habe diese Stücke tausend Mal gespielt. Ich habe jedes von ihnen gelernt, bevor ich zwanzig war. Aber die Noten flogen einfach aus meinem Kopf.

Letzte Nacht habe ich kaum geschlafen und war heute den ganzen Tag vollkommen erschöpft. Darum dachte ich, es würde vielleicht besser, wenn ich mich ein bisschen ausruhe. Aber ich liege nur in meinem Bett und lausche auf meinen Herzschlag. Schließlich habe ich den Versuch aufgegeben und beschlossen, hier runterzukommen und mir ein Klavier zum Spielen zu suchen. Das war vor fast drei Stunden, und es wird immer schlimmer. Ich kann nicht denken. Ich kann nicht schlafen. Und ich kann nicht spielen.

Ich frage mich, ob ich vielleicht nach Hause fahren sollte. Ich könnte allen erzählen, dass ich krank bin. Zumindest blamiere ich mich dann nicht.«

»Soll ich Richmond holen?«, fragte ich.

Claire stieß einen Laut aus, der wie eine Mischung aus Lachen und Heulen klang. Dann sagte sie: »Nein, das hilft mir ganz bestimmt nicht. Ich weiß nicht, wo er ist. Ich bin mir nicht einmal sicher, ob er noch im Hotel ist.«

Sofort wanderten meine Gedanken in die Richtung, in die sie in den letzten Jahrzehnten immer gewandert waren, wenn Clarice sagte, dass sie nicht wisse, wo Richmond sei. Von jetzt auf gleich war ich fuchsteufelswild.

Clarice musste die Wut auf meinem Gesicht gelesen haben, denn sie fügte rasch hinzu: »Nicht das, was du denkst. Er ist gegangen, weil ich ihm erklärt habe, dass ich nicht wieder bei ihm einziehen werde. Heute Morgen hat er seine Sachen gepackt, und ich weiß nicht, wohin er gegangen ist.«

Ich hätte gern mehr gewusst, fand aber, dass es nicht der richtige Zeitpunkt war, um zu fragen. Ich setzte mich neben sie auf die Bank und hörte zu.

»Bei dem Abendessen gestern ist es mir klar geworden«, sagte sie. »Und es schien mir nicht richtig zu sein, bis nach dem Konzert zu warten, um es ihm zu sagen, nicht nachdem er sich so bemüht hat, mir zu helfen. Es wäre mir vorgekommen, als hätte ich ihn benutzt oder getäuscht. Das hat es zwischen uns beiden zur Genüge gegeben.«

»Ich glaube, du hast recht«, antwortete ich. »Aber eine Weile hat Richmond dich doch ziemlich gut beruhigen können. Vielleicht hätte es sich gelohnt, die Täuschung noch ein bisschen länger aufrechtzuerhalten, damit er noch ein paar Tage seinen Job tut.«

Ihre Mundwinkel hoben sich ein wenig, doch dann kaute sie wieder auf ihrer Lippe. Sie tippte auf die Tasten, als sie sagte: »Seit ich fünf war, wollte ich immer Musik machen. Auch, als ich mir eingeredet habe, dass die Kinder zu erziehen, eine gute Frau zu sein und das Haus in Ordnung zu halten mir alles bedeuten, sehnte ich mich nach der Bühne. Ich hätte das niemals laut aussprechen können, aber ich habe es jeden Tag gedacht. Jetzt habe ich es, und ich versage. Nach all diesen Jahren, in denen ich mir gesagt habe, dass ich es könnte, wenn meine Mutter nicht wäre oder Richmond oder die Kinder, stellt sich heraus, dass ich das Problem bin. Morgen werde ich allein auf diese Bühne treten und all diese Menschen im Park sehen und versagen. Ganz allein.«

»Du brauchst Schlaf, Clarice. Morgen früh geht es dir besser. Wenn du willst, bleibe ich bei dir.«

Sie strich sich mit der Rückseite der Hand über die Augen und wischte ein paar Tränen fort. »Ich spiele alles noch einmal durch, dann gehe ich nach oben«, sagte sie. »Ist schon okay.«

Doch ich kannte Clarice so gut, wie ich James oder meine Kinder kannte. An dieser Nacht war nichts »okay«. Während ich die schwere Tür aufstieß, die zurück in den Flur führte, hörte ich, wie sie noch einmal dasselbe Stück zu spielen begann.

Als der Fahrstuhl auf meiner Etage hielt, stieg ich aus und ging den Flur hinunter. Vier Zimmer vor unserem blieb ich stehen und klopfte an Barbara Jeans Tür. Ihr Gesicht war sauber geschrubbt, und sie trug ein pfirsichfarbenes Nachthemd. Bevor sie überhaupt fragen konnte, warum ich dort war, sagte ich: »Wir haben etwas zu erledigen.«

Meine drei Kinder und Clarices vier, die Barbara Jean und ich aus den Betten geholt hatten, waren bei mir, als ich erneut die Tür zum Catalpa Ballroom öffnete. Unsere sieben erwachsenen Kinder setzten sich im Schneidersitz um den Flügel herum auf den Boden, genau wie sie es als Kinder getan hatten, wenn Clarice ihnen zur Schlafenszeit ein Ständchen brachte.

Barbara Jean und ich gingen zur Klavierbank und stellten uns auf beiden Seiten von Clarice auf. Barbara Jean sagte: »Schäm dich, Clarice. Zu denken, du wärst allein, das weißt du doch wirklich besser.«

Und ich sagte: »Spiel heute Abend für die Kinder und spiel morgen für sie. Dann wirst du nicht versagen.« Obwohl wir wussten, dass unsere Knie uns morgen dafür bestrafen würden, gesellten Barbara Jean und ich uns anschließend zu dem Kreis um unsere Freundin auf den Boden.

Clarice hörte nicht auf zu weinen, doch sie holte tief Luft, atmete langsam wieder aus und spielte für uns. Unter dem funkelnden Kronleuchter des Ballsaals erinnerte sie sich und einen Kreis ihrer größten Fans daran, dass sie in der Lage war, etwas Wundervolles zu erschaffen.

35

Die beiden letzten Gäste nach Els und Lilys Konzert im Blues Pot waren auch die ersten an jenem Tag gewesen. »Es ist vier Uhr morgens. Ihr müsst nicht aufhören zu trinken. Aber hier könnt ihr nicht mehr bleiben«, erklärte Harold Perry und Jerome, die auf denselben Barhockern auf der Ecke saßen wie schon den ganzen Tag über und keine Notiz voneinander nahmen.

Als der Laden endlich leer war, knipste Harold das helle Licht über dem Eingangsschild aus. Dann ging er durch den Raum und wischte mit einem schmutzigen Lappen die Tische ab. Es war nicht gut, wenn die klebrigen Ränder der süßen Cocktails über Nacht antrockneten. Auf diese Weise holte man sich garantiert alles Mögliche an Ungeziefer ins Haus und eine deftige Rechnung für den Kammerjäger. Nach den Tischen wischte er den Tresen ab. Es gab noch einen ganzen Berg Gläser zu spülen, aber die ließ er in einem Spülbecken mit schäumendem Desinfektionsmittel einweichen. Lily und er würden sich darum kümmern, bevor sie am nächsten Nachmittag öffneten. Harold schaltete die mühsam ächzende Klimaanlage ab und die Lüftung, die sich die ganze Nacht über wenig erfolgreich bemüht hatte, den Tabakqualm aus dem Club zu blasen.

Was Harold vergaß, war das alte Mischpult des Blues Pot auszuschalten und auszustöpseln. Das war ein verständlicher Fehler. Es hatte hier seit Jahren keinen Live-Auftritt mehr gegeben, sodass die Aufgabe nicht Teil seiner Routine war. Bei allem, was Harold durch den Kopf ging, musste ihm unweigerlich irgendeine Kleinigkeit entfallen.

Der Auftritt war überhaupt nicht so verlaufen, wie Harold es sich vorgestellt hatte. Als El am Mittwoch in die Bar geschlurft war, glaubte Harold an ein Wunder. Nachdem er schon dachte, jegliche Chance auf Rache an dem Mann verpasst zu haben, der ihm von Kindheit an das Leben schwergemacht hatte, wurde ihm sein lebenslanger Feind angeschlagen und in einem jämmerlichen Zustand serviert. Harold erhielt eine letzte Chance, sich für die Schläge zu rächen, die El hätte einstecken müssen. Er wollte El auf dieser Bühne sehen und sich daran erinnern, wie seine Mutter nach El und seiner Gitarre gerufen hatte, als sie am Ende dahinsiechte.

Doch der Auftritt war keine Demütigung für El gewesen oder eine Lektion für Lily. Sie war eingerostet gewesen, und El sah klapprig aus, aber Harold hatte vergessen, wie hell sie strahlen konnten. Diese ganz besondere, unbeschreibliche Magie, die von ihnen ausging, als sie vor Jahrzehnten zusammen aufgetreten waren, war nicht vergangen. Sie war noch voll da.

Seine Chance, einen letzten Sieg zu erringen, war jedoch noch nicht ganz verloren. Etwas Trost fand er in dem Geld, das er an diesem extrem geschäftsträchtigen Abend gemacht hatte. Und am nächsten Morgen würde er das Vergnügen haben, El vor die Tür zu setzen. Diese Freude war ihm noch vergönnt. Er schaltete die Lichter im Blues Pot aus, verschloss die Tür von außen und stieg nebenan die wenigen Stufen zu Lilys und seinem Zuhause hinauf.

Das Feuer brach unter der vorderen rechten Ecke der Bühne aus in einem Gewirr aus Kabeln, die vom Mischpult zu den Lautsprechern führten. Weite Flächen nackten Drahts, von dem die Mäuse schon lange die Isolierung abgeknabbert hatten, gerieten den Abend über in Kontakt und versprengten in einem immer weiteren Bogen silberne Funken unter der Bühne. Niemand sah die winzigen Lichtexplosionen unter den Bohlen, während El und Lily sangen. Doch jetzt, Stunden später, fanden die Funken Futter in Form eines vermoderten Pappkartons und entwickelten sich zu kleinen leckenden Flammen. Der Karton enthielt zwölf Flaschen billigen Alkohols, genau wie die sechs Kartons daneben und die fünfzig, die in einem vehementen Verstoß gegen die Brandschutzverordnung hinter den blauen Vorhängen an den umliegenden Wänden gestapelt waren.

In einem Schlafzimmer eine halbe Treppe über der Bühne des Blues Pot drehte sich Lily langsam im Kreis. »Ich kann nicht aufhören zu tanzen, El. Wir waren gut, nicht?«

»Verdammt gut«, bestätigte El. Er musste laut sprechen, damit sie ihn durch den Lärm des Deckenventilators hörte, der sich auf der höchsten Stufe in dem vergeblichen Versuch drehte, die verrauchte Luft aus dem offenen Fenster zu treiben.

El saß auf einer niedrigen Chaiselongue mit einem rissigen braunen Lederpolster, das bei jeder Bewegung knarrte. Er lächelte zu ihr hoch. Sie waren beide ein bisschen betrunken vom Whiskey, mit dem sie ihren Erfolg gefeiert hatten, und etwas benommen, weil sie zu wenig geschlafen hatten. Die Sonne ging auf, und sie genossen noch immer ihren Triumph.

»Ich kann nicht glauben, dass so viele Leute gekommen sind. Seit Jahren sind nicht so viele da gewesen. Hast du gesehen, dass Darius und Benny da waren? Wenn ich gewusst hätte, dass sie hier in Chicago sind, hätte ich sie angerufen und ihnen gesagt, sie sollen ihre Instrumente mitbringen. Um ehrlich zu sein, ich hätte schwören können, dass die beiden tot sind.«

»Ich wette, dasselbe haben die beiden über uns gesagt«, erwiderte El. Er hatte seine Gitarre auf dem Schoß und klimperte ein wenig, während sie sich unterhielten. Ihm war klar, dass der Auftritt an einigen Stellen nicht rund gelaufen war und dass ein Großteil des Erfolgs daher rührte, dass es neu war, derart alte Leute zu erleben, die zwei lange Sets durchstanden, ohne tot umzufallen. Aber es war wundervoll, Lily so zu sehen.

»Ich konnte nicht glauben, dass so viele junge Leute gekommen sind. Die kannten dich alle, El. Die kannten jedes Stück von deinem Album.«

»Ja, sie haben mir erzählt, dass das alte Album immer wieder bei den Schwarzkopien in den Blues-Charts auftaucht. Wahrscheinlich hätte ich sogar ganz gut Geld verdient, wenn nur die Hälfte der College-Kids, die meine Platte haben, tatsächlich dafür bezahlt hätte.«

»Macht nichts«, entgegnete Lily. »Das Wichtigste ist, dass die dich kennen und dass sie wiederkommen, um dich zu erleben. Ich wette, die haben noch nie so einen Blues gehört, wie du ihn heute Abend für sie gesungen hast. Du hast ihnen gezeigt, wie das geht.«

»*Wir* haben ihnen das gezeigt«, korrigierte El.

Über der Tür eines Kleiderschranks aus Holz hingen ein Haufen Schals, Umhänge, Halstücher, Gürtel und Stolen.

Lily griff in das Wirrwarr und zog eine blaue Federboa heraus. Sie schlang sie sich um den Hals und wirbelte die Enden mit den Fingerspitzen im Kreis herum, während sie sich hin und her wiegte. Winzige blaue Federn flogen durch die Luft, die die betagte Boa verlor.

»Weißt du, wer mir die geschenkt hat?«

»Wer?«

»Loretta Perdue. Weißt du, was wir machen sollten? Wir sollten nach Plainview fahren und Loretta besuchen. Wäre das nicht lustig?« Dann besann sie sich und sagte: »Ich meinte, das war damals lustig. Ich weiß, dass Loretta nicht mehr lebt.«

El begann, den Anfang von *Blues in the Night* zu spielen. Lily summte mit und warf die Federboa auf den Stuhl neben El, wo sie sich zu einem Haufen Schals und Tüchern gesellte, die sie in den Stunden, die sie seit dem letzten Set zusammen hier gewesen waren, anprobiert und verworfen hatte. Hier, erklärte sie ihm, bewahrte sie all ihre alten Sachen auf. Oft verbrachte sie die Nächte hier zwischen ihren Erinnerungen.

Als Lily *My Mama done told me* sang, griff sie aufs Neue in den wirren Berg aus Accessoires auf der Kleiderschranktür. Das Teil, das sie herauszog, kam El sofort vertraut vor. Der zarte gold-schwarze Leopardenmusterschal, den er ihr vor einer Ewigkeit geschenkt hatte, flatterte wie eine Flagge im Windzug des Ventilators, als sie ihn herauszog und ihn sich über die Schultern legte. Dadurch geriet der Haufen auf der Kleiderschranktür aus dem Gleichgewicht, und alles fiel auf den Boden. Die Tür, die nur einen Spalt aufgestanden hatte, schwang auf.

Lily hörte auf zu singen und erstarrte.

Nachdem all die Stoffe fort waren, kam der Spiegel auf

der Innenseite des Kleiderschranks zum Vorschein, den diese zuvor verdeckt hatten. Lily schob die Tür so weit auf wie möglich, sodass sie sich und El im Spiegel sehen konnte. Sie starrte mit offenem Mund auf ihr Spiegelbild, all ihre Vitalität und ihr Glück waren verschwunden.

So leise, dass er sie kaum verstand, sagte sie: »Sieh uns an. Was ist passiert?«

»Wir sind alt geworden, Lily.«

»Das verstehe ich nicht. Wie ist das so schnell geschehen?«

El überlegte einen Moment, wie er ihr antworten sollte, aber ihm fiel nichts Passendes ein. Dann hörte er, wie unten etwas zerschellte. Im selben Augenblick roch er Rauch und sah, wie sich dünne Rauchschwaden durch die Lüftungsschlitze im Boden ins Zimmer schlängelten.

»Wir müssen hier raus«, sagte El, als ihm klar wurde, dass unten ein Feuer ausgebrochen war.

Lily blieb, gebannt von der blassen alten Frau im Spiegel, reglos stehen, ihr Ausdruck ließ vermuten, dass sie sich nicht erkannte.

»Es brennt, Lily«, erklärte El. »Wir müssen hier raus.«

Sie blickte ihn mit einem breiten Grinsen an. »Wenn da ein Feuer ist, wird Marjorie es auspinkeln.«

»Wir müssen gehen, Lily«, mahnte El, diesmal lauter. Er legte Ruthie zurück in ihren Koffer und blickte sich suchend nach seiner Prothese um. Es war ein plumpes Ding, das man am Unterschenkel befestigte und das bis zum Knie reichte. Sobald Lily und er ins Zimmer gekommen waren, hatte er die schmerzhafte Vorrichtung abgeschnallt. Jetzt lag sie auf dem Boden, auf der anderen Seite des Bergs aus Accessoires, der vom Kleiderschrank heruntergefallen war.

»Gib mir meinen Fuß, ja?«, bat er, und seine Augen begannen zu brennen.

Lily bewegte sich langsam, hob jedoch die Prothese auf und brachte sie ihm. Dann ging sie quer durchs Zimmer zur Tür, die nach unten führte. Sie öffnete sie und schlug sie gleich wieder zu. Mit einer unnatürlichen Ruhe sagte sie: »Da ist ziemlich viel Rauch.«

»Gibt es einen anderen Weg nach draußen?«, schrie El, während er damit kämpfte, seine Prothese zu befestigen.

Lily hustete mehrmals und setzte sich dann neben ihn auf die Chaiselongue. »Bleiben wir einfach hier und singen. Weißt du noch, als du das an jenem letzten Abend im *Pinken Pantoffel* zu mir gesagt hast? Ich hab' das damals nicht verstanden, aber wir können es jetzt tun.« Lily griff nach seiner Gitarre. Sie öffnete den Koffer und sagte: »Bitte, Bruder, bleib hier und sing mit mir.«

Rauch kroch durch die Schlitze an der Tür herein, und beide begannen zu husten. Vielleicht hatte sie recht. El hatte ohnehin nicht vorgehabt, Chicago wieder zu verlassen, und sein Junge hatte jetzt das Beste von ihm gesehen. Er hatte die Dinge mit James anders beenden wollen, aber er war gut darin, sich von seinen Träumen zu verabschieden. Vielleicht genügte es, einen unglaublichen Abend gehabt zu haben. El blickte in Lilys graue Augen, die nass von Tränen und vom Rauch waren, der den Raum um sie herum erfüllte. »Ja, singen wir.«

Er nahm ihr Ruthie ab. »*Happy Heartache*?«

»Das fragst du noch?«

El wischte seiner Schwester eine Träne von der Wange und begann die Saiten seiner Gitarre anzuschlagen.

Kurz bevor der Strom ausfiel, wehten die letzten Luftwirbel des Ventilators den Leopardenschal von Lilys Schultern. El beobachtete, wie er einen Moment durch die Luft tanzte und winkte ihm hinterher, als er durchs offene Fenster verschwand.

36

Der Weg von Clarices Garderobe bis zur Klavierbank auf der Bühne des Millenium Parks umfasste einundsiebzig Schritte. Einen kurzen Flur hinunter. Durch einen Übungsraum. Über die Seitenbühne. Zum Flügel. Clarice kannte die genaue Schrittzahl, weil sie sie am Vortag in dem Bemühen gezählt hatte, einen freien Kopf zu bekommen und sich vor ihrer Probe zu sammeln. Jetzt, als sie sich aus ihrer Verneigung erhob und sich an den Flügel setzte, konnte sie sich an nichts erinnern, seit ihr das Klopfen an der Garderobentür verkündet hatte, dass es an der Zeit war, sich auf die Bühne zu begeben. Sie nahm nur noch ihr pochendes Herz wahr, ihre zitternden Hände und all die Menschen.

Sie saßen in Sitzreihen vor der Bühne und klatschten anerkennend. Sie lagen weintrinkend auf Decken auf dem dunkelgrünen Rasen, der hinter dem Pavillon abfiel. Weitere hundert standen an den Seiten des Rasens und bildeten eine Wand aus Menschen, die sich über mehrere Blocks zu erstrecken schien. Wo um alles in der Welt kamen diese ganzen Menschen her?

Clarice setzte sich ans Klavier. *Atme. Ein und aus. Entspanne dich.* Sie wiederholte all die beruhigenden Worte, die sie sich bei unzähligen Konzerten immer wieder gesagt, all die Dinge, die sie Hunderten aufgeregter Schüler erzählt hatte. Doch mit jedem ohrenbetäubend lauten Herzschlag bekam sie mehr Panik und fühlte sich ganz und gar allein.

Clarice dachte erneut an die einundsiebzig Schritte. Sie stellte sich vor, wie sie aufstand und diese Schritte zurück in die sichere Garderobe lief.

Dann erinnerte sie sich daran, dass Odette und Barbara Jean ihr erst letzte Nacht versichert hatten, dass sie nicht allein sei. Als sie einen Blick nach rechts riskierte, sah sie, dass sie Gesellschaft hatte. Ihre Zwillinge, Carolyn und Carl, blickten als Zweijährige erwartungsvoll mit großen Augen von den Holzplanken der Bühne zu ihr auf. Ihre älteren Brüder, Ricky und Abe, waren ebenfalls da und saßen im Schneidersitz neben Odettes Jimmy, Eric und Denise. Barbara Jeans reizender Adam vervollständigte die Runde.

Clarices Herz hämmerte weiter. Doch als die Gedanken an die Menge jenseits der Bühne verblassten, führte sie ihre Hände sicher zu den Tasten und spielte für die imaginären Kinder um sie herum. Wie schon so oft unterhielt sie sie mit Beethoven – ihrer ersten wahren Liebe, ihrem einzigen treuen Partner, ihrem Baby, bevor sie eigene Kinder gehabt hatte.

An jenem Tag im Park saß alles. Jedes Stück war wirklich ihrs. Sie wagte etwas. Sie streckte Tempi und bog die Phrasen, bis sie beinahe brachen. Sie erinnerte sich an jede Note. Um die Kinder zu amüsieren, zu überraschen, zu beruhigen und zu beeindrucken, die sie sich auf der Bühne um sich herum vorstellte, spielte sie so, wie sie in letzter Zeit nur für die Wände in ihrem Wohnzimmer hatte spielen können.

Bald war alles vorbei. Drei Sonaten, drei Schlachtrösser ihres Repertoires, so gut gespielt, wie es nur möglich war, genau so, wie sie sie in ihrem Kopf hörte. Die Kritiker würden es lieben oder hassen, dachte sie. Das war ihr Beethoven gewesen und der von niemandem anders.

Das Toben des Publikums, als Clarice fertig war, ließ den Applaus, den sie zu Beginn des Konzerts erhalten hatte, wie ein höfliches Plaudern bei einem Damenteekränzchen wirken. Was sie hörte, als sie sich von der Klavierbank erhob, klang mehr wie Schreien als wie Beifall. Als die Menge aufsprang, wurde der Aufruhr sogar noch lauter.

Clarices Kinder, die Supremes, und alle Leute aus Plainview standen und winkten ihr aus der ersten Reihe zu. Sogar Veronica und ihr Mann Clement standen auf, schrien und pfiffen. Ihr Enkelsohn und ihre Enkeltochter hüpften auf und ab und klatschten an der Seite von Odettes Enkelkindern. Wendell Albertson, ihr Manager, grinste und hielt beide Daumen hoch.

Richmond – der vor fünf Jahren all das in Gang gesetzt hatte, indem er Clarices Aufnahmen ohne ihr Wissen an Albertson geschickt hatte – stand neben Beatrice und vergrub das Gesicht in den Händen. Odette, die auf Richmonds anderer Seite stand, klopfte dem großen Mann auf den Rücken, als dieser von Schluchzern geschüttelt wurde.

Clarice sah Terry Robinson und Dutzende anderer aktueller und ehemaliger Schüler im Publikum. Bei anderer Gelegenheit wäre sie sich alt vorgekommen, wenn so viele von ihnen auf einmal zusammenkamen, darunter nicht wenige mit grauen Haaren und in Begleitung erwachsener Kinder. Heute konnte sie nichts als eine berauschende Mischung aus Freude, Erleichterung, Stolz und Dankbarkeit empfinden.

Wenn Clarice es nicht besser wüsste, hätte sie geschworen, ihren Vater, Abraham Jordan, an der Rückwand des Pavillons zu sehen. Er haute ordentlich auf die Pauke, pfiff und sprang so hoch wie ihre Enkelkinder, genau wie er es getan hatte, als er noch lebte.

Sie verbeugte sich und verließ die Bühne. Als sie außer Sichtweite des Publikums war, wollte sie sich auf die Knie fallen lassen – ob vor Erschöpfung oder um zu beten, da war sie sich nicht ganz sicher. Doch der Veranstalter des Festivals stand auf der Seitenbühne, klatschte und sagte etwas, das Clarice durch den Jubel des Publikums nicht verstehen konnte. Er legte Clarice die Hände auf die Schultern, drehte sie herum und schob sie zurück zum Flügel.

Als Clarice hinaustrat, um sich ein zweites Mal zu verbeugen, schien die Menge sogar noch lauter zu applaudieren. Das dritte Mal, als sie zurückkehrte, wurde sie von rhythmischem Klatschen und trampelnden Füßen begrüßt. Unter weiterem Jubel setzte sich Clarice an den Flügel, um eine Zugabe zu spielen. Sie wandte sich ans Publikum und sagte: »Variationen des *Happy Heartache Blues* von El Walker.«

Clarice hatte die Bearbeitung des Stückes seit ihrem Auftritt in Plainview noch erweitert. Ihre Variationen des Liebeslieds, das eigentlich kein Liebeslied war, klangen jetzt ein wenig fröhlicher, weniger traurig, eindringlicher und ekstatischer, nachdem ein genaueres Studium des Songs zu einem neuen Verständnis geführt hatte.

Die Reaktion auf ihre Zugabe hätte sie sich niemals träumen lassen. Das Tosen der Leute auf den Plätzen und auf dem Rasen traf sie wie ein Donnerschlag und nahm kein Ende. Wieder standen die Leute auf und wiederholt spürte sie die Stoßwellen des Lärms, den sie veranstalteten.

Zwischen dem dritten und dem vierten Mal, das man sie zurück auf die Bühne und zum Flügel schob, um sich erneut zu verneigen, wusste Clarice, dass man sie niemals wieder ein Konzert beenden lassen würde, ohne dass sie diese Zugabe spielte. Sie suchte im Publikum nach El, damit er sich mit ihr zusammen verneigte, doch sie konnte ihn nirgends entdecken. *Ich danke ihm morgen in Plainview.*

Sie schloss die Augen und lauschte auf den Applaus und die Bravo-Rufe. Sie atmete den Duft des sommerlichen Grases ein und von der Brise des Lake Michigan und hoffte, noch mehr Erinnerungen von diesem Tag mitzunehmen. Im Stillen dankte sie den unsichtbaren Kindern, die in einem Kreis um sie herumtanzten, und flüsterte den Supremes Dankesgebete zu, die ihr die Kinder gebracht hatten, als sie sie brauchte.

37

James und ich trafen uns am Sonntagmorgen um halb neun mit Terry in der Lobby unseres Hotels. Auf Clarices Konzert hatten wir am Vorabend besprochen, El um neun im Blues Pot abzuholen und dann nach Plainview zur Beerdigung von Wayne Robinson weiterzufahren. Der Trauergottesdienst fand erst am späten Nachmittag statt, doch James sagte, er wolle lieber etwas mehr Zeit haben, falls wir in einen Stau gerieten. Ich vermutete allerdings, dass James eigentlich nur sichergehen wollte, dass er noch ein oder zwei Stunden Zeit hatte, auf Terry einzuwirken, falls dieser für seine Racheaktion gekleidet im Hotel auftauchen sollte. Terry erschien jedoch in einem zurückhaltenden schwarzen Anzug, der so groß war, dass er ihn fast verschluckte. Dazu trug er ein Paar abgetragener aber sauberer, glänzender Oxfords. Die langen Zöpfe hatte er zu einem ordentlichen Pferdeschwanz zusammengebunden. Mit düsterer Miene und einem Rucksack über der Schulter sah er aus, als habe er gerade seine Ausbildung zum Totengräber abgeschlossen und wäre unterwegs zu seinem ersten Auftrag.

Ich sagte Terry, dass er nett aussehe in seinem großen Anzug, doch ein Teil von mir – der harte, unversöhnliche Teil in mir – hatte gehofft, dass er mit der kühlen Miene eines Racheengels und in einem bodenlangen, pinken Ballkleid hereinstolziert wäre.

Im ersten Moment sah der Blues Pot nicht sehr schlimm

aus. Eine der großen Frontscheiben war zerbrochen, und das Schild über der Tür war schwarz vom Ruß. Doch als wir auf der anderen Straßenseite parkten und auf den Eingang des Clubs zugingen, der jetzt von gelbem Absperrband umgeben war, sahen wir, dass wenig von dem Laden übrig war, in dem wir noch vor zwei Tagen gesessen hatten. Von dem offenen Eingang aus beobachtete ich, wie ein Auto durch die Gasse hinter dem Gebäude fuhr. Nachdem die Rückwand fehlte, versperrte nichts meinen Blick.

Die schwarzen Skelette der Stühle lagen verstreut auf dem Boden. Die kurze Treppe, die zu dem führte, was von der Wohnung im ersten Stock noch übrig war, war verkohlt und nicht mehr vollständig. Seltsamerweise hatte der große Spiegel hinter der Bar keinen Schaden genommen. Er war trübe und grau, spiegelte die Verwüstung im Inneren aber so weit wider, dass die Fußgänger auf dem Bürgersteig sie erkennen konnten.

Terry, James und ich gafften noch auf die Trümmer, als ein Mann mit Klemmbrett und orangenem Helm durch die Reste der Eingangstür des Blues Pot trat. James zeigte seinen Ausweis von der Indiana State Police und ging zu ihm, um mit ihm zu reden. Wie ich später erfuhr, war der Mann ein Brandsachverständiger. Er und James unterhielten sich eine ganze Weile. Ich konnte nicht jedes Wort verstehen, hörte aber genug, um zu begreifen, dass man zwar keine Leichen gefunden hatte, zwei Leute jedoch als vermisst galten – Lily Taylor und El Walker. Als der Brandsachverständige erfuhr, dass James Els Sohn war, fügte er hinzu, dass sie die sterblichen Überreste sicher finden würden, auch wenn das Feuer aufgrund des Alkohols in der Bar sehr heiß gebrannt hatte. Seine Worte sollten tröstend klingen, doch einige Dinge kann man einfach nicht auf eine tröstende Weise sagen.

James beendete gerade sein Gespräch mit dem Brandermittler, als Harold Taylor neben Terry und mir auftauchte.

»Ich hätte wissen müssen, dass so etwas passiert«, sagte Harold. »El hat all die Jahre darauf gewartet, sie mir wegzunehmen, und jetzt hat er es getan.«

Ich wollte irgendwie nett sein und sagte: »Vielleicht sind sie ja nicht tot. Vielleicht sind sie entkommen, bevor das Feuer ausbrach.« Harold warf mir einen Blick zu, der mir klarmachte, dass mein Gedanke, dass El und Lily womöglich dem Feuer und auch ihm entkommen waren, ebenso tröstlich war wie die Aussage des Brandermittlers, dass man die Leichen finden würde. Ich hielt den Mund.

Dann trat James zu uns und sagte zu Harold: »Tut mir leid.«

Harold schnaubte. »Seit dein Vater im Haus meiner Mutter aufgetaucht ist, hat er mir immer alles genommen«, stieß er hervor. »Dieser Scheißkerl konnte nicht widerstehen, noch einmal zu kommen und mir das Letzte zu nehmen. Seit er ein Kind war, hat er alles niedergebrannt. Das ist einfach seine Natur.«

Dann wurden Harolds Augen feucht, und seine Wut löste sich auf. »Sie war alles, was ich hatte, und er hat sie mir genommen.« Er drehte sich um und blickte auf die stinkende Ruine seines Clubs. »Jetzt habe ich nichts mehr.«

Vor sich hin fluchend entfernte sich Harold von uns. Er öffnete die Tür des Nachbargebäudes, ging hinein und schlug sie hinter sich zu.

Zurück im Wagen starrte James stur geradeaus, während wir uns zum Highway begaben. Eine ganze Weile sagte keiner von uns etwas. Wir blickten aus dem Fenster und beobachteten, wie die Stadt in Vororte überging und die Vororte in Landschaft. Was James schließlich sagte, überraschte mich. Er fragte: »Odette, ist er tot?«

»Das weiß ich nicht«, antwortete ich. »Nach dem zu urteilen, was der Brandsachverständige sagte …«

»Nein«, unterbrach mich James. »Ich meinte, hast du ihn oder Lily irgendwo gesehen? Siehst du ihn jetzt?«

So hatten James und ich noch nie über die Geister gesprochen, die mich besuchten, seit ich ihm vor fünf Jahren das erste Mal von ihnen erzählt hatte. Sofort bekam ich ein schlechtes Gewissen, weil ich ihm nicht die Antworten geben konnte, die er ersehnte. Genau wie meine Mutter bei meinem Vater hatte mein Mann eine merkwürdige Frau, die überall Tote sah, konnte ihm dadurch aber keinerlei Vorteil verschaffen.

»Kann dir einer von den Leuten, mit denen du sprichst, sagen, ob er tot ist? Ich würde es gerne wissen«, sagte James.

»Ich höre mich mal um«, versprach ich und tätschelte sein Knie.

Wenn Terry etwas von der Unterhaltung zwischen James und mir mitbekommen hatte, ließ er es sich nicht anmerken. Vielleicht war er zu sehr mit dem beschäftigt, was ihm bevorstand, um sich um die Sorgen anderer Leute zu scheren. Wegen des längeren Aufenthalts beim Blues Pot waren wir nun zu spät dran, als dass er es noch pünktlich zum Gottesdienst für seinen Vater schaffen konnte. Während wir auf der I-65 Richtung Süden rasten, entschuldigte sich James bei Terry dafür.

»Schon okay«, sagte Terry. »Ich habe mir überlegt, dass ich vielleicht auch nicht zum Friedhof gehe. Meine Familie will mich dort nicht sehen, egal, wie ich angezogen bin. Um ehrlich zu sein, ›der Stärkere zu sein‹ ist schwieriger, als ich gedacht habe. Seit ich heute Morgen diese Hose angezogen habe, pocht mein Schädel, und diese Krawatte um meinen Hals fühlt sich wie eine Schlinge an. Ich glaube, es läuft darauf hinaus, dass ich nicht so gut im Vergeben bin wie Sie, Mr. Henry.« Dann fügte er hinzu: »Aber ich arbeite dran.«

Wir waren etwa fünf Minuten weiter die Straße hinuntergefahren, als James die Geschwindigkeit drosselte und auf eine Ausfahrt abbog, die zu einem Rastplatz führte. Er hielt in der ersten freien Parklücke. Mit zusammengekniffenen Lippen starrte James auf den Verkehr, der auf dem Highway vorbeisauste.

Als ich ihn fragte, ob alles okay sei, erwiderte James, indem er zwei Mal mit der Faust aufs Lenkrad schlug und dann sagte: »Nein.« Wieder prügelte er mit der Faust auf das Lenkrad ein.

James drehte sich in seinem Sitz herum, sodass er Terry in die Augen sah. »Wayne Robinson hätte sich dir gegenüber besser verhalten müssen. Jede Sekunde, die dein Vater dir nicht das Gefühl gegeben hat, dich zu lieben, hat er dich enttäuscht. Mit jedem Tag, den er dich nicht gebeten hat, nach Hause zurückzukommen, hat er dich noch mehr enttäuscht.«

James zeigte mit dem Finger auf Terry und sagte: »Es ist egal, was irgendjemand anders meint, was du auf diesem Friedhof tun solltest. Du hast das Recht zu tun, was immer du tun musst. Wenn du dich stärker, glücklicher oder einfach nur hübscher fühlst, wenn du in einem verdammten

Kleid auftauchst, dann tu das. Man ist dir etwas schuldig, und es ist deine Sache, wann und wie du diese Schulden eintreiben willst.«

James drehte sich in seinem Sitz wieder zurück und betrachtete weitere vorbeirasende Autos auf dem Highway. Dann sagte er: »Noch eins. Mach dir keine Sorgen, dass irgendjemand versuchen wird, dich von der Beerdigung abzuhalten. Das werden sie nicht wagen.«

»Ich möchte Cherokees und Sevilles Gesichter sehen, wenn ich mit Polizeibegleitung am Grab auftauche«, sagte Terry.

James lachte auf und erwiderte: »Ich habe nicht von mir gesprochen. Du gehst mit der knallharten Odette Henry. Glaub mir, niemand wird sich mit dir anlegen.«

»James Henry«, schaltete ich mich ein. »Kein anderer Mann auf dieser Erde schmeichelt mir so wie du.« Ich beugte mich hinüber und gab ihm einen Kuss auf die Wange, um ihm zu zeigen, dass ich es so meinte.

Terry sagte: »Danke, Mr. Henry. Ich weiß zu schätzen, was Sie sagen, und ich wünschte, ich könnte dort in irgendwelchen Klamotten auftauchen, in denen ich mich wohler fühle, aber jetzt habe ich nicht mehr wirklich eine Wahl. Ich habe meine Audrey-Kleider nicht dabei.« Er klopfte auf seinen Rucksack. »Hier drin sind nur T-Shirts und Jeans.«

James warf mir einen sonderbaren Blick zu, und mir schwante, dass er mich fragen wollte, ob Terry sich etwas von mir leihen könne. Ich erwiderte seinen Blick und versuchte, ihm klarzumachen, wie absurd die Vorstellung war, dass dieser Junge, der einen halben Kopf größer als ich und hundert Pfund leichter war, in etwas aus meinem Kleiderschrank schlüpfen sollte. James schien meine Botschaft zu verstehen und schwieg.

Doch genau in dem Moment bot sich eine andere Gelegenheit. Auf dem Highway, der hinter einem schmalen Grünstreifen jenseits von unserem Parkplatz verlief, raste ein eleganter, grauer, nagelneuer Mercedes Richtung Süden, in dem eine wunderschöne schwarze Frau und ein gutaussehender weißer Mann saßen. Ich angelte in meiner Tasche nach meinem Telefon.

Wenn Gott eine Tür schließt, öffnet Er irgendwo ein Fenster. Und manchmal öffnet Er das Fenster zu einer Boutique.

38

Als wir in der Villa auf der Ecke Plainview Avenue und Main eintrafen, erwartete Barbara Jean uns bereits. Abgesehen davon, dass das Anwesen zu allen möglichen schrägen Anlässen genutzt wurde, diente es auch als Lager für unzählige Dinge aus Barbara Jeans umfassender Garderobe. Sie begrüßte Terry, James und mich in ihrem Haus. Trotz des traurigen Anlasses für seinen Besuch lächelte sie Terry unwillkürlich an und wirkte wie eine aufgeregte Sechsjährige, die sich diebisch darauf freute, ihren kleinen Bruder dazu zu zwingen, mit ihr Verkleiden zu spielen.

Zu Terry, den man dazu keineswegs zwingen musste, sagte sie: »Ich war so frei, ein paar Dinge auszusuchen, von denen ich dachte, dass sie dir gut stehen würden.«

Da klingelte es an der Tür, und Ray begrüßte Clarice, die vier Kartons mit Schuhen brachte. Auch Clarice hatte ich auf dem Rückweg von Chicago angerufen, als ich darüber nachdachte, wie wir Terry schnell für die Zeremonie am Grab ausstatten konnten.

Ich hatte erwartet, dass das Gespräch mit Clarice komplizierter verlaufen würde als das mit Barbara Jean. Erklärt man einer Frau, dass man meint, ein dünner, einundzwanzig Jahre alter Mann würde gut in einem ihrer Kleider aussehen, wird sie das vermutlich als Kompliment für ihre schmalen Hüften auffassen. Wenn man sagt, man glaube, der Mann trage dieselbe Schuhgröße, wird sie einen vermutlich böse anblicken.

Mein Gespräch mit Clarice und die Organisation der Schuhe verliefen jedoch problemlos. Wir hatten überlegt, ob Clarice nach dem, was zwischen ihr und Richmond vorgefallen war, mit Barbara Jean oder mir nach Hause zurückfahren sollte. Doch sie entschied sich, am frühen Morgen mit ihrem Mann nach Plainview zurückzukehren. Als ich sie auf ihrer etwas schwierigen Fahrt mit ihrem unglücklichen Gatten anrief, war sie dankbar, über Schuhe reden zu können. Sie freute sich, hochhackige Schuhe beizusteuern. Clarice sagte, dass sie Dutzende Paare besäße, von denen sie sich nun trennen könne, seit sie entschieden hatte, die Bequemlichkeit über das Aussehen zu stellen und endlich ihren Frieden mit ihren großen Füßen gemacht hatte.

Bevor der Spaß beginnen konnte, sagte Barbara Jean: »James, ich habe etwas für dich.« Sie eilte zu einem runden Tisch in der Mitte der Halle und holte einen großen, verschlossenen Manilaumschlag, der prall gefüllt zu sein schien. In großen chaotischen Buchstaben stand James' Name auf dem Umschlag. Sie reichte ihn ihm und sagte: »El hat mich gebeten, dir das zu geben.«

James legte den Kopf schief und seine Augenbrauen schossen auf der faltigen Stirn nach oben.

»Er ist gestern Nacht mit Lily im Hotel vorbeigekommen«, erklärte Barbara Jean. »Was ist los?«

James sagte: »Wir waren heute Morgen am Blues Pot, um ihn abzuholen und haben gesehen, dass der Laden abgebrannt ist. Der Brandsachverständige sagte, El und Lily gelten als vermisst. Wir dachten, sie wären tot.«

Barbara Jean legte James eine Hand auf den Arm. »Das tut mir leid«, sagte sie. »El hat kein Wort davon gesagt, dass ihr ihn abholen wolltet. Er muss gedacht haben, dass ich euch sehe, bevor ihr euch auf den Weg zu ihm macht. El und Lily geht es gut. Sie sind aus dem Fenster und die Feuertreppe hinuntergestiegen.«

»Wo sind sie jetzt?«, fragte James.

»Keine Ahnung«, antwortete Barbara Jean. »Er sagte, sie würden zusammen weggehen, um irgendwo zu singen. Dann gab er mir den Umschlag und ist verschwunden.«

James fasste sich an die Stirn und massierte seine Schläfen. »Dieser verdammte alte Mann macht nichts als Ärger.«

Er wedelte mit dem Umschlag durch die Luft und fügte hinzu: »Danke. Wir können später darüber reden. Jetzt kümmert ihr euch um unseren Freund hier.«

Barbara Jean tätschelte erneut James' Arm und wandte ihre Aufmerksamkeit wieder Terry zu. »Wenn dir die Sachen nicht gefallen, die ich für dich rausgesucht habe, habe ich noch jede Menge mehr.« Damit ließen wir James und Ray zurück und begaben uns zu einem von Barbara Jeans riesigen begehbaren Kleiderschränken.

Nachdem Barbara Jean zu Ray gezogen war, kam ich nicht mehr oft in die Villa in der Plainview Avenue, aber früher war ich so oft hier gewesen, dass mich die Größe nicht mehr erschreckte. Terry war jedoch noch nie im Ballard House gewesen. Mit offenem Mund und großen Augen blickte er sich um, während wir durch das riesige Haus liefen, an Zimmern voll perfekt erhaltener Antiquitäten und wundervollen Kunstwerken vorbei. »Wow«, sagte er alle paar Schritte.

Der gewaltige begehbare Kleiderschrank, in den Barbara Jean uns führte, beeindruckte ihn sogar noch mehr. Er lief herum, berührte die Ärmel der Kleidungsstücke und zählte die Schuhe, die dort aufgebaut waren. Während er staunte, bemerkte Terry: »Dieser Schrank ist größer als meine Wohnung.« Mit belegter Stimme fügte er hinzu: »Mrs. Carlson, das ist ein Paradies für eine Drag-Queen.«

Ich habe schon oft in meinem Leben Männer erlebt, die sich überschlugen, um Barbara Jean zu schmeicheln. Doch dieses Kompliment von Terry Robinson schien ihr besser zu gefallen als jedes Lob, das sie jemals gehört hatte. Sie kicherte wie ein kleines Mädchen und bestand darauf, dass er sie Barbara Jean nannte.

Clarice raunte mir aus dem Mundwinkel zu: »Was immer du tust, sag ihm nicht, dass das nur der zweitgrößte Kleiderschrank im Haus ist. Wenn er das hört, dreht er womöglich durch.«

Paradies hin oder her, wir hatten nicht viel Zeit. Ich fing Barbara Jeans Blick auf und tippte auf meine Armbanduhr.

»Oh, ja, wir sollten uns an die Arbeit machen«, sagte sie. Dann ging sie zu einem Regal in der Ecke und zog ein Kleid heraus. Sie reichte Terry das wunderschöne Stück und sagte: »Hier, das kannst du hinter dem Paravent anprobieren.«

Er las laut den Namen auf dem Schild am Kragen vor. Daraufhin mussten Clarice und ich ihm zur Seite springen und ihn stützen, weil er weiche Knie bekam.

Es war mein Wochenende der Massenbegegnungen. Erst der volle Blues Club bei Els und Lilys Auftritt, dann Tausende von Menschen, die zuhörten, wie Clarice im Park Beethoven spielte, und nun Hunderte, die aus den Autos strömten, die die gewundenen Straßen des Plainview Memorial Friedhofs verstopften – egal, wo ich hinging, ich konnte den Zuschauermassen nicht entkommen. Wayne Robinson war vielleicht kein bekannter Mann gewesen, aber jeder hatte auf die eine oder andere Art von der Drohung gehört, die

Terry vor fünf Jahren ausgestoßen hatte. Neugier und eine Ausrede, die besten Sonntagskleider anzuziehen, waren eine starke Motivation in einer Kleinstadt. Egal, ob sie fanden, dass Terry im Recht oder im Unrecht war, die Bürger von Plainview wollten sehen, wie die Geschichte ausging.

Wegen der großen Anzahl an Autos mussten wir ziemlich weit bis zum Grab laufen. Das gereichte Terry zum Vorteil. Er wollte gesehen werden, und jeder, der an jenem Tag da war, sah seinen Auftritt. Von unserem Parkplatz aus mussten wir einen Hügel hinuntergehen, um die weiße Plane zu erreichen, unter der die Trauergemeinde versammelt war.

Dank Barbara Jean bot Terry einen glamourösen Anblick. Sie griff auf die Fähigkeiten zurück, die sie in den 1960ern als Friseurgehilfin erlernt hatte, und flocht Terrys Haar zu einem französischen Zopf. Dann hatte sie ihn in ein figurbetontes schwarzes Couturekleid von Dior mit einem Mieder aus Netzstoff gesteckt. Der Wind fing sich in dem dazu passenden schwarzen Seidenschal, der um Terrys Hals lag und blähte ihn über seinem Kopf auf wie einen Fallschirm. Als er in den hochhackigen schwarzen Sling-Pumps, die Clarice ihm geliehen hatte, vorsichtig den Hang hinunterstöckelte, sah er aus wie ein Filmstar aus den 1950er-Jahren, der vom Himmel herabstieg. Hunderte Augenpaare waren auf Terry gerichtet, und das Raunen der Menge klang wie Blätter, die in einem Windsturm raschelten.

Als wir fast den Fuß des Hügels erreicht hatten, hörten wir jemanden von hinten heraneilen. Ich drehte mich um und sah Richmond Baker auf uns zukommen. Er war nach Hause gefahren und in seinen besten schwarzen Anzug geschlüpft. Abgesehen von Terry und Barbara Jean, die immer aussah, als wäre sie für den Gottesdient oder eine Beerdigung zurechtgemacht, war Richmond der Einzige von uns, der dem Anlass entsprechend gekleidet war. Er holte James ein und sagte: »Ich will auch sehen, wie es ausgeht.«

Ein paar Schritte weiter materialisierten sich Mama und Eleanor Roosevelt neben mir. Ich flüsterte Mama zu: »Was machst du hier?« Mama rollte mit den Augen und deutete mit der Hand auf die Szene vor uns. Richmond, James und Ray, die man nur als altmodische Männer vom Land bezeichnen konnte, flankierten einen jungen Mann in einem sexy Kleid und Stiletto-Pumps. Sie begleiteten ihn zum Grab seines Vaters, wo er vielleicht, vielleicht auch nicht, die Unterhose herunterlassen würde, um sich, aus Rache und zu Ehren aller hübschen Jungs in Kleidern auf der ganzen Welt, vor einer riesigen Menge zu erleichtern. Ich musste Mama zustimmen, als sie sagte: »So etwas sieht man nicht alle Tage.«

Als wir das Zelt erreichten, lösten sich zwei stark tätowierte Männer aus der Gruppe der Trauergäste und gingen auf Terry zu, als ob sie ihn aufhalten wollten. Einer sah Terry so ähnlich, dass es sich, wie ich vermutete, um seinen Bruder Seville handeln musste. Beide kamen mit gewölbter Brust und finsteren Blicken auf Terry zu. James, Ray und Richmond traten ihnen entgegen. Der Mann mit der Narbe und dem Blick des Cops, der sportliche, gutaussehende Gentleman mit den kühlen blauen Augen und der ehemalige Footballheld mit der breiten Brust warfen den jüngeren Männern mit dem harten Blick ihrerseits wütende Blicke zu, und die zwei Aufpasser wichen zurück.

Ich schnappte mir einen Klappstuhl aus dem hinteren Bereich unter der Plane und stellte ihn ans Ende der ersten Reihe. Terry setzte sich und zog die bösen Blicke von seinem

Bruder, Cherokee und ihrem Mann Andre auf sich. James, Ray und Richmond standen neben Terry Wache.

Nachdem der verwirrte Pastor seine letzten Worte sprach und Terrys Geschwister Rosen auf den Sarg geworfen hatten, wurde Wayne Robinson in die Erde hinuntergelassen. Da erhob sich Terry von seinem Stuhl, und die Menge verstummte. Er trat vor, bis er neben dem offenen Grab stand.

Cherokee wimmerte leise, und die Menge schnappte gemeinschaftlich nach Luft. Dann folgte Stille, als Terry am Grab in die Hocke ging.

Dort verweilte er einen Augenblick, kauerte am Rand der Grube, verzog das Gesicht und murmelte etwas, das ich nicht hören konnte. Dann langte Terry nach unten und hob eine Handvoll Erde auf. Er richtete sich auf, streckte die Hand über das offene Grab und ließ die Erde in einem langsamen Strom auf den Sarg rieseln.

So laut, dass jeder es hören konnte, sagte Terry: »Du hättest mich echt besser behandeln müssen.« Als die Leute enttäuscht vor sich hingrummelten, wischte sich Terry mit zwei kurzen Bewegungen die Erde von den Händen und ging zurück zu seinem Platz.

»Ich liebe diesen Nagellack«, flüsterte Clarice.

»Feuerrot«, erwiderte Barbara Jean. »Es geht doch nichts über Klassiker.«

Nach der Beerdigung stiegen Mama und Mrs. Roosevelt mit uns den Hügel hinauf. »Ich muss sagen«, bemerkte Mama, »ich hatte mir mehr erhofft. Für Marjorie muss ich mir was Besseres ausdenken, wenn wir ihr davon erzählen. Vielleicht füge ich noch eine Schlägerei hinzu.« Und Mrs. Roosevelt überlegte: »Eine Schießerei wäre vielleicht auch ganz nett.« Dann verschwanden sie.

Als wir zu den Autos kamen, ging Clarice zu Richmond hinüber. Sie drückte seine Hand und sagte: »Ich bin stolz auf dich, dass du Terry so beigestanden hast. Ich glaube, vor ein paar Jahren hättest du das noch nicht gekonnt.«

Richmond flüsterte ihr etwas ins Ohr, das sie zum Lächeln brachte. Er umarmte Clarice kurz und küsste sie auf die Stirn, dann winkte er dem Rest von uns zum Abschied und ging allein zurück zu seinem Chrysler. Clarice starrte ihm hinterher und beobachtete, wie er sich mit seinem eleganten, sportlichen Gang entfernte, und ich dachte: *Nein, diese Geschichte ist noch nicht zu Ende.*

Bevor wir in unseren Wagen stiegen, flüsterte mir Terry zu: »Odette, ich konnte es nicht.«

Ich tätschelte Terrys Wange. Ganz gegen meine Gewohnheit war ich sprachlos vor Rührung. Dann erklärte ich meinem jungen Freund: »Das hast du genau richtig gemacht.«

39

Am Morgen, nachdem Wayne Robinson beigesetzt worden war, fuhr ich Terry zum Busbahnhof, damit er rechtzeitig zu seiner Vorstellung zurück nach Chicago kam. Wir waren etwas zu früh dort, darum suchten wir uns im Bahnhof einen ruhigen Platz, wo wir uns setzen und noch eine Weile plaudern konnten. Wir waren seit Jahren nicht allein miteinander gewesen, aber es fühlte sich sofort wie in den alten Zeiten in meinem Gartenpavillon an. Wir sprachen über sein neues Leben und den Job im Theater. Ich erklärte ihm, dass ich versuchen würde, noch einmal nach Chicago zu kommen, um mir seine Vorstellung anzusehen. Er sagte, er würde wieder nach Plainview kommen, wenn er die Gelegenheit dazu fände. Ich glaubte, dass er das vielleicht tatsächlich tun würde, weil Barbara Jean ihm das Dior-Kleid geschenkt und ihm erzählt hatte, dass sie noch andere Kleider besitze, die sie ihm gern vermachen würde. Allein bei der Vorstellung, noch einmal in ihrem Kleiderschrank zu stehen, hatte er schon wieder weiche Knie bekommen.

Nachdem der Lautsprecher knackte und verkündete, dass Terrys Bus zum Einsteigen bereitstehe, überraschte er mich mit der Frage: »Odette, siehst du Geister?«

Im Allgemeinen vermeide ich es, meinen Freunden von meiner Gabe zu erzählen – oder von meinem Wahn, das hängt ganz davon ab, wie man zu solchen Dingen steht. Ich erzählte Barbara Jean nie, dass ich, seit ihr erster Mann Lester gestorben war, ihn oft mit ihrem Sohn im Garten hinter ihrem großen Haus hatte spielen sehen. Ich verriet Clarice nicht, wie oft ich beobachtet hatte, wie ihr toter Vater ihr folgte und voller Stolz strahlte. Für mich wäre es qualvoll, wenn jemand mir erzählte, dass Menschen, nach denen ich mich sehne, in der Nähe sind, ich sie aber weder hören, noch sehen, noch berühren kann. Doch aus Terrys Miene sprach so viel Hoffnung, als er auf meine Antwort wartete, dass ich das Gefühl hatte, eine Ausnahme von meiner Regel machen zu müssen. Außerdem hatte meine Mama mich nicht zur Lügnerin erzogen. Darum sagte ich: »Ja.«

»Ich habe mich das gefragt, als ich früher mit dir in deinem Garten rumgehangen habe«, sagte er. »Manchmal, wenn ich überraschend gekommen bin, hast du mit jemandem gesprochen – mit deiner Mutter, glaube ich. Und als Mr. Henry dich gestern Morgen gefragt hat, ob du seinen Vater nach dem Feuer gesehen hättest, habe ich mich das wieder gefragt.«

»Du hast deine Talente, ich habe meine«, antwortete ich.

Terry beugte sich dicht zu mir und flüsterte: »Ich schwöre, manchmal ist meine Mutter bei mir. Ich sehe einen alten Film im Fernsehen, so wie wir das früher zusammen getan haben, und ich weiß, sie ist da, direkt neben mir. Oder wenn ich die Straße hinuntergehe oder Dinge im Haushalt erledige und, *puff,* da ist Mom. Meinst du, sie ist wirklich da?«

»Ich kann nicht mit Sicherheit sagen, dass deine Mutter in Chicago zu dir kommt, aber ich weiß, dass sie nach ihrem Tod fast die ganze Zeit in Plainview bei dir war. Kurz bevor du weggingst, als du so unglücklich warst, bezweifle ich, dass sie dich auch nur ein einziges Mal aus den Augen gelassen hat. Ohne Frage sieht sie immer noch nach dem

Rechten.« Ich tätschelte seine Wange. »Terry, Audrey, oder beide, wenn du mein Kind wärst, würde ich niemals aufhören, nach dir zu sehen.«

»Danke«, sagte er.

»Ich wusste vom ersten Tag an, an dem wir uns in meinem Garten begegnet sind, dass du etwas Besonderes bist. Was du gestern getan hast, hat mir nur gezeigt, dass ich recht hatte. Seit wir den Friedhof verlassen haben, denke ich, wenn du einen Weg findest, deinem Vater zu vergeben, nach allem, was er dir angetan hat, dann habe ich keine Ausrede mehr, an dem ganzen Unmut festzuhalten, den ich stets mit mir herumschleppe. Du hast bewirkt, dass ich mich bessern will. Und das soll etwas heißen, weil ich mich wirklich daran gewöhnt habe, ich zu sein.«

Terry runzelte die Stirn und lehnte sich auf seinem Sitz zurück. »Odette, wahrscheinlich sollte ich dir sagen, was wirklich auf dem Friedhof passiert ist.« Er nagte an seiner Unterlippe. »Als ich dir gestern erzählt habe, dass ich meinen Plan nicht durchziehen konnte, meinte ich nicht, dass ich meine Meinung geändert habe. Ich meinte, dass ich es wirklich nicht *konnte.* Also rein *körperlich.* Als ich mich hingehockt habe, merkte ich, dass das Kleid, das Barbara Jean mir gegeben hatte, so eng war, dass ich nicht die Knie spreizen konnte. Dann haben mir alle gesagt, wie stolz sie auf mich seien, dass ich mich als der bessere Mensch erwiesen hätte, und ich konnte nicht zu der Wahrheit stehen. Ich hatte fest vor, auf diesen Mistkerl zu pinkeln, aber dieses wundervolle Kleid wollte mich nicht lassen.«

Ich lachte und stellte mir vor, wie Barbara Jean, ganz Dame, genau mit diesem Hintergedanken ein Outfit für Terry herausgesucht hatte. Ich klopfte Terry auf die Schulter und sagte: »Solange du dich damit gut fühlst, glaube ich immer noch, dass es sich bestens gefügt hat.« *Ich kann es nicht abwarten, Mama diesen Teil der Geschichte zu erzählen,* dachte ich. *Das wird ihr gefallen.*

Ein zweites Mal wurden die Passagiere von Terrys Bus aufgerufen. Wir umarmten und küssten uns und versprachen einander, uns bald wieder zu sprechen. Ich winkte ihm zum Abschied, als er in den Bus nach Chicago stieg – diesmal mit Absicht.

Als ich zurück nach Hause kam, saßen Denise, Jimmy und Eric mit ihrem Vater am Küchentisch. Sie waren am Vorabend mit ihren Ehepartnern in Plainview eingetroffen. Denises Mann, Jimmys Frau und Erics Partner waren alle dazu verdammt worden, mit Denises Kindern, Dora und William, im Wohnzimmer irgendein Videospiel zu spielen.

»Sie ist wieder da, Daddy«, sagte Denise. »Jetzt kannst du ihn aufmachen.« Sie zeigte auf den Manilaumschlag, den El Barbara Jean für James mitgegeben hatte. Sie wandte sich an mich: »Daddy meinte, wir müssten warten, bis du zurück bist, bevor wir hineinsehen.«

Ich unterdrückte den Impuls zu lachen. Seit wir Wayne Robinsons Beerdigung verlassen hatten, hatte ich James bedrängt, den Umschlag zu öffnen, es jedoch nicht geschafft, ihn dazu zu überreden. Er behauptete, dass er warten wolle, bis die Kinder weg seien, damit er uneingeschränkt ihre Gesellschaft genießen könne. Davon hielten unsere Kinder jedoch nichts. Und sie waren schon immer besser darin gewesen, James von ihrer Sichtweise zu überzeugen als ich. Wenn sie wollten, dass der Umschlag geöffnet wurde, wurde er geöffnet.

James fuhr mit einem Messer unter die Lasche des Umschlags und griff hinein. Als Erstes zog er ein Blatt weißes Papier heraus. Ich stand hinter ihm und las die Worte »Mein Sohn« in denselben großen krakeligen Buchstaben, mit denen der Umschlag beschriftet war. Darunter standen einige handgeschriebene Zeilen.

Ich nahm die Lesebrille von meinem Buch und reichte sie James. Auf Denises Drängen hin begann er, laut vorzulesen.

Lieber James,
ich habe versucht, mit dir über die Vergangenheit und all das zu sprechen, was ich dir und deiner Mutter angetan habe. Aber es ist wie damals, als es im Pinken Pantoffel *gebrannt hat und alle gleichzeitig auf die eine Tür zugerannt sind. Alle Worte wollen zugleich hinaus und nichts geht mehr. Darum schreibe ich dir.*

James zögerte, weil er Schwierigkeiten hatte, Els krakelige Schrift zu entziffern.

Ich erinnere mich an jeden einzelnen Tag mit dir. Ich weiß, das wirst du mir nicht glauben, aber du warst meine Welt.

James schob die Brille mit dem Zeigefinger auf seiner Nase ein kleines Stück weiter nach vorn.

Ich habe es versucht, aber ich war nicht gut genug. Das ist die Geschichte meines Lebens.

James hielt inne und sagte: »Es ist schwer zu lesen. Die

Hälfte der Zeilen ist durchgestrichen, dann hat er Sachen danebengeschrieben.«

Er fuhr fort:

Es wird niemals einen Tag geben, an dem ich nicht Ausschau halte, ob du zu mir kommst.

James hielt erneut inne und neigte die Seite, in der Hoffnung, in einem anderen Winkel besser lesen zu können. »Er muss betrunken gewesen sein, als er das geschrieben hat.«

Denise streckte die Hand aus und nahm ihrem Vater den Brief ab. »Daddy, das ist ein Song«, sagte sie. Sie reichte ihn James zurück. »Siehst du, diese anderen Worte, die er durchgestrichen hat, sind ein sich reimender Text.«

James nahm ihr das Papier wieder ab und las erneut, diesmal leise. Selbst mit der Lesebrille blinzelte er, um die Wörter zu entziffern. Ich war mir sicher, dass mein Mann, der Rätsel liebte, auch versuchte, die Zeilen zu lesen, die El mit Tintenstrichen unkenntlich gemacht hatte. Als er fertig war, wischte sich James rasch mit dem Finger unter den glänzenden Augen entlang und tat so, als würde er nur die Brille richten. Seine Stimme bebte leicht, als er sagte: »Ist kein schlechter kleiner Song.«

Er griff erneut in den Umschlag und holte ein Bündel Fotos heraus, die von einem dicken Gummiband zusammengehalten wurden. Er nahm das oberste Foto vom Stapel und betrachtete es einen Moment. Es war das Bild eines großen dürren Mannes, der ein bisschen wie James aussah. Er trug eine gestreifte Weste und eine Melone, und neben ihm befand sich ein merkwürdiges Tier.

James drehte das Foto um und las die Worte, die in derselben Handschrift wie der Songtext auf die Rückseite geschrieben standen.

Dein Großvater Joe. Sein Leopard Raja. Wenn du Raja jemals siehst, folge ihm.

James drehte das Foto wieder richtig herum, und Denise kreischte ihren Brüdern zu: »Oh, mein Gott. Das ist ja unglaublich. Erinnert ihr euch an die Geschichten, die Daddy sich für uns ausgedacht hat, als wir klein waren? Von Joey und seinem Leopard Roger? Das glaub ich einfach nicht.«

Lachend nahm Eric das Foto in die Hand. »Ich kann nicht glauben, dass das ein Leopard sein soll.«

»Daddy, erinnerst du dich noch an die Geschichten?«, fragte Denise.

Die Partner unserer Kinder stürmten plappernd und kichernd in die Küche. Dora zog Greg, den Partner von ihrem Onkel Eric, am Arm und kämpfte mit ihrem Bruder William, der an der linken Hand des armen Mannes zerrte, um seine Aufmerksamkeit. »Die Kinder brauchen etwas zu essen«, erklärte Jimmys Frau, »und sie sagen, dass Oma Odette ihnen Waffeln versprochen hätte.«

Noch einmal fragte Denise James: »Erinnerst du dich an die Geschichten, die du uns erzählt hast?«

Dora ließ von Greg ab und rannte zu ihrem Großvater. »Welche Geschichten?«

»Die Joey-und-Roger-Geschichten, die ich dir und deinem Bruder früher erzählt habe«, antwortete Denise. »Dein

Großvater hat sie sich für eure Onkel und mich ausgedacht, als wir klein waren. Also, wir *dachten* zumindest, er habe sie sich ausgedacht. Jetzt stellt sich heraus, dass Joey euer Urgroßvater war.«

»Er hatte einen Leoparden?«, fragte William.

»Nun ja, er hatte ein Tier mit Flecken darauf«, sagte Denise.

James betrachtete weiter das Bild.

Denise legte ihrem Vater eine Hand auf den Arm. In einem Ton, den ich seit fünfundzwanzig Jahren nicht mehr bei ihr gehört hatte, sagte sie: »Daddy, ich möchte eine Geschichte hören.«

Eric und Jimmy lachten bei der Vorstellung, in ihrem Alter eine Kindergeschichte erzählt zu bekommen. Doch beide rückten ihre Stühle näher zu ihrem Vater.

»Bitte erzähl uns eine«, sagte Denise. »Um der alten Zeiten willen.«

Ich stand hinter James und massierte seine angespannten Schultern, während unsere Tochter ihn bedrängte.

Dora lehnte sich an ihren Großvater und sagte: »Komm schon, Opi.«

William ließ Greg los und eilte zu Dora. »Ich möchte auch eine hören«, sagte er.

Ich spürte, wie die Anspannung aus James' Schultern wich. Mit heiserer Stimme begann er: »Es war einmal ein Junge. Der hieß Joe und hatte einen zahmen Leoparden, der Roger hieß …«

Meine Gedanken wanderten in der Zeit zurück, und ich stellte mir vor, wie Daddy fröhlich einen traurigen Blues-Song vor sich hinsummte, während er die Decke in meinem Wohnzimmer aufsägte, um meinen Kindern und mir ein

Oberlicht einzubauen, damit wir die Sterne sehen konnten. Ich legte mein Kinn auf James' Schulter und lauschte auf die Liebe in seiner Stimme.

Es erforderte einige Kraft, mich nicht von diesem perfekten Moment zu lösen, um ihn in dem Buch festzuhalten, das ich nach Mamas Vorbild zu führen angefangen hatte. Doch ich schaffte es, weil ich wusste, dass ich später noch Zeit dazu haben würde.

Das nächste Mal, wenn ich bedrückter Stimmung bin, mache ich das, was du getan hast, Mama. Ich schüttele mein Buch mit den kleinen Wundern darin und sage dem Trübsinn, er soll weiterziehen, weil ich weiß, wie man vor Freude in die Luft springt.

40

Im Club Sucre in der Rue Galande in Paris stand eine große, klapperdürre Frau in einem engen schwarzen Smoking auf der Bühne. In dem rötlichen Scheinwerferlicht leuchtete ihr Haar rosa, und die zweihundert Jahre alten Steinwände des Clubs wirkten warm und lebendig.

Der Club war klein, doch fast bis auf den letzten Platz gefüllt, und es dauerte eine Weile, bis die Menge ruhig wurde, als sich die Frau an sie wandte. Zunächst auf Französisch, dann auf Englisch sagte sie: »Meine Damen und Herren, es ist mir eine große Freude, Ihnen heute Abend unsere unglaublichen Sänger vorzustellen. Sie ist eine Blues-Sängerin in der Tradition von Bessie Smith und Ma Rainey. Er ist ein legendärer Blues-Gitarrist und -sänger. Bitte begrüßen Sie das wundervolle Geschwisterpaar – El Walker und Lily Taylor.«

Die Leute kicherten immer, wenn die blasse ältere Frau und der weißbärtige schwarze Mann auf die Bühne traten, nachdem man sie als Bruder und Schwester vorgestellt hatte. Das war heute Abend nicht anders. Es gehörte inzwischen zu ihrer Routine. Schwer auf seinen Stock gestützt betrat El in seinem dunkelgrauen Hailederanzug als Erster die Bühne. Lily folgte ihm in einem weißen Paillettenkleid und mit einem Tuch mit Leopardenmuster, das zu der Gitarre passte, die sie trug.

Nachdem sie sich verbeugt hatten, nahmen El und Lily

auf den zwei Stühlen in der Mitte der Bühne Platz. Lily reichte ihm Ruthie, und er schloss die Gitarre an den Verstärker an. Sie dankten dem Publikum und spielten den ersten Song ihres Sets.

Sie begannen mit *Blues in the Night.* Drei Monate zuvor, zu Beginn dessen, was eigentlich nur ein dreiwöchiges Engagement in Paris sein sollte, hatten sie sich angewöhnt, damit zu beginnen, weil das Stück Lilys Nerven beruhigte. Wenn sie verwirrt war, vergaß sie oft die Texte der Songs, die sie vortrugen. Diese standen nun auf einem Notenständer auf der Bühne neben ihr, um ihr durch die verwirrten Tage zu helfen. *Blues in the Night* vergaß sie allerdings nie. Es war ein sicherer Eröffnungssong. Ihre Stammgäste erwarteten dieses Stück genauso sehr wie *The Happy Heartache Blues.* Sie fühlten sich betrogen, wenn El und Lily es nicht spielten.

Der Applaus für ihre Eröffnungsnummer verstummte, und Lily und El berieten sich kurz, welchen Song sie als Nächstes singen wollten. *Every Day I Have the Blues,* flüsterte El. Er wartete, bis sie das Notenblatt aus dem Stapel auf dem Notenständer herausgefischt hatte.

Bevor sie zu singen beginnen konnten, hörte El, wie sich die Tür des Clubs öffnete. Als er aufsah, bemerkte er die Silhouetten eines großen, dünnen Mannes und einer deutlich kleineren, runden Frau vor dem Licht der Straßenlaternen. Als die Neuankömmlinge eintraten, hob El eine Hand und hielt sie über seine Augen, um sie vor dem blendenden Licht der Scheinwerfer zu schützen.

Lily folgte seinem Blick, als er zu dem Paar im hinteren Bereich blinzelte. »Ja?«, fragte sie.

»Könnte sein«, erwiderte er mit zitternder Stimme.

Lily hörte auf, in den Notenblättern auf dem Ständer zu

suchen. Stattdessen legte sie El eine Hand auf die Schulter, und sie begannen zu singen.

Love, love, oh love, if you stay away I don't know, what I'll do
How can I go on breathing without you to see me through
I close my eyes, my love, and smile, thinking of you calling my name.
But when that dream is over, you're gone and I'll never be the same

Love, love, oh love, you can treat me any way you please
Hurt me, leave me, cut me, love, I'll keep crawling back on my knees

It's you, love, only you, my love
It's been you right from the start
So come back to me and break it
Break my happy heart

Baby, baby, my baby, remember it used to be?
No pain, no lies, just laughing and loving, sweet baby, you and me,
Can't we go back, baby, and find the joy we had at the start
Before you saw I didn't deserve you, baby, and broke my happy heart?
Yesterday's sorrow is old news, my darling, doesn't matter anymore
I'll beat my chest and beg my best for you to walk back through my door
Oh love, oh, baby, oh darling, say you're willing to give us a fresh start
I'll always, always love you, after you break my happy heart
It's you, love, only you, my love
It's been you right from the very start
So come back to me and break it, love
Break my happy, happy heart

Liebste, Liebste, oh, meine Liebste, was soll ich nur tun ohne dich
Wie soll ich atmen, wenn du nicht bei mir bist?
Ich schließe die Augen und lächele, stelle mir vor, wie du meinen Namen sagst
Doch wenn der Traum vorüber ist, bist du fort und ich ein anderer, als ich es war

Liebste, Liebste, oh Liebste, mach, was du willst mit mir
Kränke mich, verlasse mich, verletze mich, Liebste, immer krieche ich auf Knien zurück zu dir

Du bist meine Liebe, nur du, mein Schatz
Das warst du schon immer
Drum brich mir mein glückliches Herz
Komm zurück und brich es mir

Baby, Baby, mein Baby, weißt du noch, wie es früher war, erinnerst du dich?
Kein Schmerz, keine Lügen, nur Lachen und Lieben, mein Schatz, du und ich
Können wir nicht die Freude vom Beginn wiederfinden, kann es nicht wieder sein wie einst
Bevor du sahst, dass ich dich nicht verdiene, Baby, und mir brachst mein glückliches Herz?

Mein Schatz, vergessen ist der Kummer von gestern, er spielt keine Rolle mehr
Ich schlage mir auf die Brust und flehe dich an, komm zurück zu mir
Oh Liebste, oh Baby, oh Süße, sag, dass wir noch eine Chance kriegen

Wenn du mir brichst mein glückliches Herz, werde ich dich auf ewig lieben

Du bist meine Liebe, nur du, mein Schatz
Das warst du schon immer
Drum brich mir mein glückliches Herz
Komm zurück und brich es mir

Dank

Ganz besonders danke ich Barney Karpfinger für all seine Unterstützung dabei, dieses Buch zum Leben zu erwecken. Barney, du bist ein toller Agent und ein wertvoller Freund.

Mein tiefer Dank gilt meiner Lektorin, Barbara Jones, deren Talent und Verständnis wertvoller für mich sind, als ich es mit Worten ausdrücken kann.

Claire Parins, meiner ersten Leserin, bin ich unendlich dankbar für ihre Geduld und ihr Urteil.

Peter Moore, ich danke dir dafür, dass du jeden Tag strahlender machst.